KB107379

# 이상 시 전집

세계문학전집 411

# 이상 시 전집

**이상**
권영민 책임 편집

**민음사**

**일러두기**

1 이 책은 이상이 생전에 발표한 시와 유고로 소개된 시를 모두 다시 조사 정리하여 그 정본을 확립하는 데에 목표를 둔다.

2 이 책은 이상의 시를 1부 국문 시와 2부 일본어 시로 크게 구분해 각 작품의 발표 연대 순서에 따라 수록했다.

3 이상의 국문 시는 발표 당시의 원문 텍스트(서지 사항 포함)를 그대로 옮겼으며, 각 작품에 붙인 주석은 단순한 어구 풀이가 아닌 '해석적 주석'을 목표로 하여 작품 분석에 도움을 줄 수 있도록 했다. 일반 독자들을 위해 현대어 표기로 바꾼 새로운 텍스트를 함께 수록했는데 띄어쓰기만은 원문의 방식을 따랐다.

4 이상의 일본어 시는 《조선과 건축(朝鮮と建築)》의 일본어 원문을 서지 사항을 밝혀 그대로 옮겨 『이상 전집』(전 3권, 임종국 편, 1956)의 번역문과 함께 수록하고 상세한 주석을 붙였다. 유작 시로 소개한 일본어 시도 원문과 함께 번역문에 상세한 주석을 붙였다. 현대어 표기로 바꾼 새로운 텍스트의 경우 띄어쓰기만은 『이상 전집』의 방식을 따랐다.

5 이 책을 엮으면서 모든 수록 작품의 말미에 '해설'을 붙였다. 이를 위해 『이상 전집』(임종국 편, 1956)과 함께 여러 연구 서적을 두루 참조했다. 특히 『이상 전집 1 시』(권영민 편, 2009)에 근거하여 주석과 해설을 다시 정리했음을 밝혀 둔다.

6 이 책에는 기존의 전집이나 연구서에서 빠진 시 「운동」(《조선일보》, 1934. 7)과 동시 「목장」(《가톨릭소년》, 1936. 5)을 추가했다.

7 이 책 말미에는 '이상의 생애와 작품'을 실어 상세한 작가 연보와 함께 발표 작품 목록을 정리 수록했다.

8 이 책과는 별도로 이상 문학에 관한 필자의 기존 연구를 종합한 『이상 연구』(민음사, 2019)를 발간한 바 있다. 이상 문학에 대한 독자 여러분들의 이해를 돕고자 한다.

# 차례

## 1부 국문 시

### 오감도

## 2부 일본어 시

## 조감도

# 1부

## 국문 시

# 꽃나무

벌판한복판에 꽃나무하나가있소 근처에는 꽃나무가하나도
없소 꽃나무는제가생각하는꽃나무를 열심으로생각하는것처
럼 열심으로꽃을피워가지고섰소. 꽃나무는제가생각하는꽃나
무에게갈수없소 나는막달아났소 한꽃나무를위하여 그러는것
처럼 나는참그런이상스러운흉내를내었소.

〔원문〕

## 쏫나무

　벌판한복판에 쏫나무하나가잇소[1] 近處에는 쏫나무가하나도업
소[2] 쏫나무는제가생각하는쏫나무를 熱心으로생각하는것처럼 熱
心으로쏫을피워가지고섯소.[3] 쏫나무는제가생각하는쏫나무에게갈
수업소[4] 나는막달아낫소[5] 한쏫나무를爲하야 그러는것처럼 나는
참그런이상스러운숭내를내엿소.[6]

—《가톨릭청년(靑年)》, 1933. 7, 52쪽.

---

1) 자연물로서의 '꽃나무'의 존재를 시적 대상으로 제시한다.

2) 주변에 꽃나무가 없다는 것은 고립적인 존재임을 암시한다.

3) 주변에 아무것도 없지만 스스로 자기가 이상적으로 꿈꾸고 있는 자신의
본성 그대로를 드러내면서 꽃을 피우고 있다.

4) 꽃나무는 자기가 생각하고 있는 꽃나무에게 갈 수 없다. 이상적인 것과
현실적인 것의 거리를 드러낸다.

5) 이 대목부터 시적 화자인 '나'에 관한 진술로 바뀐다. '달아나다'를 '도망치
다'로 보기보다는 '달려 나가다'로 이해할 수 있으며, 현실적인 존재에서 벗어
나 이상적으로 생각하는 존재를 향해 달려 나간다는 의미로 읽어야 한다.

6) '나' 자신도 내가 생각하고 있는 '나'를 향하여 달려 나가고 있음을 말한
다. 그러나 '나'의 행동은 '꽃'의 경우와 마찬가지로 내가 생각하고 있는 '나'
에게 도달할 수 없는 것임을 암시한다.

　이상의 국문 시 가운데 가장 먼저 잡지 《가톨릭청년》에 발
표된 작품이다. 당시 이 잡지의 편집에 관여하고 있던 시인 정
지용이 주선해 실린 것으로 알려져 있다. 이 작품의 텍스트에
는 두 가지 시적 진술이 담겨 있다. 하나는 시적 대상인 '꽃나
무'에 관한 것이고 다른 하나는 시적 화자인 '나'에 관한 것이
다. '꽃나무'를 통해 사물의 존재 방식을 설명하고 거기에 '나'
의 경우를 견주어 보고 있다. 현실적인 것과 이상적인 것의 거
리 문제를 놓고 사물의 존재 방식과 인간의 존재 방식을 대비
해 제시한다.

# 이런시

　역사를하노라고 땅을파다가 커다란돌을하나 끄집어내어놓
고보니 도무지어디서인가 본듯한생각이들게 모양이생겼는데
목도들이 그것을메고나가더니 어디다갖다버리고온모양이길래
쫓아나가보니 위험하기짝이없는큰길가더라.

　그날밤에 한소나기하였으니 필시그돌이깨끗이씻겼을터인
데 그이튿날가보니까 변괴로다 간데온데없더라. 어떤돌이와서
그돌을업어갔을까 나는참이런처량한생각에서 아래와같은작
문을지었도다.

　'내가 그다지 사랑하던 그대여 내한평생에 차마 그대를 잊
을수없소이다. 내차례에 못올사랑인줄은 알면서도 나혼자는
꾸준히생각하리다. 자그러면 내내어여쁘소서.'

　어떤돌이 내얼굴을 물끄러미 치어다보는것만같아서 이런시
는 그만찢어버리고싶더라.

〔원문〕

이런詩

역사[1]를하노라고 땅을파다가 커다란돌을하나 쓰집어내여놋코보
니 도모지어데서인가 본듯한생각이들게 모양이생겻는데 목도[2]들이
그것을메고나가드니 어데다갓다버리고온모양이길내 쏘차나가보니
危險하기짝이업는큰길가드라.

그날밤에 한소낙이하얏스니[3] 必是그돌이깨끗이씻겻슬터인데 그
잇흔날가보니까 變怪로다 간데온데업드라. 엇던돌이와서 그돌을업
어갓슬가[4] 나는참이런悽량한생각에서 아래와가튼作文을지엿도다.

「내가 그다지 사랑하든 그대여 내한平生에 참아 그대를 니즐수
업소이다. 내차레에 못올사랑인줄은 알면서도 나혼자는 꾸준히생각
하리다. 자그러면 내내어엿부소서」[5]

엇던돌이 내얼골을 물쓰럼이 치여다보는것만갓서 이런詩는 그
만씨저버리고십드라.[6]

──《가톨릭청년》, 1933. 7, 53쪽.

---

1) 役事. 토목이나 건축 따위의 공사를 말한다.
2) 두 사람 이상이 짝이 되어 무거운 물건이나 돌덩이를 얽어맨 밧줄에 몽
둥이를 꿰어 어깨에 메고 나르는 일. 또는 그런 일을 하는 인부를 말한다.
3) 크게 소나기가 내리다.
4) 누군가 돌의 가치를 알아보고 그것을 가져간다.
5) 사라진 '돌'을 자신이 마음으로 사랑하고 있는 여인에 비유해 표현했다.
잃어버린 것에 대한 아쉬움과 안타까움이 암시된다.
6) 자신의 소홀한 행동에 대한 수치심이 암시된다.

이 시는 시적 텍스트 자체가 일종의 알레고리를 구축하고 있다. 전반부는 일터에서 파낸 '돌'에 관한 이야기를 담고 있다. 공사장 인부들이 커다란 돌을 파내어 큰길가에 버린다. 그날 밤 소나기가 내려 돌에 묻은 흙이 모두 씻겨 버렸을 것으로 생각하고 시적 화자는 다음 날 길가로 나가 본다. 그런데 누군가 그 돌을 치워 버려 자리에 없다. 작품의 후반부는 사라진 돌에 대한 아쉬움의 감정을 '사랑하면서도 자신이 그 사랑을 차지하지 못한 안타까움'에 빗대어 표현한다.

이 작품의 텍스트에서 '돌'을 일반적인 사물이라고 한다면, 그 사물의 본질이나 실체를 제대로 알아보는 일이 중요하고 또 그것을 알아봤을 때 그것을 취할 수 있는 기회를 포착하고 그것을 소유하는 용기도 필요함을 암시한다. '돌'의 의미는 옥구슬일 수도 있고, 연모의 대상일 수도 있다. 그러나 그 대상을 제대로 알아보지 못하고 적극적으로 취하지 못하면 다른 데로 가 버려 아무 소용이 없어진다. 이 시에서 그려 낸 이 '상실'의 모티프는 소설 「환시기」에서 사소설적 형태로 변형되어 서사화되고 있다.

# 1933, 6, 1

천칭위에서 삼십년동안이나 살아온사람 (어떤과학자) 삼십
만개나넘는 별을 다헤어놓고만사람 (역시) 인간칠십 아니이십
사년동안이나 뻔뻔히살아온사람 (나)

나는 그날 나의자서전에 자필의부고를 삽입하였다 이후나
의육신은 그런고향에는있지않았다 나는 자신나의시가 차압
당하는꼴을 목도하기는 차마 어려웠기때문에.

一九三三, 六, 一

　　天秤우에서 三十年동안이나 살아온사람 (엇던科學者) 三十萬個
나넘는 별을 다헤여놋코만사람 (亦是) 人間七十 아니二十四年동안
이나 쌘々히사라온사람 (나)

　　나는 그날 나의自敍傳에 自筆의訃告를 揷入하엿다[1] 以後나의肉
身은 그런故鄕에는잇지안앗다[2] 나는 自身나의詩가 差押當하는꼴
을 目睹하기는 참아 어려웟기째문에.[3]

—《가톨릭청년》, 1933. 7, 53쪽.

---

1) 그동안 살아온 자신의 삶을 중단하고 이를 청산한다는 의미를 담는다.
2) 과거와 같은 삶을 살지 않을 것임을 다짐한다.
3) "시가 차압당하는 꼴"은 자신의 꿈을 향해 도전할 수 없는 상황을 말한다.

이 작품의 텍스트는 크게 전반부와 후반부로 구분된다. 전반부에서는 역사상 위대한 업적을 남긴 과학자들의 생애와 발자취를 생각한다. 중력의 법칙을 발견한 아이작 뉴턴이라든지 수많은 별들의 크기와 움직임을 관측한 갈릴레오 갈릴레이의 연구를 떠올린다. 그리고 스물네 살에 이르기까지 시적 화자 자신이 살아온 초라한 삶이 얼마나 부끄러운 것인가를 대비해 본다.

후반부의 경우는 시적 화자가 자신의 삶에 대해 갖게 된 자괴감 같은 것을 드러낸다. 시적 화자는 스스로 자신의 육신에 대해 사망을 선고하면서 더 이상 그런 일을 하지 못하게 됨을 밝힌다. 경험적 자아로서의 이상 자신이 총독부 기사직을 정식으로 사직한 것과 관련되어 보인다.

이 작품은 시인의 사적 체험을 중요한 시적 모티프로 활용한다. 텍스트상에서 지시하고 있는 "그날"이란 작품의 제목에 해당하는 "1933년 6월 1일"이다. 이상 자신의 삶에 새로운 전환이 이루어진 날짜이다. 이상이 처음으로 국문 잡지《가톨릭청년》에 시를 발표한 날짜와도 일치한다. 시인으로서의 새로운 출발이 이루어진 날 시적 화자는 자기 반성의 자세를 보여 주고 있는 셈이다.

# 거울

거울속에는소리가없소
저렇게까지조용한세상은참없을것이오


◇


거울속에도내게귀가있소
내말을못알아듣는딱한귀가두개나있소


◇


거울속의나는왼손잡이오
내악수를받을줄모르는 — 악수를모르는왼손잡이오


◇


거울때문에나는거울속의나를만져보지를못하는구료마는
거울아니었던들내가어찌거울속의나를만나보기만이라도했
겠소

◇

　나는지금거울을안가졌소마는거울속에는늘거울속의내가
있소
　잘은모르지만외로된사업에골몰할게요

◇

　거울속의나는참나와는반대요마는
　또꽤닮았소
　나는거울속의나를근심하고진찰할수없으니퍽섭섭하오

## 거울

거울속에는소리가업소[1]
저렷케까지조용한세상은참업슬것이오

◇

거울속에도내게귀가잇소
내말을못아라듯는딱한귀가두개나잇소[2]

◇

거울속의나는왼손잡이오
내握手를바들줄몰으는—握手를몰으는왼손잡이오[3]

---

1) 거울 속에 비치는 빛이 소리를 전달할 수 없음을 의미한다.
2) 소리가 전달되지 않기 때문에 말을 알아듣지 못한다.
3) 거울의 속성 가운데 가장 중요한 '반사'의 성질을 비유적으로 설명하고
있다. 거울 속 영상은 거울 면을 중심으로 실제 사물과 항상 대칭 위치에 놓
인다. 그러므로 거울 속 상은 실물과는 왼쪽과 오른쪽이 서로 뒤바뀐 것처
럼 보인다.

◇

거울때문에나는거울속의나를만저보지를못하는구료만은
거울아니엿든들내가엇지거울속의나를맛나보기만이라도햇겟소[4]

◇

나는至今거울을안가젓소만은거울속에는늘거울속의내가잇소[5]
잘은모르지만외로된[6]事業에골몰할쌔요

◇

거울속의나는참나와는反對요마는
쏘쐭닮앗소[7]
나는거울속의나를근심하고診察할수업스니퍽섭々하오[8]

　　　　　　　　　　　　　　　　　—《가톨릭청년》, 1933. 10, 52쪽.

---

4) 거울의 속성을 말한다. 나를 볼 수 있지만 만질 수 없다는 것은 빛의 반
사를 비유적으로 말한 부분이다. 거울을 통해 자신을 보는 것 자체는 '자기
발견'의 의미로 해석할 수 있다.
5) '거울 속의 나'를 현실적 존재로서의 '나'와 구별되는 것으로 규정한다.
6) 이 말은 두 가지 의미로 해석이 가능하다. 하나는 '왼쪽으로 바뀐', 다른
하나는 '외따로 떨어진'으로 볼 수 있다.
7) '나'와 '거울 속의 나' 사이의 이질성과 유사성을 말한다.
8) '나'와 '거울 속의 나' 사이의 거리감을 표시한다.

이 시에서 다루어지고 있는 '거울'은 이상의 작품 세계에서 가장 많이 볼 수 있는 소재이며 시적 상징이다. 이 작품의 텍스트는 모두 여섯 개의 단락으로 구분되어 있는데, 각 행에서는 어절 단위의 띄어쓰기를 하지 않고 있다. 시상의 전개 과정을 놓고 본다면 전반부 세 단락은 '거울 속의 나'를 중심으로 시적 진술이 이루어지고 있으며, 후반부 세 단락은 '현실 속의 나'와 '거울 속의 나'의 관계를 서술하고 있다.

'거울'은 빛의 반사를 통해 사물의 영상을 만들어 낸다. 시적 화자는 거울 속의 영상을 보고 현실적 존재로서의 '나'와 '거울 속의 나'를 대립적으로 인식하고 있다. 여기에서 드러나는 '나'의 이중성은 자아의 분열 또는 대립의 의미로 해석된다. 이러한 문제의식은 이상 자신이 고심했던 시간의 비가역성이라는 주제와 결부할 경우 그 문제성을 더욱 분명하게 드러낸다.

# 보통기념

시가에 전화가일어나기전
역시나는 '뉴턴'이 가르치는 물리학에는 퍽무지하였다

나는 거리를 걸었고 점두에 평과 산을보면은매일같이 물리
학에 낙제하는 뇌수에피가묻은것처럼자그마하다

계집을 신용치않는나를 계집은 절대로 신용하려들지 않는
다 나의말이 계집에게 낙체운동으로 영향되는일이없었다

계집은 늘내말을 눈으로들었다 내말한마디가 계집의눈자위
에 떨어져 본적이없다

기어코 시가에는 전화가일어났다 나는 오래 계집을잊었었
다 내가 나를 버렸던까닭이었다

주제도 더러웠다 때끼인 손톱은길었다
무위한일월을 피난소에서 이런일 저런일
'우라가에시' 재봉에 골몰하였느니라

종이로 만든 푸른솔잎가지에 또한 종이로 만든흰학동체한

26

개가 서있다 쓸쓸하다

화로가햇볕같이 밝은데는 열대의 봄처럼 부드럽다 그한구
석에서 나는지구의 공전일주를 기념할줄을 다알았더라

〔원문〕

## 普通紀念

市街에 戰火[1]가닐어나기前
亦是나는 「뉴-톤」[2]이 갈으치는 物理學에는 퍽無智하얏다

나는 거리를 걸엇고 店頭에 苹果 山[3]을보면은每日가치 物理學에
落第하는 腦髓에피가무든것처럼자그만하다

계즙을 信用치안는나를 계즙은 絶對로 信用하려들지 안는다[4]
나의말이 계즙에게 落體運動[5]으로 影響되는일이업섯다

계즙은 늘내말을 눈으로드럿다[6] 내말한마데가 계즙의눈자위에
떨어저 본적이업다[7]

---

1) 시정(市井)에서 일어나는 싸움. 여기에서는 '나'와 '계집'의 개인적인 불화
와 싸움을 암시한다.
2) 아이작 뉴턴(Isaac Newton, 1642~1727). 영국의 물리학자이자 천문학
자. 만유인력의 법칙을 확립했다.
3) 평과 산. 가게에 산처럼 쌓인 사과를 말한다.
4) '나'와 '계집'(여기에서는 나의 아내) 사이의 불화 또는 신뢰의 상실을 말
한다.
5) 낙체 운동. 중력에 의해 물체가 땅에 떨어지는 운동을 말한다.
6) 다소곳이 말을 듣는 것이 아니라 빤히 쳐다보면서 하는 말에 응대한다
는 뜻이다.
7) 한 번도 제대로 내 말을 들은 체를 하지 않는다. 눈도 껌벅거리지 않는다

期於코 市街에는 戰火가닐어낫다 나는 오래 계즙을니젓섯다 내
가 나를 버렷든까닭이엿다

주제도 덜어웟다 째씨인 손톱은길엇다
無爲한日月을 避難所에서 이런일 저런일
「우라싸에시」(裏返) 裁縫8)에 골몰하얏느니라9)

조희로 만든 푸른솔닙가지에 쏘한 조희로 만든흰鶴胴體한개가
서잇다 쓸々하다10)

火爐가해ㅅ볏갓치 밝은데는 熱帶의 봄처럼 부드럽다 그한구석에
서 나는地球의 公轉―週11)를 紀念할줄을 다알앗드라

—《월간매신(月刊每申)》, 1934. 7.

---

는 뜻이다.
8) "우라싸에시 재봉"은 일본어로, 변색되거나 낡은 옷의 겉감을 뒤집어 속
부분이 겉으로 드러나도록 하여 다시 옷을 깁는 일을 말한다. 여기에서는
저질러진 일을 감추기 위해 말을 돌려대는 것을 비유적으로 표현했다.
9) '주제도~골몰하였느니라'까지는 모두 '계집'이 '나'를 떠난 후의 피폐한
상황을 묘사한 대목이다.
10) 실체와는 거리가 있는 꾸며낸 모습이나 사실을 보고 스스로 비애감을
느끼고 있다.
11) 일 년의 기간이 경과되었음을 암시한다.

〔해설〕

이 작품의 텍스트는 8연으로 구분되어 있다. 시적 화자인 '나'를 중심으로 그 상대역에 해당하는 여성을 '계집'이라는 말로 지칭한다. 텍스트 전체를 통해 두 남녀의 불화 상태를 복잡한 역학 관계로 빗대어 설명하고 있다.

첫째 연과 둘째 연은 '나'와 '계집' 사이의 관계를 간단히 예시한다. 여기에서 근거로 내세워진 것이 뉴턴의 만유인력이다. 뉴턴의 이론에 따르면 모든 물체 사이에는 만유인력이 작용한다. 하지만 시적 화자인 '나'는 '계집'과의 관계에서 어떠한 형태의 끌림도 느끼지 못한다. '뉴턴의 물리학에 무지'했다는 것이 이를 의미한다. 길거리를 지나면서 사과가 쌓여 있는 것을 보고 이 같은 자신의 문제에 대해 고심한다.

셋째 연과 넷째 연은 '나'와 '계집' 사이의 불화 관계를 진술한다. 둘 사이의 신뢰가 무너지면서 불신이 커지고, 상대에 대한 사랑이나 상대를 존중하는 뜻이 모두 사라진다. 그 결과 둘 사이에 생겨난 파탄의 과정은 다섯째 연에서 "전화(戰火)가 일어났다"라는 말로 우회적으로 서술된다. 여섯째 연에서는 다시 돌아온 '계집'의 추레한 모습과 자신의 행동을 변명하며 거짓으로 꾸며 대는 모습을 묘사한다.

이 작품의 결말은 실체를 드러내지 않는 '계집'의 모습에도 불구하고 둘 사이의 관계가 일상적인 관계로 회복되면서 일

년의 세월을 보내게 되었음을 술회한다. 그러나 시적 화자는 실체가 없는 삶에서 외로움을 느끼고 있다. 이 시에서 그려 내고 있는 불화 속 남녀 관계는 소설 「봉별기」를 비롯한 여러 소설을 통해 서사화되기도 한다.

# 운동

　일층 위의이층 위의삼층 위의옥상정원에를 올라가서 남쪽
을보아도 아무것도없고 북쪽을보아도 아무것도없길래 옥상정
원아래 삼층아래 이층아래 일층으로내려오니까 동쪽으로부
터 떠오른태양이 서쪽으로져서 동쪽으로떠서 서쪽으로져서
동쪽으로떠서 하늘한복판에와있길래 시계를 꺼내어보니까 서
기는 섰는데 시간은맞기는하지만 시계는나보다나이 젊지않으
냐는 것보다도 내가시계보다 늙은게아니냐고 암만해도 꼭그
런것만 같아서 그만나는시계를 내어버렸소.

運動[1]


一層 우의二層 우의三層 우의屋上庭園에를올라가서 南쪽을보아
도 아모것도업고 北쪽을보아도 아모것도업길래 屋上庭園아래 三層
아래 二層아래 一層으로나려오닛가 東쪽으로부터 떠올은太陽이 西
쪽으로저서 東쪽으로떠서 西쪽으로저서 東쪽으로떠서 하눌한복판
에와잇길래 時計를 끄내여보닛가 서기[2]는 섯는데 時間은맛기는하지
만 時計는나보다나히[3] 젊지안흐냐는 것보다도 내가時計보다 늙은게
아니냐고 암만해도 꼭그런것만 갓해서 그만나는時計를 내여버렷소.

—《조선일보》, 1934. 7. 19.


---

1) 일본어 연작시 「조감도(鳥瞰圖)」(《조선과 건축(朝鮮と建築)》, 1931. 8, 12쪽)
에 포함된 시 「운동(運動)」과 내용이 동일하다.
2) 서다. 멈추다.
3) 나이를 말한다.

〔해설〕

이 작품은 1934년 7월 19일《조선일보》학예면에 게재되었다. 당시《조선일보》에 김기림이 연재하고 있었던 「현대시의 발전」이라는 평문 가운데에 출처 표시도 없이 별도의 글상자 속에 담겨 있다. 시의 텍스트는 하나의 문장으로 이어져 있다. 지구가 자전하면서 태양을 중심으로 공전하는 과정을 통해 시간의 흐름을 자연스럽게 감지하게 됨을 암시적으로 드러낸다. 시적 화자는 1층에서 3층 옥상을 오르내리면서 동서남북의 방향을 헤아려 보고 태양의 고도와 움직임의 방향을 가늠해 본다. 그리고 태양이 하늘의 한복판에 와 있는 순간에 자신의 위치를 헤아려 보게 된다. 공간 속에서 고도(상하), 위도(남북), 경도(동서)라는 세 가지 요소를 바탕으로 자신의 위치를 규정하려 한다. 인위적인 시간으로서의 '시계'에 대한 거부가 인상적이다. 아인슈타인의 상대성 원리는 세상의 모든 것이 항구 불변한 절대적인 것이 아니라 각각의 운동 상태에 따라 달라지는 상대적인 것임을 보여 주고 있다. 이 작품의 주제역시 이러한 관점과 연결되어 있는 것으로 보인다.

# 오감도

# 오감도
## 시제1호


13인의아해가도로로질주하오.
(길은막다른골목이적당하오.)


제1의아해가무섭다고그리오.
제2의아해도무섭다고그리오.
제3의아해도무섭다고그리오.
제4의아해도무섭다고그리오.
제5의아해도무섭다고그리오.
제6의아해도무섭다고그리오.
제7의아해도무섭다고그리오.
제8의아해도무섭다고그리오.
제9의아해도무섭다고그리오.
제10의아해도무섭다고그리오.


제11의아해가무섭다고그리오.
제12의아해도무섭다고그리오.
제13의아해도무섭다고그리오.
　　13인의아해는무서운아해와무서워하는아해와그렇게뿐이모
였소.(다른사정은없는것이차라리나았소.)

그중에1인의아해가무서운아해라도좋소.

그중에2인의아해가무서운아해라도좋소.

그중에2인의아해가무서워하는아해라도좋소.

그중에1인의아해가무서워하는아해라도좋소.


(길은뚫린골목이라도적당하오.)

13인의아해가도로로질주하지아니하여도좋소.

〔원문〕

烏瞰圖[1]

詩第一號


十三人의兒孩가道路로疾走하오.[2]

(길은막달은골목이適當하오.)[3]


第一의兒孩가무섭다고그리오.

第二의兒孩도무섭다고그리오.

第三의兒孩도무섭다고그리오.

第四의兒孩도무섭다고그리오.

第五의兒孩도무섭다고그리오.

第六의兒孩도무섭다고그리오.

第七의兒孩도무섭다고그리오.

第八의兒孩도무섭다고그리오.

第九의兒孩도무섭다고그리오.

第十의兒孩도무섭다고그리오.

---

1) '오감도'라는 말은 이상이 만들어 낸 신조어(新造語)이다.
2) "13인의아해"에 대한 논의가 분분하다. 그러나 이 숫자에 어떤 의미를 부여하고 거기에 집착하면 다른 중요한 요소들을 놓치기 쉽다. 오히려 이 "13인의아해"라는 대상을 어떤 방식으로 서술하고 있는지에 주목해야 한다.
3) 이 시행은 뒤에 나오는 "길은뚫린골목이라도적당하오."라는 시행에 대응한다. 그러므로 막다른 골목이나 뚫려 있는 골목이나 서로 마찬가지임을 알 수 있다.

第十一의兒孩가무섭다고그리오.

第十二의兒孩도무섭다고그리오.

第十三의兒孩도무섭다고그리오.[4]

十三人의兒孩는무서운兒孩와무서워하는兒孩와그러케뿐이모혓소.(다른事情은업는것이차라리나앗소.)


그中에一人의兒孩가무서운兒孩라도좃소.

그中에二人의兒孩가무서운兒孩라도좃소.

그中에二人의兒孩가무서워하는兒孩라도좃소.

그中에一人의兒孩가무서워하는兒孩라도좃소.[5]


(길은뚫닌골목이라도適當하오.)

十三人의兒孩가道路로疾走하지아니하야도좃소.

—《조선중앙일보(朝鮮中央日報)》, 1934. 7. 24.

---

4) "제1의아해가무섭다고그리오."에서부터 "제13의아해도무섭다고그리오."에 이르기까지 이루어지고 있는 시적 진술은 숫자의 증가를 빼놓고는 동일한 상황을 반복한다. 이러한 반복의 수사적 특성은 단순하기는 하지만 반복되는 상황 자체의 강조를 의미한다.

5) 여기에서는 "무서운아해"와 "무서워하는아해"를 주체로 하는 언어적 진술 자체를 전후 대칭 구조로 배열하고 있다. 이러한 진술법은 앞의 두 행과 뒤의 두 행 사이에 거울이 있다는 것을 가정할 경우 의미가 분명해진다.

〔해설〕

「오감도」는 시인 이상이 1934년《조선중앙일보》에 발표한
연작시이다. 첫 작품인 「시제1호」는 7월 24일에 수록되었고,
마지막 작품이 된 「시제15호」는 1934년 8월 8일 자 신문에 발
표된다. 이렇게 「오감도」는 열 차례에 걸쳐 전체 열다섯 편의
작품으로 연재를 마감한다. 이상은 시인 정지용, 소설가 박태
원, 그리고 이태준 등의 호의적인 주선에 의해 신문 연재 방
식으로 연작시 「오감도」를 발표한다. 이 연작시는 특이한 시적
상상력과 사물을 보는 새로운 시각으로 인해 시인으로서의
이상의 문단적 존재를 새롭게 각인시킨 화제작이 된다. 그렇
지만 이상의 「오감도」는 실험적인 구상과 문제의식에도 불구
하고 당시 문단에서 철저하게 외면당해 원래 계획의 절반 정
도 연재가 진행되는 도중 아무 예고 없이 연재를 중단했다.

「오감도」에서 그 제목인 '오감도'라는 말은 이상이 만들어
낸 신조어이다. 이 말의 의미는 '조감도(鳥瞰圖)'라는 말을 놓
고 보면 어느 정도 이해가 가능하다. 조감도는 원래 미술 용
어로서 공중에 떠 있는 새가 아래를 내려다본다는 것을 가정
하여 넓은 범위의 지형, 건물과 거리 등의 형상을 상세하게 그
리는 그림을 말한다. 건축에서는 조감도를 투시도의 한 종류
로 설명하기도 한다. 투시투상(透視投象) 중에서 '조감적 투시'
를 생략해서 조감도라고 말한다. 공중에 뜬 새처럼 시점을 높

이 하면 높은 곳에서 아래를 내려다보는 것과 동일한 도형을 구할 수 있다. '오감도'라는 말은 이상이 '조감도'라는 한자의 글자 모양을 변형시켜 새로운 단어를 만들어 낸 것이다. 한자로 쓸 경우 '오감도(烏瞰圖)'는 '조감도(鳥瞰圖)'와 글자 모양이 아주 흡사하다. '조(鳥)'라는 한자에서 획 하나를 제거하면 바로 '오(烏)' 자가 된다. 이 글자는 명사인 경우 '까마귀'라는 뜻을 지닌다. 이런 방식은 전통적으로 한자의 자획을 나누거나 합쳐서 전혀 다른 글자를 만들어 내는 '파자(破字)' 놀이를 패러디한 것이다. 탁자(坼字), 해자(解字)라고도 하는 이 파자 방법의 '문자놀이(paronomasia)'는 일종의 지적 유머의 형태를 드러내기도 한다. 이상은 이 파자 방식을 시적으로 변용하여 '오감도'라는 새로운 단어를 만들어 낸다. 그러나 이 단어는 파자에 의한 것이지만 단순한 우스갯말로 만들어 낸 것이 아니다. 이 말은 '까마귀'가 환기하는 독특한 분위기를 통해 암울한 현대인들의 삶의 모습을 전체적으로 암시하고 있기 때문이다.

연작시 「오감도」에서 시적 화자는 스스로 '까마귀'를 자처하여 공중에 떠 있다. 물론 새처럼 하늘 높이 날아다니기 위한 것은 아니다. 공중에 떠 있는 '까마귀'의 시선과 각도로 인간 세계를 내려다보기 위해서이다. 이 새로운 시각은 모든 사물이 공중에 높이 날고 있는 '까마귀'의 눈(또는 시선)에 집중되어 있음을 뜻한다는 점에서 매우 중요하다. 공중에 떠 있는 '까마귀'의 위치에서 가질 수 있는 시선의 높이와 그 각도로 인해 지상의 모든 사물의 새로운 형태와 그 지형도가 드러난다. 그리고 그 위치와 거리가 감지된다.

「오감도」가 난해시로 지목된 이유는 시적 진술 내용의 단순화 또는 추상화 기법에 기인한다. 이상은 시적 대상을 그려 내면서 그 대상의 복잡한 형상과 구체적인 디테일을 과감하게 생략하거나 제거한다. 그리고 자신이 새로운 시각과 관점을 통해 착안해 낸 한두 가지의 특징만을 중심으로 하는 단순화한 시적 진술을 이어 간다. 이와 같은 특징 때문에 독자들이 작품에서 그려 내고 있는 시적 정황에 쉽게 접근할 수가 없다. 그는 대상에 대한 주관적 감정이나 정서적 반응을 철저하게 절제하고 시적 진술 내용에서 구체적 설명이나 감각적 묘사 대신 한두 가지의 중심 명제를 찾아내 이를 반복적으로 진술한다. 어떤 경우에는 일체의 언어적 진술 대신 특징적 기호나 도형과 같은 파격적인 이미지를 사용하기도 한다. 이 방법은 눈에 보이는 것을 넘어 상상의 영역 속으로 독자를 끌어들여 새로운 세계와 법칙을 인식할 수 있도록 유도한다.

「오감도」에서 가장 주목되는 것은 시적 대상을 보는 시각의 전환과 그 시적 기법의 새로움이다. 시적 대상으로서의 사물에 대한 인식 혹은 지각은 무수한 원근법적 시선의 무한한 총합으로 가능해진다. 하나하나의 시선에 따라 대상이 지각되기는 하지만 그것은 항상 대상으로서 사물의 어떤 한 측면만 보이게 된다. 대상은 그것을 보는 관점이나 장소에 따라 다르게 보이기 때문이다. 대상의 전체적 모습이나 형태를 한눈으로 '본다'는 것은 거의 불가능하다. 이러한 한계는 대상 자체의 문제가 아니라 그것을 보는 사람의 시각에서 드러나는 제약에 기인한다. 「오감도」에서 시적 화자는 스스로 '까마귀'를 자처하여 공중에 떠 있다. 일반적 의미에서 '보다'라는 지각의 행위는 언제나 자기 육체에 속하는 '눈'의 위치와 그 높이에 따라 결정된다. '눈'으로 보지 않고서는 그 사물의 실재를 이해하기 어렵다. 그렇지만 보이는 것이 그 사물의 전체는 아니다. 지각된 대상은 실제 주어져 있는 것 이상의 어떤 것을 포함한다. 그러므로 '보다'라는 말은 일종의 역설을 드러낸다. 시인 이상이 「오감도」를 통해 표현하고자 한 것도 바로 이 같은 사물을 보는 시각의 역설적 의미가 아닌가 생각된다. 대상을 본다는 것은 단순히 눈앞에 존재하는 사물의 외적 형상을 인지하는 것만은 아니다. 그것은 사물을 관찰하는 과정과 함께 주체를 둘러싼 환경 속에서 관찰자로서의 주체까지 포함하는 여러 개의 장(場)을 함께 파악하는 일이다. 이상은 사물에 대한 물질적 감각을 정확하게 파악하기 위해 사물의 전체적인 형태나 중량감, 윤곽, 색채와 그 속성까지 설명할 수 있는 특이한 시선과 각도를 찾아낸다. 그가 끊임없이 발전해 가는 기술 문명의 세계를 놓고 그것의 정체를 포착하면서 동시에 주체의 의식의 변화까지 드러내기 위해 상상해 낸 새로운 그림이 바로 「오감도」라고 할 수 있다.

이상의 「오감도」 연작은 시인 자신의 개인적 삶을 텍스트 속에 직접적으로 투영하는 방식을 통해 시적 주체의 객관적 인식에 도달하게 된다. 자신이 창작하고 있는 작품 속에 시적 대상으로 자기 주체를 등장시키기도 하는 것이다. 물론 이러한 형식 자체는 전통적인 의미의 서정적 진술과는 전혀 다르기 때문에 존재론적 차원에서 별도의 논의를 가능하게 한다.

그런데 시적 텍스트에 시적 대상으로 등장하는 경험적 주체로서의 시인 자신은 텍스트 속에 등장하는 순간 그 실재성의 의미를 상실한다. 그것은 텍스트의 언어에 의해 조작되는 것이기 때문이다. 이러한 현상은 시인 자신과 창작으로서의 텍스트 사이에 저자로서의 주체와 대상으로서의 작품이라는 입장이 서로 뒤바뀌면서 서로가 서로를 창조하고 서로가 서로의 입장을 파괴한다는 점을 통해 확인된다. 이것은 텍스트의 인위성과 현실 삶의 인위성을 강조하기 위해 활용하는 하나의 기법에 불과하다.

연작시 「오감도」는 연재가 중단되면서 새로운 시적 실험의 완결된 형태를 보여 주지 못했다. 그런데 이 미완의 작품은 1936년 두 편의 연작시 「역단」과 「위독」을 통해 시적 주제와 형태의 완성을 보게 된다. 이상은 「오감도」의 연재 중단 직후 2000여 편의 작품에서 「오감도」를 위해 30여 편을 골랐다고 밝힌 적이 있다. 이 진술을 그대로 받아들일 경우 연작시 「오감도」는 신문에 연재된 열다섯 편 외에도 상당수의 작품이 발표되지 못한 채 폐기되었음을 알 수 있다. 「오감도」의 연재 중단으로 남게 된 미발표작은 1936년 연작시 「역단」의 다섯 편과 연작시 「위독」의 열두 편으로 나뉘어 발표된 것으로 추정된다. 이상이 당초 계획한 서른 편 정도로 구성된 연작시 「오감도」는 「역단」과 「위독」이라는 새로운 연작시를 모두 포함시킬 경우 전체 규모가 구체적으로 드러나기 때문이다. 그러므로 「오감도」는 《조선중앙일보》에 연재되었던 열다섯 편만이 아니라 연작시 「역단」의 다섯 편과 연작시 「위독」의 열두 편을 모두 함께 연작의 특성에 근거하여 새롭게 음미해야 한다.

　「시제1호」의 시적 구도는 매우 단순하다. 텍스트에는 "막다른골목"에서 "13인의아해"가 "질주"하고 있는 상황이 제시된다. "13인의아해"들은 모두가 자신들이 처해 있는 상황을 "무섭다"라고 진술한다. 그리고 각각 스스로 무서운 존재로 변하기도 하고 무서워하는 존재가 되기도 한다. 여기에서 "13인의아해"가 누구인가를 따지는 것은 큰 의미가 없어 보인다. 왜냐하면 여기에 등장하는 "아해"는 실제 아이가 아니라 공중에서 내려다보이는 사람들에 불과하기 때문이다. 하늘에 떠서 지상을 내려다보면 모든 사물들은 실제 크기보다 작게 보인다. 이러한 시각과 거리의 감각을 염두에 둔다면 "아해"는 아이들처럼 작게 보이는 사람들임에 틀림없다. "13"의 경우도 숫자 자체의 상징성이 문제가 되기도 하지만 지상에 있는 많은 사람들을 가리킨다고 보아도 의미에서 크게 벗어나지 않는다. 이 작품에서 문제가 되는 것은 도로를 질주하며 느끼는 공포의 실체가 무엇이며 그 대상은 무엇인가를 확인하는 작업이다. 이 작품은 이러한 문제의식으로부터 다시 읽어 가야만 그 시적 의미에 도달할 수 있다.

# 오감도
## 시제2호

나의아버지가나의곁에서졸적에나는나의아버지가되고또나는
나의아버지의아버지가되고그런데도나의아버지는나의아버지
대로나의아버지인데어쩌자고나는자꾸나의아버지의아버지의
아버지의……아버지가되니나는왜나의아버지를껑충뛰어넘어
야하는지나는왜드디어나와나의아버지와나의아버지의아버지
와나의아버지의아버지의아버지노릇을한꺼번에하면서살아야
하는것이냐

烏瞰圖

詩第二號

나의아버지가나의겨테서조을적에나는나의아버지가되고[6]또나는나
의아버지의아버지가되고그런데도나의아버지는나의아버지대로나의
아버지인데어쩌자고나는작고나의아버지의아버지의아버지의……아
버지가되니나는웨나의아버지를껑충뛰어넘어야하는지나는웨드듸어
나와나의아버지와나의아버지의아버지와나의아버지의아버지의아버
지노릇[7]을한꺼번에하면서살아야하는것이냐

―《조선중앙일보》, 1934. 7. 25.

---

6) '되다'라는 동사는 '어떤 상태에 이르다', '어떤 상황으로 바뀌다' 등의 의
미를 가진다. 현재의 '나'가 '아버지'가 되는 것은 시간적으로 과거로 돌아가
는 것에 해당한다.

7) '노릇'은 '역할과 의무'를 뜻한다.

이 작품은 전체 텍스트가 하나의 문장으로 이어져 있다. 띄어쓰기를 거부하고 있는 이 같은 표기 방법은 여러 가지 의미로 해석이 가능하다. 이것은 언어와 문자가 본질적으로 지니고 있는 선조성(線條性), 다시 말하면 말을 하거나 글을 쓸 때 언어 요소들이 앞뒤에 계기적으로 연결되는 성질에 대한 일종의 거부 반응이라고 할 수 있다. 사물에 대한 인식이 순간적(동시적)으로 이루어지는 것임에도 그 언어 표현이 시간적 계기성에 묶이는 것에 대해 이상은 「지도와 암실」에서 다음과 같이 불만을 표시했다. "무슨 까닭에 한번 넘어 지나가면 도무소용인 글자의 고정된 기술 방법을 채용하는 흡족지 안은 버릇을 쓰기를 버리지 안을싸를 그는 생각한다."

이 작품은 '나'라는 시적 주체에 '아버지, 아버지의 아버지, 아버지의 아버지의 아버지……'가 서로 대응하는 관계를 보여 준다. 현재의 '나'에 대응하는 '아버지, 아버지의 아버지, 아버지의 아버지의 아버지……'는 가족 또는 가문 차원에서는 '조상', '선조'에 해당하며, 세대 차원에서는 '기성세대'를 말한다. 시간상으로는 '과거'라고 할 수 있다. 그러므로 이 작품에서 '나'는 가문의 전통이나 기성세대의 권위나 과거의 역사에 대한 자신의 역할에 의문을 표시하면서 이들로부터 벗어나려 한다.

시의 텍스트에서는 '나'라는 시적 주체를 전면에 내세운다. 하지만 '나'의 존재 의미와 그 역할과 위상에 대한 구체적인 설명은 텍스트에서 모두 제거하고 내용을 단순화하여 '나'라는 시적 주체와 시적 대상으로서의 '아버지'와의 관계만을 반복적으로 진술하고 있다. '나'를 통해 시적 텍스트 내에서 진술하고자 하는 것은 '아버지'에 관한 일이다. 여기에서 '아버지'는 시적 진술의 대상이 된다. 시적 주체인 '나'를 시인 자신이라고 한다면, '아버지'는 시인 이상 자신의 아버지라고 상정해 볼 수도 있다. 그렇지만 시적 텍스트 내의 모든 진술 내용을 경험적 현실 속에서 이루어지는 시인 자신의 삶과 직결시켜 그 의미를 축소 제한할 필요는 없다.

시적 대상이 되고 있는 '아버지'는 가족적 혈연관계로 본다면 '나'의 존재를 가능하게 만들어 준 선대(先代)에 해당한다. '아버지'가 없다면 '나'라는 존재도 없다. 그만큼 '아버지'는 '나'의 존재에 절대적인 의미를 지닌다. 그런데 '아버지'는 현재 '나'의 곁에서 졸고 있다고 그 형상이 단순화되어 그려진다. 다시 말하면 아무 활동도 하지 않는 무기력한 아버지의 모습을 '나의 곁에서 졸고 있는 아버지'의 형상으로 그리고 있다. 이러한 아버지의 형상은 가족 안에서의 '부성(父性)'의 역할 부재 또는 부성적 기능의 상실을 암시한다. '아버지'가 가족 구성원들을 위해 아무 역할도 하지 못하고 무기력 상태에 빠져 있음을 말해 준다. 아버지의 역할 부재라는 상황 속에서 시적 화자인 '나'는 스스로 '아버지'로서의 역할을 감당하지 않으면 안 된다. 시인은 이를 두고 "나는나의아버지가되고또나는나의아버지의아버지가되고"라고 진술한다. 하지만 문제는 '아버지'를 대신하는 '나'의 역할에도 불구하고 '아버지'가 갖는 '아버지'로서의 존재 의미와 그 권위는 여전히 변함이 없다. "나의아버지는나의아버지대로나의아버지"인 것이다. 이 같은 엄연한 사실을 놓고 '나'는 갈등에 빠진다. 자신이 '아버지'의 역할을 대신하면서도 '아버지'의 존재와 그 의미와 권위를 인정해야 하기 때문이다. 이 시의 결말 부분은 "나는왜드디어나와나의아버지와나의아버지의아버지와나의아버지의아버지의아버지노릇을한꺼번에하면서살아야하는것이냐"라는 의문형으로 맺어진다. 여기에서 '아버지'는 단순한 '나'의 '아버지'로 국한되지 않는다. "나의아버지와나의아버지의아버지와나의아버지의아버지의아버지"로까지 선대의 조상으로 거슬러 올라가고 있기 때문이다. 시인은 '아버지의 아버지'와 같은 중첩의 표현을 통해 '부성' 자체의 막중한 의미만이 아니라 그 역사와 전통의 무게까지 강조하면서 그 모든 무게를 감당해야 하는 자신의 난감한 처지를 자문하고 있다.

여기에서 시적 화자가 "나의아버지가되고또나는나의아버지의아버지가되고"라고 진술한 내용을 보면, 이 진술 자체가 '나'를 중심으로 가계의 계통을 일련의 세대 개념으로 단순하게 구조화한 것이며 부계 제도의 질서를 그려 낸 것임을 알 수 있다. 특히 흥미로운 것은 '나는 나의 아버지가 된다.'라는 진술이다. 이 진술은 시간의 논리로 본다면 명백한 사실적 모순을 드러낸다. 시간의 흐름을 따라가면 할아버지에서 아버지로 그리고 아버지에서 나로 이어지는 세대교체가 자연스러운 것이다. 시간은 언제나 과거로부터 현재로 이행하며 결코 과거로 돌아갈 수 없는 불가역성의 속성을 지니기 때문이다. 그런데 '나는 나의 아버지가 된다.'라는 진술은 '나'를 기준으로 할 때 현재의 '나'로부터 과거의 '아버지'로 거슬러 올라감을 보여 준다. 이른바 시간의 불가역성이라는 논리를 거부하고 있는 셈이다. 이것은 시간적 논리로는 분명 모순이지만 인간의 삶에서는 얼마든지 가능한 일이다. 결국 이 작품은 주체로서의 '나'의 존재와 그 역할과 위상에 대한 질문을 단순화하여 표현한 것이라고 할 수 있다. 이 시의 진술 주체인 '나'는 '주격의 나/목적격의 나'라는 정체성의 논리 구조를 되묻게 한다. '목적격의 나'는 개인의 심리적 발달 과정에서 '주격의 나'가 의식하게 되는 정체성이다. '주격의 나'는 개인의 능동적이면서도 원초적인 의지이며 이 의지는 사회적 유대의 반영이라고 할 수 있는 '목적격의 나'를 장악한다. 그러므로 '나'는 '나'이며, '나' 이외의 다른 어느 것도 아니다. 하지만 이 시에서 '나'는 '목적격인 나'를 '아버지'와 '아버지의 아버지'와 '아버지의 아버지의 아버지'로 대체한다. 여기에서 '나'의 존재가 '나'가 아닌 다른 어떤 존재로 대체됨으로써 자기 정체성의 혼란이 야기된다.

# 오감도

## 시제3호

싸움하는사람은즉싸움하지아니하던사람이고또싸움하는사람은싸움하지아니하는사람이었기도하니까싸움하는사람이싸움하는구경을하고싶거든싸움하지아니하던사람이싸움하는것을구경하든지싸움하지아니하는사람이싸움하는구경을하든지싸움하지아니하던사람이나싸움하지아니하는사람이싸움하지아니하는것을구경하든지하였으면그만이다.

〔원문〕

烏瞰圖

詩第三號

싸홈하는사람은즉싸홈하지아니하든사람이고또싸홈하는사람은싸
홈하지아니하는사람이엇기도하니까싸홈하는사람이싸홈하는구경
을하고십거든싸홈하지아니하든사람이싸홈하는것을구경하든지싸
홈하지아니하는사람이싸홈하는구경을하든지싸홈하지아니하든사
람이나싸홈하지아니하는사람이싸홈하지아니하는것을구경하든지
하얏으면그만이다.

—《조선중앙일보》, 1934. 7. 25.

이 작품의 시적 진술 방식은 「시제2호」와 유사하다. 시적
텍스트 전체가 하나의 문장으로 연결되어 있으며 띄어쓰기를
거부하고 있다. 이 텍스트에서 주목해야 하는 것은 '싸움하는
사람'이라는 하나의 대상에 대한 진술이다. 이 대상에 대한 진
술은 현재라는 시간에 묶여 있다. 그러나 이것의 시간적 위상
을 달리하여 보면 여러 가지 서로 다른 진술이 가능해진다. 과
거로 돌아가 보면 현재 '싸움하는 사람'은 '싸움 아니하던 사
람'에 해당한다. 이 작품은 인간 행위의 모든 구체적인 디테일
과 복잡한 과정을 아주 단순화하고 추상화하여 "싸홈(움)하
는사람"으로 표시하고 있다. 이 구절을 '사람이 싸움하다'라는
서술적 문장으로 바꾸어 보면 그 존재와 행위의 의미가 분명
해진다. "싸홈하는사람"은 현재라는 시간적 위상을 통해 그 행
위의 구체성이 드러난다. 그러나 현재라는 시간적 위상을 떠
나서 생각할 경우, '싸움하는 사람'은 과거에 '싸움하지 아니하
던 사람' 또는 '싸움하지 아니하는 사람'이었음을 추론해 볼
수 있다.

이 작품은 사물에 대한 인식이 시간의 위상에 따라 얼마
든지 다양하게 달라질 수 있음을 단순화하여 제시한다. 물론
시간이라는 것이 주관에 속하면서 모든 인식을 가능하게 하
는 초월적 관념에 해당하지만 그 자체가 경험적 실제성이라는

사실을 직시할 필요가 있다. 여기에서 주목되는 것이 시적 대상의 존재에 대한 인식의 양상이다. 모든 실재하는 대상의 가능/불가능, 현존/부재, 필연/우연의 구분은 시간 조건과의 결합에 의해 결정된다. 그러므로 현재 '싸움하는 사람'은 과거에는 '싸움하지 아니하던 사람'이라는 인식이 가능하다. 시적 대상에 대한 인식은 객관적인 사물에 대한 인식 그 자체에 해당한다. 그러나 그 대상의 존재는 객관적 시간, 즉 계기를 본질로 하는 시간 속에 존재함을 뜻한다. 바로 여기에서 어떤 동작을 행하는 대상을 인식하는 데에는 시간이 절대적인 조건이 된다는 사실을 확인할 수 있게 된다.

# 오감도

## 시제4호

환자의용태에관한문제.

```
•  0  9  8  7  6  5  4  3  2  1
0  •  9  8  7  6  5  4  3  2  1
0  9  •  8  7  6  5  4  3  2  1
0  9  8  •  7  6  5  4  3  2  1
0  9  8  7  •  6  5  4  3  2  1
0  9  8  7  6  •  5  4  3  2  1
0  9  8  7  6  5  •  4  3  2  1
0  9  8  7  6  5  4  •  3  2  1
0  9  8  7  6  5  4  3  •  2  1
0  9  8  7  6  5  4  3  2  •  1
0  9  8  7  6  5  4  3  2  1  •
```

진단 0 · 1

26 · 10 · 1931

이상 책임의사 이 상

烏瞰圖

詩第四號

患者의容態[8]에關한問題.

```
•  0 9 8 7 6 5 4 3 2 1
0  • 9 8 7 6 5 4 3 2 1
0  9 • 8 7 6 5 4 3 2 1
0  9 8 • 7 6 5 4 3 2 1
0  9 8 7 • 6 5 4 3 2 1
0  9 8 7 6 • 5 4 3 2 1
0  9 8 7 6 5 • 4 3 2 1
0  9 8 7 6 5 4 • 3 2 1
0  9 8 7 6 5 4 3 • 2 1
0  9 8 7 6 5 4 3 2 • 1
0  9 8 7 6 5 4 3 2 1 •
```

診斷 0 · 1

26 · 10 · 1931

以上　　責任醫師　　李　　箱

—《조선중앙일보》, 1934. 7. 28.

---

8) '환자의 용태'를 기호적으로 형상화하기 위해 XY축에 1에서 0에 이르는 숫자를 배열하고 있으며, 그것을 마치 거울 속에 비춰진 것처럼 뒤집어 보여 주고 있다.

이 작품은 텍스트 자체가 특이한 형태를 드러낸다. 일반적으로 시적 텍스트는 언어의 통사적 배열에 그 구조가 결정되는 것이지만 이 작품은 숫자판을 텍스트에 삽입해 놓고 있다. 다시 말하면 텍스트의 언어적 진술에 시각적인 도판이 삽입되어 있는 것이다. 그러므로 시적 텍스트는 언어적 진술과 시각적 도판의 결합에 의해 추상화되면서 혼성적 특징을 드러낸다. 여기에서 주목해야 할 것이 이상이 새로이 고안하고 있는 '보는 시' 또는 '시각시'(visual poetry)라는 새로운 시적 양식 개념이다. '보는 시'는 시적 텍스트를 시각적 형태로 구현하려는 시도의 산물이다. 간단히 말하자면 시적 텍스트 자체가 무엇인가를 스스로 드러내 보이도록 고안된다. 여기에서 시적 텍스트 자체의 물질성을 드러내는 문자, 문장부호, 띄어쓰기, 행의 구분, 행의 배열, 여백 등의 시각적 요소들을 해체하기도 한다. 그리고 텍스트 자체가 무엇인가를 보여 줄 수 있도록 문자 텍스트에 삽화, 사진, 도형 등과 같은 회화적 요소를 첨부해 새로운 변형을 시도하기도 한다.

이 작품의 시적 진술 내용을 보면, 텍스트 첫머리에는 "환자의용태에관한문제"라는 짤막한 어구가 배치되어 있다. 이 짤막한 진술은 환자의 병환이 어떤 상태인지에 대한 의문을 내포한다. 이 어구 바로 뒤에 숫자의 도판이 뒤집힌 채 삽입되

어 있다. 이 숫자 도판은 시의 텍스트에서 진술하려는 "환자
의용태에관한문제"와 어떤 연관성을 가지는 것이라고 짐작된
다. 이 시의 텍스트는 말미에서 환자의 용태에 대한 진단 결
과를 "0·1"이라는 숫자로 다시 정리해 놓는다. 이 진단 결과
는 1931년 10월 26일에 나왔으며, 이 결과를 진단한 의사는
"이 상" 자신이다. 시인 자신이 자기 이름을 의사로 표시하고
있다. 이 작품은 "환자의용태에관한문제"라는 진술과 "진단
0·1/ 26·10·1931/ 이상 책임의사 이 상"이라는 진술 사이에
삽입된 숫자의 도판이 어떤 시적 맥락을 형성하고 있는지를
먼저 규명해야 한다. 그래야만 시적 텍스트 자체의 시각적 특
징을 정확하게 이해할 수 있게 된다.

먼저 시적 대상인 '환자'와 그 환자를 진단하고 있는 '의사
이상'의 관계를 정확하게 파악해야 한다. 텍스트 안에서는 시
적 대상으로 내세우고 있는 환자가 어떤 인물인지 확인할 수
있는 근거를 찾아볼 수 없다. 그런데 시적 진술의 주체를 "이
상"이라고 내세움으로써 경험적 자아로서의 시인 자신이 작
품의 내적 상황에 개입하고 있다. 이러한 시적 정황으로 보면,
이 시는 시인 자신인 "이 상"에게 의사라는 자격을 부여해 진
술의 주체로 내세우면서 어떤 "환자의용태"를 진단하고 있다.
일반적으로 서정시의 시적 진술은 서정적 주체에 해당하는 시
인 자신에 의해 이루어진다. 그러므로 시적 진술의 주체가 시
인 자신임을 내세우지 않아도 독자들은 그 사실을 쉽게 인지
한다. 물론 시적 정황 속에 어떤 인물을 내세워 시적 자아인
시인의 존재를 숨기고 자기 목소리를 감출 수도 있다. 이 시에

서 시적 진술의 주체를 "이상"이라고 드러낸 점이 주목된다. 이 시의 텍스트에서 시적 대상인 환자가 누구인지 확인할 수 있는 징표는 텍스트에 명기되어 있다. 그것은 '1931. 10. 26'이라는 날짜와 관련된다. 이 날짜는 시 속에서 "책임의사 이 상"이 "환자"를 진단한 날로 표시되지만, 1931년은 이상이 조선총독부의 건축 기사로 근무하던 경험적 시간과 일치한다. 이해 가을 이상은 공사장에서 객혈하며 쓰러진 후 병원에 옮겨져 의사로부터 자신이 폐결핵 중증이라는 사실을 처음 알게 되었다. 10월 26일이 바로 그날이다. 이러한 사실을 놓고 본다면, 이 시의 시적 대상인 "환자"는 결국 시인 이상 자신임을 알 수 있다. 결국 「시제4호」는 시인이 시적 화자로 등장하여 자신의 병환과 그 용태에 관해 스스로 조심스럽게 진단해 보고 있는 내용이 중심을 이루고 있는 셈이다.

시의 텍스트에서 해결해야 하는 또 하나의 문제는 '1 2 3 4 5 6 7 8 9 0 ·'이라는 숫자가 열한 번이나 반복적으로 배열된 뒤집힌 숫자의 도판이다. 이 도판에서 확인되는 숫자의 배열과 그 반복이 어떤 의미를 지니는 것인지 밝혀야만 전체적인 시적 텍스트의 의미에 도달할 수 있다. 물론 이 같은 숫자의 반복 배열 자체의 의미를 따지기 전에 이 숫자 전체가 어떤 사실(환자의 용태)에 대한 언어적 진술을 단순화 혹은 추상화해 만들어 낸 도판에 해당한다는 점을 다시 강조해 둘 필요가 있다. 이 도판은 언어 텍스트의 진술 내용과 연관되는 어떤 문제를 추상화하여 시각적으로 제시한 것이기 때문이다. 이 작품에서 '1 2 3 4 5 6 7 8 9 0 ·'이라는 숫자 배열은 십진법의 자릿수인 1, 2, 3, 4, 5, 6, 7, 8, 9, 0을 그대로 나타내고 있다. 십진법의 기수법에서는 9가 가장 큰 숫자이다. 9보다 하나 더 큰 수를 표시하는 숫자는 따로 없다. 10이라고 쓰지만 이는 1과 0으로 표시된 것이다. 여기에서 십진법의 위치값 기수법으로 수를 표현하는 경우 특정한 위치가 수의 표현에서 필요하지 않는 경우가 생긴다. 이때 그 위치가 의미를 갖지 않는다는 것을 나타내기 위해 0의 개념이 필요하다. 그러므로 십진법에서는 1, 2, 3, 4, 5, 6, 7, 8, 9, 0으로 수를 표시하게 된다.

「시제4호」의 숫자 도판은 1부터 0까지 숫자의 순차적 배열을 열한 번이나 반복하여 표시해 놓고 있다. 이것은 어떤 일의 순서, 진행 과정, 변화 단계 등을 기호화한 것이며, 동일한 작업이 여러 차례 반복되었음을 의미한다. 그런데 이 숫자의 도판은 내리읽기할 경우 오른편 끝에 1이라는 숫자가 줄지어 있고, 왼편 끝에는 0이라는 숫자가 마찬가지로 줄지어 있다. 중간에 배열된 숫자의 변화가 어떻게 표시되든 결과적으로 이 숫자 도판은 왼쪽과 오른쪽에 1과 0 두 숫자만 나타낸다. 이 시 말미에 제시되어 있는 "진단 0·1"이라는 문구는 바로 이같은 도판의 숫자 배열의 특징을 압축해 놓은 것이다. 이를 달리 말하면 '1 2 3 4 5 6 7 8 9 0·'이라는 십진법의 기수법으로 표시했던 숫자 배열을 "0·1"이라는 이진법의 두 개의 숫자로 바꾸어 단순하게 표시하고 있다고 할 수 있다. 이진법은 관습적으로 0과 1의 기호를 쓴다. 0과 1 두 가지 숫자만을 이용한다는 특징 때문에 논리적인 이분법과 서로 상통하는 바가 있다. 그러므로 논리와 관련된 상당 부분의 수학적 표현이 이진법으로 이루어지기도 한다. 이진법은 있음(1)과 없음(0)을 나타내는 방식으로도 쓰이고, 참(true)과 거짓(false)을 나타내는 방식으로도 사용된다. 사물의 세계에서 '1'은 유일한 하나의 존재를 표시한다.

이와 같은 해석을 종합해 보면, 이 작품은 경험적 자아로서의 시인 이상이 폐결핵 환자인 자신을 대상화하여 스스로 자기 진단을 수행하는 과정을 숫자로 단순 추상화하여 시각화한 것이라고 할 수 있다. 시인 이상은 자신의 건강 상태와 병환의 진전 상황을 수없이 스스로 진단하며 병든 육체에 대한 자기 몰입에 빠져들게 된다. 이 과정을 단순 추상화하여 시각적인 기호로 대체해 보여 주는 것이 뒤집힌 십진법의 기수법으로 배열된 숫자의 도판이다. 물론 여기에서 숫자 도판이 뒤집혀 있는 것은 거울을 통해 자기 모습을 들여다보고 있음을 말해 준다. 그런데 수없이 되풀이하여 자기 진단을 해 보지만 그 결과는 0과 1이라는 이진법의 숫자로 간단명료하게 논리화된다. '있음'을 의미하는 1은 정상적으로 작동하고 있는 한쪽 폐를 말하고, 병으로 훼손된 다른 한쪽 폐는 '없음'을 의미하는 0으로 표시하고 있는 것이다. 자신의 감정을 절제하면서도 자기 집착을 드러내 보이는 이 시에서 이상 자신이 빠져들었던 병적 나르시시즘의 징후를 밝혀 내는 것은 이 시를 보고 그 숫자 도판의 시각적 이미지가 환기하는 의미를 '읽는' 독자의 몫이다. 그리고 그것이 바로 '보는 시'로서 「시제4호」의 가능성을 말해 준다.

# 오감도

## 시제5호

그후좌우를제하는유일의흔적에있어서

**익은불서 목대부도**

반왜소형의신의안전에아전낙상한고사를유함.

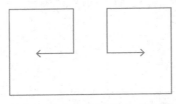

장부타는것은침수된축사와구별될수있을는가.

烏瞰圖

詩第五號

其後左右를除하는唯一의痕跡에잇서서[9]

## 翼殷不逝 目大不覩[10]

胖矮小形의神의眼前에我前落傷한故事를有함.[11]

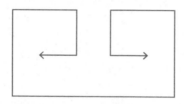

臟腑타는것은[12]浸水된畜舍[13]와區別될수잇슬는가.

──《조선중앙일보》, 1934. 7. 28.

---

9) "기후"는 '그 후' 정도로 해석이 가능하다. "좌우를 제하는 유일의 흔적"
은 '좌우(가슴 양쪽의 폐)가 모두 손상된 모양' 정도로 해석할 수 있다.
10) 중국 고전 『장자(莊子)』 「산목」 편에 나오는 구절을 패러디한 것이다.
11) "반왜소형의신"은 키가 작고 뚱뚱한 의사를 빗대어 말한 것이다.
12) X선 촬영 사진의 검은 부분을 보면서 '신체의 내장 기관이 타는 것'으로
표현하고 있다. 폐결핵의 심각성을 드러내는 표현이다.
13) X선 촬영 사진에 흐릿하게 드러난 골격의 모양을 비유적으로 표현한 것
이다.

〔해설〕

이 작품의 텍스트는 이상의 일본어 시 가운데 「건축무한육면각체」에 포함되어 있는 「이십이년」을 패러디한 것이다. 일본어 시에서 '22년'은 시적 화자의 나이가 스물두 살이 되던 해를 가리킨다. 이 해에 시인 자신은 객혈을 한 후 폐결핵이 심각한 상태임을 진단을 통해 알게 된다. 이 시에서 시적 화자는 자신의 악화된 건강 상태를 놓고 절망감에 빠져든 심경을 『장자』의 구절을 빌려 표현한다. 그리고 폐가 상해 버린 상태를 촬영한 X선 사진을 도표화하여 시각적으로 제시하고 있다. 그렇지만 텍스트에 나타나 있는 독특한 인유의 방법과 기호로서의 도형 제시 등이 의미의 해독을 방해하고 있어서 대표적인 난해시로 손꼽힌다.

기왕의 연구에서는 대부분 일본어 시 「이십이년」과 「시제5호」의 텍스트가 동일한 것으로 설명하고 있지만, 두 텍스트 사이에 미묘한 변화가 있음을 주목해야 한다. 이 변화를 추적해 보면 두 작품의 차이를 확인할 수 있다. 첫째 작품의 제목을 「이십이년」에서 「시제5호」로 바꾼 것, 둘째 '전후좌우(前後左右)'가 '기후좌우(其後左右)'로 바뀐 점, 셋째 "익단불서 목대부도"(翼段不逝 目大不覩, 날개가 부러져 날지 못하고 눈이 커도 보지 못한다.)라는 구절을 "익은불서 목대부도"(翼殷不逝 目大不覩, 날개가 커도 날지 못하고 눈이 커도 보지 못한다.)로 바꾼

것, 넷째 "胖矮小形の神の眼前に我は落傷した故事を有つ."라는 구절을 "胖矮小形의神의眼前에我前落傷한故事를有함."으로 바꾼 것, 다섯째 "臟腑 其者は浸水された畜舍とは異るものであらうか"(臟腑 그것은浸水한畜舍와다를것인가)라는 구절이 "臟腑라는것은 浸水된畜舍와區別될수잇슬는가."로 바꾼 것을 차이점으로 지적할 수 있다. 이 시에는 짤막한 몇 개의 진술과 함께 하나의 도형이 제시되어 있는데, 그 내용은 크게 세 부분으로 구분된다. 첫 단락은 1행과 2행, 둘째 단락은 3행과 도표, 그리고 셋째 단락은 작품의 마지막 행이다.

이 작품에서 먼저 주목해야 할 것은 '익은불서(翼殷不逝) 목대부도(目大不覩)'라는 구절이다. 이 구절은 중국 고전 『장자』 「산목」 편에서 인유한 것이다. 이 이야기에서 장주가 한 말 가운데 "날개가 큰데도 제대로 날지 못하고 눈이 큰데도 제대로 보지 못한다."라는 말은 원문이 "익은불서목대부도(翼殷不逝目大不覩)"라고 되어 있다. 그런데 이 구절에서 '날개가 크다'는 의미를 지니는 '익은(翼殷)'이 일본어 시 「이십이년」에서는 '익단(翼段)'으로 바뀐다. 이 작품의 첫 대목에서 "전후좌우를 제하는 유일한 흔적이 있어서"라고 진술한 대로, 텍스트상에서 '은(殷)'자의 획을 두 개 제외시켜 '단(段)'자를 만들어 놓는 일종의 '파자' 방법을 통해 고전의 익숙한 어구의 글자를 바꾸어 원전과는 달리 "익단불서목대부도(翼段不逝目大不覩)"라는 새로운 문구가 만들어진 것이다. 이 새로운 문구는 '날개는 부러져서 날지 못하고 눈은 커도 보지 못한다.'라는 의미로 해석된다. 이 문구를 1행과 연결하여 해석해 보면 그 의미가 더욱 분명해져 '전후좌우를 없앤 하나의 흔적이 있어서, 날개는 부러져 날지 못하고 눈은 커도 보지 못한다.'라는 뜻이 된다. 그런데 「시제5호」에서는 다시 이를 원전의 문구대로 "익은불서(翼殷不逝)"라고 옮겨 놓고 있다. 다만 글자의 크기를 확대하여 앞뒤 문맥의 연결 관계를 교란시키는 일종의 타이포그래피적인 기법을 활용하고 있다. 원전대로 어구를 인유해도 전체적인 의미의 흐름에는 큰 차이가 나타나지 않는다. '목대부도'(目大不覩, 눈이 커도 제대로 보지 못한다.) 구절은 뒤의 도표와 결부시켜 보면 그 의미가 더욱 분명해진다. X선 촬영 사진의 영상에 손상된 폐의 모습이 드러나지 않기 때문에 눈으로 볼 수 없게 된 것을 암시하고 있기 때문이다.

이 작품에서 난해 어구로 지목되고 있는 또 하나의 구절은 "반왜소형의신의안전에아전낙상한고사를유함"이라는 3행이다. 여기에서 "반왜소형의신"은 글자 그대로 풀이할 경우 '살찌고 키가 작은 모습을 한 신'이라는 의미가 된다. 이것은 시인 이상을 진찰한 병원 의사의 모습을 묘사한 것으로 보인다. '신'이라는 말로 지칭할 수 있는 존재는 의사 외에 달리 찾아보기 어렵다. "아전낙상한고사를유함"이라는 구절은 일본어 시에서 "내가 낙상한 고사가 있어서(我は落傷した故事を有つ)"라는 구절을 바꿔 놓은 것이다. '전(前)'이라는 글자를 추가하여 지나간 날에 있었던 일임을 상기시킨다.

시인 이상은 스물두 살 되던 해에 폐결핵 판정을 받는다. 그가 자신을 진찰하는 의사 앞에서 기침과 객혈을 하며 쓰러진 적이 있다는 사실은 그의 소설과 수필에도 등장한다. 이 대목은 결국 '키 작고 살찐 의사의 눈앞에서 나는 전에 쓰러졌던 일이 있다.'로 해석된다. 이 작품의 텍스트에 제시되어 있는 추상적인 도표에 대해서는 그 해석이 구구하다. 어떤 연구자는 이 도표를 시적 주체의 성격, 또는 욕망과 연결시켜 해석하기도 하고, 어떤 연구자는 일종의 성적(性的) 상징으로 해석하기도 한다. 그러나 이 도표는 텍스트상에서 바로 앞에 제시된 "반왜소형의신의안전에아전낙상한고사를유함"이라는 진술과 연결되는 것으로 이해하는 것이 적절하다. 그래야만 1, 2행의 의미 내용과 일종의 대구로서의 형식을 만족시킨다.

이 작품의 마지막 구절은 "장부타는것은침수한축사와다를것인가"라는 자문의 형식으로 되어 있다. 이상은 흉부 촬영한 X선 사진의 영상을 보면서 형체가 사라져 버린 폐의 모습이 마치 불에 타 버려 거무스레하고 희끄무레하게 된 것처럼 생각한다. 그리고 그것을 물속에 잠긴 축사의 모습처럼 엉성하다고 생각하는 것이다. 병으로 인한 폐부의 손상 상태를 사진을 통해 살펴보고 있는 시적 화자의 망연한 심경을 엿볼 수 있는 대목이다.

# 오감도
## 시제6호


앵무 ※ 이필

    이필

    ※ 앵무는포유류에속하느니라.

내가이필을아아는것은내가이필을아알지못하는것이니라.물론나는희망할것이니라.

앵무 이필

'이소저는신사이상의부인이냐'그렇다'

나는거기서앵무가노한것을보았느니라.나는부끄러워서얼굴이붉어졌었겠느니라.

앵무 이필

    이필

물론나는추방당하였느니라.추방당할것까지도없이자퇴하였느니라.나의체구는중축을상실하고또상당히창량하여그랬던지나는미미하게체읍하였느니라.

'저기가저기지''나''나의 — 아 — 너와나'

'나'

sCANDAL이라는것은무엇이냐.'너''너구나''너지''너다'아니다 너로구나'나는함뿍젖어서그래서수류처럼도망하였느니라.물론그것을아아는사람혹은보는사람은없었지만그러나과연그럴는지그것조차그럴는지.

〔원문〕

烏瞰圖

詩第六號

鸚鵡 ※ 二匹[14]

　　　二匹

　　※ 鸚鵡는哺乳類에屬하느니라.[15]

내가二匹을아아는것은내가二匹을아알지못하는것이니라.勿論나
는希望할것이니라.[16]

鸚鵡　　二匹

「이小姐는紳士李箱의夫人이냐」「그러타」[17]

---

14) 이필(二匹). 두 마리. 여기에서 '두 마리'라고 말한 것은 '앵무(鸚鵡)'라는
말 자체가 '앵무새'를 뜻하는 '앵(鸚)'과 '무(鵡)'라는 동일한 의미의 두 개의
한자로 표기된 것을 지적하는 일종의 '말놀이'이다. '앵무'는 시의 텍스트에
서 이중적인 아내의 태도를 상징하기도 한다. '필(匹)'은 주로 말(馬)을 세는
단위이다. 일반적으로 조류의 경우는 그 수효를 표시하는 단위로 '수(首)'를
쓴다. 그럼에도 '필'을 쓴 것은 바로 뒤에 '포유류(즉 사람)'라고 설명하고 있
는 점과 통한다.

15) '앵무'는 새인데도 포유류라고 말하고 있다. 이것은 바로 앞에서 '이필(二
匹)'이라고 쓴 것에 대응하며, 사람처럼 말을 한다는 사실로부터 의미를 확
대시킨 것으로 볼 수 있다.

16) '이필'은 '앵무'를 말하며 '아내'를 비유적으로 표현한 것이다. '나'는 아
내를 제대로 알지 못하고 있음을 인정한다. 그러나 '나'는 아내를 이해할 수
있기를 바라고 있다.

17) 이 대목은 어떤 사람이 묻고 그에 대답한 '나'의 말을 그대로 옮긴 것이
다. '나'는 자신의 곁에 있는 여자가 '부인'이냐고 묻는 말에 '그렇다'라고 대
답한다. 이 대목은 소설 「지도와 암실」에 등장하는 다음과 같은 장면과 연

나는거기서鸚鵡가怒한것[18]을보앗느니라.나는붓그러워서얼굴이붉어젓섯겟느니라.[19]

鸚鵡　　二匹

　　　　二匹

勿論나는追放당하얏느니라.追放당할것까지도업시自退하얏느니라.[20]나의體軀는中軸을喪尖[21]하고또相當히蹌踉하야그랫든지나는微微하게涕泣하얏느니라.

「저기가저기지」「나」「나의 ― 아 ― 너와나」

「나」

sCANDAL[22]이라는것은무엇이냐.「너」「너구나」「너지」「너다」「아니다 너로구나」[23]나는함뿍저저서그래서獸類처럼逃亡하얏느니라.[24]

---

결된다.

"CETTE DAME EST-ELLE LA FEMME DE MONSIEUR LICHAN?

앵무새당신은 이렇케짓거리면 조흘것을그째에 나는

OUI!

라고그러면 조치안켓슴니까 그렇케그는생각한다."

18) 이 대목의 '앵무'는 '아내'를 말한다. 부부 관계임을 시인하는 내게 아내가 화를 낸다. 아내가 밖에서는 한 사내의 아내라는 사실을 숨기고 싶어 함을 암시한다.

19) 아내가 유부녀라는 사실을 밝히기 싫어하는 것에 대한 '나'의 반응이다. 일종의 수치심과 모멸감을 암시한다.

20) 아내에게서 버림받다. 아니 스스로 물러나게 되었다.

21) '상실(喪失)'의 오식으로 본다.

22) 스캔들. 추문. '나'와 '아내'에 관한 온갖 소문을 의미한다. 타이포그래피의 속성을 이용해 첫 글자를 소문자로, 뒤의 글자를 모두 대문자로 쓰고 있는데, 이것은 조그만 이야기가 소문으로 점차 커져 사방에 퍼지는 것을 시각화한 것이라고 생각된다.

오감도　　　　　　　　　　　　　　　　　　71

勿論그것을아아는사람或은보는사람은업섯지만그러나果然그럴는지
그것조차그럴는지.[25]

—《조선중앙일보》, 1934. 7. 31.

---

23) 이 대목에 제시되고 있는 말들은 모두 세간에 떠도는 스캔들을 그대로
옮긴 것이다.
24) 무성한 억측과 소문으로부터 벗어나고자 한다.
25) '나'와 아내의 관계가 정말 그런 것인지 그렇게 된 것인지를 제대로 보고
알고 있는 사람은 없다는 뜻이다.

〔해설〕

이 작품은 '앵무새'를 등장시켜 시적 화자인 '나'와 '아내'의 불화와 결별 그리고 그에 따른 세간의 풍문을 비유적으로 그리고 있다. 앵무새는 다른 새의 울음소리나 사람의 말소리를 잘 흉내 낸다. 여기에서 진정한 자신의 목소리를 내지 못하고 남의 말소리만 따라 하는 '앵무'는 거짓된 말로 변명만 하는 '아내'를 가리킨다. 아내는 밖에 나가서는 '나'와의 부부 관계를 감추려 한다. 시적 화자인 '나'는 이 같은 아내의 태도에 대해 모멸감을 느낀다. 그리고 결국은 둘 사이가 벌어져 헤어지게 된다. '나'는 세간의 풍설을 피해 도망한다.

기존의 연구자들은 대부분 '앵무 이필'을 '나'와 '아내' 두 사람을 암시하는 것으로 풀이하고 있다. 그러나 여기에서 '이필(二匹)'이라고 쓴 것은 '앵무(鸚鵡)'라는 말 자체가 '앵무새'를 의미하는 '앵(鸚)'과 '무(鵡)'라는 두 글자로 표시된 것에 대해 일종의 '말놀이'를 하고 있는 것으로 볼 수 있다. '앵무'는 거짓된 말과 이중적 태도를 보이는 '아내'를 기호화하여 상징한다. 실제 작품 텍스트를 보면 이러한 사실을 암시하기 위해 '앵무' 다음에 '※' 표를 하고 그 내용을 메타언어적으로 설명하고 있다. 전체적인 문맥상으로도 '앵무'를 아내로 국한할 때 의미가 분명해진다.

# 오감도

시제7호

구원적거의지의일지·일지에피는현화·특이한사월의화초·삼십륜·삼십륜에전후되는양측의명경·맹아와같이희희하는지평을향하여금시금시낙백하는 만월·청간의기가운데 만신창이의만월이의형당하여혼륜하는·적거의지를관류하는일봉가신·나는근근히차대하였더라·몽몽한월아·정밀을개엄하는대기권의요원·거대한곤비가운데의일년사월의공동·반산전도하는성좌와 성좌의천렬된사호동·을포도하는거대한풍설·강매·혈홍으로염색된암염의분쇄·나의뇌를피뢰침삼아 침하반과되는광채임리한망해·나는탑배하는독사와같이 지평에식수되어다시는기동할수없었더라·천량이올때까지

烏瞰圖

詩第七號


久遠謫居의地²⁶⁾의一枝 · 一枝에피는顯花²⁷⁾·特異한四月의花草·三十

輪²⁸⁾ · 三十輪에前後되는兩側의明鏡²⁹⁾·萌芽³⁰⁾와갓치戲戲하는³¹⁾

地平을向하야금시금시落魄하는³²⁾滿月 · 淸澗³³⁾의氣가운데 滿身瘡

痍³⁴⁾의滿月이劓刑³⁵⁾當하야渾淪하는³⁶⁾·謫居의地³⁷⁾를貫流하는一封

家信³⁸⁾·나는僅僅히³⁹⁾遮戴⁴⁰⁾하얏드라 · 濛濛⁴¹⁾한月芽⁴²⁾·靜謐을蓋掩

---

26) "구원적거의지". 아주 먼 귀양살이 땅. 이 대목을 개인사적 요소와 연결
해 본다면 이상 자신이 병으로 요양 갔던 '배천 온천장'을 의미한다.

27) 한 가지에 피어 있는 꽃. 시적 화자인 '나'가 만나게 된 여인을 암시한다.

28) '륜(輪)'은 '한 바퀴', '한 송이 꽃', '밝은 달' 등의 뜻을 가진다. 여기에서
는 '삼십 바퀴'라는 뜻으로 풀이하여 '30일 정도'로 해석이 가능하다. 약 한
달가량 휴양지에서 여인과 만나 지냈던 시간을 암시한다.

29) 두 사람이 한 달 동안 서로 거울을 보듯 마주 보면서 지냈음을 말한다.
'명경'은 '거울'을 뜻하지만 여기에서는 거울에 비친 겉모습을 암시한다.

30) 맹아. 식물에 새로 트는 싹. 사물의 시초가 되는 것을 말하기도 한다.

31) 희희하다. 장난질을 하다. 장난스럽게 논다.

32) 낙백하다. 넋을 잃다. 이 대목은 '처음에는 장난처럼 시작된 것이("맹아
와같이희희하는") 금세 넋을 잃고 거기에 빠져들게 됨'을 뜻한다.

33) 청간. 맑은 시냇물을 이른다.

34) 만신창이. 온몸이 상처투성이가 된다. 여기에서는 일이 아주 엉망이 됨
을 비유적으로 이르는 말이다.

35) 의형. 코를 베는 형벌. 여기에서는 낯을 들 수 없을 정도로 크게 체면을
상하게 됨을 비유적으로 이른다.

36) 혼륜하다. 뒤죽박죽 혼돈되다.

37) 요양 차 내려온 곳을 비유적으로 말한다.

하는<sup>43)</sup>大氣圈의遙遠<sup>44)</sup>·巨大한困憊<sup>45)</sup>가운데의一年四月의空洞·盤

散<sup>46)</sup>顚倒<sup>47)</sup>하는星座와 星座의千裂<sup>48)</sup>된死胡同<sup>49)</sup>을跑逃하는<sup>50)</sup>巨

大한風雪·降霜<sup>51)</sup>·血紅으로染色된岩鹽의粉碎<sup>52)</sup>·나의腦를避雷針삼

아 沈下搬過되는<sup>53)</sup>光彩淋漓한亡骸<sup>54)</sup>·나는塔配하는<sup>55)</sup>毒蛇와가치

地平에植樹되어다시는起動할수업섯드라·天亮<sup>56)</sup>이올때까지

—《조선중앙일보》, 1934. 8. 1.

---

38) 일봉가신. 집에서 보내온 한 통의 편지를 말한다.

39) 근근히. 가까스로. 간신히.

40) 차대하다. 막아서서 받들다.

41) 몽몽하다. 흐릿하다.

42) 월아. 글자 그대로 하면 '달의 싹'이다. 여기에서는 '달빛'을 의미한다.

43) 개엄. 덮어 가리다.

44) 요원. 가마득히 멀다.

45) 곤비. 곤궁하고 지치다.

46) 반산. 절름거리다.

47) 전도. 엎어져 넘어지다.

48) 천열. 수없이 갈라지다.

49) 사호동. 막다른 골목을 말한다.

50) 포도. 허비적거리며 달아나다.

51) 강매. 쏟아지는 흙비를 말한다.

52) 이 대목은 고통스러운 삶을 '하얀 암염이 핏빛으로 물들어 부서지는
것'에 비유하여 표현한 것으로 본다.

53) 침하반과. 밑으로 가라앉아 옮겨지다.

54) 광채가 흐르는 해골. '임리'는 '흥건히 흐르다'라는 뜻을 지닌다.

55) 탑배. '탑에 유배되다'라는 뜻으로 만들어 낸 말이다. '탑 속에 갇히다'
정도로 해석이 가능하다.

56) 천량. '양(亮)'은 두 가지 의미를 지닌다. 하나는 '하늘이 밝아지다'라는
뜻이고 다른 하나는 '새벽'이라는 의미로 풀이된다.

〔해설〕

이 작품은 텍스트 전체가 난해한 한문 투로 구성된 의고법 (擬古法)을 수사적으로 활용하고 있다. 시적 진술 자체가 낯설고 까다롭기 때문에 텍스트의 내적 공간으로 접근하기 어렵다. 이 작품에 대한 해설이 제대로 이루어지지 않은 것은 이 때문이다. 그런데 이 시 텍스트의 한문 구절들은 의도적으로 '·'(가운뎃점)에 의해 분절되고 있다. 이 특이한 문장부호의 활용을 통해 한문 구절의 문맥을 어느 정도 가름할 수 있다. 한문 구절 중간중간에 표시되어 있는 이 가운뎃점은 독자의 접근을 어렵게 만드는 난해한 한문 구절을 시각적으로 분절시켜 놓음으로써 그 의미의 전후 관계를 따져 볼 수 있도록 만들고 있다. 하지만 이 시의 의미 구조를 이해하기 위해서는 한문 구절의 정확한 해독이 반드시 전제되어야 한다.

시의 텍스트에는 '나'라는 시적 화자가 등장한다. '나'는 모든 시적 진술의 주체로서 텍스트의 내적 구조를 지탱하는 중심에 자리 잡고 있다. 그런데 전체 텍스트 가운데 '나'를 서술의 주체로 내세우고 있는 경우는 전반부와 후반부의 두 문장이 있을 뿐이다. 이 두 개의 문장을 중심으로 시적 텍스트의 구조도 전후반부로 양분된다. 전반부는 "구원적거의지의일지"에서부터 "나는근근히차대하였더라"까지이며, 이 뒤로 이어지는 부분이 후반부가 된다.

시적 텍스트의 전반부를 먼저 살펴보면, "구원적거의지"는 시적 정황을 알 수 있도록 하는 어떤 장소를 암시하고 "사월"은 바로 그곳에서 어떤 일이 생겨난 때를 말해 준다. 그리고 "삼십륜"은 해가 서른 바퀴를 도는 동안이라는 '기간'을 표시한다. 이러한 요소들을 통해 '나'라는 시적 화자가 먼 유적(流謫)의 땅에서 4월 한 달 동안 지냈다는 사실을 어느 정도 확인할 수 있다. 먼 유적의 땅에 서 있는 한 가지에 꽃이 피어 있다. 특이한 4월의 꽃이다. 여기에서 '꽃'은 여인을 암시한다고 해도 무방하다. '나'는 해가 서른 바퀴를 도는 동안 그 꽃과 서로 대면하면서 아무것도 헤아릴 수 없는 상태가 되도록 깊이 빠져든다. 이 한 달 정도의 기간은 '만월(滿月)'에서 '만월'까지로 구체화되어 있다. 하지만 '나'는 이와 같은 시간의 흐름을 전혀 의식하지 못한 채 '만신창이'가 되어 버린다. 이때 가족이 보낸 편지(一封家信)가 이 유적의 땅에 날아온다. '나'는 간신히 그 편지를 받는다. 이러한 진술 내용은 유적의 땅에서 이루어진 한 여인과의 만남이 핵심을 이룬다고 볼 수 있다. 이 만남은 한 달가량 지속되었지만, 행복한 것도 아니고 예사로운 일도 아니다. 시적 화자인 '나'는 이 여인에게 빠져들어 만신창이가 되고 코를 베는 형벌을 받은 것처럼 체면을 크게 잃었다고 고백하고 있기 때문이다.

그런데 이러한 시적 진술 내용은 시인 자신이 스물세 살이 되던 해 봄에 폐결핵으로 황해도 배천 온천에 요양했던 개인적인 체험과 상당 부분 겹쳐 있다. 이상이 요양지인 배천 온천에서 기생 '금홍을 만나 깊은 인연을 맺게 된 사연은 널리 알려진 일이다. 이상이 폐결핵으로 직장을 사직하고 요양을 떠났던 곳이 배천 온천이므로 이곳을 "구원적거의지"라는 말로 시 속에서 표현하는 것이 별로 어색하지 않다. 가족과 헤어져 낯선 곳에서 혼자 지내면서 병으로 인한 고통과 싸워야 했기 때문이다. 이 고통의 시기에 만난 '꽃'이 기생 '금홍'임은 의심의 여지가 없다.

작품 후반부는 전반부와는 서로 다른 시적 정황을 그려 낸다. 여기에서도 어떤 상황이 지속된 기간을 "일년사월"이라는 말로 표시한다. 그리고 그 기간이 거대한 곤비의 시기였고, 공동에 해당했음을 밝히고 있다. 특히 헤어날 길 없는 각박한 현실을 막다른 골목을 의미하는 "사호동(死胡同)"이라는 말로 규정한다. 시적 화자를 둘러싸고 있는 상황은 "거대한풍설·강매·혈홍으로염색된암염의분쇄" 등 거칠고 세찬 느낌을 주는 이미지로 묘사되어 있다. 그리고 '나'는 "탑배하는독사"에 비유되어 밖으로 나갈 수 없이 탑 안에 갇힌 채 기동할 수 없는 상태에 빠져들었음을 보여 준다. '나'는 이 혼동과 고통의 세월 속에서 다시 새벽이 되어 날이 밝아 오기까지 기다린다. 이 후반부의 진술 내용은 결국 "거대한곤비가운데의일년사월의공동"이라는 기간 동안 '나'의 삶으로 요약된다. 시적 텍스트 전반부 내용과 이어지는 맥락을 고려해 보면 실제로 시인 이상이 1933년 봄 배천 온천에서 금홍을 처음 만난 시기부터 1934년 연작시 「오감도」를 발표할 무렵까지의 기간이 그대로 일치한다. 이상은 배천 온천에서 요양을 마친 후 서울로 올라와 다방 '제비'를 개업하고 금홍과 동거 생활을 시작하면서

「오감도」를 준비했다.

이 작품에 동원된 시적 모티프들은 앞에서 살펴본 대로 시인 이상 자신의 사적 체험과 연결되어 있다. 이러한 시적 체험의 영역을 고백의 형식을 빌려 시적 텍스트로 바꾸어 놓은 것이 「시제7호」라고 할 것이다. 이 시에서 볼 수 있는 시적 진술은 난해한 한문 구절의 압축을 통해 시적 주체의 감정이나 정서적 파장 등을 절제하고 있다는 점을 그 특징으로 꼽을 수 있다. 이 시에서 자기 모멸과 회한의 정서는 낯선 한문 구절의 기표 속에 감춰진다. 이상의 시 가운데 이러한 표현 문체를 사용하고 있는 예를 달리 찾아보기 어렵다. 이 짤막한 시적 텍스트에는 시적 화자가 겪어야 했던 고통과 괴로움이 깊이 함축되어 있다. 이것은 자기 내면의 의식을 숨기기 위한 일종의 '낯설게 하기' 방법이라고 할 수 있다. 이 작품의 텍스트 안에 제시되고 있는 요소들은 모두 이야기로 꾸며져 소설 「봉별기」로 발표되었다.

# 오감도

## 시제8호 해부

제1부시험   수술대     1

       수은도말평면경  1

       기압      2배의평균기압

       온도      개무

우선마취된정면으로부터입체와입체를위한입체가구비된전부
를평면경에영상시킴.평면경에수은을현재와반대측면에도말이
전함.(광선침입방지에주의하여)서서히마취를해독함.일축철필과
일장백지를지급함.(시험담임인은피시험인과포옹함을절대기피할
것)순차수술실로부터피시험인을해방함.익일.평면경의종축을통
과하여평면경을이편에절단함.수은도말2회.
ETC 아직그만족한결과를수습치못하였음.

제2부시험   직립한 평면경   1

       조수      수명

야외의진공을선택함.위선마취된상지의첨단을경면에부착시
킴.평면경의수은을박락함.평면경을후퇴시킴.(이때영상된상지
는반듯이초자를무사통과하겠다는것으로가설함)상지의종단까
지.다음수은도말.(재래면에)이순간공전과자전으로부터그진공

을강차시킴.완전히2개의상지를접수하기까지.익일.초자를전진시킴.연하여수은주를재래면에도말함(상지의처분)(혹은멸형)기타.수은도말면의변경과전진후퇴의중복등.

ETC 이하미상

# 烏瞰圖

## 詩第八號 解剖

第一部試驗[57]

| | |
|---|---|
| 手術臺 | 一 |
| 水銀塗沫平面鏡 | 一 |
| 氣壓 | 二倍의平均氣壓 |
| 溫度 | 皆無 |

爲先痲醉된正面으로부터立體와立體를爲한立體가具備된全部를平面鏡에映像식힘.[58]平面鏡에水銀을現在와反對側面에塗沫移轉함.[59](光線侵入防止에注意하야)徐徐히痲醉를解毒함.[60]一軸鐵筆과一張白紙를支給함.[61](試驗擔任人은被試驗人과抱擁함을絶對忌避할것)[62]順次手術室로부터被試驗人을解放함.[63]翌日.平面鏡의縱軸을通過하야平面鏡을二片에切斷함.[64]水銀塗沫二回.

---

57) 첫 번째 X선 촬영 장면이다.
58) X선 검사를 위한 준비 과정. 몸이 움직이지 않도록 고정시켜 촬영대 앞에 서는 일이다.
59) 사진 필름을 판에 장치하고 빛이 들어가지 않도록 조치한다.
60) 사진 촬영이 끝나고 몸을 움직인다.
61) 환자의 성명과 촬영 번호를 기입하게 한다.
62) X선 촬영을 위해 촬영 기사가 환자의 몸을 촬영기에 제대로 붙이도록 뒤에서 돕는 것을 말한다.
63) 촬영이 끝나고 촬영실을 나온다.

ETC[65]아즉그滿足한結果를收拾치못하얏슴.


第二部試驗[66]    直立한 平面鏡[67]    一
               助手               數名


野外의眞實[68]을選擇함.[69]爲先痲醉된上肢[70]의尖端을鏡面에附着식힘.[71]平面鏡의水銀을剝落함.[72]平面鏡을後退식힘.[73](이때映像된上肢는반듯이硝子를無事通過하겟다는것으로假說함)[74]上肢의終端까지.다음水銀塗沫.[75](在來面에)이瞬間公轉과自轉[76]으로부터그眞空을降車식힘.完全히二個의上肢를接受하기까지.[77]翌日.硝子를前進식힘.連하야水銀柱를在來面에塗沫함(上肢의處分)(或은滅形)其他.水銀

---

64) X선 촬영 필름을 현상하기 위해 판에서 빼내는 과정을 말한다.

65) etcetera의 약자. 기타, 등등의 의미이다.

66) 둘째 장면은 의사에게 X선 촬영 결과를 듣는 장면으로 이루어진다.

67) X선 필름의 판독을 위해 장치된 발광 유리판을 말한다.

68) 문맥상으로 보아 '진공(眞空)'의 오식으로 보인다.

69) 여기에서 말하는 '야외의 진공' 상태는 실제로는 불가능하다. 보통의 바깥 상태를 말한다.

70) 흉부의 윤곽이 현상된 X선 필름을 말한다.

71) 판독을 위해 흉부를 촬영한 사진 필름을 유리판에 끼워 놓는 것이다.

72) 전등불을 켜서 빛이 투사되게 한다.(유리판에서 수은을 박탈한다고 표현한다. 빛이 통과하다.)

73) 적절한 간격을 두게 한다.

74) 유리판 위에 놓인 사진의 모습이 드러나게 된다.

75) 유리판의 전등불을 끄다.(수은을 유리판에 바른다고 표현했다. 빛이 통과할 수 없다.)

76) X선 필름의 앞뒤를 뒤집어 보는 일을 '자전'과 '공전'으로 표현한다.

塗沫面의變更과前進後退의 重複等.[78]

ETC 以下未詳

──《조선중앙일보》, 1934. 8. 3.

---

77) 자신의 원래 모습을 수습하게 되는 대목이다.
78) 수차례 반복적으로 사진을 들여다보며 병환의 상태를 살피는 과정을
말한다.

이 작품에서 그려지고 있는 공간은 병원이다. 병원과 관련된 '해부', '수술대', '마취' 등의 술어가 등장하고 있다. 그러나 여기에서 묘사하고 있는 것은 병원의 수술 장면이 아니다. 병원에서 이루어진 두 차례의 X선 촬영 과정을 마치 수술대에서 마취하고 수술하는 것처럼 묘사하고 있을 뿐이다.

1부는 X선 검사를 위한 준비 작업과 촬영 장면을 그린다. '평면경'은 X선 촬영 장치에서 볼 수 있는 필름을 넣은 판을 말한다. 빛이 들어가지 않도록 조치하면서 촬영하고 그다음 날 결과를 확인한다. 그러나 만족할 만한 결과를 얻지 못한다. 2부에는 X선 검사를 다시 하는 과정을 보여 준다. 그리고 다음 날 그 결과를 확인하기 위해 사진을 형광판 위에 붙여 놓고 정밀하게 조사한다. 이처럼 X선 촬영은 육체와 기계의 접촉에 의해 이루어진다. X선을 몸의 특정 부위에 투과하여 그 영상을 얻어 내는 이 검사법은 인간 육체의 물질성을 시각적으로 확인할 수 있게 한다. X선 검사가 일반화되면서부터 육체 내부에 대한 감각과 그 인식에 획기적인 변화가 일어난다.

여기에서 한 가지 주목해야 할 것은 이 작품의 텍스트에 그려져 있는 흉부 X선 촬영 사진의 기호적 형상이 육체의 내부 공간에 대한 시각적 인식의 새로운 가능성을 제시하고 있다는 사실이다. X선 검사는 살아 있는 인간 육체의 내부 장기의 특정 부위를 눈으로 볼 수 있도록 만들어 준다. 이것은 살아 있는 인간 육체의 외부와 내부라는 구분을 사실상 넘어서서, 병으로 훼손된 폐부의 형상을 단일한 텍스트의 평면 위에 펼쳐 보인다. X선 사진의 모습을 기호적 형상으로 바꿔 놓음으로써 언어 텍스트가 구축하는 공간과 시간의 제약을 뛰어넘고 있다. 이것은 인간의 육체에 부여된 모든 가치론적 의미를 벗어나 육체의 물질성 자체를 그대로 드러내 보여 준다. 그러므로 이 검사를 처음 받아 보는 사람은 누구나 상당한 호기심과 함께 그 결과에 공포를 느낀다. 인간이 살아 있는 자기 육체의 내부 형상을 그것도 병으로 훼손된 상태까지 사진을 통해 확인할 수 있으리라는 것을 그전에 누가 상상이나 할 수 있었겠는가?

# 오감도
## 시제9호 총구

매일같이열풍이불더니드디어내허리에큼직한손이와닿는다.황
홀한지문골짜기로내땀내가스며들자마자쏘아라.쏘으리로다.나
는내소화기관에묵직한총신을느끼고내다물은입에매끈매끈한
총구를느낀다.그러더니나는총쏘으듯이눈을감으며한방총탄대
신에나는참나의입으로무엇을내어배알았더냐.

烏瞰圖

詩第九號　銃口

每日가치列風[79]이불드니드듸여내허리에큼직한손이와닷는다.[80]恍惚한指紋골작이[81]로내땀내가슴여드자마자쏘아라.[82]쏘으리로다.나는내消化器官에묵직한銃身을늣기고[83]내담으른입에맥근맥근환[84]銃口를늣긴다.[85]그리드니나는銃쏘으듯키눈을감이며한방銃彈대신에나는참나의입으로무엇을내여배앗헛드냐.[86]

―《조선중앙일보》, 1934. 8. 3.

---

79) 대부분의 전집에서 '열풍(列風)'을 '열풍(烈風)'의 오식으로 보고 있지만 여기에서는 원전을 그대로 따른다. 이것은 이상이 만들어 낸 조어로 '거듭 이어지는 기침'을 뜻하는 것으로 볼 수 있다.

80) 기침 끝에 허리 부분에서 느껴지는 어떤 감각을 뜻한다. 객혈이 시작되기 직전의 징후를 의미한다.

81) 손바닥에 땀이 나다.

82) 구역질이 나는 것을 '쏘다'라는 동사로 표현한다.

83) 목구멍 쪽으로부터 피가 넘어오는 느낌을 말한다.

84) '맥근맥근한'의 오식이다.

85) 피가 입으로 넘어 올라와 그것을 입 밖으로 뱉기 직전의 상태를 말한다.

86) 눈을 감고 피를 토한다. 이 대목에서 비로소 '총'이라는 말과 관련된 일련의 비유적 언어들이 사실은 객혈할 때의 견디기 어려운 고통을 그려 내기 위한 수사적 장치임을 알게 된다.

〔해설〕

이 작품에는 '총구'라는 부제가 붙어 있는데 텍스트 전체가 다섯 개의 문장으로 구성되어 있다. 시의 텍스트에 '총', '총신', '총구', '총탄' 등의 시어가 유별나게 눈에 띈다. 시적 텍스트를 구성하는 첫 문장은 "매일같이열풍이불더니드디어내허리에큼직한손이와닿는다."라는 짤막한 진술로 이루어져 있다. 여기에서 주목되는 것이 비유적으로 사용하고 있는 "열풍"과 "큼직한손"이라는 두 개의 시어이다. 몇몇 선집에서는 '열풍(列風)'을 '열풍(烈風)'으로 고쳐 써 놓은 곳도 있다. '맹렬하게 부는 바람'이라는 뜻으로 해석할 수 있기 때문이다. 하지만 여기에서는 원전의 표기대로 '열풍(列風)'이라고 쓴다. 물론 이 말은 사전에 등재되어 있지 않다. 시인 이상이 만들어 낸 신조어에 해당한다. 이 경우 '열(列)'은 '거듭되다', '연이어지다'라는 뜻으로 읽을 수 있으므로 '열풍'은 '그치지 않고 계속되는 바람'으로 풀이할 수 있다. 이것은 '거듭되는 기침'을 비유적으로 표현한 말이다. "내허리에큼직한손이와닿는다."라는 구절은 기침이 그치지 않고 이어지면서 허리에 느끼는 묵직한 동통(疼痛) 같은 감촉을 말한다. 심하게 감기에 걸려 기침에 시달려 본 사람은 이 느낌이 어떤 것인지 짐작될 것이다.

시적 텍스트의 둘째 문장은 "황홀한지문골짜기로내땀내가스며들자마자쏘아라."로 이어진다. 그리고 바로 뒤에 "쏘으리

90

로다.나는내소화기관에묵직한총신을느끼고내다물은입에매끈매끈한총구를느낀다."라는 비교적 긴 설명적 진술로 이어진다. 문장 중간에 끼여 있는 "쏘아라.쏘으리로다."라는 구절은 무엇인가 목구멍에서 터져 나올 것 같은 긴박한 느낌을 강조하기 위한 것이다. "황홀한지문골짜기"는 손바닥에 나 있는 손금과 지문 사이를 지시한다. 그 의미는 기침이 계속되면서 '손바닥에도 식은땀이 나게 되자'라고 읽을 수 있다. "나는내소화기관에묵직한총신을느끼고내다물은입에매끈매끈한총구를느낀다."라는 구절은 목구멍으로부터 무엇인가가 넘어오면서 입으로 터져 나오는 것처럼 느껴지는 것을 묘사한다.

이 장면은 실제로 기침 끝에 목구멍을 거쳐 입으로 피가 터져 나오는 객혈의 순간을 나타낸다. 객혈의 순간에 느끼는 육체적 고통을 그려 내기 위해 일체의 감정을 억제한 채 실제로 몸에서 일어나는 변화를 간략하게 묘사하고 있다. 물론 그 격렬함을 강조하기 위해 '총'이라는 파격적 의미의 이미지를 끌어들인다. 그 결과 객혈의 순간이 마치 총구에서 총탄이 격발되는 순간처럼 묘사되고 있다. 방아쇠를 당겨 탄환을 발사하는 격발의 순간은 최고조의 긴장을 수반한다. 손가락으로 방아쇠를 당기면 탄약이 폭발하면서 총탄이 발사된다. 표적을 명중시키려면 정조준이 필요하고 방아쇠를 당기는 손가락에 너무 힘을 주어서는 안 된다. 부드럽고 빠르게 방아쇠를 당기는 요령이 필요하다. 호흡을 멈추고 과녁을 정조준하기 위해 팔다리는 부동의 자세를 유지할 수 있어야 한다. 시적 화자인 '나'는 이 긴장된 순간을 유추의 방법을 통해 시적 정황으로 끌어들임으로써 자신의 몸 안에서 일어나는 고통과 그 고통에 이어지는 객혈의 과정에 대치시켜 놓고 있다.

이 시 텍스트 마지막 구절에서 "그러더니나는총쏘으듯이눈을감으며한방총탄대신에나는참나의입으로무엇을내어배알았더냐."라는 의문형 문장으로 종결된다. 팽팽하게 유지되어 오던 시적 긴장을 한순간에 해소하는 이 구절은 객혈의 고통을 견디기 위해 눈을 감고 입으로 피를 토하는 순간을 묘사한다. 물론 여기에서는 과녁을 겨냥하기 위해 마치 한눈을 감고 총을 쏘는 모양으로 그려진다.

「시제9호」는 폐결핵으로 인해 고통스럽게 지속되는 기침과 거기에 수반되어 나타난 객혈 증상을 시적 묘사의 대상으로 삼기 위해 총탄을 발사하는 격발의 긴장된 순간을 비유적으로 끌어들이고 있다. 이 시에서 시적 화자는 사람의 목구명과 입으로 이어지는 '소화 기관'에서 유추를 통해 끌어낸 '총구'라는 파격적 이미지를 시적 텍스트의 전면에 배치한다. 물론 이것은 일종의 수사적 장치로 텍스트에 동원한 것이지만, 이 작품이 폐결핵 증상 가운데 하나인 기침과 거기에 이어지는 '객혈'의 순간을 감각적으로 포착해 내기 위한 고안임을 주목할 필요가 있다.

# 오감도
## 시제10호 나비

찢어진벽지에죽어가는나비를본다.그것은유계에낙역되는비밀한통화구다.어느날거울가운데의수염에죽어가는나비를본다.날개축처어진나비는입김에어리는가난한이슬을먹는다.통화구를손바닥으로꼭막으면서내가죽으면앉았다일어서듯이나비도날아가리라.이런말이결코밖으로새어나가지는않게한다.

〔원문〕

# 烏瞰圖

## 詩第十號 나비

찌저진壁紙에죽어가는나비를본다.[87] 그것은幽界[88]에絡繹[89]되는秘
密한通話口다.[90] 어느날거울가운데의鬚髥에죽어가는나비를본다.[91]
날개축처어진나비는입김에어리는가난한이슬을먹는다.[92] 通話口[93]를
손바닥으로꼭막으면서내가죽으면안젓다이러서듯키나비도날러가리
라.[94] 이런말이決코밧그로새여나가지는안케한다.[95]

—《조선중앙일보》, 1934. 8. 3.

---

87) 이 대목에서는 '찢어진 벽지=나비'의 등치 관계가 성립된다. 찢긴 벽지
가 너풀대는 것을 나비의 형상으로 유추하고 있는 부분이다.
88) 유계. 죽음의 세계. 저승을 의미한다.
89) 낙역. 연락과 소통을 의미한다.
90) 이 대목은 '찢어진 벽지, 나비, 유계와 낙역되는 비밀한 통화구'로 발전
한다. 벽지가 찢어진 것을 보고 현실의 세계와 죽음의 세계를 연결하는 통
로라고 상상한다.
91) 이 대목은 거울 속 자신의 모습을 보면서 수염의 형상을 나비에 비유한
다. 그러나 그 나비는 생동하는 것이 아니라 '죽어 가는 나비'이다.
92) 자신의 나비 모양 수염이 볼품없이 처져 있음을 말한다. '가난한 이슬'
이라는 것은 '나'의 초라한 삶에 대응한다.
93) 주변에 수염이 나 있는 '입'을 비유적으로 지시한다. 호흡이 이루어지고
음식을 먹는 곳이 바로 입이다. 입이 막히면 사람은 살 수 없다. 그러므로 입
은 삶과 죽음의 '통화구'에 해당한다.
94) 나비가 사라지다. 삶과 죽음을 넘나들던 상상의 세계가 끝나게 됨을 말한다.
95) 마음속으로만 생각하고 있다.

이 작품에는 '나비'라는 부제가 붙어 있다. 이 제목은 은유에 해당하지만, 시적 공간을 넘나드는 하나의 상징으로 활용하고 있다. '나비'라는 시어를 중심으로 두 가지 서로 다른 시적 진술을 통합하는 특이한 유추 과정을 텍스트 안에서 드러내고 있다. 시적 진술은 모두 여섯 개의 문장으로 이루어진다. 맨 앞의 두 문장은 "찢어진벽지에죽어가는나비를본다.그것은유계에낙역되는비밀한통화구다."라고 되어 있다. 여기에서 '나비'는 공중을 나는 살아 있는 나비가 아니다. "찢어진벽지에죽어가는나비를본다."라는 진술에서 확인할 수 있듯 '찢어진 벽지'가 곧 '나비'라는 유추의 방법이 성립된다. 벽을 발라 놓은 벽지 일부가 찢어진 채로 늘어져 붙어 있는 모양이 죽어 가는 나비의 형상을 연상시킨 것이다. 그리고 바로 그 벽지가 찢어진 부분은 '유계와 낙역되는 비밀한 통화구'로 인식된다. 벽지가 찢어진 상태로 늘어져 붙어 있는 것을 보고 죽어 가는 나비를 연상하고, 그것이 바로 현실 세계와 죽음의 세계를 연결하는 통로라고 유추하고 있다.

시적 텍스트 중간의 두 문장 "어느날거울가운데의수염에죽어가는나비를본다.날개축처어진나비는입김에어리는가난한이슬을먹는다."에서 진술되고 있는 내용은 서두의 두 문장과는 전혀 다른 시적 정황을 그려 낸다. 이 대목은 거울 속 자신의 모습을 보면서 자기 얼굴에 돋아난 수염의 형상을 통해 나비의 모습을 유추하고 있다. 여기에서도 나비는 살아서 날고 있는 것이 아니라 죽어 가는 나비로 묘사된다. 물론 여기서 시어 '나비'는 볼품없이 처져 있는 수염의 모양을 비유적으로 표현한 것이다. 입 주변에 볼품없이 돋아난 수염을 보면서 그것이 '입김에 어리는 가난한 이슬'을 먹고 있는 '날개가 축 처진 나비'와 같다고 생각하고 있다. 이와 같이 시적 텍스트의 서두에서 진술하고 있는 내용과 중반의 진술 내용은 외견상 서로 아무 관련성을 지니고 있지 않다. 하지만 서두와 중반부에서 확인되는 시적 진술의 공통점이 하나 있다. 바로 '죽어 가는 나비'의 이미지이다. 찢어진 벽지를 통해 연상된 것도 죽어 가는 나비이고, 거울을 통해 비춰 본 자신의 초라한 수염에서도 죽어 가는 나비를 연상하게 된다. 결국 이 작품의 텍스트에서 서두와 중반부의 시적 진술은 '죽어 가는 나비'라는 이미지를 통해 내적 연관성을 획득한다.

작품 후반부는 "통화구를손바닥으로꼭막으면서내가죽으면 앉았다일어서듯이나비도날아가리라.이런말이결코밖으로새어 나가지는않게한다."라는 두 문장으로 구성되어 있다. 이 두 문장이 암시하는 의미를 이해하기 위해서는 '통화구'라는 시어에 다시 주목해야 한다. '통화구'라는 시어는 이미 서두에 한 번 등장했고, 벽지가 찢어진 부분을 비유적으로 표현한 것이다. 그런데 시적 텍스트 후반부에서 '날개 축 처진 나비'의 형상을 하고 있는 수염의 볼품없는 모습을 놓고 생각한다면 이 '통화구'라는 시어는 시적 화자의 초라한 삶을 이끌어 가는

'입'을 암시하는 것으로 해석할 수 있다. 호흡이 이루어지고 음식을 먹는 곳이 바로 입이다. 입이 막히면 사람은 살 수가 없다. 그러므로 입은 삶과 죽음을 이어 주는 '통화구'에 해당한다. 여기에서 "통화구를손바닥으로꼭막으면서내가죽으면앉았다일어서듯이나비도날아가리라."라는 문장은 손으로 입을 막고 내가 죽게 될 경우를 가정한다. 그러면 나비 모양의 수염도 보이지 않게 된다. 수염이 모두 손으로 가려졌기 때문이다. 시적 화자는 이러한 상황을 놓고 나의 죽음과 함께 나비가 날아가 버린 것으로 설명한다.

이 시의 텍스트에서 '가난한 이슬'을 받아먹으면서 '날개 축 처진 채 죽어 가는 나비'는 결국 시적 화자의 정신 세계의 위축 상태를 암시한다. 그러나 이 나비는 '통화구를 손바닥으로 꼭 막으면서 내가 죽으면' 나의 육신을 떠나게 된다. 내가 살아 있는 동안에는 '가난한 이슬을 먹으면서' 죽어 가던 '나비'는 내가 죽으면 '앉았다 일어나듯이' 나를 떠나 버린다. 그러므로 여기에서 나비는 그 존재 자체가 하나의 역설에 해당한다. 시의 마지막 문장 "이런말이결코밖으로새어나가지는않게한다."는 시적 화자의 자기 의지를 보여 준다. 이 구절은 '통화구를 손바닥으로 꼭 막으면서 내가 죽으면'이라고 설명했던 자기 행위에 대한 일종의 메타적 진술에 해당하는 것이지만 자신의 생각을 누구에게도 말하지 않을 것임을 스스로 다짐하는 의지의 표현으로 읽을 수도 있다.

이 작품에서 '나비'는 시적 화자인 '나'의 육신의 죽음에 대응하는 상징적 의미를 지니고 있다. 그것은 정신적 부활을 의미할 수도 있고 새로운 삶을 향한 환생의 의미로 해석할 수도 있다. 가난한 이슬을 먹으면서 죽어 가던 '나비'는 나의 죽음과 함께 나를 떠난다. 육신의 죽음에서 벗어나게 되는 것이다. 결국 '나비'는 나의 죽음을 통해 살아난다. 나의 죽음 앞에서 '나비'의 환생이 극적으로 이루어지는 셈이다. 이러한 방식으로 '나비'의 상징적 의미를 이해하게 된다면, 「시제10호」는 육신의 죽음과 정신의 환생을 특이한 역설의 언어로 유추해 내고 있는 셈이 된다.

# 오감도
## 시제11호

그사기컵은내해골과흡사하다.내가그컵을손으로꼭쥐었을때내
팔에서는난데없는팔하나가접목처럼돋히더니그팔에달린손은
그사기컵을번쩍들어마룻바닥에메어부딧는다.내팔은그사기컵
을사수하고있으니산산이깨어진것은그럼그사기컵과흡사핸내
해골이다.가지났던팔은배암과같이내팔로기어들기전에내팔이
혹움직였던들홍수를막은백지는찢어졌으리라.그러나내팔은여
전히그사기컵을사수한다.

烏瞰圖

詩第十一號

그사기컵은내骸骨과흡사하다.[96] 내가그컵을손으로꼭쥐엿슬때내팔에서는난데업는팔하나가接木처럼도치드니그팔에달린손은그사기컵을번적들어마루바닥에메여부딋는다.[97] 내팔은그사기컵을死守하고잇스니散散히깨어진것은그럼그사기컵과흡사한내骸骨이다.가지낫든팔은배암과갓치내팔로기어들기前에내팔이或움즉엿든들洪水를막은白紙는찌저젓으리라.[98] 그러나내팔은如前히그사기컵을死守한다.[99]

—《조선중앙일보》, 1934. 8. 4.

---

96) '사기 컵'의 모양과 색깔을 통해 '하얀 뼈'를 연상하게 되는 부분이다.
97) '사기 컵'을 바닥에 떨어뜨리는 순간의 모습을 상상하면서 환상적으로 그 장면을 그린 대목이다. 떨어지는 컵을 잡으려고 손을 내미는 동작이 마치 또 다른 팔이 돋아나 사기 컵을 잡으려 하는 것처럼 생각된다.
98) 상상이 아니라 실제 손을 그렇게 움직였다면 컵이 깨지고 물을 엎질렀을 것이다.
99) 그러나 실제로 손은 여전히 컵을 쥐고 있다.

〔해설〕

　이 작품에서는 '몸의 상상력'을 통해 경험적 현실 공간과 초현실적 환상 공간을 동시에 하나로 통합하는 특이한 시적 공간을 제시한다. 이 시에서 시적 대상으로 내세우는 것은 '사기 컵'이다. 이것은 현실 공간에 배치되어 있는 실재적인 대상이다. 시적 화자가 대상인 '사기 컵'을 손에 쥐고 있기 때문이다. 그런데 이 시적 대상을 중심으로 이루어지는 시상이 상상적 공간에서 새로운 방향으로 전개된다. 팔 하나가 돋아나 거기 달린 손이 사기 컵을 마룻바닥에 내던져 컵이 깨졌기 때문이다. 이러한 시상의 전환은 실재적 공간과 환상적 공간의 대조와 병치를 통해 가능해진다.

　이 시에서 우선 주목할 것은 육체의 물질성과 그 감각에 대한 시적 화자인 '나'의 인식이다. '나'는 손에 잡고 있는 '사기 컵'을 '해골'에 비유하고 있다. "그사기컵은내해골과흡사하다." 라는 첫 문장의 진술을 보면 '사기 컵'은 곧장 시적 화자의 '해골'에 비유되고 있다. 사기컵의 외형, 특히 그 흰 색깔에서 해골과의 유사성이 인정된다. 이러한 비유적 진술은 인간 육체의 물질적 인식을 기반으로 하여 가능해진 것이다. 그런데 이 시적 공간은 두 번째 문장에서 경험적 현실 공간으로부터 초현실적 환상 공간으로 바뀌고 있다. "내가그컵을손으로꼭쥐었을때내팔에서는난데없는팔하나가접목처럼돋히더니그팔에달린손은그사기컵을번쩍들어마룻바닥에메어부딪는다.”라는 문장은 경험적 현실의 실재 공간과 초현실적 환상 공간을 하나의 시적 진술로 묶어 놓고 있다. “내가그컵을손으로꼭쥐었을때”라는 시적 상황은 경험적 현실 속의 실재적 상황에 해당한다. 그러나 “내팔에서는난데없는팔하나가접목처럼돋히더니그팔에달린손은그사기컵을번쩍들어마룻바닥에메어부딪는다.”라는 문장의 후반부는 경험적 현실의 실재 공간과는 아무 관계가 없다. 멀쩡한 내 팔에 또 하나의 팔이 돋아나고 그 팔에 달린 손이 사기 컵을 번쩍 들어 마룻바닥에 내던져 떨어트리고 있기 때문이다. 이러한 상황은 팔과 손의 기능적 연장을 가능하게 하는 몸의 상상력을 통해서만 가능한 일이다. 신체의 일부가 마치 어떤 하나의 물체처럼 변형되고 연장되어 자신의 의지와는 상관없이 움직이는 것은 경험적 현실 속 실재 공간에서는 불가능한 일이다. 그러므로 이 구절은 몸의 감각을 상상력을 통해 시적 환상의 언어로 재구성한 것이며 몸에 대한 일종의 환상적 이미지를 구현한 것이다.

이 시의 텍스트는 다시 세 번째 문장에서 현실 공간으로 바뀐다. “내팔은그사기컵을사수하고있으니산산이깨어진것은그럼그사기컵과흡사한내해골이다.”라는 문장에서 “내팔은그사기컵을사수하고있으니”라는 전반부의 진술을 보면, ‘사기 컵’이 손에 쥐어져 있음을 밝히고 있다. 하지만 초현실적 환상 공간에서는 이미 손에 들고 있던 ‘사기 컵’을 마룻바닥에 내던져 버렸기에 “산산이깨어진것은그럼그사기컵과흡사한내해골이다.”라는 진술이 가능해진다. 현실 공간 안에서는 ‘사기 컵’

이 여전히 손에 쥐어져 있음을 밝히므로 마룻바닥 위에 산산이 깨어진 것은 '사기 컵'은 아니다. 시적 화자는 이를 자신의 육체의 일부인 '해골'이 깨어진 것이라고 상상한다. 이 시 네 번째 문장은 "가지났던팔은배암과같이내팔로기어들기전에내팔이혹움직였던들홍수를막은백지는찢어졌으리라."라는 진술로 이루어져 있다. 이것은 앞서 제시했던 시적 공간과는 달리 "내팔이혹움직였던들"이라는 반대 상황을 설정하는 방식으로 시적 진술을 전개한다. 그리고 실제로 팔이 움직였다면 당연히 "홍수를막은백지는찢어졌으리라."라고 설명한다. 이 대목에서 '홍수를 막은 백지'는 그대로 '사기 컵'의 은유에 해당한다. 시적 화자는 손의 움직임에 따라 '사기컵'이 실제로 깨어질 수도 있음을 암시하고 있다.

시상의 결말은 "그러나내팔은여전히그사기컵을사수한다."라는 문장으로 이루어진다. 여전히 내 손안에는 '사기 컵'이 쥐어져 있다. 결국 이 시는 물이 들어 있는 '사기 컵'을 손에 쥐고 서서 그 컵의 형상을 마치 '나'의 뼈의 일부인 것처럼 생각하면서 그 컵을 마룻바닥에 내려트려 깨어지는 광경을 환상적인 수법으로 그려 낸다. 동일한 사물의 존재를 경험적 실재 공간과 초현실적 환상 공간의 대비를 통해 상이하게 그려 내고 있다. 이 시에서 주목되는 부분은 일종의 '환상의 기법'을 통해 육체의 물질성에 대한 새로운 인식을 보여 준다는 점이다. 시적 텍스트에서 다루고 있는 것은 손에 쥐고 있던 '사기 컵'이며 그것을 마룻바닥에 내려뜨려 깨뜨리는 장면이다. 이러한 극적 순간을 컵을 손에 꼭 쥐고 있는 실재의 장면과 그것을 내려트려 깨어지게 하는 환상적 장면을 대비하여 보여 준다. 이 과정에서 신체 일부 기관의 확장 변형 등을 자유롭게 구사하여 환상의 현실을 만들어 내는 초현실주의적 상상력이 돋보인다.

# 오감도
## 시제12호

때묻은빨래조각이한뭉텅이공중으로날아떨어진다.그것은흰
비둘기의떼다.이손바닥만한한조각하늘저편에전쟁이끝나고평
화가왔다는선전이다.한무더기비둘기의떼가깃에묻은때를씻는
다.이손바닥만한하늘이편에방망이로흰비둘기의떼를때려죽이
는불결한전쟁이시작된다.공기에숯검정이가지저분하게묻으면흰
비둘기의떼는또한번이손바닥만한하늘저편으로날아간다.

〔원문〕

# 烏瞰圖

## 詩第十二號

때무든빨내조각이한뭉탱이空中으로날녀떠러진다.그것은흰비닭이의 떼다.[100)]이손바닥만한한조각하늘저편에戰爭이끗나고平和가왓다는 宣傳이다.[101)]한무덕이비닭이의떼가깃에무든때를씻는다.[102)]이손바닥 만한하늘이편에방맹이로흰비닭이의떼를따려죽이는不潔한戰爭이始 作된다.[103)]空氣에숫검정이가지저분하게무드면흰비닭이의떼는또한번 이손바닥만한하늘저편으로날아간다.[104)]

—《조선중앙일보》, 1934. 8. 4.

---

100) 이 시의 전반부는 빨래터에 비둘기 떼가 날아와 앉는 모습을 그린다.

101) 비둘기 떼가 날아와 앉은 것을 보고 전쟁과 대비되는 '평화로움'을 떠올린다.

102) 비둘기들이 빨래터에 내려와 깃털을 다듬고 있는 모양을 그려 낸다. 마치 묵은 때를 씻어 내는 모습과 흡사하다.

103) 이 대목은 실제로 빨래터에서 빨래하는 모습을 그린 부분이다. 마치 비둘기를 때려죽이는 '불결한 전쟁'이라도 일어난 듯한 모습이다.

104) 비둘기 떼가 놀라 날아가는 모습을 그린 부분이다. 사람들이 빨래터에서 빨래를 시작하는 것을 놓고 "공기에숫검정이가지저분하게묻으면"이라고 그리고 있다.

〔해설〕


이 작품에서 그려 내는 시적 공간은 빨래터이다. 아낙네들이 빨래터에서 빨래하는 장면은 평화로운 일상적 삶을 암시한다. 그런데 이 시의 텍스트에는 빨래터라는 공간에 두 개의 장면이 포개진다. 하나는 안식과 평화의 장면이고 다른 하나는 혼란과 투쟁의 장면이다. 이 두 장면에 구체적으로 대응하고 있는 것이 전반부에 그려 놓은 비둘기 떼와 후반에 그려 놓은 빨래터에서 이루어지는 빨랫방망이질이다. 이것들은 표면상 아무런 관련성을 지니지 않지만 유추의 방법에 의해 하나의 세계로 통합된다.

이 작품은 '빨래'라는 일상적 일과의 한 장면을 시적으로 변용시킨다. 그것은 바로 빨래터에 날아와 앉는 비둘기 떼의 모습을 통한 특이한 연상 작용과 유추의 방법을 통해 이루어진다. 도심의 하늘을 날아다니는 비둘기는 일상생활에서도 흔히 볼 수 있는 자연물에 불과하다. 이 시에서는 바로 이 자연물로서의 비둘기를 빨래터로 끌어들인다. 시적 텍스트의 첫 문장은 "때묻은빨래조각이한뭉텅이공중으로날아떨어진다."라는 진술로 이루어져 있다. 그리고 바로 뒤에서 이 첫째 문장의 비유적 의미를 "그것은흰비둘기의떼다."라는 문장을 통해 암시적으로 드러낸다. 이 두 개의 문장을 연결해 보면, 흰 비둘기 떼가 마치 공중에서 때묻은 빨래 조각 한 뭉텅이가 떨어지는 것처럼 내려앉고 있음을 알 수 있다. 이 비둘기 떼가 내려앉은 곳이 바로 동네 빨래터임은 물론이다. 일반적으로 비둘기는 '평화'를 뜻하는 상징으로 널리 활용된다. 시의 세 번째 문장에서 "이손바닥만한한조각하늘저편에전쟁이끝나고평화가왔다는선전이다."라는 진술은 하늘을 날고 있는 비둘기가 '평화로움의 상태'임을 암시한다. 이어지는 "한무더기비둘기의떼가깃에묻은때를씻는다."라는 문장에서 이러한 의미가 더욱 구체적으로 드러나고 있다.

그런데 이 시에서 비둘기를 통해 암시되는 '전쟁'과 '평화'의 대립적 의미는 빨래를 통해 드러나는 '더러운 것'과 '깨끗한 것'의 대응 관계와 서로 병치되면서 일상의 차원을 넘어서는 새로운 의미를 만들어 낸다. "이손바닥만한하늘이편에방망이로휜비둘기의떼를때려죽이는불결한전쟁이시작된다."라는 다섯째 문장은 더러운 빨래를 방망이로 두드리는 장면을 그려 낸다. 더러운 빨래를 방망이로 두드리는 광경이 마치 비둘기를 방망이로 때리는 무자비한 학살의 장면처럼 그려진다. 빨래터에 내려앉았던 비둘기 떼는 빨랫방망이 소리에 놀라 하늘 저편으로 다시 날아가 버린다. 이러한 장면을 시의 마지막 문장에서는 "공기에숯검정이가지저분하게묻으면휜비둘기의떼는또한번이손바닥만한하늘저편으로날아간다."라고 기술한다.

이 시에서 그려 내는 빨래하는 장면은 빨래터로 날아와 내려앉은 비둘기 떼의 모습과 겹치면서 평화로운 일상을 그대로 보여 주지만, 이 겹친 장면 속에는 놀랍게도 '전쟁'과 '평화'라는 새로운 의미의 긴장 관계가 작용한다. 그것은 바로 '빨랫방망이질'이라는 행위가 암시하는 외형적 폭력성 때문이다. 실제로 비둘기 떼는 방망이 소리에 놀라 하늘로 날아가 버리고 만다. 이 방망이질은 위험스럽게도 비둘기를 때려 죽이는 장면으로 느껴졌던 것이다. 시적 화자는 평화롭게 일상적으로 되풀이되는 빨래 장면을 놓고 거기에 잠재되어 있는 폭력과 전쟁의 의미를 들춰 낸다. 이 과정에서 이루어지는 시적 이미지의 중첩과 환치의 기법이 이채롭다.

이 작품에서 주목해야 할 것은 유추의 방법을 통해 사물에 대한 동시성의 감각을 통합하는 과정이다. 시적 대상에 대한 인식과 그 언어적 진술 사이에는 반드시 시간적 격차의 문제가 생긴다. 하지만 인간의 눈은 시야에 들어오는 모든 대상을 동시적으로 포착하기 때문에 한꺼번에 시야가 채워진다. 눈을 뜨는 순간 모든 것들이 한눈에 들어온다는 뜻이다. 영화의 모든 장면도 이와 비슷하다. 이 동시성의 감각은 말을 하거나 그림을 직접 손으로 그려 나가는 경우와는 근본적으로 구별된다. 화가가 그림을 그릴 때는 하나의 선, 하나의 형체를 만들어 가면서 어떤 순서에 따라 서서히 캔버스를 채워 간다. 시인이 어떤 사물을 묘사하고자 할 때도 바로 이 과정을 거친다. 단어를 하나하나 선택하고 이를 결합시켜 문장을 만들고 그 문장의 선후 관계를 고려하여 배열한다. 이렇게 화가나 시인은 자신이 그리려 하는 대상을 자신의 의식 속에서 스스로 통제하면서 순차적으로 시간적 선후 관계를 고려하여 그려 나간다. 그런데 이 시에서는 빨래터 장면이 시야에 들어오는 순간 거기서 이루어지는 모든 것을 동시에 재현하려 한다. 이러한 시적 진술법을 가능하도록 하기 위해 시인은 우연성에 의존하고 있다. 빨래터로 내려앉는 비둘기 떼의 모습과 빨랫방망이질을 하는 장면은 아주 우연히 겹쳐진 것이다. 마치 사진을 찍을 때 일어나는 것처럼 의도하지 않은 장면들이 화면 속에 포착된다. 시적 맥락에서 벗어난 우연성의 개입은 크게 주목되지 않지만 현실 속에서 이루어지는 일상적인 삶 자체가 언제나 우연적인 것들의 연속임을 생각한다면 이것을 그리 간단하게 넘겨 버릴 수는 없는 일이다. 「시제12호」의 경우 바로 이 같은 장면의 우연성을 동시적으로 포착하는 시각을 통해 전쟁과 평화의 의미를 시적으로 구현하는 놀라운 성취에 도달하고 있다.

# 오감도
## 시제13호

내팔이면도칼을 든채로끊어져떨어졌다. 자세히보면무엇에몹
시 위협당하는것처럼새파랗다. 이렇게하여잃어버린내두개팔
을나는 촉대세움으로내 방안에장식하여놓았다. 팔은죽어서
도 오히려나에게겁을내이는것만같다. 나는이런얇다란예의를
화초분보다도사랑스레여긴다.

〔원문〕

烏瞰圖

詩第十三號

내팔이면도칼을 든채로끈어저떨어젓다.[105] 자세히보면무엇에몹시 威脅당하는것처럼샛팔앗타. 이럿케하야일허버린내두개팔을나는 燭臺세움으로내 방안에裝飾하야노앗다.[106] 팔은죽어서도 오히려나에게怯을내이는것만갓다.[107] 나는이런얇다란禮儀를花草盆보다도사량스레녁인다.[108]

—《조선중앙일보》, 1934. 8. 7.

---

105) 그림을 그리는 데 쓰는 회화용 나이프 곁에 토시를 벗어 놓은 모양에서 얻어 낸 환상적 이미지에 해당한다.
106) 그림을 그릴 수 없게 되면서 그 토시를 방안에 걸어 놓은 모양을 두고 촛대 세웠다고 말한다.
107) 그림에서 손을 떼면서 갖게 된 회의와 자의식이 이 대목에서 역으로 표출되고 있다.
108) 자신의 그림 작업에 여전히 애착을 가지고 있음을 드러내는 대목이다.

〔해설〕

이 시에서 "내팔이면도칼을 든채로끊어져떨어졌다."라는 첫 문장은 육체의 일부가 절단 분리되었음을 말해 준다. 이 특이한 체험은 현실 속에서는 불가능하다. 그러나 초현실주의 이후 미술에서는 이 같은 육체의 변형이 자주 등장한다. 시적 대상으로서의 인간 육체에 대한 왜곡과 변형도 이러한 초현실주의적 상상력의 소산이라 할 수 있다. 여기에서 '끊어진 팔'은 인간의 육체 가운데 팔이 수행하던 기능의 상실을 의미한다는 점에서 여러 방향으로 해석이 가능해진다. 물론 이 시에서 '끊어진 팔'은 아주 폐기된 것은 아니다. 팔을 촛대처럼 세워 방 안에 장식해 두었다는 것이다. 그런데 여기에서 주목해야 할 것은 내 육체로부터 절단되어 분리된 '팔'과 '나' 자신의 관계이다. '팔'은 무엇인가에 위협당하는 것처럼 파랗게 질려 있고, 나에게 겁을 내는 것처럼 느껴지기도 한다. 그렇지만 나는 오히려 이러한 모양을 사랑스레 여긴다. 자신의 육체의 일부를 절단 분리시키고 그것을 대상화하는 이 시에서 시적 화자인 '나'는 자신의 육체 가운데 '팔'로 할 수 있는 중요한 모든 활동이 중단된 상태임을 전제하고 있는 것이다.

이 작품에서 그리는 시적 정황을 보면 '팔'의 절단 분리라는 가혹한 육체적 훼손과 그에 따르는 고통을 내면화하고 있음을 알 수 있다. 인간이 자신의 팔을 면도칼로 잘라 버린다

는 것은 상상하기 힘든 일이다. 그러나 마치 칼로 팔을 자르듯
어떤 기능을 수행하지 못하도록 스스로 억제하는 경우는 얼
마든지 가능하다. 이런 가정에서 출발한다면 이 시가 시인 자
신의 체험 영역에서 억제된 욕망의 영역과 관련되어 있음을
부인하기 어렵다. 다시 말하면 이 시의 내용 자체가 시인 자신
의 특별한 체험 영역에 대한 몸을 통한 상상적 재현과 관련되
는 것이 아닌가 생각된다.

　시인 이상은 화가를 꿈꾸었다. 하지만 집안 어른들은 그가
관심을 두고 있는 미술을 이해하려 하지 않았다. 그는 경성고
등공업학교에서도 혼자 그림을 그렸고, 총독부 건축기사가 된
후에도 미술에 대한 꿈을 버리지 못했다. 그는 자신이 폐결핵
을 심하게 앓고 있다는 사실을 알게 되고서야 그림을 포기한
다. 그림물감의 지독한 냄새가 몸에 해로울 것이라는 가족의
걱정도 한몫했다. 이러한 개인사적 체험을 전제할 때 이 작품
에서 그리는 환상적인 이미지는 캔버스를 앞에 놓고 나이프
를 들고 페인트 물감으로 그림을 그렸던 시인의 경험을 바탕
으로 하는 것이 아닌가 생각된다. 그림을 그릴 때는 물감이 옷
소매 자락에 묻는 것을 막기 위해 손목에서부터 팔꿈치까지
닿는 '토시'를 하는 경우가 많다. 그림 그리기를 마치면 토시
를 벗어 나란히 걸어 놓는다. 그런데 회화용 나이프 옆에 토시
를 벗어 놓은 것이 마치 자신의 팔이 칼을 든 채 잘린 것처럼
보이게 된다. 이상 자신이 그림 공부에 집착했던 사실을 놓고
본다면 그림을 그린다는 것 자체를 언제나 소중히 여겼음을
짐작할 수 있으며, 이 작품의 마지막 대목에서 이를 확인할

수 있다. 그림을 더 이상 그릴 수 없게 된 것은 마치 '팔'을 끊어 낸 것처럼 고통스러운 일이다. 스스로 꿈을 포기하면서 빠져들게 되는 절망감을 감당하기 어려웠을 것이다. 시적 화자는 그림을 더 이상 그리지 못하게 되자 그림 그릴 때 사용했던 나이프와 토시를 촛대처럼 함께 세워 둔다. 그러고는 화가로서의 꿈을 키웠던 지난날들을 돌이켜 본다. 하지만 잘려 나간 '팔'이 '나' 자신에 대해 겁을 내는 것처럼 느껴진다. 병 때문에 미술에 대한 꿈과 욕망을 포기한 이상은 미술에 대한 갈망과 애착을 이렇듯 환상적으로 그려 내고 있다.

# 오감도
## 시제14호


고성앞풀밭이있고풀밭위에나는내모자를벗어놓았다.성위에서
나는내기억에꽤무거운돌을매어달아서는내힘과거리껏팔매질
쳤다.포물선을역행하는역사의슬픈울음소리.문득성밑내모자곁
에한사람의걸인이장승과같이서있는것을내려다보았다.걸인은
성밑에서오히려내위에있다.혹은종합된역사의망령인가.공중을
향하여놓인내모자의깊이는절박한하늘을부른다.별안간걸인은
율률한풍채를허리굽혀한개의돌을내모자속에치뜨려넣는다.나
는벌써기절하였다.심장이두개골속으로옮겨가는지도가보인
다.싸늘한손이내이마에닿는다.내이마에는싸늘한손자국이낙인
되어언제까지지워지지않았다.

## 烏瞰圖

### 詩第十四號

古城압풀밧이잇고풀밧우에나는내帽子를버서노앗다.[109] 城우에서나는 내記憶에꽤묵어운돌을매여달아서는내힘과距離껏팔매질첫다.[110] 抛物 線을逆行하는歷史의슯흔울음소리.[111] 문득城밋내帽子겻헤한사람의乞 人이장승과가티서잇는것을나려다보앗다.[112] 乞人은城밋헤서오히려내 우에잇다.[113] 或은綜合된歷史의亡靈인가.[114] 空中을向하야노힌내帽子 의깁히는切迫한하늘을불은다.[115] 별안간乞人은慄慄한風彩를허리굽혀 한개의돌을내帽子속에치뜨려넛는다.[116] 나는벌서氣絶하얏다.心臟이 頭蓋骨속으로옴겨가는地圖가보인다.[117] 싸늘한손[118] 이내니마에닷는 다.내니마에는싸늘한손자옥이烙印되여언제까지지지어지지안앗다.[119]

—《조선중앙일보》, 1934. 8. 7.

---

109) '고성'은 '낡은 세계'를 '모자'는 '거추장스러운 관습'을 상징한다.

110) '돌'은 '굳어진 관념'을 상징한다.

111) 돌이 바람 소리를 내며 멀리 내던져지는 장면을 그린 대목이다. 자신이 떨쳐 버린 과거(돌)의 울음소리로 비유하여 서술하고 있다.

112) 과거의 환영(幻影)이 나타나다.

113) '나'를 '모자'와 동일시하고 있다.

114) 내 모자 곁에 서 있는 걸인을 '역사의 망령'으로 인식한다.

115) 모든 낡은 굴레로부터 벗어나려는 간절한 소망을 표현하고 있다.

116) 내가 내던진 '굳어 버린 관념(돌)'을 다시 내 모자에 넣고 그것을 강요한다.

117) 머리끝으로 피가 솟구쳐 오르는 느낌을 받는다.

118) 내 열정을 식어 버리게 만든 망령의 손을 말한다.

119) 탈출을 꿈꾸는 '나'의 욕망이 실현되지 못한다.

이 작품은 기성의 권위와 관습과 가치와 구속에서 벗어나 끝없이 탈출하려는 '나'의 자의식의 내면을 그려 낸다. 이 시에 동원하고 있는 '고성(古城)', '모자', '걸인', '장승', '돌' 같은 시어들은 모두 낡은 것, 단단한 것, 닫힌 것, 고정된 것 등의 상징적 이미지를 드러낸다. '풀밭', '공중' 같은 시어에서 느낄 수 있는 열린 것, 부드러운 것 등의 이미지와는 상반된다. 시적 화자인 '나'는 이 상반되는 이미지들이 작동하는 공간 속에서 걸인의 억압에 눌려 자기 욕망을 실현하지 못한 채 기절해 버림으로써 고성의 테두리에서 벗어나지 못한다. 여기에서 주목되는 것이 몸의 감각이다. 전통과 인습에서 벗어나려는 시적 화자의 내적 욕망이 몸의 움직임, 몸의 감각 등을 통해 인상적으로 표출되고 있다.

이 시의 텍스트는 "고성앞풀밭이있고풀밭위에나는내모자를벗어놓았다."라는 첫 문장의 진술을 통해 시적 정황을 그려 낸다. 시적 화자는 고성 앞 풀밭에 자신이 쓰고 있던 모자를 벗어 놓는다. 여기에서 중요한 것이 '고성'과 '모자'라는 두 개의 시어가 지니는 상징적 의미이다. '성'은 닫혀 있는 하나의 영역을 표시하며 경계가 분명하여 안과 밖이 서로 나뉜다. 이 첫 문장에서 화자는 '고성' 앞에 펼쳐진 풀밭에 서서 자신의 모자를 벗어 놓고 있으므로 이미 성 밖에 서 있었던 셈이다.

이러한 정황으로 본다면 '고성'은 시적 화자를 가두었던 닫힌 공간이라고 할 수 있다. '모자'는 인간의 머리 위에 씌우는 것이라는 점에서 인간의 신분이나 지위 등을 뜻하기도 하고, 머릿속에 담고 있는 모든 사고와 가치를 암시하기도 한다. 따라서 '모자'를 풀밭 위에 벗어 놓은 것은 시적 화자가 지닌 기존의 자기 위상은 물론 자신이 지켜 온 사고와 가치의 틀을 벗은 것으로 해석할 수 있다. 결국 이 시의 텍스트에서 시적 정황을 암시하는 첫 문장의 진술 내용은 기성의 권위와 관습과 가치와 구속으로부터 벗어나 끝없이 탈출하려는 '나'의 자의식의 내면을 보여 주고 있다.

　이 시의 의미는 첫 문장에 이어지는 "성위에서나는내기억에꽤무거운돌을매어달아서는내힘과거리껏팔매질쳤다."라는 진술을 통해 그 내용이 확장되고 구체화된다. 이 문장은 자신의 머릿속에 담긴 모든 낡은 가치와 그 인식을 떨쳐 버린다는 뜻을 드러내기 위해 무거운 돌을 매달아 멀리 힘껏 내던져 버린다는 몸의 움직임을 보여 준다. 그런데 이어지는 "포물선을역행하는역사의슬픈울음소리."는 그 의미가 단순하지 않다. 이 문장은 힘껏 내던진 돌이 휙 바람 소리를 내며 멀리 공중에서 날아가는 장면 그 자체를 연상시킨다. 하지만 이 표면적인 현상 자체를 통해 현재와 과거의 거리를 공간화하면서 자신이 떨쳐 버리려는 기존의 가치와 사고의 공간적 반향을 비유적으로 표현하고 있는 것으로 이해할 수 있다. 시적 화자가 버리려는 기억들에 대한 느낌은 '슬픈 울음소리'라는 감각적 이미지로 구체화된다.

그런데 모든 기성적인 것에서 벗어나려는 시적 화자의 욕망은 쉽게 실현되지 못한다. 그 이유는 다음과 같은 진술을 통해 확인된다. "문득성밑내모자곁에한사람의걸인이장승과같이서있는것을내려다보았다.걸인은성밑에서오히려내위에있다.혹은종합된역사의망령인가." 여기에서 '걸인'은 시적 화자인 '나'의 의식을 억압하고 있는 어떤 존재의 환영이다. 하지만 '걸인'을 '종합된 역사의 망령'이라고 비유함으로써 단순한 개인적 차원을 넘어서는 역사적 의미를 획득하고 있다. 특히 "걸인은성밑에서오히려내위에있다."라는 진술에서 볼 수 있듯 시적 화자는 '걸인'의 위상을 공간적으로는 비록 성 아래에 있지만 '나'보다 정신적 우위를 점하고 있는 존재로 인식한다. 여기에서 몸의 감각을 통해 '나'보다 높은 '걸인'의 위상을 제시하고 있다. 그렇기 때문에 시적 화자인 '나'는 '걸인'과의 구속적인 상하 관계에서 벗어나고 싶어 한다. 뒤에 이어지는 문장은 하늘을 향해 구원을 간구하는 '나'의 간절한 욕망을 암시한다. 하지만 '나'의 구원에 대한 간곡한 소망은 실현되지 못한다. "별안간걸인은율률한풍채를허리굽혀한개의돌을내모자속에치뜨려넣는다." '걸인'은 '나'의 의식을 짓누르듯 힘을 다해 멀리 내던져 버린 무거운 돌을 다시 '나'의 모자 속에 치뜨려 넣고 있다. 말하자면 '걸인'은 내가 벗어던지려 했던 굴레를 '나'에게 다시 씌우고 있는 것이다.

　이 시의 결말 부분에서 시적 화자는 "나는벌써기절하였다."라고 진술하고 있다. 이러한 절박한 상황에 직면한 '나'의 의식의 가위눌림 상태를 암시하는 대목이다. '나'는 아무리 노력해도 결코 '걸인'의 속박에서 벗어날 수 없다. "심장이두개골속으로옮겨가는지도가보인다."라는 진술은 육체의 내부에 대한 투시를 감각적으로 표현하고 있다. 실제로는 머리끝으로 피가 솟구쳐 오르는 격렬한 느낌을 구체화한 이 표현은 그대로 몸의 언어에 해당한다. 기성적 가치와 그 권위를 대표하는 '걸인'과 거기에서 벗어나고자 하는 '나'의 격렬한 거부 반응이 대조적으로 드러난다. 그렇지만 '나'는 '걸인'의 요구와 걸인이 부여하는 의무를 거부할 수도 없고 그것을 넘어설 수도 없다. "싸늘한손이내이마에닿는다."라는 시적 진술에서 볼 수 있듯 '싸늘한 손'은 '나'의 격렬한 반발과 그 열정을 식어 버리게 만드는 '걸인(망령)'의 손이기 때문이다. 이 시 마지막 문장 "내이마에는싸늘한손자국이낙인되어언제까지지워지지않았다."라는 진술은 기성적 권위와 그 억압에서 벗어날 수 없게 된 '나'의 입장을 암시하고 있다. 이 작품에서 끝없는 자유와 해방을 갈구하는 '나'는 낡은 사고와 이념, 틀에 박힌 윤리와 가치에서 벗어나지 못하고 있는 '걸인'의 입장과 대립한다. 이 대립적 양상은 욕망과 그 억압이라는 내면 의식의 표출에 다름 아니다. 이 시는 관념적인 주제를 구체화하기 위해 몸의 감각과 몸의 상상력을 동원하고 있는 셈이다.

# 오감도
## 시제15호

### 1

나는거울없는실내에있다.거울속의나는역시외출중이다.나는지
금거울속의나를무서워하며떨고있다.거울속의나는어디가서나
를어떻게하려는음모를하는중일까.

### 2

죄를품고식은침상에서잤다.확실한내꿈에나는결석하였고의족
을담은군용장화가내꿈의백지를더럽혀놓았다.

### 3

나는거울있는실내로몰래들어간다.나를거울에서해방하려고.그
러나거울속의나는침울한얼굴로동시에꼭들어온다.거울속의나
는내게미안한뜻을전한다.내가그때문에영어되어있듯이그도나
때문에영어되어떨고있다.

## 4

내가결석한나의꿈.내위조가등장하지않는내거울.무능이라도좋은나의고독의갈망자다.나는드디어거울속의나에게자살을권유하기로결심하였다.나는그에게시야도없는들창을가리키었다.그들창은자살만을위한들창이다.그러나내가자살하지아니하면그가자살할수없음을그는내게가르친다.거울속의나는불사조에가깝다.

## 5

내왼편가슴심장의위치를방탄금속으로엄폐하고나는거울속의내왼편가슴을겨누어권총을발사하였다.탄환은그의왼편가슴을관통하였으나그의심장은바른편에있다.

## 6

모형심장에서붉은잉크가엎질러졌다.내가지각한내꿈에서나는극형을받았다.내꿈을지배하는자는내가아니다.악수할수조차없는두사람을봉쇄한거대한죄가있다.

## 烏瞰圖
### 詩第十五號

1

나는거울업는室內[120)에잇다.거울속의나는역시外出中이다.나는至今
거울속의나를무서워하며떨고잇다.거울속의나는어디가서나를어떠
케하랴는陰謀를하는中일가.

2

罪를품고[121)식은寢床에서잣다.確實한내꿈에나는缺席하얏고義足을
담은軍用長靴[122)가내꿈의白紙를더럽혀노앗다.[123)

---

120) "거울없는실내"는 이 작품이 설정하고 있는 시적 공간이다. 거울이 없
으므로 거울을 통해 '나'의 모습을 볼 수도 없다.

121) 1연에서 "무서워하며떨고"라는 말로 표현된 시적 자아의 심리 상태를
암시한다. 두려움과 공포를 느끼면서 잠자리에 들고 있다.

122) "의족을담은군용장화"는 환상적 이미지라고 할 수 있다. 병을 앓고 있
는 폐의 모양을 표상하는 것이 아닌가 생각된다.

123) 의족을 담은 군용 장화에 대한 생각으로 잠을 이루지 못한다. '내 꿈
에 내가 결석하였다'는 표현은 모순 어법으로, 잠을 이루지 못했기 때문에
꿈을 꿀 수 없었음을 말한다.

3

나는거울잇는室內로몰래들어간다.나를거울에서解放하려고.그러나
거울속의나는沈鬱한얼골로同時에꼭들어온다.거울속의나는내게未
安한뜻을傳한다.내가그때문에囹圄되어잇듯키그도나때문에囹圄되
여떨고잇다.[124]

4

내가缺席한나의꿈.[125]내僞造가登場하지안는내거울.[126]無能이라도
조흔나의孤獨의渴望者다.[127]나는드듸어거울속의나에게自殺을勸誘
하기로決心하얏다.나는그에게視野도업는들窓[128]을가르치엇다.그들
窓은自殺만을爲한들窓이다.그러나내가自殺하지아니하면그가自殺
할수업슴을그는내게가르친다.거울속의나는不死鳥에갓갑다.

---

124) 현실 속의 '나'와 '거울 속의 나'가 서로 묶여 있으므로 결코 떨어질 수
없는 존재임을 말한다.
125) 이 대목은 '현실' 그 자체를 모순 어법으로 표현한 것이다.
126) 이 대목 역시 모순 어법을 활용하고 있다. 거울을 통해 보는 영상 속의
'나'가 아니라 실제 '나'의 진면목을 지시한다.
127) 위조가 없는 진면목의 '나'로 홀로 존재하고 싶은 욕망을 암시한다.
128) '시야가 없는 들창'은 거울 그 자체를 말한다.

5

내왼편가슴心臟의位置를防彈金屬으로掩蔽하고나는거울속의내왼편가슴을견우어拳銃을發射하얏다.彈丸은그의왼편가슴을貫通하엿스나그의心臟은바른편에잇다.[129]

6

模型心臟에서붉은잉크가업즐러젓다.[130]내가遲刻한내꿈에서나는極刑을바닷다.[131]내꿈을支配하는者는내가아니다.握手할수조차업는두사람을封鎖한巨大한罪가잇다.[132]

—《조선중앙일보》, 1934. 8. 8.

---

129) '권총의 발사'는 「시제9호 총구」에서와 마찬가지로 '기침'이 일어나는 것을 암시한다.
130) 거울을 보며 기침하는 순간 객혈이 일어나 거울 위로 피가 흘러내린다.
131) 객혈과 함께 심한 고통을 느낀다.
132) 현실의 '나'와 '거울 속의 나' 사이에 일어나는 부조화는 '나' 자신의 책임이 아니라 보다 본질적인 문제일 수 있음을 암시한다.

〔해설〕

 이 작품에서 핵심적인 의미를 함축하고 있는 '거울'은 이상 문학에서 가장 중요한 상징의 하나로 자주 등장한다. 시적 화자인 '나'는 '거울'을 들여다보면서 '거울 속의 나'와 마주한다. 이때 현실 속에 존재하고 있는 경험적 자아로서의 '나'와 '거울 속의 나' 사이에는 외형상 아무런 차이가 없는데도 근접할 수 없는 거리감과 부조화가 드러난다. 이 시에서 몸의 상상력을 구현하기 위해 시적 상징으로 활용하는 것이 '거울'이다. 현실 속에 존재하는 경험적 자아로서의 '나'는 '거울 속의 나(위조된 나)'와 대립된다. 이러한 내적 갈등은 현실에서 겪는 병의 고통과 좌절의 삶에 의해 더욱 촉발된 것이다.

 시의 텍스트는 외형적으로 모두 여섯 개의 연으로 구분되어 있다. 그러나 이 시의 의미 구조를 형성하는 시적 공간은 크게 둘로 나뉜다. 하나는 1연과 2연에서 펼쳐지는 '거울 없는 실내'이다. 이 공간에서는 '거울 속의 나'와 만날 수 없다. '나'는 '거울 속의 나'의 존재를 확인할 수 없는 상태에서 '부재에 대한 두려움'을 느낀다. 그리고 침상에서 잠을 청하지만 '의족을 담은 군용 장화'로 표상되는 더 큰 공포에 질려 잠을 이루지 못한다. 결국 '거울 없는 실내'라는 시적 공간에는 자기 자신의 참모습을 발견할 수 없는 것에 대한 두려움의 정서가 자리 잡는다. 3연부터 6연까지는 '거울 있는 실내'로 시적 공간이 바뀐다. '나'는 거울을 들여다보면서 '거울 속의 나'를 발견한다. 그러나 거울에 비치는 '나'는 하나의 영상에 불과하다. 이것은 실체로서의 '나'가 아니며 거울이라는 도구에 의해 위조된 것이다. 시적 화자는 이러한 위조된 '나'가 아닌 진정한 '나'의 모습을 찾기를 원한다. 결국 '거울 있는 실내'라는 시적 공간은 진정한 '나'의 모습이 아니라 위조된 '나'를 거울을 통해 보여 준 셈이다. 그러므로 진정한 '나'의 모습을 찾기 위해 위조된 '나'를 거부하고 그 존재를 부인할 수밖에 없다.

시적 화자인 '나'는 현실 속에 실제로 살아 움직이는 경험적 자아로서의 '나'이며, 모든 사고와 행동의 주체로서 몸의 감각을 스스로 체현할 수 있는 살아 있는 '나'이다. '나'와 상대를 이루고 있는 '거울 속의 나'는 '거울'이라는 반사면에 나타나는 '나'의 '허상'에 불과하다. 현실 속의 '나'는 '거울' 없이는 자신의 모습을 대상화하여 볼 수 없다. '거울'을 통해서만 '나'의 모습을 확인할 수 있다. '나'는 '거울' 속에 나타나는 '나'의 허상을 보고 그것이 바로 '나' 자신의 참모습이라고 생각하게 된다. 현실 속의 실재하는 '나'는 '거울' 속에 맺어지는 '허상'으로서의 '나'의 모습을 보고 그것을 자신의 참모습과 동일시한다. 여기에서 시적 화자인 '나'와 '거울 속의 나' 사이에 야기되는 실재와 허상 사이의 본질적인 불일치가 드러난다. 이 시에서는 이러한 불일치가 일종의 자기 분열적 현상처럼 묘사되면서 더욱 증폭되고 내적인 갈등 상태로 발전하고 있다.

1연에서 그리는 시적 공간은 '거울 없는 실내'이다. 시적 화자인 '나'는 거울 없는 실내에 있기 때문에 '나' 자신의 모습을 확인하여 볼 수가 없다. 다시 말하면 이 공간에서 '나'는 '거울 속의 나'와 만날 수 없다. 시적 텍스트에서는 이 상황을 "거울속의나는역시외출중이다."라고 설명한다. 그런데 여기에서 '거울 속의 나'의 부재는 결국 실재하는 '나'의 모습과 그 존재를 확인할 수 없는 상태를 암시한다. 그러므로 "거울속의나를무서워하며떨고있다."라는 진술은 결국 자기 존재를 확인할 수 없는 상태에 대한 불안과 공포를 의미한다. 1연의 마지막 문장 "거울속의나는어디가서나를어떻게하려는음모를하는중일까." 라는 질문은 자기 존재를 확인할 수 없는 상황에서 느끼게 되는 존재에 대한 두려움의 정서를 공간적으로 확장하고 있다..

2연은 "죄를품고식은침상에서잤다.확실한내꿈에나는결석하였고의족을담은군용장화가내꿈의백지를더럽혀놓았다."라는 두 문장으로 이어진다. 첫 문장은 시적 진술의 주체인 '나'라는 화자가 죄를 품고 식은 침상에서 잠을 잤다는 내용이다. 여기에서 '죄를 품고'라는 구절의 해석이 문제이다. '나'라는 화자가 어떤 형벌이나 재앙을 당한 채 식은 침상에서 잤다고 풀이할 경우, 그 형벌과 재앙의 정체가 무엇인지 알아야만 의미를 파악할 수 있다. 이어지는 두 번째 문장은 "확실한내꿈에나는결석하였고"라는 어절과 "의족을담은군용장화가내꿈의백지를더럽혀놓았다."라는 어절로 나뉜다. "확실한내꿈에나는결석하였고"라는 표현은 모순 어법을 이용한 진술이다. 이 표현은 '나'에 대한 꿈을 꿀 수 없는 상태를 말하는 것으로 볼 수도 있고, 주체가 부재하는 꿈을 뜻하는 것으로 볼 수도 있다. "의족을담은군용장화가내꿈의백지를더럽혀놓았다."에서 "의족을담은군용장화"는 고도의 비유적 의미와 상징성을 지닌다. 의족은 다리가 절단된 사람이 나무나 고무로 만들어 붙인 인공의 다리 또는 발을 말한다. 의족을 붙였다면 발과 다리가 온전하지 못할 것이다. 결국 의족을 담은 군용 장화는 온전하지 못해 나무나 고무로 만들어 붙인 인공의 발에 신겨진 커다란 군용 장화를 의미한다. 물론 이러한 설명은 동어반복에 불과하여 이것만으로 그 속에 담긴 비유적 의미나 상징성에 접근하기는 어렵다. 하지만 이 둘째 문장에서 시적 화자인 '나'는 꿈을 꿀 수 없게 되었으며, 온전하지 못한 인공의 발에 신겨진 군용 장화로 인해 '나'의 꿈이 모두 망가져 버렸음을 말해 준다.

그런데 2연에서 '죄'라는 시어가 의미하는 '형벌 또는 재앙'을 어떻게 이해할 것인가 하는 문제는 의족을 담은 군용 장화로 비유되고 있는 것이 대체 무엇인가라는 질문과 함께 여전히 미궁에 갇혀 있다. "죄를품고"라는 구절은 1연에서 "무서워하며떨고"라는 말로 표현된 시적 화자의 심리 상태를 암시한다. "의족을담은군용장화"는 이상의 소설 「십이월 십이 일」에서 등장하는 아픈 다리의 이미지와 연결시켜 볼 수도 있을 것이다. 그러나 이러한 설명이 여전히 불만스럽다. 여기에서는 "죄"라는 말과 "의족을담은군용장화"라는 구절의 어떤 연관성을 상정하고 이에 대한 새로운 해석을 시도하려 한다. 우선 군용 장화를 어떤 추상적 개념이나 의미로 읽는 것보다는 구체적인 사물로서의 군용 장화의 형태와 그 이미지로 보는 것이 좋겠다고 생각한다.

이와 유사한 이미지는 시 「가외가전」의 "어디로피해야저어
른구두와어른구두가맞부딧는꼴을안볼수있스랴."라는 구절
에 등장하는 구두에서도 발견된다. 이 대목은 그대로 인간 육
체의 장기 가운데 '폐(肺)'의 형상을 이미지화한 것으로 유추
할 수 있다. "의족을담은군용장화"도 온전하지 못한 폐의 형상
을 구체적인 사물인 군용 장화의 형상으로 단순화하여 시각
적 이미지로 바꾸어 놓은 것이 아닌가 생각된다. 이러한 해석
을 놓고 보면 "죄를품고"라는 구절에서 죄가 암시하는 형벌과
재앙의 의미가 곧바로 폐결핵이라는 육체의 병환을 뜻한다는
점도 이해할 수 있는 것이다. 결국 2연은 폐결핵에 시달리는
온전하지 못한 육체로 인해 화자는 자신의 꿈을 펼칠 수 없게
되었고, 그 병환 자체가 꿈을 망쳐 버렸음을 말해 준다.

3연부터 6연까지는 거울 있는 실내로 시적 공간이 바뀐다.
'나'는 거울을 들여다보면서 거울 속의 나를 발견한다. 거울을
통해 자신의 모습을 확인하는 것이다. 3연에서는 이러한 자기
확인으로서의 '거울 보기'를 그대로 설명하고 있다. "나는거울
있는실내로몰래들어간다.나를거울에서해방하려고.그러나거
울속의나는침울한얼굴로동시에꼭들어온다."라는 구절에서 볼
수 있듯 '나'는 자기 존재에 대한 두려움으로부터 벗어나기 위
해 아무도 모르게 가만히 거울을 들여다본다. 그러나 거울을
보는 순간 '거울 속의 나'는 피곤한 모습으로 거울에 나타난
다. 그리고 '나'를 향하여 미안하다는 뜻을 표시한다. 이같이
거울에서 '나'의 모습을 확인하게 되는 자기 발견의 방식을 통
해 '나'는 자신의 존재로부터 벗어날 수 없다는 사실을 인식한

다. "내가그때문에영어되어있듯이그도나때문에영어되어떨고있다."라는 마지막 문장이 이를 설명한다.

4연에서는 2연과 3연에서 이루어진 진술 내용을 놓고 시적 의미의 전환을 시도한다. 이미 설명한 대로 "내가결석한나의꿈"은 꿈속에 그 꿈의 주체인 '나'가 없음을 말한다. 꿈이 어떤 구체적인 목표에 대한 갈망을 의미하는 것이라면, 그 꿈을 실현하려는 주체로서의 '나'의 부재는 결국 꿈 자체의 실현이 불가능함을 뜻한다. 그러므로 '나'는 "내위조가등장하지않는내거울"을 생각한다. '나'의 참모습을 발견하고 싶지만 이것도 불가능하다. 여기에서 시적 화자인 '나'는 새로운 방법을 찾아낸다. 그것이 바로 '거울 속의 나'를 제거하는 방법으로서의 자살이다. "나는드디어거울속의나에게자살을권유하기로결심하였다."라는 진술을 통해 이를 확인할 수 있다.

"나는그에게시야도없는들창을가리키었다.그들창은자살만을위한들창이다."라는 두 개의 문장은 자살의 방법을 행동으로 지시하는 대목이다. "시야도없는들창"이란 거울 그 자체를 말한다. 거울은 속이 들여다보이는 것처럼 거울 바깥의 사물을 그대로 반사시켜 보여 주지만 실상은 앞이 탁 트인 것이 아니다. "시야도없는들창"이라는 은유는 바로 이 같은 거울의 속성을 그대로 말해 준다. 이러한 설명을 그대로 따른다면 "나는그에게시야도없는들창을가리키었다."라는 구절은 거울을 향해 손가락질하는 행위를 그대로 설명한다. 그런데 그 행위 자체가 '거울 속의 나'를 향해 총을 겨냥하는 행동처럼 드러난다. 이어지는 5연에서 총을 발사하는 장면을 묘사하는 것은 바로 이 대목을 통한 유추와 연상(聯想) 작용으로 이해할 수 있다. 하지만 '거울 속의 나'의 자살은 가능하지 않다.

5연과 6연은 '나'의 '자살'을 시도하는 장면을 묘사한다. '나'는 '거울 속의 나'의 왼쪽 가슴을 겨누고 권총을 발사한다. 탄환이 '거울 속의 나'의 왼쪽 가슴을 관통한다. 그러나 '거울 속의 나'의 심장을 꿰뚫는 데 실패한다. 거울 속에 비친 '나'의 모습은 반사의 원리에 따라 좌우가 바뀌어 보이므로 왼쪽에 있는 심장을 겨냥할 수가 없기 때문이다. 그런데 6연의 첫 문장에서는 "모형심장에서붉은잉크가엎질러졌다."라고 진술하고 있다. 이 대목은 총탄에 맞아 심장에서 피가 흘러나오는 장면을 선명하게 묘사한 것처럼 보이지만 실상은 그렇지 않다. 이 대목을 제대로 이해하기 위해서는 「시제9호 총구」를 다시 읽을 필요가 있다. 이 시 마지막 구절 "그러더니나는총쏘으듯이눈을감으며한방총탄대신에나는참나의입으로무엇을내어배앝았더냐."라는 의문형 문장은 객혈의 고통을 견디기 위해 눈을 감고 입으로 피를 토하는 순간을 묘사한 대목이다.

과녁을 겨냥하기 위해 한쪽 눈을 감고 총을 쏜다. 총탄이 총구에서 격발되는 순간 번쩍 불꽃이 튄다. 여기에서 불꽃 속으로 튕겨 나가는 총탄의 모습을 목구멍을 격하게 넘어와 입밖으로 내뿜게 되는 객혈의 피와 겹쳐 놓고 있다. 객혈의 순간이 마치 총구에서 총탄이 격발되는 순간처럼 격렬하게 묘사되고 있다. 극한의 고통과 격렬한 파괴의 이미지가 여기에 덧붙여지고 있음을 알 수 있다. 이처럼 「시제9호 총구」에서 볼 수 있는 극렬한 고통의 장면을 "모형심장에서붉은잉크가엎질러졌다."라는 「시제15호」의 구절과 연결해 보면 의미가 분명해진다. '모형 심장'은 '거울 속의 나'의 심장을 가리킨다. 거울에 비친 '허상'이기 때문에 '모형 심장'이라는 표현을 쓰고 있다. "붉은잉크가엎질러졌다."라는 장면은 기침을 하는 순간 객혈이 일어나며 피가 튀겨 거울 위로 흘러내리는 것을 은유적으로 표현한 것이다. 이 객혈의 순간을 넘기면서 시적 화자인 '나'는 "내가지각한내꿈에서나는극형을받았다.내꿈을지배하는자는내가아니다.악수할수조차없는두사람을봉쇄한거대한죄가있다."라고 진술하며 시적 의미의 매듭을 짓는다. 결국 이 시 마지막 대목은 거울을 보고 있는 순간 기침이 일어나고 객혈하게 되어 거울에 핏방울이 묻어 흐르는 장면을 보면서 느끼는 처절한 비애와 부정적 자기 인식을 보여 준다. 시적 화자가 겪는 현실적 고통으로서의 기침과 객혈의 과정을 암시하는 대목으로 결말을 짓는 것은 현실 속 '나'에게 가장 큰 '죄'가 바로 병이라는 재앙임을 암시한다.

이 작품은 병든 육체의 고통을 견디면서 살아야 하는 '나'라는 시적 화자가 거울을 통해 자신의 모습을 확인하고 거기에 집착하는 일종의 '병적 나르시시즘'을 보여 주고 있다. 현실 속의 '나'는 자신의 병을 커다란 죄업으로 여길 정도로 병든 자신의 모습을 견디기 어렵다. 그렇기 때문에 '나'는 자꾸만 거울을 들여다보며 '거울 속의 나'를 확인해 보고 그 존재를 부정한다. 여기에서 반복되는 '거울 보기'는 자기 확인을 위한 몸의 언어이며 몸의 감각과 통한다. 그리고 '거울'은 시적 화자인 '나' 자신을 응시하고 그 존재 의미를 확인할 수 있는 자기

투시와 자기 인식의 존재론적 공간이 된다. 이 작품을 마지막
으로 연작시 「오감도」의 연재가 마감된다.

# •소•영•위•제•

1

달빛속에있는네얼굴앞에서내얼굴은한장얇은피부가되
어너를칭찬하는내말씀이발음하지아니하고미닫이를간
질이는한숨처럼동백꽃밭내음새지니고있는네머리털속
으로기어들면서모심듯이내설움을하나하나심어가네나

2

진흙밭헤매일적에네구두뒤축이눌러놓은자국에비내려
가득괴었으니이는온갖네거짓말네농담에한없이고단한
이설움을곡으로울기전에땅에놓아하늘에부어놓는내억
울한술잔네발자국이진흙밭을헤매이며헤뜨려놓음이냐

3

달빛이내등에묻은거적자국에앉으면내그림자에는실고
초같은피가아물거리고대신혈관에는달빛에놀래인냉수
가방울방울젖기로니너는내벽돌을씹어삼킨원통하게배
고파이지러진헝겊심장을들여다보면서어항이라하느냐

## •素•榮•爲•題•

1

달빗속에잇는네얼골앞에서내얼골은한장얇은皮膚가되
여[1]너를칭찬하는내말슴이發音하지아니하고[2]미닫이를간
즐으는한숨처럼[3]冬柏꼿밧내음새진이고잇는[4]네머리털속
으로기여들면서모심듯키내설음을하나하나심어가네나[5]

2

진흙밭헤매일적에네구두뒤축이눌러놋는자욱[6]에비나려

---

1) 이 대목은 '달빛에 비치는 너의 얼굴'(희고 차가움)에 '얇은 한 장의 피부
가 된 나의 얼굴'(부끄러움)이 대응한다. '너'에 대하여 '나'는 스스로 얼굴을
내밀기 어렵게 부끄럽다.
2) '너'에 대하여 칭찬하는 말을 하지 못한다. 이것은 반대로 원망하거나 탓
하는 말을 하고 있음을 뜻하는 것이기도 하다.
3) '나'의 말 속에 한숨이 서려 있다. 이 한숨은 '나'와 '너' 사이에 놓인 미닫
이 건너에서 내쉬던 '나'의 한숨과 같다.
4) 머리에 동백기름을 곱게 바르고 있음을 말한다. 시각과 후각의 감각을
동시에 살린 이미지가 돋보인다.
5) 머리칼 하나를 마음속으로 헤면서 마치 모 심듯이 그렇게 숱한 설움을
그 머리칼만큼 심어 놓는다. '나'의 설움이 쌓이고 쌓였음을 밝힌 대목이다.
6) 진흙밭을 헤매는 너의 구두 발자국. 이 대목은 '너'의 바르지 못한 행실

가득고엿스니이는온갓네거짓말네弄談에한없이고단한

이설음을쏫으로울기전에따에노아하늘에부어놋는내억

울한술잔[7]네발자욱이진흙밭을헤매이며헛뜨려노음이냐[8]


3


달빗이내등에무든거적자욱에앉으면내그림자에는실고

초같은피가아믈거리고대신血管에는달빗에놀래인冷水

가방울방울젓기로니[9]너는내벽돌을씹어삼킨[10]원통하게배

곱하이즈러진헌겁心臟[11]을드려다보면서魚항[12]이라하느냐

—《중앙》, 1934. 9, 77쪽.

---

또는 함부로 내닫는 태도를 의미한다. 한국의 고시가 가운데 유명한 「정읍
사(井邑詞)」가 있는데 이 작품에서 "어긔야 즌대를 드디욜셰라"라는 구절이
그대로 "진흙밭헤매일적"이라는 대목과 일치한다.

7) '빗물이 고여 있는 진흙밭 위의 너의 발자국'을 '설움의 눈물 억울한 내
술잔'과 대응시킨다.

8) 나의 억울한 술잔마저 다시 너의 발자국으로 흩뜨려지다. '나'의 설움과
억울한 심경을 전혀 헤아려 주지 않고 그것을 무시해 버리는 '너'에 대한 원
망이 담긴다.

9) 달빛에 비치는 나의 모습을 섬세한 감각으로 묘사한 대목이다. 1연에서
'너'의 모습은 달빛에 정면으로 비치지만 '나'는 달빛을 등지고 서 있다.

10) '나'의 고통스러운 심경을 참고 견디는 모습을 '벽돌을 씹어 삼키다'라
는 비유적 표현을 통해 드러낸다.

11) 다 터져 이지러진 헝겊 같은 심장. 서러움과 괴로움으로 터져 버려 열정
이 사라져 버린 심경을 드러낸다.

12) 차디찬 가슴을 암시한다. 앞서 혈관에 찬 이슬이 방울진다는 표현에서
연상된 것으로 볼 수 있다.

연작시 「오감도」의 연재 중단 후 발표한 이 작품에서 시적 화자는 여인과의 사랑과 그 배반에 대한 비통한 심정을 애절한 어조로 노래한다. 이 시는 이상이 발표한 모든 시 가운데 시인의 주관적 감정과 서정적 요소가 가장 강하게 표현되어 있다. 죽음에 대한 공포와 병의 고통마저 철저하게 자기 감정의 절제를 통해 객관화하려 한 이상은 이 시에서 그동안 억제했던 애정 갈등과 고통의 감정을 통곡처럼 풀어낸다. 물론 이 시에서 시적 텍스트의 짜임새까지 타이포그래피의 고안에 의해 엄격하게 규제해 놓는 것을 보면 이 같은 서정적 어조의 진술 방법 자체가 자기 감정에 대한 위장의 수법일 수 있다.

'소영위제'라는 시의 제목은 이상이 만들어 낸 말이다. 한자 그대로 해석한다면 '소영(素榮)'을 위한 글'이 된다. '소영'은 다시 '헛된 꽃' 또는 '헛된 사랑'으로 풀이된다. 한 여인과의 이별을 노래하고 있는 이 시의 모티프는 이상의 실제 생활 속에서 동거녀였던 금홍과의 이별과 겹쳐진다. 이상의 삶과 그 운명의 변전에서 금홍과의 만남, 사랑 그리고 이별은 거의 치명적이었다고 말할 수 있다. 왜 그럴까라는 질문에 답하기 위해서는 소설 「봉별기(逢別記)」(《여성》, 1936. 12)에서 그려 낸 금홍이라는 여인상을 먼저 확인하는 작업이 필요하다.

소설의 주인공 '나'는 스물셋의 나이에 결핵 요양을 위해 온천지의 여관에 머물다 그곳 술집에서 금홍을 만난다. 두 사람은 서로 가까워진다. '나'는 온천장을 떠나 서울로 돌아온 후 금홍을 서울로 불러올린다. 그리고 함께 산다. 그러나 두 사람의 생활은 서로 조화를 이루지 못한다. 금홍은 몇 차례의 출분을 거듭하다 결국 가출한다. 그리고 이들은 헤어진다. 이 소설의 이야기에 등장하는 '나'와 '금홍'의 관계는 경험적 현실 속에서 이루어진 이상과 금홍이라는 두 남녀의 관계와 거의 그대로 일치한다. 그리고 부분적으로 희화화된 여주인공 금홍의 행동을 통해 실제 인물 금홍의 성격이 암시되고 있다. 하지만 이 소설에서 작중 화자를 겸하고 있는 남성 주인공은 결코 아내의 일탈과 부정을 원망하거나 증오하지 않는다. 모든 이야기는 절제된 감정으로 간략하게 서술될 뿐이다. 자신의 과거 행적을 한 여인과의 관계를 통해 보여 주고 있음에도 서술적 주체이기도 한 '나'는 철저하게 자기 내면을 감춘다. 그리고 어떤 감정적 굴곡도 드러내지 않고 담담하게 그 정황을 간략하게 서술한다. 그러므로 소설 「봉별기」는 전형적인 고백체로 발전하지 않는다. 간결한 문장, 서술적 주체의 감정에 대한 절제, 담담하게 전개되는 사건 등은 모두 서사적 상황과의 거리 두기를 위해 적절하게 고안된다. 인간의 인연으로 만났다가 서로 헤어지게 되는 여인과의 삶에 묻어나는 고통과 회한을 담백하게 서술할 뿐이다.

이 작품에서 시적 화자인 '나'는 상대 여인을 '너'라고 지칭한다. 그러므로 자연스럽게 시적 진술 내용은 '너'에게 향하는 '나'의 말을 그대로 옮긴다. '너'는 '나'의 사랑의 대상이었음을 쉽게 알 수 있다. 그러나 '나'의 사랑이 순탄하지는 않다. 아니 순탄하지 않은 것이 아니라 숨이 막힐 정도이다. 사랑한다는 것, 그리고 그 사랑의 믿음을 잃어버린다는 것. 이 심경의 격동과 그 고통을 억제하며 내뱉은 말은 단 한 번의 호흡도 용납하지 않고 긴 한 개의 문장으로 이어진다. 시의 텍스트는 전체 3연으로 구분된다. 통사적으로 각 연이 한 개의 문장으로 이루어져 있으며, 문장의 길이를 동일하게 짜 맞춰 놓고 있다. 각 연이 모두 똑같이 24음절의 4행으로 배열된 '96'음절로 짜 맞춰진 것은 그대로 넘길 수 있는 일이 아니다. 아주 세심하고 절묘하게 그 길이를 맞추고 의도적으로 글자 수를 따지지 않고는 이런 일이 가능할 수가 없다. 아흔여섯 개의 글자, 그 글자를 띄어쓰기 없이 조합하여 끊이지 않게 넉 줄씩 이어 놓은 시적 텍스트, 그리고 그 텍스트의 짜임새를 통해 연출하는 내면의 풍경이다.

여기에서 '96'이라는 숫자는 범상하지 않다. 이 숫자가 지시하는 기호적 의미는 타이포그래피적 공간 안에서만 작동한다. 96개의 글자들이 만들어 낸 공간이 시인의 내면에 현존하는 복잡한 갈등을 기호적으로 엮어 낸다. 그리고 이 공간 속에서 빚어내는 이야기가 심적 통곡의 등가물이 된다. 그러므로 이 시를 일상적 텍스트로만 읽는 사람들의 눈에는 이 새로운 텍스트의 물질적 공간이 눈에 띄지 않는다. 더구나 이상의 개인사(個人史)를 떠나서는 '96'이라는 숫자가 이해되기 어렵다.

이 시에서 각 연마다 네 개 행에 24음절씩 배열한 '96'개의 글자 맞추기는 시인이 특별한 의도를 드러내기 위한 타이포그래피적 고안이다. 이 시를 발표할 무렵 이상은 다방 '제비'의 문을 닫는다. 그리고 '69'라는 숫자로 이름 붙인 다방을 새로 연 적이 있다. 그러나 다방 '69'는 그 옥호가 드러내는 기호적 의미의 '불순함'으로 인해 소문만 풍성하게 남기고 두어 달 뒤 문을 닫는다. 이 시는 바로 다방 '69'의 숫자를 새로운 형태로 패러디하면서 그 내용이 구성된다. 이 작품의 각 연을 구성하는 글자 수(음절 수)에 해당하는 '96'이라는 숫자는 다방 '69'의 숫자와 반대 형상을 보여 준다. '69'라는 숫자가 '남녀의 성적 교합'을 의미한다고 쑥덕거렸던 것을 생각한다면 '96'은 '69'의 숫자를 서로 바꾸어 놓은 것이 된다. 이 숫자의 기호적 형상은 '남녀의 성적 교합 상태'를 암시하는 것이 아니라 반대로 '남녀가 서로 등을 돌린 상태'를 기표화한다. 결국 이 작품은 텍스트를 구성하고 있는 글자 수 '96'이 기표화하고 있는 그대로 '결별'의 의미를 서정적으로 표출한다. 그리고 제목에 표시된 '소영(素榮)'이라는 말의 의미를 헤아린다면 이것이 '헛된 사랑을 위한 시'임을 알 수 있다.

「•소•영•위•제•」에 드러나 있는 내면적 정서를 시인 이상의 자의식의 반영이라고 보는 것은 전혀 어색하지 않다. 사랑의 배반에 대한 한 사내의 회한과 통곡이라고 할 만하다. 그러나 떠나가는 여인을 향한 사내의 울음이므로 소리없이 고통스럽게 울어야 한다. 바로 이 몸의 느낌과 통하는 울음의 언어가 시의 텍스트에 그대로 찍혀 있는 것이다.

# 정식

## 정식 Ⅰ

해저에가라앉는한개닻처럼소도가그구간속에멸형하여버리
더라완전히닳아없어졌을때완전히사망한한개소도가위치에유
기되어있더라

## 정식 Ⅱ

나와그알지못할험상궂은사람과나란히앉아뒤를보고있으면
기상은다몰수되어없고선조가느끼던시사의증거가최후의철의
성질로두사람의교제를금하고있고가졌던농담의마지막순서를
내어버리는이정돈한암흑가운데의분발은참비밀이다그러나오
직그알지못할험상궂은사람은나의이런노력의기색을어떻게살
펴알았는지그때문에그사람이아무것도모른다하여나는또그때
문에억지로근심하여야하고지상맨끝정리인데도깨끗이마음놓
기참어렵다

정식 Ⅲ

웃을수있는시간을가진표본두개골에근육이없다


정식 Ⅳ

너는누구냐그러나문밖에와서문을두드리며문을열라고외치
니나를찾는일심이아니고또내가너를도무지모른다고한들나는
차마그대로내어버려둘수는없어서문을열어주려하나문은안으
로만고리가걸린것이아니라밖으로도너는모르게잠겨있으니안
에서만열어주면무엇을하느냐너는누구기에구태여닫힌문앞에
탄생하였느냐


정식 Ⅴ

키가크고유쾌한수목이키작은자식을낳았다궤조가평편한
곳에풍매식물의종자가떨어지지만냉담한배척이한결같아관목
은초엽으로쇠약하고초엽은하향하고그밑에서청사는점점수척
하여가고땀이흐르고머지않은곳에서수은이흔들리고숨어흐르
는수맥에말뚝박는소리가들렸다

## 정식 VI

시계가뻐꾸기처럼뻐꾹거리길래쳐다보니목조뻐꾸기하나가
와서모으로앉는다그럼저게울었을리도없고제법울까싶지도못
하고그럼아까운뻐꾸기는날아갔나

正式

## 正式 I

海底에가라앉는한개닷처럼小刀가그軀幹<sup>1)</sup>속에滅形<sup>2)</sup>하야버리드
라完全히달아없어졌을때完全히死亡한한개小刀가位置에遺棄<sup>3)</sup>되여
있드라

## 正式 II

나와그아지못할險상구즌사람<sup>4)</sup>과나란이앉어뒤를보고있으면氣象
은다沒收되여없고<sup>5)</sup>先祖가늣기든時事의證據<sup>6)</sup>가最後의鐵의性質<sup>7)</sup>

---

1) 구간. 포유동물에서 머리와 사지를 제외한 몸통 부분. 신간(身幹)을 말한다.
2) 멸형. 형체가 소멸하다.
3) 유기. 내다버리다.
4) "알지못할험상궂은사람"은 화장실에 앉아 있는 동안 화자의 상상 속에
떠오르는 하나의 환상을 의미한다.
5) 기상. 두 가지 의미를 지닌다. 타고난 성정 또는 기질. 대기 중에서 일어
나는 물리적 현상으로서의 바람, 구름, 비, 눈, 더위, 추위 따위. 여기에서는
전자의 의미를 따른다. "기상은다몰수되어없고"는 변소 안이 어두워 아무
것도 볼 수 없다는 뜻으로 풀이할 수 있다.
6) "선조가느끼던시사의증거"는 화자의 성기(性器)를 암시한다. 자손으로서
해야 할 일이라는 것이 자손을 이어 가는 일임을 말하고 있기 때문이다.

로두사람의交際를禁하고있고가젔든弄談의마즈막順序[8]를내여버리
는이停頓한暗黑[9]가운데의奮發[10]은참秘密이다그러나오즉그아지못
할險상구즌사람은나의이런努力의氣色을어떠케살펴알았는지그따문
에그사람이아모것도모른다하야나는또그따문에억찌로근심하여야하
고地上맨끝整理인데도깨끗이마음놓기참어렵다[11]


正式 Ⅲ

웃을수있는時間[12]을가진標本頭蓋骨에筋肉이없다[13]


正式 Ⅳ

너는누구냐그러나門밖에와서門을두다리며門을열나고외치나나

---

7) 정확한 뜻을 알기 어렵다. 소변이 나오는 것을 암시하는 것으로 볼 수 있다.
8) 변을 보면서 방귀가 나오는 것을 암시한다.
9) 아주 깜깜한 어둠을 말한다.
10) 마지막까지 변을 보기 위해 애쓰는 모습을 암시한다.
11) 이 대목은 변소에서 마무리가 깔끔하게 이루어지지 않아 계속하여 쭈
그리고 앉아 변소 바닥을 내려다보는 장면에 해당한다.
12) "웃을수있는시간"은 마음이 편하고 화평스러운 때를 말하는데 사실은
'죽음'의 상태를 의미한다.
13) 표본으로 전시되는 해골은 모든 근육이 썩어 뼈만 남은 상태를 말한다.
그러므로 '웃을 수 있는 시간'을 맞이한 상태이지만 '근육이 없으니' 웃음을
표현할 수 없다. 죽음이 갖는 역설적 상황을 말해 준다.

를찾는一心,14)이아니고또내가녀를도모지모른다고한들나는참아그대
로내여버려둘수는없어서門을열어주려하나門은안으로만고리가걸닌
것이아니라밖으로도너는모르게잠겨있으니안에서만열어주면무엇을
하느냐너는누구기에구타여다친門앞에誕生하였느냐


正式 V


키가크고愉快한樹木이키적은子息을나았다15)軌條16)가平偏한곳17)
에風媒植物의種子가떨어지지만冷膽한排斥이한결같아灌木은草葉
으로衰弱하고草葉은下向하고18)그밑에서青蛇는漸々瘦瘠하야가고땀
이흘으고머지않은곳에서水銀이흔들리고숨어흘으는水脈에말둑박는
소리가들녔다19)


<hr />

14) 화장실의 '나'를 찾아온 사람의 이름을 '일심'으로 지칭하고 있다. 그러
나 이 말을 사람 이름이 아닌 불교 개념으로 본다면, 단 하나의 근본식(根本
識), 또는 오로지 하나의 대상에 집중하여 생각을 어지럽게 아니하는 마음
으로 해석할 수 있다. 이러한 의미로 해석할 경우, 경험적 현실 속의 화장실
안에 있는 '나'와 화장실 밖에 있는 '너'는 서로 다른 두 개의 존재가 아니라
'나'라는 자아의 분열적 양상임을 암시한다.
15) 변이 제대로 나오는 것을 설명한 대목이다. '유쾌한'은 '시원스러운 배변'
을 암시한다. 큰 덩어리가 먼저 시원하게 나오고 작은 방울이 이어진다.
16) 궤조. 레일을 말한다.
17) "궤조가평편한곳"은 변소의 밑바닥을 말한다.
18) 배변이 끝나고 오줌이 조금 나오는 장면이다. 모든 것들이 밑바닥으로
떨어지고 있기 때문에 '떨어지다, 하향하다'라는 동사가 쓰였다.

正式　VI


　時計가뻑꾹이처럼뻑꾹그리길내처다보니木造뻑꾹이하나가와서모
으로앉는다[20]그럼저게울었을理도없고제법울가싶지도못하고그럼앗
가운뻑꾹이는날아갔나

　　　　　　　　　　　—《가톨릭청년》, 1935. 4. 326～327쪽.


19) '청사'는 푸른 뱀. 여기에서는 변소 바닥에 깔려 있는 오줌물 줄기를 말
한다. '수은'은 어둠 속에 얼비치는 오줌물의 빛을 말한다. '말뚝 박는 소리'
는 변이 바닥에 떨어지는 소리를 말한다. 이상의 일본어 시 「LE URINE」에
이와 유사한 대목이 있다.
20) 뻐꾸기시계가 시간을 알리는 소리를 듣고 환상에 잠기는 대목이다.

〔해설〕

이 작품은 전체 텍스트에 소제목을 '정식 I'부터 '정식 Ⅵ' 까지 이어 붙이고 있기 때문에 각 연이 독자적 성격을 유지하는 일종의 연작시 형태로 볼 수도 있다. 그러나 이 작품은 전체 텍스트가 하나의 시적 공간을 유지하고 있으며 그 의미가 서로 연결되어 있다. '정식 I'과 '정식 V'에서는 배설 행위 자체가 직접 묘사되며, 나머지 부분들은 모두 '나'라는 시적 화자가 변소에 앉아 대변을 보면서 펼치는 공상의 세계를 함께 그려 내고 있다.

'정식 I'에서 "해저에가라앉는한개닻처럼소도가그구간속에 멸형하여버리더라"라는 대목은 여러 가지 의미로 해석이 가능한 애매성을 지닌다. 그 이유는 '소도'와 '구간'의 의미 자체가 무엇을 말하는지 알 수 없게 되어 있기 때문이다. 물론 "해저에가라앉는한개닻"이라는 보조 관념을 통해 그 의미를 추론할 수 있다. 여기에서 그 의미를 밝힐 수 있는 근거는 '정식 Ⅱ'의 첫 대목에서 찾을 수 있다. 이 시의 화자는 "뒤를보고있으면"에서 볼 수 있듯이 변소에 앉아 있다. 이 대목을 통해 '소도'는 항문에서 나오는 '변'을 말하며 '구간'은 항문이 있는 몸을 뜻하는 것으로 볼 수 있다. 마치 바닷속으로 가라앉는 닻처럼 변이 항문에서 떨어져 바다에 가라앉는다는 뜻이 된다. 재래식 화장실을 사용했던 경험이 있는 사람들에게는 별로 낯선 장면이 아니다. 두 번째 문장의 경우에도 첫째 문장과 비슷한 의미를 드러낸다.

연작 형식으로 구성된 이 작품은 일본어 시 「LE URINE」과 마찬가지로 '변소'라는 장소를 시적 공간으로 설정하고 있다. 이러한 사실은 '정식 Ⅱ'에 나타나는 "나와그알지못할험상궂은사람과나란히앉아뒤를보고있으면"이라는 구절을 통해 직접적으로 확인된다. '뒤를 보다'라는 말은 '뒤쪽 방향을 쳐다본다.'라는 뜻이 아니다. 똥을 누는 것을 점잖게 이르는 말이다. 이상은 소설 「지도의 암실」에서도 배변 행위를 "그의 뒤는 그의 천문학이다."라고 서술했다. '정식 Ⅲ'은 변소에 앉아 공상에 잠기는 장면을 그려 놓고 있다. '정식 Ⅳ'의 내용은 전체적인 문맥상으로 본다면 화장실의 문이 밖에서 잠긴 상태를 그려 낸 것이다. 그러나 화장실 문을 경계로 하여 경험적 현실의 존재인 '나'와 화장실 밖의 '너(본래적인 나)'의 분열적 갈등 양상을 형상화한 것으로 이해할 수 있다. '정식 Ⅴ'는 다시 화장실 안에서 변을 보는 장면을 자연의 숲에 비유하여 그려 내고 있다.

시 「정식」에서 그려 내고 있는 배설의 욕망과 그 해소 과정은 쾌락의 원칙에 따라 정교하게 구조화되어 있다. 배설의 욕망은 생물학적 충동, 또는 본능적인 욕구에 해당한다. 이것은 무의식적 영역에서 출발하지만, 결과적으로는 인간을 인간과 사물의 영역으로 끌어올린다. 배설 행위는 자기중심적으로 행해지는 본능이지만 외부적 조건들에 의해 억제되거나 조절된다. 시인이 이 시에서 배설 행위를 통해 실험하고 있는 쾌락의 원칙은 자기중심성을 초월하는 힘을 필요로 한다. 그러므로 무의식적 욕망의 충동과 의식적 조절 사이의 균형이 어떻게 가능해지고 있는지를 발견하지 못한다면, 이 시에서 암시하고 있는 무의식적 욕망의 기호화 과정을 이해할 수 없다.

# 지비

내키는커서다리는길고왼다리아프고아내키는작아서다리는짧
고바른다리가아프니내바른다리와아내왼다리와성한다리끼리
한사람처럼걸어가면아아이부부는부축할수없는절름발이가되
어버린다무사한세상이병원이고꼭치료를기다리는무병이끝끝
내있다

紙碑


내키는커서다리는길고왼다리압흐고안해키는적어서다리는짧고바른

다리가압흐니[1]내바른다리와안해왼다리와성한다리끼리한사람처럼

걸어가면아아이夫婦는부축할수업는절름바리가되어버린다[2]無事한

世上이病院이고꼭治療를기다리는無病이끗끗내잇다[3]

—《조선중앙일보》, 1935. 9. 15.

---

1) '나'와 '아내'의 부조화와 갈등의 상태를 외형적 시각적 요소인 키의 크기, 다리의 길이, 다리의 상태 등의 대조를 통해 드러낸 대목이다.

2) '나'와 '아내' 사이의 부조화를 이루는 요소들을 제거하더라도 여전히 비정상 상태임을 암시한다.

3) 이 대목에서 진술된 사실은 모두가 역설적으로 표현되어 있다. "무사한세상이병원"이라는 표현은 '세상이 전혀 무사하지 않다.'라는 의미로 읽을 수 있으며, "치료를기다리는무병이끝끝내있다"는 것은 '병을 치료할 수 없다.'라는 뜻으로 읽을 수 있다.

이 작품의 제목 '지비(紙碑)'는 글자 그대로 해석할 경우 '종이로 만든 비(碑)'라는 뜻으로 풀이된다. 물론 이 말은 『우리말 사전』에 등재되어 있지 않다. 일본어에서는 '세상에 잘 알려져 있지 않은 사물이나 잊힌 사람의 생애를 적어 놓은 글'이라는 뜻으로 쓰인다. '비(碑)'는 일반적으로 어떤 사실을 기념하기 위해 돌이나 쇠붙이나 나무 등에 글을 새겨 세우는 것을 말한다. 대개 오랜 세월 그 자취를 남길 수 있도록 돌에 새긴다. 그러므로 '비'는 일반적으로 '석비(石碑)'를 뜻한다. 그런데 이 시에서 쓰고 있는 '지비'라는 말은 종이로 비를 만들었다는 뜻이 된다. 어떤 사실을 오랫동안 기념하기 위해 돌에 글을 새기는 '석비'와 달리 그것을 종이로 만드는 경우 오래 보존하기 힘들다. 그런데도 '지비'라는 말을 만들어 쓴 것은 분명 이 말이 지닌 반어적 의미를 드러내려 한 것이 아닌가 생각된다. 어떤 일을 기념하기 위해 종이에 글을 기록하여 비로 만들어 세워 놓을 수는 없는 일이기 때문이다.

「지비」는 '나'와 '아내'의 부조화를 서로 다른 두 사람의 다리를 소재로 하여 비유적으로 표현한다. 이 시에서 그리고 있는 아내와의 순탄치 않은 가정 생활은 시인 이상이 수년간 동거했던 금홍과의 결별이라는 사적인 경험 영역과 연관되어 있다. 시인은 자신이 겪은 고통스러운 개인사적 경험을 시적 소재로 끌어들이면서 이 사연이야말로 오래 기억하고 싶지 않다고 생각했을 가능성이 매우 크다. 그러므로 이 사연을 '종이로 만든 비(碑)' 위에 기록하고 있는 것이다. 결코 오래 두고 생각할 일이 아니라는 의미가 여기 숨겨져 있다. 어쩌면 빨리 잊어야 할 사연을 말한다고 할 수 있을지도 모르겠다. 결국 '지비'는 오래도록 기억하고 싶지 않은 일들을 기록해 둔 것이라는 뜻으로 해석하는 것이 좋을 듯하다.

# 지비

— 어디갔는지모르는아내 —

○ 지비 1

아내는 아침이면 외출한다 그날에 해당한 한남자를 속이려
가는것이다 순서야 바뀌어도 하루에한남자이상은 대우하지
않는다고 아내는말한다 오늘이야말로 정말돌아오지않으려나
보다하고 내가 완전히 절망하고나면 화장은있고 인상은없는
얼굴로 아내는 형용처럼 간단히 돌아온다 나는 물어보면 아
내는 모두솔직히 이야기한다 나는 아내의일기에 만일 아내가
나를 속이려들었을때 함직한속기를 남편된자격밖에서 민첩하
게대서한다

○ 지비 2

아내는 정말 조류였던가보다 아내가 그렇게 수척하고 가벼
워졌는데도 날으지못한것은 그손가락에 낑기웠던 반지때문이
다 오후에는 늘 분을바를때 벽한겹걸러서 나는 조롱을 느긴
다 얼마안가서 없어질때까지 그 파르스레한주둥이로 한번도
쌀알을 쪼으려들지 않았다 또 가끔 미닫이를열고 창공을 쳐
다보면서도 고운목소리로 지저귀려들지않았다 아내는 날을줄
과 죽을줄이나 알았지 지상에 발자국을 남기지않았다 비밀한

발을 늘버선신고 남에게 안보이다가 어느날 정말 아내는 없어
졌다 그제야 처음방안에 조분내음새가 풍기고 날개퍼덕이던
상처가 도배위에 은근하다 헤뜨러진 깃부스러기를 쓸어모으
면서 나는 세상에도 이상스러운것을얻었다 산탄 아아아내는
조류이면서 염체 닫과같은쇠를 삼켰더라그리고 주저앉았었더
라 산탄은 녹슬었고 솜털내음새도 나고 천근무게더라 아아

○ 지비 3

이방에는 문패가없다 개는이번에는 저쪽을 향하여짖는다
조소와같이 아내의벗어놓은 버선이 나 같은공복을표정하면
서 곧걸어갈것같다 나는 이방을 첩첩이닫치고 출타한다 그제
야 개는 이쪽을향하여 마지막으로 슬프게 짖는다

## 紙碑

### ── 어디갓는지모르는안해 ──

○ 紙碑 一

안해는 아츰이면 外出한다 그날에 該當한 한男子를 소기려가는
것이다[1] 順序야 밧귀어도 하로에한男子以上은 待遇하지안는다고
안해는말한다 오늘이야말로 정말도라오지안으려나보다하고 내가 完
全히 絶望하고나면[2] 化粧은잇고 人相은없는얼골[3]로 안해는 形容처
럼 簡單히[4] 돌아온다 나는 물어보면 안해는 모도率直히 이야기한
다 나는 안해의日記에 萬一 안해가나를 소기려들었을때 함즉한速
記를 男便된資格밖에서 敏捷하게代書한다[5]

---

1) '아내'의 외출 이유를 말한 대목으로, 유부녀라는 신분을 숨기며 다른 남
자와 만나는 아내의 거짓된 행동을 지적한 것이다.
2) 아내가 외출한 후 귀가가 늦어지는 경우 혹시 아내가 아주 돌아오지 않
으면 어쩌나 초조한 마음으로 절망감에 빠져든다.
3) 본래 얼굴 표정을 모두 감추고 있는 아내 얼굴의 짙은 화장을 말한다.
4) "형용처럼간단히"라는 말은 '화장에 가려진 모습대로 아무런 거리낌을
드러내지 않고'라는 뜻으로 읽을 수 있다.
5) 아내가 들려주는 말 가운데 혹시 자신의 일기에만 몰래 기록하고 '나'에
게는 속이려 드는 내용이 있는지 생각하면서 마음속에 재빠르게 새겨 둔
다. "남편된자격밖에서"라는 말은 '남편으로서의 입장을 떠나서'라는 뜻으
로 이해된다.

○ 紙碑 二

안해는 정말 鳥類엿든가보다⁶⁾ 안해가 그러케 瘦瘠하고 거벼워젓
는데도 나르지못한것은 그손까락에 끼기웟던 반지때문이다⁷⁾ 午後
에는 늘 粉을바를때 壁한겹걸러서 나는 鳥籠을 느낀다⁸⁾ 얼마안가
서 없어질때까지 그 파르스레한주둥이로 한번도 쌀알을 쪼으려들지
안앗다⁹⁾ 또 가끔 미다지를열고 蒼空을 처다보면서도 고흔목소리로
지저귀려들지안앗다¹⁰⁾ 안해는 날를줄과 죽을줄이나 알앗지 地上에
발자죽을 남기지안앗다¹¹⁾ 秘密한발을 늘보선신ㅅ고 남에게 안보이
다가 어느날 정말 안해는 업서젓다¹²⁾ 그제야 처음房안에 鳥糞내음
새가 풍기고 날개퍼덕이든 傷處가 도배우에 은근하다¹³⁾ 헤트러진
깃부스러기를 쓸어모으면서 나는 世上에도 이상스러운것을어덧다
散彈 아아안해는 鳥類이면서 염체¹⁴⁾ 닷과같은쇠를 삼켯드라그리고

---

6) '아내'를 '새(조류)'에 비유한다.
7) '아내'가 한 마리 새처럼 날아가지 못하고 '나'의 곁에 있었던 까닭이 '반
지' 때문이라고 생각한다. '반지'는 '결혼 또는 약혼'이라는 사회적 제도의
굴레를 상징한다.
8) '아내'가 자신의 방에서 화장할 때 나는 '아내'의 방이 '아내'를 가두고 있
는 '조롱(새장)'이라고 생각한다.
9) '아내'가 집을 아주 나가 버릴 때까지 한동안 집에서 식사를 하지 않는다.
10) '아내'가 집을 나가기 전 얼마 동안은 아무 말도 하지 않았다.
11) 아무런 족적을 남기지 않는다.
12) '아내가 벗어 놓은 버선'은 '아내'의 가출을 상징한다.
13) 아내가 남겨 놓은 체취와 흔적을 '새'에 비유한 대목이다. '아내'도 매우
고통스럽게 지냈다는 사실을 암시한다.
14) 이 말이 어디에서 비롯된 것인지 확인할 수 없다.

주저안젓섯드라[15) 散彈은 녹슬엇고 솜털내음새도 나고 千斤무게드라 아아

○ 紙碑 三

이房[16)에는 門牌가업다[17) 개는이번에는 저쪽을 向하야짓는다[18) 嘲笑와같이 안해의버서노흔 버선이 나같은空腹을表情하면서 곧걸어갈것갓다[19) 나는 이房을 첩첩이다치고 出他한다[20) 그제야 개는 이쪽을向하여 마즈막으로 슬프게 짓는다[21)

—《중앙》, 1936. 1, 68~69쪽.

---

15) '산탄'이란 사격하면 속에 있던 탄알들이 퍼져 터지는 탄알을 말한다. 가까운 거리에 있는 적이나 사냥할 짐승에 사용한다. 여기에서는 이를 '아내'의 몸에서 떨어져 나온 닻 모양의 쇠붙이라고 표현하고 있다.
16) '아내'가 '나'와 함께 지냈던 방. '나'와 '아내'가 살아온 공간 또는 세계이다.
17) 방의 주인이 없음을 '문패가 없다'라고 표현한다.
18) '개가 짖는다'는 것은 세상 사람들의 손가락질과 수군대는 말들을 비유적으로 표현한 것이다. "이번에는"이라는 말은 '아내가 떠나 버린 때'를 지시하며, '저쪽'은 '떠나 버린 아내'를 지시한다. '아내'를 향한 나쁜 소문이 돌기 시작함을 말한 것이다.
19) '버선마저 걸어갈 것 같다'라는 말은 아내의 출분에서 느끼는 허탈감을 표현한 것이다.
20) '아내'와의 생활을 완전히 청산하다.
21) '이쪽을 향하여 짖는 개'는 '나'를 측은하게 여겨 동정하는 사람들의 말을 비유적으로 표현한 것이다.

〔해설〕

이 작품은 동명의 시 「지비」와 시적 모티프가 유사하다. 하지만 '지비 1', '지비 2', '지비 3' 세 부분이 하나의 의미 내용으로 이어지기 때문에 각 부분을 독립된 작품으로 볼 필요는 없다. 각각의 부분은 전체 작품 텍스트의 1연, 2연, 3연에 해당하는 셈이다. '아내의 가출'이라는 구체적인 모티프를 바탕으로 한 이 작품에는 "어디갔는지모르는아내"라는 부제가 붙어 있다. 원래 이 작품은 잡지의 '신춘수필(新春隨筆)'난에 임화, 김광섭, 백신애, 이헌구, 장덕조, 장혁주 등의 수필과 함께 발표되었다. 그런데 이후 이상의 작품들이 다양한 형태로 편집되면서 모두 '시(詩)'의 영역에 포함시키고 있다. 이상의 시 작품들이 산문시의 형태가 대부분인 점을 생각하면 이러한 분류법에 무리가 있어 보이지 않는다.

이 시는 '나'와 '아내'의 부조화와 그 결별의 과정에서 느끼는 괴로움을 담담하게 서술하고 있다. 1연은 아내의 잦은 외출과 그것을 지켜보는 '나'의 심정을 그린다. 아내는 자신이 유부녀라는 사실을 숨긴 채 다른 남자와 만나고 있다. 나는 그 사실을 알면서도 아내의 거짓된 행동을 지켜볼 뿐이다. 그리고 오히려 아내가 외출한 후 귀가가 늦어지는 경우 혹시 아내가 아주 돌아오지 않으면 어쩌나 초조한 마음으로 절망감에 빠져든다. 아내는 짙은 화장 아래 본래의 얼굴 표정을 모두 감추고 집에 돌아온다. 아내는 늦은 귀가에도 불구하고 화장에 가려진 모습대로 아무런 거리낌을 드러내지 않는다. '나'는 아내가 들려주는 말 가운데 혹시 자신의 일기에만 몰래 기록하고 '나'에게는 속이려 드는 내용이 있는지를 생각하면서 마음속에 재빠르게 새겨 둘 뿐이다.

2연은 아내의 가출을 새장에서 탈출한 한 마리 새로 비유하고 있다. 아내는 마치 조롱 속에 갇힌 한 마리 새처럼 날아가지 못한다. '나'는 그 이유가 아내의 손가락에 끼워진 '반지' 때문이라고 생각한다. 여기에서 '반지'는 '결혼 또는 약혼'이라는 사회적 제도의 굴레를 상징한다. '나'는 아내가 자신의 방에서 화장을 할 때 그 방이 아내를 가두고 있는 '조롱(새장)'이라고 생각한다. 아내는 한동안 집에서 식사를 하지 않고 집을 나가기 전 얼마 동안 '나'에게 아무 말도 하지 않는다. 그러고는 아무런 족적도 남기지 않고 집을 나가 버린다. 아내가 방에 벗어 놓은 '버선'은 아내의 가출을 상징한다. '나'는 아내가 떠난 후에야 그녀가 남긴 체취와 흔적을 느낀다. 그리고 아내가 몹시 고통스럽게 지냈다는 사실을 알아차린다. 아내가 당했던 상처의 흔적도 발견한다. 아내는 가정이라는 테두리 안에서 살아 보려 했지만 결국은 모든 것을 버리고 떠난다.

3연은 아내가 떠나 버린 후 텅 빈 방 안을 그려 놓는다. 이 방은 '나'와 아내가 함께 지내 온 삶의 공간이다. 그러나 이제는 문패가 없는 것처럼 주인이 없다. 여기에서 '개가 짖는다'는 것은 세상 사람들의 손가락질과 수근대는 말들을 비유적으로 표현한다. 그리고 집을 나가 버린 아내에 대한 나쁜 소문들이

나돌기 시작한다. '나'는 결국 아내와의 모든 생활을 청산할 수밖에 없다. '이쪽을 향하여 짖는 개'는 '나'를 흉보기도 하고 측은하게 여겨 동정하기도 하는 사람들의 말을 뜻한다.

이 작품에서 아내는 날개를 달고 새장 바깥세상으로 날아가 버린다. 새장처럼 갇혀 있던 가정이라는 울타리 안에서 아내는 끊임없이 탈출을 꿈꾸어 왔던 것이다. 이것을 놓고 아내로서의 역할을 저버린 부도덕한 행동으로 치부한다면 단순한 사회 윤리적 가치 기준에 매달리는 것이 된다. 남녀의 이별이란 이유가 무엇이든 언제나 고통스럽고 괴로운 일일 수밖에 없다. 이 시에서 새장을 벗어나 공중으로 날아가 버린 새라는 특이한 모티프는 이상의 경험적 삶 속에서 지울 수 없는 상처가 된 여인 '금홍'과의 결별을 바탕에 깔고 있다. 그리고 이것은 남성과 그 속박에서 벗어나려는 여성적 본능을 암시하기도 하고 부조화의 관계 속에서 파탄에 이르는 남녀 관계로 발전하기도 한다. 그러므로 이상이 사랑한 여인 금홍에 대해서는 하나의 기준만으로 설명하기가 불가능하다.

이상과 금홍의 관계는 그녀가 원하든 원하지 않든 파탄을 예비하고 있었다. 그런 의미에서 금홍은 '팜파탈'에 해당한다. 배천 온천의 술집 기생에 불과하던 이 여성은 이상이라는 한 남성을 자신의 품 안에서 벗어날 수 없게 만든 특이한 매력의 소유자였고, 이상이 보유하고 있는 이지와 정서를 모두 압도하는 강인한 성격의 소유자였다. 이상이 그의 시에서 그려 낸 운명적 여인상이 금홍의 맨얼굴로 비춰지는 까닭이 여기 있다.

역단

# 역단
## 화로

방거죽에극한이와닿았다.극한이방속을넘본다.방안은견딘다.나
는독서의뜻과함께힘이든다.화로를꽉쥐고집의집중을잡아당기
면유리창이움폭해지면서극한이혹처럼방을누른다.참다못하여
화로는식고차겹기때문에나는적당스러운방안에서쩔쩔맨다.어
느바다에조수가미나보다.잘다져진방바닥에서어머니가생기고
어머니는내아픈데에서화로를떼어가지고부엌으로나가신다.나
는겨우폭동을기억하는데내게서는억지로가지가돋는다.두팔을
벌리고유리창을가로막으면빨랫방망이가내등의더러운의상을
뚜들긴다.극한을걸머메는어머니 ── 기적이다.기침약처럼따끈
따끈한화로를한아름담아가지고내체온위에올라서면독서는겁
이나서곤두박질을친다.

〔원문〕

易斷[1]

火爐

房거죽에極寒이와다앗다.[2]極寒이房속을넘본다.[3]房안은견딘다.나는
讀書의뜻과함께힘이든다.[4]火爐를꽉쥐고집의集中을잡아땡기면[5]유
리窓이움폭해지면서極寒이혹처럼房을눌은다.[6]참다못하야火爐는식
고차겁기때문에나는適當스러운房안에서쩔쩔맨다.어느바다에潮水
가미나보다.[7]잘다져진房바닥에서어머니가生기고어머니는내압흔데
에서火爐를떼여가지고부엌으로나가신다.[8]나는겨우暴動을記憶하는

---

1) 1936년 2월 잡지《가톨릭청년》에 발표한 연작시이다.
2) 방 바깥의 세상이 몹시 춥다.
3) 추운 기운이 방 안으로 스며든다.
4) 추운 방 안에서 책을 읽으면서 견딘다.
5) 화로를 끌어안고 추위를 견디기 위해 힘을 주는 것을 말한다.
6) 이 대목은 추위가 방 안으로 스며드는 것을 시각적으로 표현한 대목이
다. 방 안에 앉아 추위를 견디기 위해 힘을 주고 있으니 그 힘에 의해 유리
창이 움푹해지고 그에 따라 추위가 혹처럼 방 안에 가까이 밀려든다고 묘
사한다. 이와 유사한 시각적 표현의 뛰어난 감각성은 소설 「지도의 암실」의
다음 구절에서도 확인된다. "죽음은평행사변형의법칙으로보일샤를의법칙
으로그는앞으로앞으로걸어나가는데도왔다.떠밀어 준다."
7) 이 대목은 의미가 애매하다. 결핵으로 인해 생기는 객혈의 기미를 느끼
는 대목으로 볼 수 있다. 마치 조수가 밀리듯이 무언가 속에서 치밀어 오르
는 느낌을 표현하고 있다.
8) 내가 끌어안고 있던 화로를 어머니가 빼앗아 들고 부엌으로 나가는 모습
이 환상으로 떠오른다. 객혈하게 되는 순간을 암시적으로 표현한 것으로 볼
수 있다.

데내게서는억지로가지가돗는다.[9] 두팔을버리고유리창을가로막으면 빨내방맹이가내등의더러운衣裳을뚜들긴다.[10] 極寒을걸커미는[11] 어 머니 — 奇蹟이다.기침藥처럼딱근딱근한火爐를한아름담아가지고내 體溫위에올나스면[12] 讀書는겁이나서근드박질[13]을친다.

—《가톨릭청년》, 1936. 2, 155쪽.

9) 웅크리고 있던 내가 손을 뻗는 것을 "가지가돋는다."라고 표현했다.
10) 오한이 들어 후들후들 떨며 심하게 기침하는 모습을 '빨랫방망이가등 을두드린다'라고 묘사한다.
11) '걸머메다'의 방언. 걸머지어 어깨에 메다.
12) 몸에 열이 나 체온이 올라감을 말한다. 어머니가 화로를 가져다주어서 몸이 따뜻해진 것처럼 묘사한다.
13) '곤두박질'의 방언. 더 이상 책을 읽을 수 없는 상태에 이르게 됨을 말한다.

〔해설〕

이 작품은 '역단'이라는 표제 아래 「화로」, 「아침」, 「가정」, 「역단」, 「행로」라는 다섯 편의 작품이 이어진 연작시이다. 모두 이상 자신의 개인사와 관련된 소재들, 즉 투병, 사업 실패, 가족 문제 등을 다루고 있으며, 그 형식과 주제, 언어 표현과 기법 등이 「오감도」의 경우와 그대로 일치한다. 이러한 특징은 연작시 「역단」이 미완의 「오감도」를 완결짓기 위한 후속 작업일 가능성이 큼을 암시한다.

표제가 된 '역단(易斷)'이라는 말은 '오감도'의 경우와 마찬가지로 이상이 만들어 낸 신조어로 사전에 올라 있지 않다. 한자 '역(易)'에는 두 가지 음이 있다. 하나는 '역(바꾸다)'이고, 다른 하나는 '이(쉽다)'이다. '역'은 명사로 쓰일 경우 대개 '주역(周易)'을 일컫는다. '주역'의 괘를 이용하여 인간의 길흉화복을 따지는 점복의 의미를 갖는다. 그러므로 미래의 운명을 점친다는 뜻으로 풀이할 수 있다. '단(斷)'은 '끊다', '결단하다' 등의 의미를 가진다. 이렇게 읽는다면 '역단'은 '운명에 대한 거역'이라는 뜻을 지니는 것으로 본다. 물론 '역(易)' 자를 '이(易)'로 읽을 수도 있다. 이 경우에는 '쉽다'라는 뜻을 가진다. '이단(易斷)'이라는 말은 '쉽게 자르다' 또는 '손쉽게 끊어 내다' 등의 뜻으로 풀이된다. 그러나 연작시에 포함된 작품 「역단」을 보면 그 주제가 운명에 대한 거역을 뜻하는 것으로 풀이하는

것이 자연스럽기 때문에 '역(易)' 자로 읽어야 한다.

「화로」는 이상 자신이 겨울 추운 방 안에서 추위에 시달리며 책을 읽다가 기침을 하고 객혈을 한 경험을 그려 낸 것으로 보인다. 이상은 이 작품을 발표할 무렵 결핵을 심하게 앓고 있었기 때문에 미열, 기침, 도한(盜汗) 등과 함께 객혈의 고통을 수없이 경험한다. 이 고통스러운 경험 속에서 환상처럼 등장하는 것이 어머니의 모습이다. 따뜻하게 몸을 덥혀 줄 수 있는 '화로'를 '어머니'의 이미지에 겹쳐 놓고 있다. 시인의 상상력을 통해 '화로=어머니'의 관계가 성립되고 있는 셈이다. 몸으로 느끼는 한기와 신열의 고통을 다양한 시각적 표현을 동원해 구체적으로 형상화하는 기법도 매우 뛰어나다.

# 역단
### 아침

캄캄한공기를마시면폐에해롭다.폐벽에그을음이앉는다.밤새도
록나는몸살을앓는다.밤은참많기도하더라.실어내가기도하고실
어들여오기도하고하다가잊어버리고새벽이된다.폐에도아침이
켜진다.밤사이에무엇이없어졌나살펴본다.습관이도로와있다.다
만내치사한책이여러장찢겼다.초췌한결론위에아침햇살이자세
히적힌다.영원히그코없는밤은오지않을듯이.

〔원문〕

易斷

아츰

캄캄한空氣[14]를마시면肺에害롭다.肺壁에끄름[15]이앉는다.밤새도록
나는옴살[16]을알른다.밤은참많기도하드라.[17]실어내가기도하고실어
들여오기도하고하다가이저버리고새벽이된다.[18]肺에도아츰이켜진
다.밤사이에무엇이없어졌나살펴본다.習慣이도로와있다.[19]다만내侈
奢한책이여러장찢겼다.[20]憔悴한結論[21]우에아츰햇살이仔細히적힌
다.[22]永遠이그코없는밤[23]은오지않을듯이.

—《가톨릭청년》, 1936. 2. 156쪽.

---

14) 밤의 어둠을 강조하기 위해 '캄캄한 공기'라고 묘사한 것으로 보인다.
'더러운 공기'라는 뜻으로 해석이 가능하다.
15) 그을음. 폐의 벽이 상해 가고 있음을 암시한다.
16) '몸살'의 오식으로 본다. '엄살'로 읽을 수도 있다.
17) 시간적 의미의 '밤'을 양적인 개념으로 바꾸어 표현한 것이다. '길고 긴
밤'이라는 뜻으로 해석된다.
18) 어두운 밤을 마치 '어둠을 끊임없이 실어 오고 실어 가는' 것으로 표현
한다. 정적인 어둠의 이미지를 동적인 이미지로 바꾸어 놓고 있다.
19) 아침이 된 것을 일상적으로 되풀이되는 습관에 비유한다.
20) 밤새도록 뒤바뀐 것은 없지만 '나'의 꿈과 희망이 조금씩 사라져 감을
'책장이 찢기는 것'에 비유한다.
21) 밤새도록 고통을 겪은 '나'의 모습을 비유적으로 표현한다.
22) 햇살이 내리쬐는 모습을 시각적으로 표현한 대목이다.
23) '코 없는 밤'이란 코를 베어 갈 정도로 눈앞을 분간하기 어렵게 깜깜한
밤'이라는 관용적 표현을 변형시킨 것이다.

이 작품은 어두운 밤을 고통스럽게 견뎌 낸 뒤에 맞이하는 빛나는 아침을 묘사한다. 시적 화자가 폐병에 시달리면서 밤을 지내고 나서 아침을 맞아 그 어둠의 고통에서 벗어나는 심정을 시각적으로 그려 내고 있다. 몸으로 느끼는 한기와 신열의 고통을 다양한 시각적 표현을 동원해 구체적으로 형상화하는 기법이 뛰어나다.

# 역단

## 가정

문을암만잡아당겨도안열리는것은안에생활이모자라는까닭이
다.밤이사나운꾸지람으로나를조른다.나는우리집내문패앞에서
여간성가신게아니다.나는밤속에들어서서제웅처럼자꾸만감해
간다.식구야봉한창호어디라도한구석터놓아다오내가수입되어
들어가야하지않나.지붕에서리가내리고뾰족한데는침처럼월광
이묻었다.우리집이앓나보다그러고누가힘에겨운도장을찍나보
다.수명을헐어서전당잡히나보다.나는그냥문고리에쇠사슬늘어
지듯매어달렸다.문을열려고안열리는문을열려고.

〔원문〕

易斷

家庭

門을압만잡아단여도않열리는것은안에生活이모자라는까닭이다.[24)] 밤이사나운꾸즈람으로나를졸른다.[25)] 나는우리집내門牌앞에서여간 성가신게아니다.[26)] 나는밤속에들어서서제웅처럼작구만減해간다.[27)] 食口야封한窓戶어데라도한구석터노아다고내가收入되여들어가야하 지않나.[28)] 집웅에서리가나리고뾰족한데는鍼처럼月光이무덨다.[29)] 우 리집이알나보다[30)] 그리고누가힘에겨운도장을찍나보다. 壽命을헐어서 典當잡히나보다.[31)] 나는그냥門고리에쇠사슬늘어지듯매여달렷다. 門 을열려고않열리는門을열려고.[32)]

　　　　　　　　　　　　　　　—《가톨릭청년》, 1936. 2, 156쪽.

---

24) 집 안에 쉽게 들어서지 못하는 이유가 가족을 위해 함께 살아가지 못한 자신의 탓임을 밝힌다.
25) 여기에서 '밤'은 살아가기 힘든 바깥세상을 상징하는 말이다.
26) 아무 역할도 하지 못하면서 '이름'만 내세워 놓고 있는 '문패'가 오히려 마음에 부담스러움을 표현한다.
27) 제웅. 정월 열나흗날 저녁에 길가에 버리면 그해의 액을 막는다 하여 짚으로 사람의 형상을 만든 것이다. 이 구절은 현실 속에서 아무 도리를 하지 못하면서 삶을 낭비하는 자신을 '제웅처럼 멸해 간다.'라고 표현한다.
28) 집 안으로 들어가고 싶지만 소외된 자신의 처지를 그린다.
29) 차가운 달빛 아래 정적에 싸여 있는 집의 모습이다.
30) 집안에 무슨 우환이 생겼는지 걱정하는 심경을 암시한다.
31) 경제적 여건이 매우 힘든 상황에 처해 있음을 암시한다.
32) 가족과 함께하는 일상적인 삶의 한가운데로 들어서고자 하는 욕망을 표현한다.

이 시에서 시적 자아인 '나'는 어두운 밤 집 안으로 들어서지 못하고 문밖에서 서성대고 있다. 문이 열리지 않기 때문이다. 바깥은 밤이 되어 어둡고 춥다. 집 안은 식구들이 모여 있는 곳이지만, '나'는 집 안으로 들어설 수가 없다. '나'는 가정으로부터 소외되어 있고 그 고립감으로 인해 더욱 위축되어 있다. 집안의 어려운 형편도 함께 암시됨으로써 '나'의 '귀가'가 순조롭지 않음을 보여 준다. 이 시에서 시적 화자인 '나'와 집안 사이의 단절을 어떻게 이해할 수 있을까? 이 시의 진술 내용을 보면, '나'와 가족 사이의 문제는 경제적 궁핍에 의해 생겨난 것이다. 따라서 이 궁핍의 현실을 타개하지 않고서는 '나'와 집안의 화해가 가능하지 않으며 '나'의 귀가가 쉽지 않음을 알 수 있다. 이 시는 금홍과의 동거 생활로 인한 '나'와 가족과의 갈등, 다방 제비의 운영을 둘러싼 경제적 위기를 암시하고 있음을 짐작할 수 있다.

# 역단
역단

그이는백지위에다연필로한사람의운명을흐릿하게초를잡아놓
았다.이렇게홀홀한가.돈과과거를거기다가놓아두고잡담속으로
몸을기입하여본다.그러나거기는타인과약속된악수가있을뿐,다
행히공란을입어보면장광도맞지않고안들인다.어떤빈터전을찾
아가서실컷잠자코있어본다.배가아파들어온다.괴로운발음을다
삼켜버린까닭이다.간사한문서를때려주고또멱살을잡고끌고와
보면그이도돈도없어지고피곤한과거가멀거니앉아있다.여기다
좌석을두어서는안된다고그사람은이로위치를파헤쳐놓는다.비
켜서는악식에허망과복수를느낀다.그이는앉은자리에서그사람
이평생을살아보는것을보고는살짝달아나버렸다.

易斷

易斷

그이는白紙우에다鉛筆로한사람의運命을흐릿하게草를잡아놓았다.[33] 이렇게홀홀한가.[34]돈과過去를거기다가놓아두고雜踏[35]속으로몸을 記入하야본다.[36]그러나거기는他人과約束된握手가있을뿐,[37]多幸히 空欄을입어보면長廣도맛지않고않드린다.[38]어떤빈터전을찾아가서실 컨잠잣고있어본다.배가압하들어온다.苦로운發音을다생켜버린까닭이 다.[39]奸邪한文書를때려주고또멱살을잡고끌고와보면[40]그이도돈도없 어지고疲困한過去가멀건이앉어있다.[41]여기다座席을두어서는않된다 고그사람은이로位置를파혜처놋는다.[42]비켜스는惡息[43]에虛妄과複

---

33) '그이(조물주)'가 한 인간의 삶의 운명을 어렴풋하게 정한다.

34) 거침이 없고 가볍다.

35) 잡답. 너절하고 지저분한 곳으로 들어서다.

36) '돈'은 물질적 욕망을 '과거'는 가문이나 관습의 굴레를 암시한다. 이런 것들을 모두 제자리에 두고 엉뚱한 세계로 들어섰음을 암시한다.

37) 타인과의 관계가 형식적인 겉치레(약속된 악수)로만 이루어진다.

38) 자신을 위해 비어 있는 자리를 찾아보면 모든 것이 몸에 맞지 않는다. '장광(長廣)'이란 '길이와 폭'을 의미한다.

39) 고통스러운 이야기(발음)를 참고 견디며 입에 올리지 않는다.

讐를느낀다.[44] 그이는앉은자리에서그사람이平生을살아보는것을보고
는살작달아나버렸다.[45]

—《가톨릭청년》, 1936. 2. 157쪽.

---

40) '간사한 문서'는 맨 앞 문장의 '운명을 초 잡아 놓은 백지'를 말한다.

41) 원래 정해진 자기 자리로 돌아와 보니 재물도 사라지고 오직 성가신 과거(가문이나 관습의 굴레)만 남아 있다.

42) 자신의 운명을 그 자리에 매어 둘 수 없다고 생각해 자리를 이리로 옮겨 파헤쳐 놓는다.

43) 악식. 전후 문맥으로 보아 '거칠고 힘든 좋지 못한 쉴 자리'로 풀이할 수 있다.

44) 험난했던 삶의 현실을 피하게 되면서 그렇게 지내 온 과거가 허망함을 느끼고 복수심이 치밀어 오른다.

45) 정해진 운명대로 자리 잡고 살아가는 것을 확인한 후 그이(조물주)는 사라진다.

이 작품의 시적 진술 내용을 보면 인간 삶의 운명을 정초해
주는 '그이'라는 존재가 등장한다. '그이'는 백지 위에 한 사람
의 운명을 초 잡아 놓고 있다. 이런 점에서 '그이'는 인간의 운
명을 주재하는 초월적 존재로 이해할 수 있다. 그런데 '그이'가
초 잡아 놓은 운명을 거부한 '그 사람'이 등장한다. '그 사람'은
'그이'가 그려 놓은 삶의 과정을 따르지 않고 돈도 버리고 지
내 온 삶도 물리치고 너절한 현실(잡답)에 발을 내딛는다. 그러
나 모든 것이 자신과 제대로 맞지 않는다. 고통을 견디며 살아
오다가 다시 제자리로 돌아온다. '그 사람'은 그 자리에 주저
앉아 살아서는 안 된다고 생각하면서 그 위치를 파헤쳐 버린
다. 그러나 허망함과 복수심을 버릴 수가 없다.

그런데 이 시에서 자신에게 부여된 운명을 거역하고 있는
'그 사람'이라는 존재는 시적 진술의 주체가 되는 이상 자신에
해당한다. 자기가 꿈꾸었던 삶을 살지 못하고 화가가 되는 것
을 포기했던 그는 조선총독부 건축 기사로 안정된 생활을 보
장받지만 결핵에 걸려 결국 직장을 포기하기에 이른다. 그리
고 금홍이와 다방 '제비'를 운영하면서 일상적 삶의 현실에 파
묻힌다. 이러한 과정을 돌아보면서 그는 허망감을 느끼며 스
스로 그 운명에 대한 복수를 꿈꾸게 되는 것이다.

# 역단

## 행로

기침이난다. 공기속에공기를힘들여배알아놓는다. 답답하게걸어
가는길이내스토리요기침해서찍는구두를심심한공기가주물러
서삭여버린다. 나는한장이나걸어서철로를건너지를적에그때누
가내경로를디디는이가있다. 아픈것이비수에베어지면서철로와
열십자로어울린다. 나는무너지느라고기침을떨어뜨린다. 웃음소
리가요란하게나더니자조하는표정위에독한잉크가끼얹힌다. 기
침은사념위에그냥주저앉아서떠든다. 기가탁막힌다.

易斷

行路

기침이난다.空氣속에空氣를힘들여배앗하놋는다.답답하게걸어가는
길이내스토오리요[46]기침해서찍는句讀을심심한空氣가주물러서삭
여버린다.[47]나는한章이나걸어서鐵路를건너질를적에그때누가내經
路를듸듸는이가있다.[48]압흔것이匕首에버어지면서鐵路와열十字로어

---

46) 자신이 살아온 과정(스토리)이 답답하게 걸어온 길이었음을 담백하게
서술한다.

47) 자신이 내뱉는 기침을 자기의 스토리 중에 찍는 구두점이라고 말한다.
기침이라는 고통스러운 표정을 글을 쓸 때 찍는 구두점으로 바꾸어 표현함
으로써 시각적 이미지를 부각시킨다.

48) 이 대목은 자신의 삶의 과정을 매우 암시적으로 그린다. "한장이나걸어
서철로를건너지를적"이라는 표현은 시적 화자 자신의 나이를 기호적으로
암시한다. '철로'는 두 개의 선로로 이루어진 길이다. 이것은 한자의 '이(二)'
라는 글자로 표상될 수 있다. '철로를 건너지를 적'은 기호 '≠'로 표상된다.
이 기호는 수학에서 앞의 항과 뒤의 항이 서로 같지 않음을 표시하지만, '+'
를 두 개 겹쳐 놓은 모양이 되기 때문에 시적 화자의 나이가 '이십(二十)'을
넘어서던 때를 암시한다. 그리고 "그때누가내경로를디디는이가있다."라는 대
목은 나이 스물을 넘겼을 때 '누가' '나'를 따라오고 있었다는 뜻이다. 여기
에서 '누가'는 정체를 알 수 없는 대상이며, 그렇기 때문에 두려움을 불러일
으킨다. 이상 자신의 개인사로 본다면 '누가'는 눈에 보이지 않는 '병'을 의미

얼린다.[49] 나는문어지느라고기침을떨어트린다.[50] 우슴소리가요란하게나드니[51] 自嘲하는表情우에毒한잉크가끼언친다.[52] 기침은思念우에그냥주저앉어서떠든다.기가탁막힌다.[53]

—《가톨릭청년》, 1936. 2. 157쪽.

---

한다. 이 나이 무렵에 결핵에 감염되었기 때문이다. 이러한 풀이는 이 작품에서 핵심 의미를 갖는 '기침'이라는 시어에 근거해 추론 가능하다.

49) 이 대목은 결핵에 의해 폐가 상한 것('아픈 것이 비수에 베어지다')을 자신의 나이와 연결시킨 대목이다. 바로 앞 문장과 마찬가지로 '문자놀이' 또는 '기호놀이'의 형태에 해당한다. 일본어 시 「이십이년」과 「오감도 시제5호」의 전체 내용에 대한 패러디로 읽을 수 있다. "비수에베어지면서철로와열십자로어울린다."라는 대목은 '이십이(二十二)'를 암시한다. 그리고 이것은 곧 '스물두 살'이라는 시적 화자의 나이를 의미한다.

50) 심하게 기침하는 모습이다.

51) 구역질이 일어나다.

52) 객혈이 일어나다. '독한 잉크'는 토해 낸 피를 말한다.

53) 기침이 그치지 않으면서 숨이 막힐 지경에 이르다.

이 작품은 시적 화자인 '나'의 고통스러운 삶의 과정을 암
시적으로 그려 낸다. 특히 '기침'이라는 말은 그 고통을 집약
해 놓은 하나의 상징이 된다. 이상의 개인사와 관련지어 본다
면, 폐결핵에 걸려 투병하는 과정에서 반복적으로 경험한 심
한 기침과 객혈의 고통이 그대로 드러나 있다.

시의 텍스트에는 '기침'이라는 시어가 네 차례나 반복적으
로 등장한다. 기침은 폐결핵의 병증을 가장 사실적으로 보여
주면서 동시에 병의 고통에 시달리는 시적 화자의 삶의 모습
을 상징적으로 드러낸다. 기침은 공기 속에 공기를 힘들여 뱉
어 놓는 것으로 설명되기도 하고, 답답하게 걸어가는 길에 찍
는 '구두점'으로 비유되기도 한다. 그리고 기침으로 인해 아무
것도 제대로 할 수 없는 상태를 타이포그래피의 '구두점'이라
는 기호로 변형시켜 놓기도 한다. 이러한 표현은 기침의 고통
을 감각적으로 구체화하기 위한 기법적 고안에 해당한다.

이 시의 핵심 내용은 "나는한장이나걸어서철로를건너지를
적에그때누가내경로를디디는이가있다.아픈것이비수에베어지
면서철로와열십자로어울린다."라는 구절에 담겨 있다. 여기에
서 시적 화자는 자신의 삶의 과정 가운데 운명적인 고비를 이
룬 스물두 살의 나이를 그 숫자의 기호적 표상을 통해 교묘하
게 묘사하고 있다. "한장이나걸어서철로를건너지를적"이라고

표현한 구절은 삶의 과정과 나이를 암시한다. '철로'는 두 개의 선로로 이루어진 길이다. 이것은 한자의 '이(二)'라는 글자와 유사한 기호적 표상을 드러낸다. '철로를 건너지'르는 동작은 '이(二)' 자를 가로지르는 '≠'과 같은 기호로 그려진다. 이 기호는 수학에서 'a ≠ b'라고 표시하는 데 쓰인다. 이것은 'a'와 'b'가 서로 일치하지 않으며, 그 값이 서로 다름을 의미한다. 시적 화자의 운명이 어떤 전환점을 맞게 되었음을 암시한다고 할 수 있다. "그때누가내경로를디디는이가있다."라는 구절은 '나'를 따라오고 있는 정체를 알 수 없는 존재가 있었음을 말해 준다. 그것이 바로 병이다. 죽음의 그림자가 드리우기 시작한 것이다. 실제로 시인은 스물두 살에 객혈을 시작하면서 심각한 결핵을 앓고 있음을 확인한다.

"아픈것이비수에베어지면서철로와열십자로어울린다."라는 구절은 '二十二'라는 나이를 표시하는 숫자의 형상을 병의 진전 상황과 연결하여 그려 낸다. 철로를 건너지를 적에 "아픈것이비수에베어지면서"라고 서술하고 있는 부분은 '二十二'라는 숫자의 기호적 형상을 만들어 내기 위한 전제에 해당한다. 철로(=)를 건널 때(≠)에 아픈 것이 비수에 베어진다. 그래서 철로는 두 도막으로 잘라져 '='와 '='의 형태로 나뉜다. 결국 '二'라는 글자가 둘이 생겨난 셈이다. "철로와열십자로어울린다." 라는 구절은 곧바로 '= ＋ ='라는 기호로 도식화할 수 있다. 이 기호는 그대로 '이십이(二十二)'라는 숫자와 일치한다. 그리고 이것은 곧 '스물두 살'이라는 시적 화자의 나이를 의미하는 것으로 해석된다.

# 가외가전

흰조때문에마멸되는몸이다.모두소년이라고들그러는데노야인
기색이많다.혹형에씻기워서산반알처럼자격너머로튀어오르기
쉽다.그러니까육교위에서또하나의편안한대륙을내려다보고근
근히산다.동갑네가시시거리며떼를지어답교한다.그렇지않아도
육교는또월광으로충분히천칭처럼제무게에끄덕인다.타인의그
림자는우선넓다.미미한그림자들이얼떨김에모조리앉아버린
다.앵두가진다.종자도연멸한다.정탐도흐지부지 ─ 있어야옳을
박수가어째서없느냐.아마아버지를반역한가싶다.묵묵히 ─ 기
도를봉쇄한체하고말을하면사투리다.아니 ─ 이무언이흰조의
사투리리라.쏜려는노릇 ─ 날카로운신단이성성한육교그중
심한구석을진단하듯어루만지기만한다.나날이썩으면서가리키
는지향으로기적히골목이뚫렸다.썩는것들이낙차나며골목으로
몰린다.골목안에는치사스러워보이는문이있다.문안에는금니가
있다.금니안에는추잡한혀가달린폐환이있다.오 ─ 오 ─ .들어
가면나오지못하는타입깊이가장부를닮는다.그위로짝바뀐구두
가비철거린다.어느균이어느아랫배를앓게하는것이다.질다.

반추한다.노파니까.맞은편평활한유리위에해소된정체를도포한
졸음오는혜택이뜬다.꿈 ─ 꿈 ─ 꿈을짓밟는허망한노역 ─ 이
세기의곤비와살기가바둑판처럼널리깔렸다.먹어야사는입술이

186

악의로구긴진창위에서슬며시식사흉내를낸다.아들 — 여러아들 — 노파의결혼을걷어차는여러아들들의육중한구두 — 구두바닥의징이다.

층단을몇벌이고아래도내려가면갈수록우물이드물다.좀지각해서는텁텁한바람이불고 — 하면학생들의지도요일마다채색을고친다.객지에서도리없어다소곳하던지붕들이어물어물한다.즉이취락은바로여드름돋는계절이라서으쓱거리다잠꼬대위에더운물을붓기도한다.갈 — 이갈때문에견디지못하겠다.

태고의호수바탕이던지적이짜다.막을버틴기둥이습해들어온다.구름이근경에오지않고오락없는공기속에서가끔편도선들을앓는다.화폐의스캔들 — 발처럼생긴손이염치없이노파의통고하는손을잡는다.

눈에뜨이지않는폭군이잠입하였다는소문이있다.아기들이번번이애총이되고되고한다.어디로피해야저어른구두와어른구두가맞부딪는꼴을안볼수있으랴.한창급한시각이면가가호호들이한데어우러져서멀리포성과시반이제법은은하다.

여기있는것들은모두가그방대한방을쓸어생긴답답한쓰레기다.낙뢰심한그방대한방안에는어디로선가질식한비둘기만한까마귀한마리가날아들어왔다.그러니까강하던것들이역마잡듯픽픽쓰러지면서방은금시폭발할만큼정결하다.반대로여기있는것들은통요사이의쓰레기다.

간다.'손자'도탑재한객차가방을피하나보다.속기를펴놓은상궤위
에알뜰한접시가있고접시위에삶은계란한개 — 포-크로터뜨린
노른자위겨드랑에서난데없이부화하는훈장형조류 — 푸드덕
거리는바람에방안지가찢어지고빙원위에좌표잃은부첩떼가난
무한다.궐련에피가묻고그날밤에유곽도탔다.번식한고거짓천사
들이하늘을가리고온대로건넌다.그러나여기있는것들은뜨뜻해
지면서한꺼번에들떠든다.방대한방은속으로곪아서벽지가가렵
다.쓰레기가막붙는다.

〔원문〕

## 街外街傳

喧噪때문에磨滅되는몸이다.<sup>1)</sup>모도少年이라고들그리는데老爺인氣色이많다.<sup>2)</sup>酷刑에씻기워서算盤알처럼資格넘어로튀어올으기쉽다.<sup>3)</sup>그렇니까陸橋<sup>4)</sup>우에서또하나의편안한大陸을나려다보고僅僅이삵다.동갑네가시시거리며떼를지어踏橋한다.<sup>5)</sup>그렇지안아도陸橋는또月光으로充分히天秤처럼제무게에끄떽인다.<sup>6)</sup>他人의그림자는위선넓다.微微한그림자들이얼떨김에모조리앉어버린다.櫻桃가진다.種子도煙滅한다.<sup>7)</sup>偵探도흐지부지 — 있어야옳을拍手가어쩔서없느냐.아마아버지를反逆한가싶다.<sup>8)</sup>黙黙히 — 企圖를封鎖한체하고말을하면사투리

---

1) 이 대목에서는 묘사하는 대상을 직접 지칭하지 않고 있다. 문장 구조상 주체(주어)가 생략되어 있으며, 주체의 형태를 서술한 서술부만이 제시되어 있다. '훤조'는 '지껄이고 떠들다'라는 뜻을 가지며, '마멸'은 '닳아 없어지다'라는 뜻을 지닌다. 이 두 개의 단어가 주체의 기능과 형태를 암시한다. '훤조'와 관련되는 조음(調音) 기관으로 마모되는 것은 '치아'가 있다. 이 문장의 주체를 '치아'라고 하면 문맥이 자연스럽게 이어진다.
2) '소년'이라는 말과 '노야의 기색'을 띤 것이라는 말은 '치아'의 형태를 암시한다. '치아'의 상태가 그리 좋지 않다.
3) '치아'가 울퉁불퉁하게 튀어나와 있는 모습을 '주판의 알이 솟아 나와 있는 모양'에 비유한다.
4) '육교'는 치아가 서 있는 '잇몸'을 말한다.
5) '동갑네'는 비슷하게 가지런히 나와 있는 치아를 말한다. 잇몸 위에 치아가 나란히 나와 있는 모습을 '답교'하는 모습에 비유하고 있다.
6) 턱이 움직이는 것을 말한다.
7) 치아가 빠지는 것을 비유적으로 표현한다.

다.아니 — 이無言이喧噪의사투리리라.<sup></sup>쏜으랴는노릇 — 날카로운身
端<sup></sup>이싱싱한陸橋그중甚한구석을診斷하듯어루많이기만한다.나날
이썩으면서가르치는指向으로奇蹟히골목이뚤렸다.<sup></sup>썩는것들이落差
나며골목으로몰린다.골목안에는侈奢스러워보이는門이있다.門안에는
金니가있다.<sup></sup>金니안에는추잡한혀가달닌肺患이있다.<sup></sup>오 — 오 — .
들어가면나오지못하는타잎기피가臟腑를닮는다.그우로짝바뀐구두가
비철거린다.<sup></sup>어느菌이어느아랫배를앓게하는것이다.질다.

反芻한다.<sup></sup>老婆니까.마즌편平滑한유리우에解消된政體를塗布한조
름오는惠澤이뜬다.꿈 — 꿈 — 꿈을짓밟는虛妄한勞役 — 이世紀의
困憊와殺氣가바둑판처럼넓니깔였다.먹어야사는입술이惡意로구긴
진창우에서슬몃이食事흉내를낸다.아들 — 여러아들<sup></sup> — 老婆의結
婚<sup></sup>을거더차는여러아들들의육중한구두 — 구두바닥의징이다.<sup></sup>

---

8) 새로운 치아가 헌 이빨을 빼낸 자리에 나오는 것을 말한다. '젓니'와 '간
니'를 비유적으로 표현한 것이다.
9) 입을 다물고(이를 물고) 말하면 제대로 발음이 되지 않는다는 것을 '사투
리'라고 말했다.
10) '날카로운 신단'은 입안에 있는 '혀의 끝'을 말한다. 혀끝이 치아에 닿으
면서 스치는 것을 묘사한 대목이다.
11) 충치가 생겨 치아에 구멍이 뚫린다.
12) 충치의 치료를 위해 금니를 한 것이다.
13) 금니를 해 넣었지만 치아 내부는 썩고 있다.
14) 금니를 해 넣은 것이 제대로 맞지 않음을 '짝 바뀐 구두'라고 표현한다.
15) '반추'는 '되새김질'을 말하는데, 여기에서는 치아의 저작 동작을 의미한
다. 이하의 문장들이 모두 이 '반추'의 동작을 설명한다.
16) 새로 나온 여러 치아들을 말한다.

層段을몇벌이고아래도나려가면갈사록우물이드믈다.[19] 좀遲刻해서
는텁텁한바람이불고[20] — 하면學生들의地圖가曜日마다彩色을곷인
다.[21]客地에서道理없어다수굿하든집웅들이어물어물한다.卽이聚落
은바로여드름돋는季節이래서으쓱거리다잠꼬대우에더운물을붓기도
한다.[22]渴[23] — 이渴때문에견듸지못하겠다.

太古의湖水바탕이든地積이짜다.[24]幕을버틴기둥이濕해들어온다.구
름이近境에오지않고娛樂없는空氣속에서가끔扁桃腺들을알는다.[25]

---

17) 금니를 하여 충치를 치료한 치아를 말한다. '결혼'이란 치아 위에 금니를
덧씌운 것을 비유적으로 표현한 말이다.

18) 아래위 치아들이 서로 부딪는 것을 '구두 바닥의 징'이라고 비유적으로
표현했다. 구두 밑창이 상하지 않도록 쇠로 만든 징을 박는 경우가 많다.

19) 구강의 안쪽으로는 침샘이 없어서 침이 나오지 않는다. 이것을 두고 '우
물이 드믈다'라고 표현한다.

20) 이 대목부터는 돌림병인 홍역과 호흡 기관의 상태를 결부해 묘사한 것
으로 보인다. "좀지각해서는"이라는 구절은 대개 소아기에 겪는 '홍역'을 학
교 다니는 나이에 앓게 된 것을 말한다. "텁텁한바람"은 '홍역'을 암시한다.

21) 홍역이 돌면 학생들이 학교에 못 나오는 경우가 많아지므로 출석부에
붉게 결석 표시가 생기는 것을 '요일마다 색채가 꽂힌다.'라고 표현한다.

22) 홍역 때문에 생기는 여러 변화를 묘사한 대목이다. 정확하게 어떤 상태
를 비유해 표현한 것인지 구분하기 힘들다. 그러나 "다소곳하던지붕들이어
물어물한다."라는 것은 홍역 때문에 사람들이 서로 출입을 삼가는 모양을
말하는 것으로 보인다. '이 취락은 여드름 돋는 계절'이라는 말은 홍역으로
온몸에 열꽃(붉은 반점)이 피는 것을 암시한다. "더운물을붓기도한다."라는
것은 따뜻한 물을 마시게 하는 일을 의미한다.

23) 갈증. 목이 마른 것을 말한다.

24) 입안의 타액이 약간 짭짤한 맛을 가지는 것을 말한다.

25) 후두에 편도선이 생김. '발처럼 생긴 손'은 '목젖'을 말한 것으로 보인다.

貨幣의스캔달 — 발처럼생긴손[26]이염치없이老婆의痛苦하는손을잡
는다.

눈에띠우지안는暴君[27]이潛入하얏다는所聞이있다.아기들이번번이애
총이되고되고한다.[28]어디로避해야저어른구두와어른구두가맞부딧
는꼴[29]을안볼수있스랴.한창急한時刻이면家家戶戶들이한데어우러
저서멀니砲聲과屍斑이제법은은하다.[30]

여기있는것들은모두가그尨大한房을쓸어생긴답답한쓰레기다.[31] 落雷
심한그尨大한房안에는어디로선가窒息한비들기만한까마귀한마리[32]
가날어들어왔다.그렇니까剛하든것들이瘦馬잡듯픽픽씰어지면서房
은금시爆發할만큼精潔하다.[33] 反對로여기있는것들은통요사이의쓰

_____

26) 이 대목은 '남의 돈을 꿀꺽 삼킨다.'라는 데에서 유래된 것으로 보이는
'화폐의 스캔들'이라는 말을 쓴 것이 매우 재미있다. 사실은 음식이나 침을
꿀꺽 삼키는 동작을 묘사한 대목이다.
27) '병'을 암시한다. 홍역을 말한다.
28) 홍역을 앓다가 어린아이들이 많이 죽는다.
29) 이 대목은 여러 가지 의미로 해석이 가능하다. 바로 앞 '애총'과 의미상
연관을 갖는 것으로 해석할 경우 '애총'을 거두기 위한 어른들의 잦은걸음
을 암시한다. 또 병을 막기 위해 분주하게 내닫는 발걸음으로 읽을 수 있다.
30) 홍역이 아주 심할 때 전염을 막기 위해 환자를 격리하던 일을 서술한
것으로 보인다. '시반'은 사람이 죽은 지 몇 시간 후 피부에 생기는 자색 반
점이다.
31) 이 마지막 연은 '폐'에 관한 묘사가 중심을 이룬다.
32) '오염된 공기'를 암시하는 비유적인 표현이다. 여기에서는 담배 연기로
볼 수 있다. 뒤에 "궐련에피가묻고"라는 대목이 보인다.
33) 오염된 공기가 폐 안을 더럽히는 것을 '정화'시킨다고 표현한다.

레기다.[34]

간다.「孫子」도搭載한客車가房을避하나보다.[35] 速記를펴놓은床几웋
에알뜰한접시가있고접시우에삶은鷄卵한개 ─ 또-크로터뜨린노란자
위겨드랑에서난데없이孵化하는勳章型鳥類 ─ 푸드덕거리는바람에
方眼紙가찌저지고水原웋에座標잃은符牒떼가亂舞한다.[36] 卷煙에피
가묻고[37] 그날밤에遊廓도탔다.[38] 繁殖한고거즛天使[39] 들이하늘을가
리고溫帶로거는다.그렇나여기있는것들은뜨뜻해지면서한꺼번에들떠
든다.尨大한房은속으로골마서壁紙가가렵다.쓰레기가막붙ㅅ는다.[40]

─《시(詩)와 소설(小說)》, 1936. 3, 16~19쪽.

---

34) 폐부에 오염된 찌꺼기들이 남아 있는 상태이다.

35) 이 대목에서는 폐가 상하게 되면 그것을 고칠 어떤 방책도 내놓을 수
없음을 비유적으로 제시하고 있다.

36) 이 대목에서는 시적 화자가 호흡 기관의 내부(폐)에 맞춰져 있던 초점
을 자신이 앉아 있는 현실 공간(방)으로 옮겨 놓은 상태를 묘사한다. 책상
위에 접시가 있고, 그 접시에 삶은 계란(여기에서는 하얀 빛의 양초) 한 개,
포크로 터뜨린 노른자에서 부화하는 훈장형 조류(촛불)가 보인다. 시적 화
자는 책상 위에 촛불을 켜 놓고 있다. 그런데 갑작스럽게 푸드덕거리는 바람
(기침)에 삽화를 그리기 위해 펼쳐 놓은 방안지(모눈종이)가 찢어지고 방바
닥에 이리저리 흩어진다.

37) 피우던 담배 위로 객혈이 묻어난다.

38) 유곽. 창녀들이 몸을 팔던 곳. 여기에서는 온갖 더러운 공기가 드나들어
병을 얻게 된 자신의 '폐'를 비유적으로 표현한 것이다. "유곽도탔다."라는
것은 심한 객혈을 한 것을 말한다.

39) 기침을 통해 공기 중으로 나와 떠다니는 결핵균을 '번식한 거짓 천사'라
고 지칭한다.

40) 붙다.

〔해설〕

이 작품은 이상이 다방 '제비'를 폐업하고 1935년 말부터 창문사에서 일하면서 직접 편집한 '구인회'의 기관지《시와 소설》(1936. 3)에 발표했다. 이 잡지에 수록된 정지용의 시「유선애상(流線哀傷)」, 박태원의 소설「방란장(芳蘭莊) 주인」등과 함께 구인회가 지향했던 문학 정신과 그 기법적 실험을 확인해 볼 수 있는 문제작이다.

이 작품은 '가외가전'이라는 제목부터 의미를 제대로 이해하기 어렵다. 작품 속에서 그리고 있는 시적 대상과 그 정황도 분명하지 않다. 묘사의 대상이나 진술하고 있는 내용이 무엇인지 직접 지시하는 말을 생략하거나 문맥 속에 숨겨 두고 있기 때문이다. 이 특이한 생략의 수사법은 그대로 시적 텍스트의 난해성을 조장한다. '가외가전'이라는 말은 이상이 만들어 낸 신조어이며 한자의 뜻을 글자 그대로 풀이하면 '길 밖의 길에 관한 이야기'라는 의미로 풀이할 수 있다. 일반적인 의미에서 '길'은 사람이 지나다닐 수 있도록 땅 위에 만든 일정한 너비의 공간을 뜻한다. 물론 동물이 지나다니는 곳도 길이라고 한다. 그런데 '길 밖의 길'은 이런 식의 의미를 거부한다. 통상적으로 일컬어지는 길이 아닌 길이기 때문이다. 여기에서 암시하는 것이 바로 '숨길'이다. 인간의 육체에서 외부 세계와 서로 통하도록 연결되어 있는 것이 숨길이다. 숨을 쉴 때 외부의 공기가 허파로 들어갔다가 나오는 기도로서의 숨길은 입과 코를 통해 외부와 통하지만 인간 육체의 내부에서 자리 잡고 있는 폐부에서 그 길이 소멸되는 아주 특이한 구조를 지닌다.

이 작품은 몸의 느낌과 몸의 상상력에 의해 만들어 낸 공상의 산물이다. 인간 생명의 출발이면서 동시에 끝에 해당하는 '숨길'에 관한 공상을 '길 밖의 길의 이야기'라고 명명하고 있는 이 시의 복잡한 우의성을 이해하지 못한다면 시적 의미의 심층에 접근하기 어렵다. 외형상 6연으로 구분된 이 시의 텍스트에서 각 연에 등장하는 시적 대상은 '숨길'에서 만나는 육체의 내부 기관들이지만 특유의 비유와 암시적 진술로 그 형태와 기능이 묘사되거나 서술되고 있다. 더구나 일종의 몽타주 기법을 활용하여 각 연을 서로 연결하고 있으므로 의미 구조의 전체적인 맥락을 조심스럽게 파악해야 한다.

1연과 2연은 입안의 '치아'를 대상으로 삼고 있다. 충치가 생겨 금니를 만들어 끼운 대목도 있다. 3연과 4연은 구강에서부터 후두에 이르는 길을 그려 낸다. 여기에서는 돌림병인 홍역을 결부시켜 놓고 있다. 5연과 6연은 허파에서 생기는 병을 묘사한다. 특히 마지막 6연에서 허파가 정상 기능을 작동하지 못하는 경우를 비유적으로 보여 주고 있는 것은 시인 자신의 병환과도 연관되는 것이라고 할 수 있다.

# 명경

여기 한페이지 거울이있으니
잊은계절에서는
엎은머리가 폭포처럼내리우고

울어도 젖지않고
맞대고 웃어도 휘지않고
장미처럼 착착 접힌
귀

들여다보아도 들여다 보아도
조용한세상이 맑기만하고
코로는 피로한 향기가 오지 않는다.

만적 만적하는대로 수심이평행하는
부러 그러는것같은 거절
우편으로 옮겨앉은 심장일망정 고동이
없으란법 없으니

설마 그러랴? 어디 촉진……
하고 손이갈때 지문이지문을 가로막으며

선뜩하는 차단뿐이다.

오월이면 하루 한번이고
열 번이고 외출하고 싶어하더니
나갔던길에 안돌아오는수도있는법

거울이 책장같으면 한장 넘겨서
맞섰던 계절을 만나련만
여기있는 한페이지
거울은 페이지의 그냥표지 —

〔원문〕

明鏡

여기 한페-지 거울이있으니<sup>1)</sup>

잊은季節<sup>2)</sup>에서는

엱은머리가 瀑布처럼내리우고<sup>3)</sup>


울어도 젖지않고

맞대고 웃어도 휘지않고

薔薇처럼 착착 접힌

귀<sup>4)</sup>


디려다보아도 디려다 보아도

조용한世上이 맑기만하고

코로는 疲勞한 香氣가 오지 않는다<sup>5)</sup>

---

1) 거울처럼 선명하게 떠오르는 한 장면이 있다.
2) 지나 버린 시절을 말한다.
3) 시적 화자는 거울을 보면서 가장 먼저 '거울 앞에서 긴 머리를 폭포처럼 내린 채 머리를 빗고 있던 여인의 모습'을 떠올린다.
4) 장미꽃처럼 꽃잎이 서로 접혀 있는 여인의 귓바퀴 모습을 묘사한다.
5) 거울 안의 얼굴 모습이 고요할 뿐 향기를 맡을 수는 없다.

만적 만적하는대로 愁心이平行하는

부러 그렇는것같은 拒絶[6)

右편으로 옴겨앉은 心臟일망정 고동이

없으란법 없으니[7)


설마 그렇랴?[8) 어디 觸診……

하고 손이갈때 指紋이指紋을 가로막으며

선뜩하는 遮斷뿐이다.[9)


五月이면 하로 한번이고

열번이고 外出하고 싶어하드니

나갔든길에 안돌아오는수도있는법[10)


거울이 책장같으면 한장 넘겨서

맞섰던 季節을 맞나렸만[11)

---

6) 거울을 사이에 놓은(평행한) 채 서로 거리를 두고 있는 모습을 묘사한다.

7) 서로 마주 보고 있으므로 비록 심장의 위치가 바뀌어 보인다 하더라도 열정이 남아 있을 것으로 생각한다.

8) 설마 '나'의 손길을 거부하랴.

9) 거울 속에 떠오르는 여인의 모습에 손이 닿는 순간 손에 닿는 것은 사실 차디찬 거울의 표면일 뿐이다.

10) 수없이 출분을 시도하더니 결국 나가 버린 후 다시는 돌아오지 않는다.

11) 거울이 만일 책장과 같다면 이미 읽고 넘긴 페이지라도 다시 넘겨 과거의 장면을 다시 읽어 보듯 지난 세월과 만날 수 있으련만.

여기있는 한페-지

거울은 페-지의 그냥表紙[12] ──

──《여성》, 1936. 5, 1쪽.

---

12) 거울이 넘겨 볼 수 없는 한 페이지로 된 표지에 불과하다고 생각한다.

이 작품은 이상 자신이 즐겨 활용해 온 '거울'이라는 이미지를 통해 자신의 지난날들을 잔잔하게 돌아보며 그리움과 회한의 심경에 젖어드는 모습을 그리고 있다. '거울'은 '책장'의 한 페이지라는 의미로 그려지고, 그 페이지 위에 지나간 날들의 추억이 서린다. 그러나 '거울'은 언제나 현재 눈앞에 존재하는 것만을 보여 준다는 점에서 지나간 일들을 기록해 놓은 책장처럼 넘겨 볼 수 없다. '거울'의 이미지를 통해 시간의 비가역성을 암시하고 있는 셈이다.

이 작품의 텍스트는 모두 6연으로 구성되어 있다. 1연과 2연은 거울 속에 떠오르는 여인의 모습을 보며 생각에 잠기는 장면이다. 3연과 4연은 거울 속 여인과의 접촉을 꾀하지만 차디찬 거울 때문에 접근할 수 없음을 보여 준다. 5연은 거울 속의 여인에 대한 환상에서 벗어나 여인이 떠나 버린 사실 자체를 다시 확인하는 대목이다. 6연은 여인과의 만남과 헤어짐이 이제는 돌이킬 수 없는 과거의 일임을 술회한다. 이상의 시들이 대체로 지적인 태도를 바탕으로 기지와 역설을 드러내는 실험적인 작품들이 많은데, 이 작품은 짙은 서정성을 자랑한다.

# 목장

송아지는 저마다
먼산바라기

할말이 있는데도
고개 숙이고
입을 다물고

새김질 싸각싸각
하다 멈추다

그래도 어머니가
못잊어라고
못잊어라고

가다가 엄매 ──
놀다가도 엄매 ──

산에 둥실
구름이가고
구름이오고

송아지는 영 영
먼산바라기

목장


송아지는 저마다
먼산바래기


할말이 잇는데두
고개 숙이구
입을 다물구


새김질 싸각싸각
하다 멈추다


그래두 어머니가
못잊어라구
못잊어라구


가다가 엄매 —
놀다가두 엄매 —


산에 둥실
구름이가구
구름이오구

송아지는 영 영

먼산바래기

——《가톨릭소년》, 2호, 1936. 5, 62~63쪽.

이 동시는 이상이 창문사에 근무하던 시절 출판 편집을 맡
았던 아동 잡지《가톨릭소년》에 발표한 것이다. 당시 지면에
는 지은이의 이름을 '해경'이라고 표시했으며 삽화가 곁들여
있다.《가톨릭소년》2호의 표지도 이상이 그렸다.

위독

# 위독

## 금제

내가치던개〔구〕는튼튼하대서모조리실험동물로공양되고그중
에서비타민E를지닌개〔구〕는학구의미급과생물다운질투로해
서박사에게흠씬얻어맞는다하고싶은말을개짖듯배알아놓던세
월은숨었다.의과대학허전한마당에우뚝서서나는필사로금제
를잃는〔환〕다.논문에출석한억울한촉루에는천고에는씨명이없
는법이다.

危篤

禁制


내가치든개〔狗〕는튼튼하대서모조리實驗動物로供養되고그中에서비타민E를지닌개〔狗〕는學究의未及과生物다운嫉妬로해서博士에게흠썬어더맛는다[1]하고십흔말을개짓듯배아터노튼歲月은숨엇다.[2]醫科大學허전한마당에우뚝서서나는必死로禁制를알는〔患〕다.[3]論文에出席한억울한髑髏[4]에는千古에는氏名이업는法이다.

─《조선일보》, 1936. 10. 4.

---

1) 자신이 키운 개가 마음대로 짖으며 활동하지 못하고 실험동물로 죽거나 얻어맞는 상황을 진술한다. 이것은 시인 자신의 작품들에 대한 평단의 혹평을 염두에 둔 우의적인 표현으로 이해할 수 있다.

2) 하고 싶은 말을 마음대로 할 수 있는 상황이 아님을 안타까워한다.

3) 자기 문학에 대한 평단의 비판과 조소를 놓고 몹시 고심하고 있다.

4) 실험용 보고서인 논문에 등장하는 촉루(해골)는 그 이름조차 거명되는 법이 없다. 여기에서는 자신의 작품이 그 진가를 제대로 평가받지 못한 채 폐기되는 것에 대한 억울한 심경을 담고 있다.

〔해설〕


　연작시 「위독」은 이상이 1936년 가을 동경행을 준비하는 동
안 마지막으로 정리하여 발표한 작품이다. 이 연작시는 10월
4일부터 9일까지 《조선일보》에 연재 형식으로 발표했는데, 여
기에는 「금제」, 「추구」, 「침몰」(이상 10월 4일 자 발표), 「절벽」「백
화」「문벌」, 「위치」, 「매춘」, 「생애」, 「내부」, 「육친」, 「자상」 등 열
두 편의 시가 이어져 있다. 이 작품들은 자아의 형상 자체를
시적 대상으로 삼아 다양한 시각을 통해 이를 해체하고 있는
경우가 많으며, 자신을 둘러싸고 있는 아내와 가족에 대한 자
기 생각과 내면 의식의 반응을 그려 낸 경우도 있다.
　연작시 「위독」에서 볼 수 있는 시인의 사물을 보는 시각과
판단은 「오감도」의 특이한 자기 투사 방식과 상호 연관성을
통해 그 의미가 더욱 분명하게 드러난다. 자신의 병과 죽음에
대한 절박한 인식, 가족에 대한 책임 의식과 갈등, 좌절의 삶
을 살아가는 자신에 대한 혐오 등을 말하고 있는 시적 진술
방법이 「오감도」의 연장선상에 놓여 있기 때문이다. 이상은 연
작시 「위독」의 연재를 마친 후 동경행을 택한다. 그러므로 연
작시 「위독」은 국내에서 이루어진 이상의 시적 글쓰기 작업의
마지막을 장식한다. 1934년에 발표한 미완의 연작시 「오감도」
는 1936년 「위독」을 통해 그 연작 자체의 완성에 도달한 셈이
다. 이상은 김기림에게 다음과 같은 서신을 보낸 적도 있다.

起林兄

兄의 글 받었오. 퍽 반가웠오.

北日本 가을에 兄은 참 儼然한 存在로구려!

워-밍엎이 다 되었것만 와인드엎을 하지 못하는 이몸이 兄을 몹씨 부러워하오.

지금쯤은 이 李箱이 東京사람이 되었을 것인데 本町署高等係에서 「渡航マカリナラヌ」의 吩咐가 지난달 下旬에 나렸구려! 우습지 않소? 그러나 지금 다시 다른 方法으로 渡航證明을 얻을 道理를 차리는 中이니 今月中旬-下旬 頃에는 아마 李箱도 東京을 헤매는 白面의 漂客이 되리다.

拙作 「날개」에 對한 兄의 多情한 말씀 骨髓에 스미오. 方今은 文學千年이 灰燼에 돌아갈 地上最終의 傑作 「終生記」를 쓰는 中이오. 兄이나 부디 억울한 이 內出血을 알아주기 바라오!

三四文學 한부 저 狐小路집으로 보냈는데 원 받었는지 모르겠구려!

요새 朝鮮日報學藝欄에 近作詩 「危篤」連載中이오. 機能語. 組織語. 構成語. 思索語. 로 된 한글文字 追求試驗이오. 多幸히 高評을 비오. 요다음쯤 一脈의 血路가 보일 듯하오.

芝溶, 仇甫 다 가끔 만나오. 튼튼히들 있으니 또한 天下는 泰平聖代가 아직도 繼續된것 같소.

煥泰가 「宗橋禮拜堂」에서 結婚하였오.


인용한 편지에서 이상은 연작시 「위독」의 언어 실험을 분명하게 지목하고 있다. 그는 자신의 작업을 '기능어, 조직어,

구성어, 사색어로 된 한글 문자 시험'이라고 말하면서 일맥의 '혈로'가 여기에서 보일 듯하다고 스스로 자평하고 있다. 여기에서 말하고 있는 '기능어, 조직어, 구성어, 사색어'란 무엇을 뜻하는지가 궁금하다. 먼저 '기능어'라는 용어를 생각해 보자. 기능어는 단어와 단어, 어구와 어구, 또는 문장과 문장 사이에서 문법적 기능을 드러내는 말을 지시하는 용어이며 구조어라고도 한다. 구체적으로 조사나 접속사 등이 이에 속한다. 하나의 문장에서 어떤 사물을 지시하거나 개념을 나타내는 말을 내용어라고 하는데, 체언, 용언, 수식언, 독립언 등에 속하는 말은 모두 내용어이다. 기능어는 이 내용어를 통일되게 엮는 데 쓰이는 조사, 어미, 접속어 등을 말한다. 한국어는 기능어가 매우 발달되어 있다.

조직어라는 말은 단어, 문장, 문단 등을 연결하면서 담화 생성에 관여한다는 점에서 기능어를 포함한다. 그런데 문단과 문단의 연결, 문장 전체의 구성과 조직 등을 뜻한다고 본다면 그 지시 범위가 넓어진다. 구성어는 하나의 문장을 구성하는 데 쓰이는 주어, 목적어, 서술어, 보어 등과 같은 문장 구성 성분 언어를 통칭하는 말이며, 사색어는 관념어와 동의어로서 추상어라고 한다. 이상이 연작시 「위독」을 통해 강조하고 있는 이 용어들은 시적 진술에서 문제가 되는 언어 표현과 그 기법의 문제이다. 시의 텍스트는 말 그대로 언어 문자의 결합으로 이루어진다. 그러므로 언어 문자의 속성과 기능을 제대로 이해하고 그 관계를 정확하게 맺어 주는 일이 중요하다.

연작시 첫 작품의 제목인 '금제(禁制)'라는 말은 어떤 행위를 하지 못하게 하는 일 또는 그러한 규칙을 의미한다. 이 작품에는 시적 화자로서의 '나'와 '나'에 의해 사육된 '개'가 등장한다. 그러나 이 '개'는 의과 대학의 실험동물이 되거나 박사에게 얻어맞기만 한다. '나'와 '개'의 관계를 놓고 본다면 '박사'와 '의과대학'은 '개 짖듯 하고 싶은 말을 내뱉는 것'을 할 수 없도록 만드는 억압적인 권위와 제도를 상징한다. 이러한 관계는 이상이 자신의 작품에 대한 평단의 비판을 감수할 수밖에 없었던 상황을 암시하기도 한다.

# 위독
## 추구

아내를즐겁게할조건들이틈입하지못하도록나는창호를닫고밤
낮으로꿈자리가사나워서가위를눌린다어둠속에서무슨내음새
의꼬리를체포하여단서로내집내미답의흔적을추구한다.아내는
외출에서돌아오면방에들어서기전에세수를한다.담아온여러벌
표정을벗어버리는추행이다.나는드디어한조각독한비누를발견
하고그것을내허위뒤에다살짝감춰버렸다.그리고이번꿈자리를
예기한다.

〔원문〕

危篤

追求

안해를즐겁게할條件⁵⁾들이闖入⁶⁾하지못하도록나는窓戶를닫고밤낫으로꿈자리가사나워서가위를눌린다⁷⁾어둠속에서무슨내음새의꼬리⁸⁾를逮捕하야端緖로내집내未踏의痕跡을追求한다.안해는外出에서도라오면房에들어서기전에洗手를한다.닮아온여러벌表情⁹⁾을벗어버리는醜行이다.나는드듸어한조각毒한비누를發見하고그것을내虛僞뒤에다살작감춰버렷다.¹⁰⁾그리고이번꿈자리를豫期한다.

──《조선일보》, 1936. 10. 4.

---

5) 아내가 좋아할 만한 일이다.
6) 갑자기 뛰어들다.
7) 아내에 대한 신뢰를 갖지 못한 상태에서 좋지 못한 꿈을 꾸고 잠을 설치다.
8) 아내의 부정한 행실에 대한 실마리이다.
9) 다른 사람들을 만날 때 하고 나가는 짙은 화장을 집에 들어와 세수하면서 지우는 것을 말한다.
10) 아내의 화장을 지우는 비누를 아내 모르게 감추어 버린다. 아내가 밖에서 짓는 표정을 제대로 확인하기 위해서이다.

〔해설〕

　이 작품은 시적 화자인 '나'와 '아내'의 불신과 갈등이 작품 내용을 이루고 있다. '나'는 '아내'가 쓸데없는 바깥일에 관심을 두지 않게 하려고 애를 쓴다. 하지만 '아내'의 행실을 의심하기 시작하면서 그 단서를 찾아내려 한다. 그러나 '아내'는 밖에서 돌아오면 세수를 하고 화장을 지워 버린다. '나'는 '아내'의 행동이 밖에서 남들에게 보였던 여러 가지 표정을 모두 지워 버리기 위한 것이라고 생각한다. 그리고 '아내'가 사용하는 비누를 몰래 감춰 버린다. 하지만 이러한 시도 자체가 '나'에게는 한없이 괴롭고 두려운 일이다. '나'와 '아내'의 거리를 극복하지 못하고 괴로워하는 심경을 그려 내고 있는 이 작품에서 핵심이 되는 것은 '아내'에 대한 의심과 불신이다. 그리고 이러한 의심은 '아내'의 이중적 태도에서 비롯된 것이지만 이것이 시적 화자의 불안으로 이어지고 있다.

# 위독
## 침몰

죽고싶은마음이칼을찾는다.칼은날이접혀서펴지지않으니날을
노호하는초조가절벽에끊치려든다.억지로이것을안에떠밀어놓
고또간곡히참으면어느결에날이어디를건드렸나보다.내출혈이
뻑뻑해온다.그러나피부에상채기를얻을길이없으니악령나갈문
이없다.갇힌자수로하여체중은점점무겁다.

危篤

沈歿[11]


죽고십혼마음이칼을찻는다.칼은날이접혀서펴지지안으니날을怒號하
는焦燥가絶壁에끈치려든다.[12]억찌로이것을안에떼밀어노코또懇曲
히참으면어느결에날이어듸를건드렷나보다.內出血이빽빽해온다.[13]그
러나皮膚에傷차기를어들길이업스니惡靈나갈門이업다.[14]가친自殊[15]
로하야體重은점점무겁다.[16]

—《조선일보》, 1936. 10. 4.

---

11) '침몰(沈沒)' 대신 '침몰(沈歿)'이라고 글자를 바꾸어 '죽음'의 의미를 덧
붙였다.

12) 칼날을 펴려고 하는 급박한 심정이 절벽 끝에 도달했다.

13) 참고 견뎌 온 내적 고뇌와 갈등이 드디어 안에서 폭발하는 것을 '내출
혈'로 표현한다.

14) 겉으로 아무 일도 없는 것처럼 견디고 있으니 속에 가득 찬 고뇌와 울
분이 분출될 수 없다.

15) 자수. 자살. 겉으로 드러내지 못한 상태에서 스스로 자신의 목숨을 끊
는다는 뜻이다. 일종의 '정신적 자살 행위'로 볼 수 있다.

16) 내적인 고뇌와 갈등의 늪에 빠져들어 무기력한 상태에 놓이게 된다.

이 작품에서는 먼저 "침몰(沈歿)"이라는 한자 제목에 주목할 필요가 있다. 원래 '침몰(沈沒)'은 '물에 빠지다', 물속으로 가라앉다'라는 뜻으로 쓴다. 그런데 시인은 이 단어의 한자 가운데 '몰(沒)'이라는 글자를 음은 같지만 그 뜻이 전혀 다른 '몰(歿)' 자로 바꿔 놓았다. 그러므로 '물속으로 가라앉다'라는 의미가 '물에 빠져 죽다'라는 뜻으로 바뀌게 된 것이다. '죽음'의 의미를 제목에 덧붙이고 있는 셈이다.

이 작품에서는 시적 화자인 '나'의 내적 갈등을 '칼'이라는 상징물을 통해 형상화하고 있다. 여기에서 '칼'은 날이 접혀 펴지지 않는다. 닫혀 있는 '칼'은 아무 기능을 갖지 않는다. 이것은 마치 자신의 뜻을 굽히고 모든 일을 참고 견뎌야 하는 '나'의 상황과 그대로 대응한다. 그러므로 날이 닫혀 있는 '칼'은 그대로 '나'의 상징인 셈이다. 그러나 속으로 닫혀 있는 칼날이 몸안 어딘가에 상처를 내 버림으로써 '나'의 내적 고뇌는 안에서 폭발하고 만다. '나'는 절망의 늪에 빠져 헤어나지 못한다.

# 위독

## 절벽

꽃이보이지않는다.꽃이향기롭다.향기가만개한다.나는거기묘혈을판다.묘혈도보이지않는다.보이지않는묘혈속에나는들어앉는다.나는눕는다.또꽃이향기롭다.꽃은보이지않는다.향기가만개한다.나는잊어버리고재차거기묘혈을판다.묘혈은보이지않는다.보이지않는묘혈로나는꽃을깜빡잊어버리고들어간다.나는정말눕는다.아아.꽃이또향기롭다.보이지도않는꽃이 ─ 보이지도않는꽃이.

危篤
絶壁

꽃이보이지안는다.꽃이香기롭다.香氣가滿開한다.나는거기墓穴을판
다.墓穴도보이지안는다.보이지안는墓穴속에나는들어안는다.나는눕
는다.[17]또꽃이香기롭다.꽃은보이지안는다.香氣가滿開한다.나는이저
버리고再처[18]거기墓穴을판다.墓穴은보이지안는다.보이지안는墓穴로
나는꽃을깜빡이저버리고들어간다.나는정말눕는다.아아.꽃이또香기
롭다.보이지도안는꽃이 ─ 보이지도안는꽃이.

─《조선일보》, 1936. 10. 6.

---

17) 묘혈 안에 눕는 모습은 주검의 자세를 암시한다.
18) 재차. 다시 한번 더.

이 작품은 '나'의 죽음을 환상적으로 그리고 있다. '나'는 보이지도 않는 '꽃'의 향기를 맡고는 그 자리에 묘혈을 파고 들어간다. 스스로 자신을 구덩이로 밀어 넣는 셈이다. 이 형체를 알 수 없는 '꽃'의 향기를 어떻게 설명할 수 있을까?

이 시가 그려 내는 주검의 장면은 노르웨이의 화가 뭉크의 그림에 자주 등장한 모티프이다. 뭉크는 1896년 파리에서 당대 시인 보들레르를 만나 그의 시집 『악(惡)의 꽃』의 삽화를 의뢰받는다. 그러나 그가 그린 그림은 이 시집의 표지화로 채택되지 못한다. 뭉크가 『악의 꽃』을 위해 제작한 그림들은 지상의 삶과 지하의 죽음을 동시에 보여 주는 특이한 구도를 드러낸다. 꽃이 장식된 땅 위에서 짙은 사랑의 키스를 나누는 두 남녀가 서 있고, 땅속에는 썩어 가는 시체가 묻혀 있다. 이들 그림에 뭉크는 「썩어 가는 시체」라는 제목을 달았다. 이상이 뭉크의 그림에 대해 알고 있었는지를 따지는 것은 여기에서 중요한 문제가 아니다. '조선의 악의 꽃'을 꿈꾸었던 이상이 뭉크와 보들레르의 이야기를 몰랐을 리 없다.

시적 화자가 '보이지 않는 꽃'의 향기를 맡으며 자신이 파 놓은 묘혈에 들어가 눕는다는 것 자체가 죽음의 향기를 감지하는 시인 자신의 퇴영적 감성을 그대로 보여 준다.

# 위독
## 백화

내두루마기깃에달린정조뺏지를내어보였더니들어가도좋다고
그런다.들어가도좋다던여인이바로제게좀선명한정조가있으니
어떠냔다.나더러세상에서얼마짜리화폐노릇을하는세음이냐는
뜻이다.나는일부러다홍헝겊을흔들었더니요조하다던정조가성
을낸다.그러고는칠면조처럼쩔쩔맨다.

危篤

白畵[19]


내두루매기깃에달린貞操[20]빼지를내어보엿드니들어가도조타고그린
다.들어가도조타든女人이바로제게좀鮮明한貞操가잇느니어떠난다.나
더러世上에서얼마짜리貨幣[21]노릇을하는세음이냐는뜻이다.나는일
부러다홍헌겁을흔들엇드니窈窕하다든貞操가성을낸다.[22]그리고는
七面鳥처럼쩔쩔맨다.

—《조선일보》, 1936. 10. 6.

19) 백화. '하얀 그림(헛된 모습)'이라는 뜻으로 읽을 수 있다. 여러 선집에서
'백주(白晝)'라고 고쳐 놓고 있지만 이는 잘못이다.
20) 인간 윤리의 존귀한 가치를 상징하는 것으로 '정조(貞操)'를 내세운다.
21) 모든 것이 화폐의 가치로 환산되고 있는 세태를 꼬집고 있다.
22) '다홍헌겁'은 여성의 처녀성을 의미한다. 처녀 시절에는 머리를 땋아 내
리면서 다홍 댕기를 드리운다.

　이 시의 제목 '백화(白畵)'는 기존의 전집이나 선집에서 '백
주(白晝)'라고 적어 놓은 것들이 많다. 그러나 이 작품의 제목
은 발표 당시 '백화'로 표시되어 있다. 이 제목은 글자 그대로
'하얀 그림'을 뜻한다. '하얀 그림'이란 아무런 형상이 없는 것
을 의미한다. '헛된 것'일 수도 있다.

　이 작품은 특이한 어조로 시적 화자인 '나'의 이야기를 전
달한다. 이 이야기 속에는 현실에 만연되어 가는 물질주의에
대한 특유의 조소가 담겨 있다. 모든 진정한 가치가 사라지고
모든 것이 화폐로 계산되는 현실을 시인은 '정조'와 '돈'에 빗대
어 야유하고 있다.

# 위독

## 문벌

분총에계신백골까지가내게혈청의원가상환을강청하고있다. 천하에달이밝아서나는오들오들떨면서도처에서들킨다. 당신의인감이이미실효된지오랜줄은꿈에도생각하지않으시나요 —— 하고나는의젓이대꾸를해야겠는데나는이렇게싫은결산의함수를내몸에지닌내도장처럼쉽사리끌러버릴수가참없다.

危篤

門閥

墳塚[23]에게신白骨[24]까지가내게血淸의原價償還을强請하고잇다.[25]
天下에달이밝아서나는오들오들떨면서到處에서들킨다.[26]당신의印
鑑이이미失效된지오랜줄은꿈에도생각하지안으시나요[27] ── 하고나
는으젓이대꾸를해야겟는데나는이러케실은決算의函數를내몸에진인
내圖章처럼쉽사리끌러버릴수가참업다.[28]

──《조선일보》, 1936. 10. 6.

---

23) 분총. 묘지를 의미한다.
24) 무덤 속에 있는 조상을 말한다.
25) 태어나면서 조상으로부터 물려받은 피의 대가를 요구받고 있다는 말이
다. 조상에 대한 자손의 역할을 제대로 해야 한다는 책임감에서 벗어나지
못하는 상태임을 암시한다.
26) 자신의 태생을 숨길 수 없다.
27) 가문에 대한 책임이라든지 조상에 대한 자손의 역할 등으로부터 자유
롭게 벗어나고 싶은 심정을 표현한 말이다. 유효 기간이 지나 버린 '인감'이
라는 비유로 조상과 자손으로서의 관계가 청산되었음을 말하고 싶어 한다.
28) 조상에 대한 자신의 역할에서 벗어날 수 없다.

이 작품은 '나'라는 시적 화자를 통해 한 개인이 가문의 전
통과 그 굴레를 쉽사리 벗어나기 어렵다는 점을 이야기하도
록 하고 있다. "분총에계신백골"은 이미 세상을 떠난 선대의
조상들을 의미한다. 시인 이상 자신에게 국한시킨다면 가까이
는 세상을 떠난 백부에서부터 그 윗대의 조상이 모두 포함된
다. 이들이 '나'에게 요구하고 있는 것은 후손으로서 가계를 이
어 가야 할 의무이다. 이 작품에서 시적 화자는 결코 이 가족
의 테두리를 벗어날 수 없는 자신의 처지를 놓고 고뇌한다.

# 위독
## 위치

중요한위치에서한성격의심술이비극을연역하고있을즈음범위에는타인이없었던가.한주 —— 분에심은외국어의관목이막돌아서서나가버리려는동기요화물의방법이와있는의자가주저앉아서귀먹은체할때마침내가구두처럼고사이에낑기어들어섰으니나는내책임의맵시를어떻게해보여야하나.애화가주석됨을따라나는슬퍼할준비라도하노라면나는못견뎌모자를쓰고밖으로나가버렸는데웬사람하나가여기남아내분신제출할것을잊어버리고있다.

〔원문〕

危篤

位置

重要한位置에서한性格의심술이悲劇을演繹하고잇슬즈음範圍에는
他人이업섯든가.[29]한株 — 盆에심은外國語의灌木이막돌아서서나가
버리랴는動機오貨物의方法이와잇는椅子가주저안저서귀먹은체할때
[30]마츰내가句讀처럼고사이에낑기어들어섯스니나는내責任의맵씨를
어쩌케해보여야하나.[31]哀話가註釋됨[32]을따라나는슬퍼할準備라도
하노라면나는못견데帽子를쓰고박그로나가버렷는데[33]원사람하나가
여기남아내分身提出할것을이저버리고잇다.[34]

—《조선일보》, 1936. 10. 8.

---

29) 이 대목은 어떤 인물이 자신이 처해 있는 비극적인 이야기를 혼자서 생
각하고 있음을 암시한다.
30) 이 대목에는 주변에는 아무도 없고 다만 화분에 심긴 '관목'과 '의자' 하
나가 있을 뿐이다. 막 돌아서려는 자리에 교목을 심은 화분이 놓여 있고, 의
자가 화물처럼 있을 뿐이다.
31) '나'는 혼자서 자신의 태도를 어떻게 가져야 할지 고민한다.
32) '나'는 머릿속에 떠오르는 슬픈 이야기에 자꾸만 새로운 설명을 덧붙인
다. 생각이 꼬리를 물고 이어진다.
33) '나'는 스스로 그런 분위기를 견디다 못해 모자를 쓰고 밖으로 나온다.
이 대목에 등장하는 '나'는 정신적인 '나'에 해당한다. '나'는 '나'의 육체를
벗어나 '나'의 모습을 보고 있는 셈이다. 육체와 정신의 이탈 상태를 환상적
으로 그려 낸 대목이다.
34) 육체적인 '나'는 여전히 그 자리에 쭈그리고 앉아 고심에 빠져 있다.

〔해설〕

이 작품에서는 '나'라는 시적 화자가 처한 특이한 상황과 그 상황 속에서의 자신의 위치를 비문법적으로 진술하고 있다. 이 특이한 진술법은 시적 언어의 통사적 결합 과정에서 볼 수 있는 비문법성을 통해 시적 의미의 맥락을 혼동시키면서 환상 속으로 이야기를 이끌어 간다. 모두 세 개의 문장으로 구성되어 있는 시적 텍스트에서 특히 문제가 되는 것은 다음의 둘째 문장이다. "한주 ── 분에심은외국어의관목이막돌아서서나가버리려는동기요화물의방법이와있는의자가주저앉아서귀먹은체할때마침내가구두처럼고사이에낑기어들어섰으니나는내책임의맵씨를어떻게해보여야하나." 이 같은 문장의 특이한 진술법은 시적 언어의 통사적 결합 과정에서 볼 수 있는 비문법성을 통해 의미의 맥락을 혼동시키면서 환상 속으로 이야기를 이끌어 간다. '나'의 입장과 처지가 이러지도 저러지도 못하게 되었음을 암시하는 대목으로 짐작되지만, 이 자리를 벗어나기는 어렵다는 것이 화자의 판단이다.

# 위독
## 매춘

　기억을맡아보는기관이염천아래생선처럼상해들어가기시작
이다.조삼모사의사이편작용.감정의망쇄.

　나를넘어뜨릴피로는오는족족피해야겠지만이런때는대담하
게나서서혼자서도넉넉히자웅보다별것이어야겠다.

　탈신.신발을벗어버린발이허천에서실족한다.

〔원문〕

危篤

買春


記憶을마타보는器官[35]이炎天아래생선처럼傷해들어가기始作이
다.[36]朝三暮四의싸이폰作用.[37]感情의忙殺.[38]

나를너머트릴疲勞[39]는오는족족避해야겟지만이런때는大膽하게
나서서혼자서도넉넉히雌雄[40]보다別것이여야겟다.[41]

脫身.[42]신발을벗어버린발이虛天에서失足한다.[43]

—《조선일보》, 1936. 10. 8.

---

35) '머리' 또는 '두뇌'를 말한다.
36) 점점 기억력이 감퇴되는 것을 생선이 상하는 것에 비유한다.
37) '조삼모사'는 중국의 고사성어이지만 여기에서는 어떤 사실을 제대로 알
지 못하고 균형을 잃거나 기준이 무너진 상태를 말한다. '사이펀(siphon)'은
압력을 이용해 높낮이가 다른 두 곳의 물을 이동시키는 관이다. "조삼모사
의사이펀작용"이란 사고와 감정이 일정치 않고 균형이 깨진 상태를 말한다.
38) '감정의망쇄'는 정서의 불안 상태를 의미한다.
39) 몸을 가누기 어려울 정도로 피로가 심한 상태를 말한다.
40) 암컷과 수컷. 여기에서는 '당당하게 맞서다'라는 뜻으로 이해할 수 있다.
41) 피로가 덮쳐 올 때 피하는 것이 좋겠지만 오히려 대담하게 거기에 맞선
다(자웅)보다 그것을 이겨야 한다(별것)는 뜻을 가진다.
42) 탈신. 여기에서는 '생각과는 관계없이 몸이 빠져나가다' 즉 '정신으로부
터 육체가 빠져나가다'라는 의미로 읽어야 한다. '정신이 아찔하여 몸의 균
형을 잡지 못하는 상태'로 풀이할 수 있다.
43) 마치 텅 빈 하늘(허천)을 디딘 것처럼 발을 헛디뎌 넘어진다.

이 작품의 제목은 '매춘(賣春)'이라는 단어에서 '매(賣, 팔
다)'를 '매(買, 사다)'로 바꿔 놓아 '매춘(買春)'이라는 새로운 의
미의 말을 만든 것이 특이하다. 언뜻 보기에 '매춘(賣春)'으로
읽힐 가능성이 있어서 기존의 여러 선집이 이를 잘못 풀이한
경우가 많다. 이 새로운 단어는 '젊음을 사 오다'라는 의미로
읽을 수 있다. 실제로 이 작품은 기억력이 쇠퇴하고 정서가 불
안정한 상태(정신적인 노화)와 밀려오는 피로(육체적인 노화)로
인해 정신을 잃고 쓰러진 것을 그리고 있다. 병약의 상태에서
건강과 젊음에 대한 갈망이 내면화한 것이라고 하겠다.

이 시에서 "기억을맡아보는기관"은 사람의 머리 또는 두뇌
를 말한다. 점차 기억력이 감퇴하는 것을 생선이 상하는 것에
비유하여 표현하고 있다. 둘째 문장은 "조삼모사의사이편작
용"이라는 명사구로 이루어져 있다. '조삼모사(朝三暮四)'는 중
국의 고사에서 온 말이지만, 여기에서는 어떤 사실을 제대로
알지 못하고 균형을 잃거나 기준이 무너져 아침저녁으로 이랬
다저랬다 하는 상태를 말한다. 셋째 문장의 경우도 "감정의망
쇄"라는 명사구로 표현되어 있는데, 시적 주체의 정서적 불안
상태를 암시한다. 넷째 문장은 길이가 길고 구조가 복잡하다.
"나를넘어뜨릴피로는오는족족피해야겠지만"이라는 전반부는
해석에 문제가 될 것이 없다. 그러나 "이런때는대담하게나서서

혼자서도넉넉히자웅보다별것이어야겠다."라는 표현이 문제이
다. 특히 "자웅보다별것이어야겠다."라는 서술부는 비문법적인
데다 모호성을 지닌다. 일반적으로 '자웅'은 암컷과 수컷을 의
미한다. 비유적으로 '강약, 우열 등을 겨루다'라는 뜻으로 쓰
이기도 한다. 여기에서는 후자의 경우를 택하여 '당당하게 맞
서서 겨루다'라는 뜻으로 이해할 수 있다. "별것이어야겠다."
라는 말은 '~보다는 다른 것(다른 방식)이어야 한다'라고 읽을
수 있다. 이렇게 놓고 본다면 넷째 문장은 '피로가 덮쳐 올 때
그걸 피하는 것이 좋겠지만, 오히려 당당하게 맞서서 겨루기보
다 그것을 이겨 내야 한다'(별것)는 뜻으로 읽힌다.

이 시의 후반부는 "탈신.신발을벗어버린발이허천에서실족
한다."라는 두 구절로 이루어져 있다. '탈신'이라는 말은 '상관
하던 일에서 몸을 빼다' 또는 '위험에서 벗어나다'라는 뜻으로
쓰인다. 그러나 여기에서는 이 일반적 의미가 그대로 적용되기
어렵다. 글자 그대로의 뜻에 따라 '몸이 빠져나가다', 즉 '정신
으로부터 육체가 빠져나가다'라는 의미로 읽어야 한다. '정신
이 아찔하여 몸의 균형을 제대로 잡지 못하는 상태'를 암시한
다. 뒤에 이어지는 구절은 '마치 텅 빈 하늘[虛天]을 디딘 것처
럼 발을 헛디뎌 넘어지다'라고 풀이할 수 있다.

이 시의 텍스트는 정신세계의 내면을 보여 주는 전반부와
외부적인 육체를 묘사하는 후반부로 구분된다. 전반부에서는
시적 주체가 기억력도 없어지고 정신이 몽롱해지면서 정서가
불안정한 상태에 놓여 있음을 비유적으로 표현한다. 정신적
피폐 현상에 빠져 있는 주체의 내면 의식을 드러내고 있다. 후

반부는 몰려오는 피로를 이겨 내지 못하는 병약한 육체를 그려 낸다. 피로를 물리치지 못한 채 정신을 잃고 쓰러지는 장면이 하나의 짧막한 문장으로 묘사되어 있다. 결국 이 시는 정신적 피폐 현상을 겪으면서 육체적인 병약의 상태에서 벗어나지 못하는 시적 주체의 자기 표백에 해당한다.

# 위독
## 생애

내두통위에신부의장갑이정초되면서내려앉는다.써늘한무게때문에내두통이비켜설기력도없다.나는견디면서여왕봉처럼수동적인맵시를꾸며보인다.나는이왕이주춧돌밑에서평생이원한이거니와신부의생애를침식하는내음삼한손찌거미를불개아미와함께잊어버리지는않는다.그래서신부는그날그날까무러치거나웅봉처럼죽고죽고한다.두통은영원히비켜서는수가없다.

危篤

生涯

내頭痛우에新婦의장갑[44]이定礎[45]되면서나려안는다.써늘한무게때문에내頭痛이비켜슬氣力도업다.[46]나는견디면서女王蜂처럼受動的인맵시를꾸며보인다.[47]나는已往이주추돌미테서平生이怨恨이거니와[48]新婦의生涯를浸蝕하는내陰森한손찌거미를불개아미와함께이저버리지는안는다.[49]그래서新婦는그날그날까므라치거나雄蜂처럼죽고죽고한다.[50]頭痛은永遠히비켜스는수가업다.

―《조선일보》, 1936. 10. 8.

---

44) '나의 두통'과 '신부의 장갑'이 서로 대응한다. '신부의 장갑'은 부드러운 '신부의 손길'이 아니라 '써늘한 무게'로만 감지된다. 신부의 손길은 '장갑'으로 위장되어 있다.
45) 정초. 사물의 기초를 잡아 정하다. 주춧돌을 놓다. 또는 그 돌. 머릿돌.
46) 두통이 가시지 않다.
47) '나'와 '신부'의 역할이 서로 뒤바뀌어 나타난다.
48) '신부의 장갑'(주춧돌) 아래 살아갈 수밖에 없는 것이 한이 된다.
49) 신부의 삶도 나의 '손찌거미'(손으로 때리는 짓)와 '불개아미'(육체적인 탕진)로 인해 점차 가라앉는다.
50) 고통 속에 시달리는 신부의 삶을 묘사한다.

　이 작품에서는 시적 화자인 '나'와 '신부'의 관계를 '여왕봉'
과 '웅봉'의 관계로 도치해 제시한다. 다시 말하면 '나'를 여왕
봉으로 설명하고 아내는 '웅봉'으로 묘사한다. '나'와 '신부'의
역할을 뒤바꾸어 놓고 있는 셈이다. 이러한 역할의 전도 자체
가 두 사람의 관계에 내재되어 있는 문제성을 말해 준다고 할
수 있다. 이 작품에 사용되고 있는 시어들이 대체로 부정적
의미를 드러내는 '두통', '원한', '죽다'와 같은 단어를 주축으로
하고 있다는 것 자체가 삶에 대한 부정적 태도를 암시하는 것
이라고 할 수 있다. '나'와 '신부' 사이의 불화와 불신과 갈등이
'두통'이라는 말 속에 함축되어 있다.

# 위독
## 내부

입안에짠맛이돈다.혈관으로임리한묵흔이몰려들어왔나보다.참
회로벗어놓은내구긴피부는백지로도로오고붓지나간자리에피
가롱져맺혔다.방대한묵흔의분류는온갖합음이리니분간할길이
없고다물은입안에그득찬서언이캄캄하다.생각하는무력이이윽
고입을뻐겨젖히지못하니심판받으려야진술할길이없고익애에잠
기면버언져멸형하여버린전고만이죄업이되어이생리속에영원히
기절하려나보다.

危篤

內部


입안에짠맛이돈다.血管으로淋漓[51]한墨痕이몰려들어왔나보다.[52]懺悔로벗어노은내구긴皮膚는白紙로도로오고[53]붓지나간자리에피가롱져[54]매첫다.[55]尨大한墨痕의奔流는온갓合音이리니分揀할길이업고[56]다므른입안에그득찬序言이캄캄하다.생각하는無力이이윽고입을삐져제치지못하니[57]審判바드려야陳述할길이업고[58]溺愛에잠기면버언저滅形하야버린典故만이罪業이되어[59]이生理속에永遠히氣絶하려나보다.[60]

—《조선일보》, 1936. 10. 9.

---

51) 신문 연재 당시 활자가 복자(覆字)되어 'ㅁ'로 표시된 것을 바로잡았다.

52) 객혈의 기미가 나타나 보인다. 맛(짜다)과 빛(묵흔)을 통해 그 고통이 시각화된다.

53) 찌들어 있는 피부가 창백해지다.

54) 롱지다. 멍울처럼 맺히다. 긴장하거나 힘을 줄 때 혈관이 살갗에 불쑥 드러나 보이는 것을 말한다.

55) 가느다랗게 드러나는 혈관이 겉으로 드러나 보인다.

56) 객혈의 순간을 마치 자신의 내부에서 하고 싶었던 말들이 한꺼번에 쏟아져 나온 것으로 생각하여 시각적, 청각적으로 그려 낸다.

57) 속에서 입을 통해 쏟아져 나오는 피를 참고 견디지 못하고 토하다.

58) 무어라 말을 하기조차 힘들다.

59) 쏟아 낸 피가 번져 나가니 모든 언어 문자가 그 속에 번져 자취를 잃었다.

60) 피를 토하고 기절해 버리다.

〔해설〕

이 작품은 시적 화자인 '나'의 육체적 병고를 소재로 하여 정신적 절망의 상태를 노래한다. 폐결핵으로 인해 생기는 객혈의 고통을 자신의 내부에서 갈망하고 있는 숱한 언어가 한꺼번에 쏟아져 나오는 것에 비유해 서술함으로써 육체적 고통과 정신적 고뇌가 함께 드러난다.

이 시는 프로이트적 개념으로서의 '죽음 충동' 혹은 '타나토스'라고 말할 수 있는 특이한 의식과 감정 상태를 보여 준다. 시적 화자가 자신에게 다가오고 있는 죽음에 대응하는 방식은 병으로 인한 죽음 자체에 대한 두려움에서부터 출발한다. 이 두려움은 여러 가지 심리적 실체와 연관되면서 시적 화자의 내면 의식을 조직하는 주된 원리가 되고 있다. 죽음은 삶에 대한 궁극적인 상실을 의미한다. 그러므로 죽음에 대한 두려움 자체가 삶에 대한 애착도 저버리게 만든다. 이러한 충동은 자신을 삶의 영역으로부터 몰아내면서 죽음에도 상처받지 않을 정도로 스스로 자기 감정을 소진시켜 버린다. 이러한 정신적, 육체적 자기 파괴 행위가 스스로 경험적 삶의 영역으로부터 자신을 격리시키고자 하는 욕망으로 이어지면서 이상은 죽음의 길로 들어선다.

# 위독

## 육친

크리스트에혹사한남루한사나이가있으니이이는그의종생과운
명까지도내게떠맡기려는사나운마음씨다.내시시각각에늘어서
서한시대나눌변인트집으로나를위협한다.은애 — 나의착실한
경영이늘새파랗게질린다.나는이육중한크리스트의별신을암살
하지않고는내문벌과내음모를약탈당할까참걱정이다.그러나내
신선한도망이그끈적끈적한청각을벗어버릴수가없다.

危篤

肉親


크리스트에酷似[61]한襤褸한사나이가잇스니[62]이이는그의終生과殞
命까지도내게떠맛기랴는사나운마음씨다.[63]내時時刻刻에[64]늘어서
서한時代나訥辯인트집[65]으로나를威脅한다.恩愛[66] — 나의着實한
經營이늘새파랏게질린다.[67]나는이육중한크리스트의別身을暗殺하
지안코는[68]내門閥[69]과내陰謀[70]를掠奪당할까참걱정이다.그러나내
新鮮한逃亡[71]이그끈적끈적한聽覺[72]을벗어버릴수가업다.

—《조선일보》, 1936. 10. 9.

---

61) 혹사. 매우 닮다.
62) '사나이'는 '나'의 '아버지'에 해당하는 것으로 본다. 겉으로 드러나는 모
습은 비록 남루하지만 지상의 인간들을 위해 희생한 '크리스트'와 가족을
위해 희생한 사나이를 동격으로 치부한다.
63) 그 '사나이'가 목숨을 다할 때까지 떠맡아야 할 상황임을 암시한다.
64) 잠시도 쉬지 않고 언제나.
65) '이미 한 시대나 뒤떨어진 낡아 빠진 사고방식과 참견'으로 풀이된다.
66) 은애. 부모와 자식, 부부 등 친족 간의 애정을 말한다.
67) 부모 자식 간의 사랑 때문에 '나'는 아버지의 말씀에 따를 수밖에 없다
는 사실에 스스로 당황한다.
68) '크리스트의 별신'은 '남루한 사나이'이며 결국은 아버지에 해당한다. 아
버지의 요구로부터 벗어나기 위해서는 그 요구를 묵살하는 수밖에 없다.
69) '나' 자신이 '나'를 위해 쌓아 올리고자 하는 삶이다.
70) '나'만이 계획하고 있는 삶에 대한 설계를 의미한다.
71) 모든 것을 물리치고 나의 길로 나아가는 것을 말한다.
72) 귓가에 맴돌고 있는 목소리를 벗어날 수 없다.

〔해설〕

이 작품은 시적 화자인 '나'의 '육친'에 대한 은애의 정을 역
설적으로 그려 내고 있다. 이 작품에는 '나'와 '나'를 억압하는
'사나이'가 등장한다. 그리고 이 두 사람의 관계를 설명하는 말
들이 '위협하다', '질리다', '암살하다', '약탈당하다'와 같은 격렬
한 의미의 단어로 서술된다. 하지만 이것은 반어적 표현에 불
과하다. 이 작품에 등장하는 '은애'라는 말이 이 격렬한 표현
들을 무색하게 하기 때문이다. 가족을 위해 희생한 육친의 존
재를 결코 거역할 수 없다는 것이 이 작품의 참주제이다. 실제
로 이상 자신은 가족과 가정으로부터 도피하려 한 것이 아니
라 가족을 제대로 돌보지 못하고 있음을 늘 후회한다. 이상이
여동생에게 쓴 편지 「동생 옥희 보아라」(《중앙》, 1936. 9)를 통해
이를 쉽게 확인할 수 있다.

# 위독

## 자상

여기는어느나라의데스마스크다.데스마스크는도적맞았다는소문도있다.풀이극북에서파과하지않던이수염은절망을알아차리고생식하지않는다.천고로창천이허방빠져있는함정에유언이석비처럼은근히침몰되어있다.그러면이곁을생소한손짓발짓의신호가지나가면서무사히스스로워한다.점잖던내용이이래저래구기기시작이다.

危篤

自像

여기는어느나라의떼드마스크[73]다.떼드마스크는盜賊마젓다는소문
도잇다.[74]풀이極北에서破瓜하지안튼이수염은[75]絶望을알아차리고
生殖하지안는다.[76]千古로蒼天이허방빠저있는陷穽에遺言이石碑처
럼은근히沈沒되어잇다.[77]그러면이겨틀生疎한손짓발짓의信號가지나
가면서[78]無事히스스로워한다.[79]점잔튼內容[80]이이래저래구기기시
작이다.[81]

——《조선일보》, 1936. 10. 9.

---

73) 사람이 죽은 직후 그 얼굴을 본떠 만든 탈. 이 글에서는 자신의 얼굴 모
습을 보고 그것을 '죽은 얼굴'이라고 말하고 있는 것으로 생각된다.
74) 반어적 표현. 데스마스크를 도적맞았다고 한다면 실제로는 데스마스크
가 존재하지 않는 것이므로 살아 있는 모습일 수밖에 없다.
75) 이 대목은 매우 재미 있는 '글자놀이'를 보여 준다. '풀'은 그대로 '수염'
의 비유적 표현이다. '극북'은 '수염의 끝'을 말한다.
76) 수염이 더 나지도 자라지도 않는다.
77) 이 대목은 수염이 나 있는 그 한가운데에 쑥 들어가 있는 '입'을 묘사한
것으로 보인다. "창천이허방빠져있는함정"은 '입'을 말한다.
78) 수염을 쓰다듬는 동작을 묘사한 대목이다. 대개 수염을 아래로 쓸어내
리기도 하고 옆으로 쓸어 올리기도 한다.
79) 수염을 쓰다듬는 동작 자체에서 드러나는 느낌을 표현한 대목이다. '스
스럽다'는 '수줍고 부끄러운 느낌이 있다'라는 뜻을 지닌다.
80) "점잖던내용"이란 수염이 권위와 위엄의 상징임을 암시한다.
81) 화자의 수염은 근엄해 보이지도 않고 위엄스럽게 보이지도 않음을 말한
대목이다.

이 작품에서 먼저 주목해야 할 것은 '자상'이라는 제목이
다. 이상이 화가를 꿈꾸며 그렸던 그림 가운데 「자상」이라는
표제의 자화상이 남아 있기 때문이다. 자신의 붓끝으로 자기
얼굴을 그리는 자화상이라는 특별한 형식의 그림은 그리 단
순하게 이루어지는 것은 아니다. 자신의 얼굴은 자기 눈으로
직접 들여다볼 수가 없다. 거울을 통해 비춰진 영상을 통해서
만 간접적으로 인지할 뿐이다. 거울 속의 얼굴 모습은 사실적
형상의 입체성을 제대로 드러내지 못한다. 거울은 모든 것을
평면적 영상으로 재현하기 때문에 거울을 통해 보이는 코의
높이도 눈의 깊이도 제대로 가늠하기 어렵다. 그러나 사람들
은 누구나 거울을 보면서 자기 얼굴 모습에 관심을 기울이고
거기에 집착한다. 물론 다른 사람의 얼굴을 바로 눈앞에 대놓
고 보듯이 그렇게 생생하게 거울을 통해 자기 얼굴 모습을 알
아볼 수는 없다.

자기 얼굴을 그리는 작업은 초상화의 사실주의와는 상당한
거리가 있다. 자기가 특히 관심을 기울이고 있는 부분이 더욱
강조되고 관심을 두지 않고 있는 부분은 소홀하게 취급되기
일쑤이다. 그러므로 자화상은 자기 집착을 드러내는 욕망의
기표로도 읽힌다. 이상의 유화 「자상」은 1931년 제10회 조선
미술전람회 입선작이다. 이상은 전문 미술 교육을 받지 못했지

만 조선미술전람회 입선을 통해 미술 능력을 어느 정도 스스로 입증할 수 있게 되었다. 이 그림은 『제10회 조선미술전람회 도록』(조선사진통신사, 1931) 속에 작은 사진으로만 남아 있다.

시적 텍스트의 첫 문장은 "여기는어느나라의데스마스크다."라고 진술되어 있다. 시적 화자는 자신의 얼굴을 데스마스크에 비유함으로써 얼굴을 통해 표현되는 생의 이미지를 제거한다. 표정이 없는 얼굴은 살아 있는 느낌을 주지 못한다. '데스마스크'라는 말은 생기를 잃고 있는 무표정한 자기 모습에 대한 자조적인 느낌을 그대로 드러낸다. 하지만 "데스마스크는도적맞았다는소문도있다."라는 둘째 문장의 진술을 통해 첫 문장의 내용을 반어적으로 돌려 버린다. 아직은 죽지 않고 살아 있는 얼굴임을 말하기 위해 데스마스크를 도적맞았다고 언급하게 된 것으로 보인다.

이 시에서 얼굴의 표정을 묘사하면서 관심을 집중하고 있는 부분은 바로 귀밑과 입언저리에 돋아난 '수염'이다. 수염은 많아도 문제이고 적어도 문제인데 늘 자라나는 것이기 때문에 이를 손질하여 모양을 낸다. 그러나 이 시에 그려진 얼굴의 수염은 "생식하지않는다". 새로 더 돋아나지 않는다는 말이다. '풀'은 그대로 '수염'의 비유적 표현에 해당한다. 풀이 땅에 뿌리를 내리고 돋아 나와 자라는 것처럼 수염도 피부에 뿌리를 박고 자라나기 때문이다.

시적 텍스트의 세 번째 문장에서 "풀이극북에서파과하지않던이수염"이라는 구절은 수염의 모양을 비유적으로 설명한다. '극북'은 '수염의 끝' 부분을 말한다. 뒤에 이어지는 '파과(破瓜)

하지 않는다'라는 말의 뜻에 유의할 필요가 있다. '파과(破瓜)' 는 '파과지년(破瓜之年)'의 준말이다. '과(瓜)' 자를 파자하면, 형태가 '팔(八)'과 '팔(八)'로 나뉜다. 그러므로 '파과지년'은 '과(瓜)' 자를 파자하여 생기는 두 개의 '팔(八)' 자를 합친 나이 또는 곱한 나이를 의미한다. 여자를 두고 말할 경우에는 '16세' 의 젊은 여자 또는 생리를 시작하는 여자의 나이를 지칭하는 말로 쓰이기도 하고, 남자의 경우는 '64세'의 나이를 뜻하기 도 한다. 하지만 이 시에서 '파과'라는 말은 관용적으로 쓰이 는 '16'이나 '64'라는 숫자의 의미와는 거리가 멀다. '파과'라는 말이 지시하고 있는 그대로 '과(瓜)' 자를 파자하여 생기는 '팔 (八)'이라는 글자의 형태 자체를 시각적 기호로 제시하고 있기 때문이다. 그러므로 '파과하지 않다'라는 말은 달리 해석될 여 지가 없다. '수염의 꼬리가 팔(八) 자의 모양을 이루지 못한다.' 라는 뜻으로 자연스럽게 읽히기 때문이다.

시적 화자는 근사한 '팔(八)' 자 모양으로 갈라져 자라지 않 고 덥수룩하기만 한 수염에 대해 스스럽다. 자신의 수염에서 어떤 위엄도 발견하지 못하며, 그저 점잖지 못한 인상에 불만 을 털어놓고 있을 뿐이다. 이 시의 다섯째 문장은 덥수룩한 수 염에 둘러싸여 있는 입의 모양을 암시한다. "천고로창천이허 방빠져있는함정"은 바로 움푹 들어간 입을 말한다. 그리고 "유 언이석비처럼은근히침몰되어있다."는 것은 말을 하지 않고 입 를 다물고 있는 모양을 그려 놓은 것으로 볼 수 있다. 이 시의 마지막 구절은 입언저리의 수염을 손으로 쓰다듬어 보아도 도 무지 위엄스러운 기품이나 점잖은 모습을 찾을 수 없는 자기 모습을 바라보는 망연한 화자의 심경을 드러낸다.

이 작품은 언어로 그려 낸 자화상에 해당한다. 시인이 그려 내고 있는 그대로 자신의 얼굴 모습을 시적 대상으로 삼고 있다. 이상의 시에서 흔히 볼 수 있는 특이한 자기 탐구의 방식은 대체로 자기 부정의 의미를 드러낸다. 이러한 경향은 특이한 성장 과정이라든지 폐결핵으로 인한 고통스러운 투병 생활 등에서 영향받은 것으로 짐작할 수 있다. 때로는 병적인 자기 몰입으로 나타나기도 하고 자기혐오의 방식을 보여 주기도 하는 이유가 여기 있는 것이 아닌가 생각된다. 이 작품은 이상의 일본어 시 「ひげ(수염)」(《조선과건축》, 1931. 7)과 텍스트상 연관성을 가진다.

# I WED A TOY BRIDE

## 1 밤

장난감신부 살결에서 이따금 우유내음새가 나기도한다. 머(ㄹ)지아니하여 아기를낳으려나보다. 촛불을끄고 나는 장난감신부귀에다대이고 꾸지람처럼 속삭여본다.

"그대는 꼭 갓난아기와 같다."고……

장난감신부는 어둔데도 성을내이고대답한다.

"목장까지 산보갔다왔답니다."

장난감신부는 낮에 색색이풍경을암송해가지고온것인지도모른다. 내수첩처럼 내가슴안에서 따근따근하다. 이렇게 영양분내를 코로맡기만하니까 나는 자꾸 수척해간다.

## 2 밤

장난감신부에게 내가 바늘을주면 장난감신부는 아무것이나 막 찌른다. 일력. 시집. 시계. 또내몸 내 경험이들어앉아있음직한곳.

이것은 장난감신부마음속에 가시가 돋아있는증거다. 즉 장미꽃 처럼……

내 거벼운무장에서 피가좀난다. 나는 이 생채기를고치기위하여 날만어두면 어둠속에서 싱싱한밀감을먹는다. 몸에 반지밖에가지지않은장난감신부는 어둠을 커튼열듯하면서 나를찾는다. 얼른 나는 들킨다. 반지가살에닿는것을 나는 바늘로잘못알고 아파한다.

촛불을켜고 장난감신부가 밀감을찾는다.

나는 아파하지않고 모른체한다.

# I WED A TOY BRIDE

## 1 밤[1]

작난감新婦[2]살결에서 이따금 牛乳내음새가 나기도한다. 머(ㄹ)지아
니하야 아기를낳으려나보다. 燭불을끄고 나는 작난감新婦귀에다대
이고 꾸즈람처럼 속삭여본다.

「그대는 꼭 갓난아기와 같다」고…………

작난감新婦는 어둔데도 성을내이고대답한다.

「牧場까지 散步갔다왔답니다」

작난감新婦는 낮에 色色이風景을暗誦해갖이고온것인지도모른다.
내手帖처럼 내가슴안에서 따근따근하다. 이렇게 營養分내를 코로

---

1) 이 대목은 이상의 소설 「동해(童骸)」에서 다음과 같이 서술된 부분과 그
대로 일치한다. 소설이라는 서사 텍스트의 시적 변용 또는 시적 패러디의
방식을 확인해 볼 수 있는 중요한 근거가 된다.
"나는 오랜동안을 혼자서 덜덜떨었다. 姙이가 도라오니까 몸에서 牛乳내가
난다. 나는徐徐히 내活力을 整理하야 가면서 姙이에게 注意한다. 똑 간난
애기같아서 썩 좋다./「牧場꺼지 갔다왔지요」/「그래서?」/ 카스텔라와 山羊
乳를 책보에 싸 가지고왔다. 집시族 아침 같다./ 그리고나서도 나는 내 本能
以外의것을 지꺼리지 않았나보다./「어이, 목말라죽겠네.」,/ 대개 이렇다."
2) "작난감신부"라는 말에서 볼 수 있는 '작난감'은 외형상으로는 '작다, 예
쁘다, 귀엽다' 등의 의미를 가진다. 또한 기능 면에서 '가지고 놀다, 진짜가
아니다, 놀다가 싫증이 나서 버리다' 등의 의미도 가진다. 여기에서는 이러
한 의미가 복합적으로 작용하고 있다.

맡기만하니까 나는 작구 瘦瘠해간다.

## 2 밤

작난감新婦에게 내가 바늘을주면 작난감新婦는 아모것이나 막 쩔른다.[3] 日曆. 詩集. 時計.[4] 또내몸 내 經驗이들어앉어있음즉한곳.[5] 이것은 작난감新婦마음속에 가시가 돋아있는證據다. 즉 薔薇꽃 처럼…………

내 거벼운武裝에서 피가좀난다.[6] 나는 이 傷차기를곻이기위하야 날만어두면 어둔속에서 싱싱한密柑을먹는다. 몸에 반지밖에갖이지않은[7]작난감新婦는 어둠을 커-틴열듯하면서 나를찾는다. 얼른 나는 들킨다. 반지가살에닿는것을 나는 바늘로잘못알고 아파한다.[8] 燭불을켜고 작난감新婦가 蜜柑을찾는다.[9]

나는 아파하지않고 모른체한다.

—《삼사문학》, 1936. 10.

---

3) '나'에 대한 참견과 재촉을 암시한다.
4) 일상적인 규범의 핵심을 이루는 날짜와 시간의 감각을 회복할 것, 시 쓰기를 계속하여 시집을 낼 수 있도록 할 것 등을 '나'에게 주문한 것이다.
5) '나'의 과거 생활에 대한 추궁을 의미한다.
6) "작난감신부"의 추궁에 마음의 상처를 받게 된 점을 암시한다.
7) '반지'는 사랑과 결혼에 의한 속박 또는 의무를 상징한다.
8) "작난감신부"의 '나'에 대한 추궁이 '바늘(압박, 고통)'이 아니라 '반지(사랑, 결혼, 의무)'에 의한 것임을 깨닫게 됨을 암시한다.
9) 육체적인 위무 또는 섹스를 암시한다.

　이 시는 이상의 시 가운데 생전 발표한 마지막 작품에 해당한다. 제목은 '나는 장난감 신부와 결혼한다.'라는 뜻으로 풀이된다. 작품의 텍스트가 크게 둘로 나뉘어 '1 밤', '2 밤'으로 구분되어 있다. 시적 화자인 '나'는 상대 역에 해당하는 "장난감신부"를 맞아 아늑하고도 따스한 일상을 회복한다. '1 밤'의 경우 "장난감신부" 앞에서 '나'는 일종의 유아적 본능을 감추지 못하고 그녀를 탐닉한다. "내수첩처럼 내가슴안에서 따근따근하다."와 같은 표현에서처럼 사랑의 감정이 넘쳐흐르고 있음을 볼 수 있다. '2 밤'의 경우는 "장난감신부"가 '나'를 채근하고 일상의 품으로 돌아와 다시 시작 활동을 할 것을 재촉한다. '일력, 시집, 시계'를 열거한 것은 이러한 뜻으로 풀이된다. 그녀는 '나'의 과거를 들춰내 따지기도 한다. '나'는 가끔 이로 인해 상처를 받지만 육체적인 위무로 이를 보상받는다.

　문학 동인지 《삼사문학》에 수록된 이 작품은 이상이 생전에 발표한 마지막 소설 작품인 「동해」(《조광》, 1937. 2)와 의미상 연결되어 있다. 두 작품이 발표된 시기의 선후 관계를 놓고 본다면 이 시가 소설보다 앞선다.

# 파첩

## 1

우아한여적이 내뒤를밟는다고 상상하라

내문 빗장을 내가지르는소리는내심두의동결하는녹음이거
나 그'겹'이거나……

── 무정하구나 ──

등불이 침침하니까 여적 유백의나체가 참 매력있는오예 ── 가
아니면건정이다

## 2

시가전이끝난도시보도에'마'가어지럽다. 당도의명을받들고
월광이 이'마'어지러운위에 먹을즐느니라

(색이여 보호색이거라) 나는 이런일을흉내내어 껄껄 껄

## 3

인민이 픽죽은모양인데거의망해를남기지않았다 처참한포
화가 은근히 습기를부른다 그런다음에는세상것이발아치않는
다 그러고야음이야음에계속된다

후는 드디어 깊은수면에빠졌다 공기는유백으로화장되고
나는?

　사람의시체를밟고집으로돌아오는길에 피부면에털이솟았다
멀리 내뒤에서 내독서소리가들려왔다


                    4


　이 수도의폐허에 왜체신이있나
　응? (조용합시다 할머니의하문입니다)


                    5


　시트위에 내희박한윤곽이찍혔다 이런두개골에는해부도가
참가하지않는다
　내정면은가을이다 단풍근방에투명한홍수가침전한다
　수면뒤에는손가락끝이농황의소변으로 차갑더니 기어 방울
이져서떨어졌다


                    6


　건너다보이는이층에서대륙계집들창을닫아버린다 닫기전에
침을배앝았다
　마치 내게사격하듯이…….
　실내에전개될생각하고 나는질투한다 상기한사지를벽에기


258

대어 그 침을 들여다보면 음란한외국어가하고많은세균처럼
꿈틀거린다
  나는 홀로 규방에병신을기른다 병신은가끔질식하고 혈순이
여기저기서망설거린다


7


  단추를감춘다남보는데서'사인'을 하지 말고……어디 어디
암살이 부엉이처럼 드새는지 — 누구든지 모른다


8


……보도 '마이크로폰'은 마지막 발전을 마쳤다


  야음을발굴하는월광 —
  사체는 잃어버린체온보다훨씬차다 회신위에 실어가나렸건
만……


별안간 파상철판이넘어졌다 완고한음향에는여운도없다
그밑에서 늙은 의원과 늙은 교수가 번차례로강연한다
'무엇이 무엇과 와야만되느냐'
이들의상판은 개개 이들의선배상판을닮았다
오유된역구내에화물차가 우뚝하다 향하고있다

## 9

상장을붙인암호인가전류위에올라앉아서 사멸의 '가나안'을
지시한다
　도시의붕락은 아 ── 풍설보다빠르다


## 10

시청은법전을감추고산란한 처분을거절하였다.
　'콘크리트'전원에는 초근목피도없다 물체의음영에생리가
없다
　── 고독한기술사'카인'은도시관문에서인력거를나리고 항용
이거리를완보하리라

## 破帖

### 1

優雅한女賊이 내뒤를밟는다고 想像하라

　내門 빗장을 내가질으는소리는내心頭의凍結하는錄音이거나 그
「겹」이거나……

──無情하구나──

　燈불이 침침하니까 女賊 乳白의裸體[1]가 참 魅力있는汚穢[2] ── 가
안이면乾淨[3]이다[4]

### 2

市街戰이끝난都市[5]步道에「廏」가어즈럽다.[6] 黨道의命을받들고[7]月

---

1) 채자(採字)된 활자의 색깔과 모양을 여성의 나체에 비유한다.
2) 오예. 지저분하고 더러움. 또는 더러워진 것을 말한다.
3) 건정. 말끔하고 깨끗하다.
4) 활자가 인쇄 잉크가 묻은 상태는 '오예'이고, 잉크가 묻지 않은 상태는
'건정'임을 말한다.
5) '도시'는 '조판 상자'를 비유적으로 표현한 말이며, '시가전'은 문선공들이
원고에 따라 활자를 채자하여 조판 상자에 담아 놓는 과정을 비유적으로
표현한 말이다.
6) 채자된 활자를 조판 상자에 담아 놓고 원고의 내용대로 한 페이지씩 활

光이 이「麻」어즈러운우에 먹을즐느니라[8]

(色이여 保護色이거라)[9] 나는 이런일을흉내내여 껄껄 껄

3

人民이 퍽죽은모양인데거의의亡骸를남기지안았다[10] 悽慘한砲火가
은근히 濕氣를불은다 그런다음에는世上것이發芽치안는다 그러고
夜陰이夜陰에繼續된다[11]

猴[12]는 드디어 깊은睡眠에빠젓다 空氣는乳白으로化粧되고
나는?

사람의屍體를밟고집으로도라오는길[13]에 皮膚面에털이소삿다[14]

---

자를 배치하여 노끈(마)으로 묶어 놓는 과정에서 노끈이 어지럽게 상자에
펼쳐져 있는 상태를 묘사한 대목이다.
7) 원고에 표시된 편집 사항의 지시에 따라 조판이 이루어지는 것을 암시
한다.
8) "먹을즐느니라."는 조판 상자에 식자공들이 편집 지시 사항에 따라 조판
하는 과정에서 활자를 고정하기 위해 공목을 질러 넣는 작업을 암시한다.
9) 조판 상자의 활자 빛깔이나 공목이나 인쇄 잉크빛임을 암시한 대목이다.
10) 조판이 끝나면 채자해 놓은 활자가 모두 조판에 쓰여 활자 상자에 남아
있지 않게 되는 것을 암시한다.
11) 조판이 이루어지다.
12) 후. 원숭이. 여기에서는 인간의 말을 그대로 (흉내 내어) 기호화한 활자
를 말한다.
13) 조판 과정에서 쓰이지 못한 활자가 다시 활자 케이스로 옮겨지는 과정
을 암시한다.
14) 이 대목은 바로 앞에서 "시체를밟고집으로돌아오는길"이라는 구절과 연
결되어 겁에 질려 있는 모양을 묘사한 대목이다. 흔히 무서움에 겁을 먹고

멀리 내뒤에서 내讀書소리[15)가들려왔다

4

이 首都의廢墟에 왜遞信이있나
응? (조용합시다 할머니의下門입니다)[16)

5

쉬-트[17)우에 내稀薄한輪廓이찍혓다[18) 이런頭蓋骨에는解剖圖가
參加하지않는다[19)
내正面은가을이다 丹楓근방에透明한洪水가沈澱한다
睡眠뒤에는손까락끝이濃黃의小便으로 차겹드니 기어 방울이저
서떨어젓다[20)

---

있을 때 '몸이 오싹해지고 털이 솟는' 느낌을 느낀다.
15) 문선공들이 원고를 보고 읽으면서 채자하는 소리이다.
16) 교정쇄를 인쇄하기 직전 조판된 페이지의 상태를 암시한다. '체신'이 있
다는 것은 글자들이 모여 하나의 메시지를 담아내게 되었음을 의미한다.
17) 교정쇄를 만들기 위한 시험 인쇄에 쓰이는 한 장의 종이를 말한다.
18) 시험 인쇄 과정에서 종이에 인쇄가 되는 과정을 암시한다.
19) 활자의 머리 부분만 종이에 글자로 찍히는 것을 비유적으로 말한다.
20) 교정 작업이 완료된 후 지형(紙型)을 만들기 위해 준비하는 과정이다.

건너다보히는二層에서大陸게집들창을닫어버린다 닫기前에춤을
배앝었다

마치 내게射擊하듯이……21)

室內에展開될생각하고 나는嫉妬한다 上氣한四肢를壁에기대어
그 춤을 디려다보면 淫亂한外國語가허고많은細菌처럼 꿈틀거린다22)

나는 홀로 閨房에病身을기른다23) 病身은각금窒息하고 血循24)이
여기저기서망설거린다25)

7

단초를감춘다26)남보는데서「싸인」을하지말고27)……어디 어디 暗

---

21) 1950년대까지는 대개 지형을 만드는 과정 자체가 습식 지형의 방식을
따랐다. 물에 젖은 안피지(닥나무 종이) 등 여러 겹으로 된 종이를 원판 위
에 올려놓고 압력을 가하면서 건조시켜 지형을 만든다. 이 대목은 지형 작
업을 위해 종이를 원판 위에 덮어 놓은 상태를 암시한다. 지형용 종이를 압
착시키면 종이에 밴 물이 나오는 것을 침을 뱉었다고 묘사한다.
22) 압력에 의해 지형용 종이가 눌리면 그 자리에 배인 물이 스며 나오는데
거기에 글자가 박힌다. 이 글자가 박힌 문구를 "음란한외국어가세균처럼꿈
틀거린다."라고 묘사한다.
23) 지형용 종이가 덮여 있는 상태로 압착된다.
24) 혈순. 혈액의 순환을 말한다.
25) 지형용 종이에 눌려 붙여진 상태를 의미한다.
26) 조판 과정에서 활자가 뒤집혀 글자 부분(머리 부분)이 밑으로 들어가
는 것을 암시한다.
27) 활자가 뒤집혔기 때문에 글자가 인쇄되지 않음을 암시한다.

殺이 부헝이처럼 드새는지[28] ── 누구든지모른다[29]

8

……步道「마이크로폰」은 마즈막 發電을 마첫다[30]

夜陰을 發掘하는月光 ──
死體는 일어버린體溫보다 훨신차다[31] 灰燼우에 시러가나렷건만[32]……

별안간 波狀鐵板이넌머젓다[33] 頑固한音響에는 餘韻도업다
그밑에서 늙은 議員과 늙은 敎授가 번차례로講演한다[34]

---

28) 이 대목은 일본어 시 「출판법」에 나오는 다음 구절을 바꿔 놓은 것이다.
"이 落葉이窓戶를滲透하여나의正裝의자개단추를掩護한다.

**暗 殺**

地形明細作業의只今도完了가되지아니한이窮僻의地에不可思議한郵遞交通
은벌써施行되었다."
29) 활자가 복자(覆字) 상태로 놓인 것을 교정 작업에서 아무도 발견하지 못
한 것을 의미한다.
30) 지형용 종이를 건조시키기 위해 열을 가하는 작업이 끝났음을 암시한다.
31) 가열되었던 원판이 식어 버린다.
32) 이 대목은 대부분의 전집에서 '서리가 나렷건만'으로 고쳐 놓고 있다. 그
러나 원전 그대로 "시러가나렷건만"을 살려 두어야 한다. 지형 작업이 진행
되는 과정에서 압착과 가열이 끝나고 원판의 해체를 위해 다시 작업대에 옮
겨 놓는 것을 말한다.
33) 지형 작업이 끝나고 지형용 종이를 압착시켰던 철판을 들어 올린다.
34) 조판 작업을 했던 인쇄공들이 지형의 페이지 배치가 제대로 되었는지

「무엇이 무엇과 와야만되느냐」

이들의상판은 個個 이들의先輩상판을달멋다[35]

烏有[36]된驛構內에貨物車가 웃둑하다 向하고잇다[37]


9


  喪章을부친暗號인가[38]電流우에올나앉어서 死滅의 「가나안」[39]
을 指示한다

都市의崩落은 아 ── 風說보다빠르다[40]


10


市廳은法典을감추고[41] 散亂한 處分을拒絶하엿다.[42]

---

다시 검토하는 작업을 묘사한다.

35) 지형에 찍힌 활자의 모양이 원판과 똑같다는 것을 암시한다.

36) 오유. 있던 사물이 없게 되다.

37) 지형 작업이 끝난 후 조판용 원판 위에 아무것도 없고 인쇄소(역구내)에 지형을 보관하기 위한 상자들이 쌓여 있다.

38) 원판의 해체 작업을 지시한다.

39) 지리상 위치는 팔레스타인 요르단강 서역에 위치한다. 『구약 성서』에 따르면, 이 땅은 여호와가 아브라함에게 약속한 '젖과 꿀이 흐르는 곳'으로서의 이상향이다. 힘든 조판 과정을 거쳐 짜 놓은 인쇄용 원판을 해체하는 것을 '가나안'을 사멸시키는 것에 비유한다.

40) 빼곡하게 짜 맞췄던 원판이 해체되면서 활자들이 모두 흐트러지는 모습을 '도시의 붕락'이라고 표현한다.

41) 인쇄를 위한 원고가 더 이상 필요하지 않은 단계에 들어서다.

42) 지형을 차곡차곡 쌓아 잘 보관하는 작업을 '산란한 처분을 거부한다.'라

「콩크리-토」田園에는 草根木皮도없다[43] 物體의陰影에生理가없다[44]

　── 孤獨한奇術師「카인」[45]은都市關門에서人力車를나리고 항용 이거리를緩步하리라[46]

──《자오선(子午線)》, 1937. 10, 48~51쪽.

---

고 반어적으로 표현하고 있다.

43) '콘크리트 정원'은 글자의 모양이 찍힌 단단한 지형(紙型)을 말한다.

44) 지형(紙型)에 활자 모양이 올록볼록하게 생겨난 것을 '물체의 음영'이라고 말하고 있으며, 그 글자가 오직 기호에 불과한 것임을 밝히고 있다.

45)『구약 성서』「창세기」에 등장하는 인물로, 아담과 하와가 낳은 아들. 카인은 여호와가 자기가 바친 제물을 거절하고 동생인 아벨의 제물을 받아들인 것을 보고는 화가 나 아벨을 죽인다. 여기에서는 신의 말씀이 아닌 인간의 언어가 인쇄 기술에 의해 종이에 박혀 나온 것, 즉 인쇄된 책이나 신문 등과 같은 인쇄물을 비유적으로 말한 것이다.

46) 인쇄된 책이나 신문 등이 거리로 실려 나간 뒤 사람들이 이를 들고 다니는 것을 암시한다.

이 작품은 이상이 세상을 떠나고 일 년 후 시 동인지《자오
선》창간호에 수록된 유고이다.《자오선》은 1937년 11월 10일
민태규를 편집인 겸 발행인으로 하여 창간되었다. 이 동인지에
이성범의 「이상 애도」라는 작품과 함께 이상의 유고시인 「파
첩」을 수록하고 있다. 이 작품은 산문시 형식으로 모두 10연
으로 구성되어 있다. 이 시에서 그려 내고 있는 것은 어떤 '도
시'의 소란과 그 붕괴이다. 그러나 이 '도시'는 실제 도시는 아
니다. 고도의 비유와 암시와 기지와 위트를 동원하고 있는 이
작품은 이상이 발표한 일본어 시 「出版法(출판법)」과 서로 의
미상 연관을 가지고 있다. 「출판법」의 텍스트를 패러디하고 있
기 때문이다. 이 작품의 시적 화자인 '나'는 '인쇄 활자'를 의인
화한 것이고, '도시'는 '조판을 위한 판'에 해당한다. 인쇄소에
서 이루어지는 문선공의 채자(採字)에서부터 조판(組版)과 교
정 그리고 지형(紙型)의 제작 후 조판을 헐어 버리는 일련의
과정을 '활자'의 눈을 통해 묘사, 서술하고 있다. 하나하나의
활자들이 모여 새로운 하나의 '글'이 조판되는 과정을 '시가전'
에 비유하고 지형을 뜬 후 조판된 판을 헐어 버리는 것을 '도
시의 붕락'에 비유하고 있다. 이 같은 시법을 통해 시인은 인간
에 의해 발명된 언어와 문자가 인간의 문명을 만들고 그것이
숱하게 신의 뜻을 거절하면서 스스로 멸망을 부르게 된 과정

을 고도의 비유로 암시하고 있다.

이 시의 텍스트는 그 의미 구조에 따라 1연에서 4연까지의 조판 과정, 5연에서 8연까지의 정판과 지형 제작, 그리고 9연과 10연의 원판 해체라는 세 부분으로 크게 나누어 볼 수 있다. 타이포그래피의 핵심 과정에 해당하는 조판은 매우 정밀한 여러 단계의 기술적인 작업을 요구한다. 이 과정을 통해 글쓰기의 결과물인 원고의 내용대로 활자가 배열되어 하나의 텍스트의 근간이 구축된다. 이러한 작업 과정은 최종적으로 산출되는 인쇄 텍스트에는 전혀 드러나지 않지만, 수많은 활자를 원고의 편집 지시에 따라 골라내 인쇄 원판을 짜기 위해서는 엄청난 시간과 집중적인 노동이 요구된다. 하나의 텍스트를 구축하기 위해 진행되는 이 복잡한 절차와 방법은 궁극적으로 글쓰기의 소산인 원고라는 문자 텍스트를 물질적인 활자 공간으로 바꾸는 작업이다. 여기저기 숱한 활자들이 어지럽게 놓여 있다가도 그것들이 모두 원고 위에 표시된 편집 지시대로 자리 잡으면서 질서화한다. 그리고 낱낱의 문자 기호가 합쳐져 하나의 문장, 하나의 단락, 한 페이지로 합쳐지며 의미 있는 텍스트를 생산한다. 여기에서 새롭게 구축된 타이포그래피의 공간은 전란과 같은 무질서의 세계를 벗어나 질서화하면서 거대한 문명의 공간, 하나의 도시처럼 태어난다.

타이포그래피는 인간 사회의 문명의 중심을 이룬다. 이것은 무엇보다 인간의 공통 소유에 해당하는 말의 사적인 소유를 가능하게 만든다. 말 그 자체의 상품화를 이끌어 내는 것이다. 이러한 경향은 결국 인간 생활의 개인주의화라는 방향으로

**파첩**

작용한다. 그런데 여기에서 더 중요한 것은 사람의 손에 의해 쓰인 원고(원본)가 버려지고, 복판을 위해 제작하는 지형이 만들어지면 그 힘든 노동에 의해 구축된 인쇄 원판도 다 해체한다는 사실이다. 복제된 지형을 보존하기 위해 행해지는 타이포그래피의 복잡한 절차와 방법, 그리고 거기에 바쳐지는 인간의 노동을 어떻게 설명할 것인가.

　이 작품은 '고독한 기술사 카인'의 모습을 거리 위에 세움으로써 타이포그래피에 기대어 이루어진 시적 진술의 대미를 장식한다. 에덴에서 추방된 카인. 이는 신을 거역한 인간을 의미한다. "태초에 말씀이 있었다."라는 경전의 구절은 오직 신의 말씀만을 유일의 실재로 규정하는 것이다. 그런데 타이포그래피는 신의 말씀이 아닌 인간의 언어를 조작한다. 이 엄청난 거역을 우리는 문명이라고 말한다. 도시의 거리에 나도는 숱한 인간의 언어들, 타이포그래피가 쏟아 내는 이 시대의 '카인'을 이상은 그의 상상력 속에서 아득하게 만나고 있었던 것이다.

# 무제


　내 마음의 크기는 한개 궐련 기러기만하다고 그렇게보고,
　처심은 숫제 성냥을 그어 궐련을 붙여서는
　숫제 내게 자살을 권유하는도다.
　내 마음은 과연 바지작 바지작 타들어가고 타는대로 작아
가고,
　한개 궐련 불이 손가락에 옮겨 붙으렬적에
　과연 나는 내 마음의 공동에 마지막 재가 떨어지는 부드러
운 음향을 들었더니라.


　처심은 재떨이를 버리듯이 대문밖으로 나를 쫓고,
　완전한 공허를 시험하듯이 한마디 노크를 내 옷깃에남기고
　그리고 조인이 끝난듯이 빗장을 미끄러뜨리는 소리
　여러번 굽은 골목이 담장이 좌우 못 보는 내 아픈 마음에
부딪혀
　달은 밝은데
　그 때부터 가까운 길을 일부러 멀리 걷는 버릇을 배웠 더니라.

〔원문〕

## 無題


내 마음에 크기는 한개 卷煙 기러기[1]만하다고 그렇게보고,

處心[2]은 숫제 성냥을 그어 卷煙을 부쳐서는

숫제 내게 自殺을 勸誘하는도다.[3]

내 마음은 果然 바지작 바지작 타들어가고 타는대로 작아가고,[4]

한개 卷煙 불이 손가락에 옮겨 붙으렬적에[5]

果然 나는 내 마음의 空洞에 마지막 재가 떨어지는 부드러운 音
響을 들었더니라.[6]


處心은 재떨이를 버리듯이 大門밖으로 나를 쫓고,[7]

---

1) '길이'의 방언. 마음의 길이를 담배 한 개비의 길이와 비교한다. 마음이
초조하고 괴로워서 넓고 깊지 못함을 시각적으로 표현한 것이다.
2) 처심. 마음에 새겨 두고 잊지 않는다. 존심(存心). 택심(宅心). 여기에서는
'깊은 마음속' 정도의 뜻으로 풀이할 수 있다.
3) 마음속 깊이 담배를 피우고 싶다는 생각이 생겨나 담배에 불을 붙여 물
게 된다.
4) 담뱃불이 타 들어가는 것과 마음의 조바심을 그대로 대응시켜 시각적으
로 표현한 것이다.
5) 담배를 잡고 있는 손끝까지 담뱃불이 타 들어온다.
6) 타 들어가는 담배의 재가 떨어지는 모습(시각적)을 보고 자신의 가슴속
비어 있는 자리에 재가 떨어지는 소리(청각적)가 들린다고 표현한다. 담배
연기를 가슴속 깊이 빨아들이고 있다.
7) 가슴속 깊이 빨아들였던 담배 연기를 길게 내쉬는 모양이다.

完全한 空虛를 試驗하듯이 한마디 노크를 내 옷깃에남기고[8]

그리고 調印이 끝난듯이[9] 빗장을 미끄러뜨리는 소리[10]

여러번 굽은 골목이 담장이 左右 못 보는 내 아픈 마음에 부딪쳐[11]

달은 밝은데

그 때부터 가까운 길을 일부러 멀리 걷는 버릇을 배웠 드니라.[12]

— 《맥(貘)》, 제3호, 1938. 10, 1쪽.

---

8) 담배 연기를 내뿜은 뒤 한차례 가볍게 기침을 하는 모습이다.

9) 담뱃불을 끄는 모습이다.

10) 대문의 빗장으로 여는 소리이다.

11) 구불구불한 골목길의 담장을 끼고 걸어가는 '나'의 종잡을 수 없는 아픈 마음을 표현한 것이다.

12) 힘든 삶의 길을 선택하여 괴롭게 살아가고 있는 자신의 심경을 밝힌다.

무제 273

이 작품은 제목이 없는 상태의 유고로 발견된 것이므로 '무제'라고 제목을 붙였다. 작품의 텍스트는 2연으로 구분되어 있다. 시적 화자인 '나'의 괴로움과 고통을 '담배'에 비유하여 노래하고 있다. 1연에서는 담배에 불을 붙여 태우는 모습을 '나'의 심경에 견주어 감각적으로 묘사하고 있으며, 2연에서는 담배 연기가 가슴속으로 깊이 들이켜졌다가 다시 내뱉어지는 모습을 그려 놓고 있다.

이 시를 처음 소개한 동인지《맥》에는 "이 詩는 李箱氏 遺稿인데 題가 없으므로 不得已 編輯人이 無題라는 이름 밑에 發表함. 널리 容恕를 바랍니다."라는 편집자 주가 붙어 있다. 시 동인지《맥》은 1938년 6월 15일 김정기를 편집인 겸 발행인으로 하여 창간되어 1938년 12월 통권 4호까지 발간했다. '맥(貘)'은 중국의 전설에 등장하는 상상의 동물 이름이다. 인간의 악몽을 먹고 산다고 한다.

# 무제

## (기이)

선행하는분망을신고 전차의앞창은
내투사를막는데
출분한아내의 귀가를알리는 '페리오드'의 대단원이었다.


너는어찌하여 네소행을 지도에없는 지리에두고
  화판떨어진 줄거리 모양으로향료와 암호만을 휴대하고돌아
왔음이냐.


시계를보면 아무리하여도 일치하는 시일을 유인할수없고
  내것 아닌지문이 그득한네육체가 무슨 조문을 내게 구형하
겠느냐.


그러나 이곳에출구와 입구가늘개방된 네사사로운 휴게실이
있으니 내가분망중에라도 네거짓말을 적은편지를 '데스크'위
에놓아라.


소화8년11월3일

## 無題

### (其二)


先行하는奔忙[1]을실고 電車의앞窓은

내透思[2]를막는데[3]

出奔한안해의 歸家를알니는「페리오드」[4]의 大團圓이었다.


너는엇지하여 네素行을 地圖에없는 地理에두고[5]

花辨[6]떨어진 줄거리 모양으로香料와 暗號[7]만을 携帶하고돌아왔음이냐.


時計를보면 아모리하여도 一致하는 時日을 誘引할수없고[8]

내것 않인指紋[9]이 그득한네肉體가 무슨 條文을 내게求刑[10]하겠느냐.

---

1) 분망하다. 몹시 부산하여 바쁘다.
2) 투사. 꿰뚫어 생각하다.
3) 이 대목은 '전차가 바쁘게 앞으로 나아가는 바람에 나는 더 깊이 꿰뚫어 생각하지 못한다.'라는 뜻을 지닌다.
4) 어떤 일이 이루어지는 주기라는 뜻도 있고 결말을 뜻하기도 한다.
5) 자기가 나갔던 장소를 제대로 밝히지 않고 거짓말을 한다.
6) 화변. '화판(花瓣)'의 오식이다. 꽃잎을 뜻한다.
7) 거짓말을 말한다.
8) 지나간 행적을 추적해 그 시간을 따져 보아도 제대로 맞추기 어렵다.
9) '나'의 손길이 아닌 다른 사람의 손길이 스쳐 간 아내의 육체를 가리킨다.
10) 여기에서는 '변명'을 뜻한다.

그러나 이곧에出口와 入口가늘開放된 네私私로운 休憩室[11]이있으니 내가奔忙中에라도 네그즛말을 적은片紙을 「데스크」우에놓아라.[12]

昭和八年十一月三日

—《맥》, 제4호, 1938. 12, 1쪽.

---

11) 언제든지 마음대로 드나들 수 있는 방을 뜻한다.
12) 진실된 고백을 요구한다.

　이 작품의 「무제」라는 제목은 동인지 《맥》 편집자가 임의로
붙인 것이다. 시적 화자인 ‘나’와 시적 대상이 되는 ‘아내’와의
불화를 그려 놓고 있다. 이 시의 가장 중요한 모티프는 ‘아내의
출분’이다. ‘나’는 아내의 부정을 눈치채지만 언제나 거짓을 말
하는 아내를 제대로 추궁하지 못한다. 다만 아내가 언제든 진
실을 이야기하길 바랄 뿐이다.

# 2부

## 일본어 시

# 이상한가역반응

임의의반경의원(과거분사에관한통념)

원안의한점과원밖의한점을연결한직선

두종류의존재의시간적영향성
(우리들은이것에관하여무관심하다)

**직선은원을살해하였는가**

현미경
그밑에있어서는인공도자연과다름없이현상되었다.

×

그날오후
물론태양이있지아니하면안될곳에존재하고있었을뿐만아니
라그렇게하지아니하면안될보조를미화하는일도하지아니하고
있었다.

발달하지도아니하고발전하지도아니하고

이것은분노이다.

철책밖의하얀대리석건축물이웅장하게서있는
진진5〃각으로나열된기둥
육체에대한처분법을놓고센티멘털리즘하였다.

목적이있지아니하였더니만큼냉정하였다.

태양이땀에젖은잔등을내리쬐었을때
그림자는잔등앞쪽에있었다.

사람은말하였다.
"저변비증환자는부잣집으로소금을얻으러들어가고자희망
하고있는것이다."
라고
…………………………

1931. 6. 5.

〔원문〕

異常한可逆反應

任意의半徑의圓(過去分詞의時勢)[1]

圓內의一點과圓外의一點을結付한直線[2]

二種類의存在의時間的影響性[3]

(우리들은이것에관하여무관심하다)

## 直線은圓을殺害하였는가[4]

顯微鏡

---

1) "任意ノ半径ノ圓(過去分詞ノ相場)"을 번역한 부분이다. "임의의반경의원"이
란 '반경(반지름)이 정해져 있지 않은 원', '크기가 한정되어 있지 않은 원'을
의미한다. 일반적으로 기하학에서 원과 관련되는 어떤 사실을 논증하려 할
때 흔히 쓰는 일종의 전제이다. '임의의 반경의 원이 있다고 하자.'와 같은 전
제를 하고 논의를 시작한다.
2) 원 안의 한 점과 원 밖의 한 점을 연결시킨 직선이다. 원 안의 한 점과 원
밖의 한 점을 연결하면 그 직선은 원주를 관통하는 모습으로 드러난다. 마
치 과녁을 뚫고 지나는 화살처럼. 여기에서 점과 선과 원이라는 기하학의
기본 요소가 제시된다.
3) "두종류의존재"는 원을 중심으로 그 안과 밖의 세계를 구분하여 거기에
자리하고 있는 두 점을 말한다.
4) 주2)에서 말한 직선이 원주를 통과하여 원의 내부에 이르는 형상이다.

그밑에있어서는人工도自然과다름없이現象되었다.[5]

×

같은날의午後[6]

勿論太陽이存在하여있지아니하면아니될處所[7]에存在하여있었을 뿐만아니라그렇게하지아니하면아니될步調를美化하는일까지도하지 아니하고있었다.[8]

發達하지도아니하고發展하지도아니하고
이것은憤怒이다.[9]

鐵柵밖의白大理石建築物[10]이雄壯하게서있던
眞眞5″의角바아의羅列에서[11]
肉體에對한處分法을센티멘탈리즘하였다.[12]

---

5) 현미경으로 사물을 관찰해 보면 세포의 본질적 구조는 모두 유사하다.
6) '同ジ日'는 '그날'이라고 번역할 수 있다.
7) '처소'는 마지막 구절로 미루어 보아 '화장실'이라고 생각된다.
8) 언제나 똑같이 태양이 비치는 모양을 말한다.
9) 태양이 비치는 것은 늘 변화가 없다. 이글거리는 태양을 '분노'라는 말로 비유적으로 표현한다.
10) "백대리석건축물"은 바깥에 환하게 비치는 '햇빛'을 말한다.
11) 거의 수직선으로(기울기가 5초 각도에 지나지 않음) 내리쬐는 햇살을 대리석으로 이루어진 "바아(bar, 기둥)"라고 묘사한다.
12) 이 대목은 마치 햇빛이 백색의 대리석 건축물처럼 보이고, 내리쬐는 햇살이 대리석 기둥이 서 있는 것처럼 보임을 말한다. 마지막 구절에서는

目的이있지아니하였더니만큼冷靜하였다.[13]


太陽이땀에젖은잔등을내려쪼였을때
그림자는잔등前方에있었다.[14]


사람은말하였다.

「저便秘症患者는富者ㅅ집으로食鹽을얻으러들어가고자希望하고
있는것이다」[15]

라고

……………………


1931. 6. 5.

──『이상 전집: 제2권 시집』, 1956, 107~109쪽.

〔일본어 원문〕

異常ナ可逆反應

任意ノ半径ノ圓 (過去分詞ノ相場)

---

'sentimentalism'에 '~하다'를 붙여 동사처럼 쓰고 있다.

13) 화장실에 앉아 별다른 생각 없이 우두커니 감상에 잠겨 있다.

14) 자기 몸의 그림자가 등 뒤쪽으로 생긴 것을 '잔등전방'에 있다고 했다.

15) 이 대목은 민간 풍속으로 전해 오는 '오줌싸개의 소금 얻어 오기' 모티
프를 변형시켜 놓은 것이다.

圓内ノ一點ト圓外ノ一點トヲ結ビ付ケタ直線

二種類ノ存在ノ時間的影響性
(ワレワレハコノコトニツイテムトンチヤクデアル)

**直線ハ圓ヲ殺害シタカ**

顯微鏡
ソノ下ニ於テハ人工モ自然ト同ジク現象サレタ。


×


同ジ日ノ午後
勿論太陽ガ在ツテイナケレバナラナイ場所ニ在ツテイタ
バカリデナクソウシナケレバナラナイ歩調ヲ美化スルコ
トヲモシテイナカツタ。


發達シナイシ發展シナイシ
コレハ憤怒デアル。


鐵柵ノ外ノ白大理石ノ建築物ガ雄壯ニ建ツテイタ
眞々5″ノ角ばあノ羅列カラ
肉體ニ對スル處分法ヲせんちめんたりずむシタ。

目的ノナカツタ丈冷靜デアツタ

太陽ガ汗ニ濡レタ背ナカヲ照ラシタ時
影ハ背ナカノ前方ニアツタ。

人ハ云ツタ
「あの便秘症患者の人はあの金持の家に食鹽を貰ひに這
入らうと希つてゐるのである」
ト
……………………………

right
1931. 6. 5.
—《조선과 건축》, 1931. 7, 15쪽.

〔해설〕


이 작품은 《조선과 건축》에 맨 처음 발표된 이상의 일본어 시 여섯 편 가운데 하나이다. 이 시 제목에 등장하는 '가역반응'이라는 용어에 주목할 필요가 있다. 화학반응에서 두 물질이 반응하여 새로운 다른 두 물질이 생길 경우 이를 정반응이라 하는데, 이들의 온도와 농도를 바꾸면 원래의 두 물질로 복귀하는 역반응을 일으키기도 한다. 정반응과 역반응이 모두 가능한 경우가 가역반응에 해당한다. 이러한 점에서 볼 때 가역반응이란 화학평형이 유지되고 있는 반응에 해당하지만, 정반응만 일어나고 나면 원래 상태로 돌이킬 수 없는 비가역반응도 있다. 예를 들면 종이가 다 타 버리고 난 후 남는 재는 다시 종이로 되돌아오는 반응이 일어나지 않는다. 이 경우 종이의 연소는 비가역반응에 해당한다.

물리학에서 가역성이라는 개념은 화학의 경우와 그 원리가 비슷하지만 성격이 다르다. 시간이 흐르는 동안 물체의 운동이 변화했을 때 시간을 거꾸로 되돌린다면 처음의 물체 상태로 되돌아갈 수 있는 성질을 가역성이라고 한다. 이때 외부나 자신 모두에게 어떤 변화를 남기지 않아야 한다. 바꾸어 말하면 어떤 물체나 그 상대가 모양은 변하지만 그 근본적인 성격은 변하지 않는다는 것을 의미한다. 그런데 자연계에서 일어나는 모든 과정은 한 방향으로만 진행되는 비가역변화를 보여 준다. 비가역변화란 자발적으로 한쪽 방향으로만 일어나는 변화이다. 즉 특정 순서로만 일어나고 역방향으로는 절대 일어나지 않는 일방통행의 변화이다.

그런데 이 시에서 시적 화자가 문제 삼고 있는 '가역반응'은 화학반응을 염두에 두고 있는 것이 아니다. 여기에서 말하는 '가역반응'은 물리적 현상으로서 시간의 비가역성 문제와 연관된 것으로 생각된다. 시간은 한 방향으로만 흘러가는 것처럼 인식된다. 바닥에 떨어져 깨져 버린 유리컵의 조각들이 다시 한곳으로 모여 원래의 유리컵으로 되돌아가는 일은 불가능하다. 하지만 상대성이론 이후 이러한 시간의 비가역성에 대한 새로운 도전이 이루어진다. 시간 대칭 이론이 수학적으로 가능하다는 사실들이 입증되고 있기 때문이다. 그래서 「이상한가역반응」이라는 제목에서 보듯이 '이상한'이라는 수식어를 사용하고 있다.

1행의 "과거분사"는 '영어, 프랑스어, 독일어 등의 동사의 한 변화형을 말한다. 시제상으로는 완료형을 만들 때, 서법상으로는 수동형을 만들 때 사용된다. 과거분사는 동사의 변화형이면서 형용사적 성질을 띤다. 일본어 'ノ'는 '～의'라는 뜻으로 풀이되지만 그 뜻이 여러 가지로 쓰인다. 바로 뒤에 이어진 '相場'을 '시세(時勢)'라고 번역한 것은 문맥상으로 보아 납득하기 어렵다. 일본어에서 '相場'은 '물건을 사고파는 가격'이라는 뜻으로 널리 쓰인다. 그러나 이 말에는 '일반 사회에서 이루어지는 일반적인 평가', '사회적 통념'이라는 뜻도 있다. 오히려 이 뜻으로 보는 것이 적절하다고 생각된다. 그러므로 이 대

목은 '과거분사의 사회적 통념' 정도로 해석하는 것이 좋을 듯하다. 동사의 완료형이라는 뜻으로 많이 쓰이는 과거분사에 대한 사회적 통념을 지적한 것이라고 할 수 있다. 물론 문맥상으로는 "임의의반경의원"이라고 전제하고 있는 사실 자체를 지적하고 있으며 이러한 통념 자체를 문제 삼고 있다.

이 작품의 텍스트는 시적 화자의 진술 내용이 전반부와 후반부로 구분되어 서로 다른 정황을 드러낸다. 전반부는 '기하학적 상상력'의 소산이라고 할 수 있는 시적 모티프들이 중심을 이룬다. 여기에서 핵심이 되는 것이 점, 선, 원이다. 이 세 가지 요소가 모든 사물의 근본적인 형태임을 암시한다. 후반부는 화장실에 앉아 철책 너머로 쏟아지는 햇살을 보면서 떠올리는 여러 가지 상념을 그려 놓고 있다. 철책 너머에 눈부시게 비치는 햇살과 지붕 틈새로부터 등 뒤로 비치는 햇살을 묘사하고 있는 대목이 눈에 띈다. 이상의 시적 상상력의 단서를 보여 주는 작품이라고 할 수 있다.

# 파편의경치
## ── △은나의AMOUREUSE이다

나는하는수없이울었다

전등이담배를피웠다
▽은1/W이다

×

▽이여! 나는괴롭다

나는유희한다
▽의슬리퍼는과자와같지아니하다
어떻게나는울어야할것인가

×

쓸쓸한들판을생각하고
쓸쓸한눈내리는날을생각하고
나의피부를생각지아니한다

기억에대하여나는강체이다

정말로
"같이노래부르세요"
하면서나의무릎을때렸을텐데거기대하여
▽는나의꿈이다

. . .
스틱크! 자네는쓸쓸하며유명하다

어찌할것인가

×

마침내▽을매장한설경이었다

〔원문〕

## 破片의景致

### ── △은나의AMOUREUSE이다[1]


나는하는수없이울었다[2]


電燈이담배를피웠다[3]
▽은1/W이다[4]


× 


▽이여! 나는괴롭다[5]


나는遊戲한다[6]

---

1) 기호 '△'는 '촛불의 불꽃'을 상징한다. 텍스트에서 '나'라는 시적 화자로 등장한다. 그러나 시적 대상(촛불) 그 자체로 묘사되기도 해 의미상 혼동을 가져오게 한다. 'AMOUREUSE'는 프랑스어로 '연인, 사랑'을 뜻한다.
2) '촛불에 불이 당겨져 초가 녹아내리기 시작함'을 뜻한다. 전등불이 나가는 바람에 어쩔 수 없이 촛불을 켜게 되었음을 암시한다.
3) 전등불이 담뱃불처럼 껌벅거리는 것을 묘사한다. 정전되기 직전에 불이 껌벅거리다가 나가 버리는 것을 표현한 대목이다.
4) '▽'는 '촛불'을 의미한다. '1/W'는 촛불의 밝기를 전력의 양으로 환산하여 표시한 것이다.
5) '나'는 시적 화자이면서 동시에 촛불이다. 자신의 몸을 녹여 불을 밝혀야 하기 때문에 '괴롭다'고 말하고 있다.
6) 촛불의 불꽃이 타오르면서 흔들리는 것을 묘사한 대목이다.

▽의슬립퍼어는菓子와같지아니하다<sup>7)</sup>

어떠하게나는울어야할것인가<sup>8)</sup>


×


쓸쓸한들판을생각하고

쓸쓸한눈나리는날을생각하고

나의皮膚를생각지아니한다<sup>9)</sup>


記憶에對하여나는剛體이다<sup>10)</sup>


정말로

「같이노래부르세요」

하면서나의무릎을때렸을터인일에對하여<sup>11)</sup>

---

7) 초가 녹아 촛농이 흘러내리면서 촛대 아래에 붙어 둥그렇게 응고된 모양을 사람이 슬리퍼를 신고 있는 모습에 비유한다. 촛농이 녹아내린 것이 과자의 모습으로 보이기도 한다.

8) '울다'는 초가 타 들어가면서 녹아내리는 것을 말한다.

9) 촛불이 켜지고 상념에 잠긴다. 자신의 몸(피부)이 타 들어가는 것을 상관하지 않는다.

10) 초가 녹아내려 다시 굳는 것을 말한다. 상대적으로 초가 타 들어가는 것(현실)은 '연체'에 해당한다고 할 수 있다.

11) 촛불이 타 들어가다 가끔 '치지직' 소리를 내면서 심지가 쓰러지며 불이 약해지는 모습을 마치 함께 노래하자고 덤비는 것으로 묘사한다. 또는 책상 위에 놓여 있던 양초가 제대로 고정되어 붙어 있지 못하고 쓰러져 무릎 위로 떨어지는 장면을 말한 것으로 볼 수 있다.

▽는나의꿈이다

．．．
스틱크! 자네는쓸쓸하며有名하다[12]

어찌할것인가

×

마침내▽을埋葬한雪景이었다[13]

1931. 6. 5.

—『이상 전집: 제2권 시집』, 1956, 110~112쪽.

〔일본어 원문〕

破片ノ景色

— △ハ俺ノAMOUREUSEデアル

俺ハ仕方ナク泣イタ

---

12) '초'를 "스틱크"(stick, 막대)라고 말한다. 수많은 문인들이 '촛불'을 노래했으므로 '유명하다'라고 설명한다.
13) 초가 모두 타고 남은 자리에 촛농이 쌓여 마치 하얀 눈이 내려 덮어 버린 것처럼 보인다. 초가 녹아 촛농이 응고된 자리를 보고는 촛불이 눈에 덮여 있다고 묘사하고 있다.

電燈ガ煙草ヲフカシタ
▽ハ1/Wデアル

　　×

▽ヨ！俺ハ苦シイ

俺ハ遊ブ
▽ノすりつは一ハ菓子ト同ジデナイ
如何ニ俺ハ泣ケバヨイノカ

　　×

淋シイ野原ヲ懷ヒ
淋シイ雪ノ日ヲ懷ヒ
俺ノ皮膚ヲ思ハナイ

記憶ニ對シテ俺ハ剛體デアル

ホントウニ
「一緒に歌ひなさいませ」
ト云ツテ俺ノ膝ヲ叩イタ筈ノコトニ對シテ
▽ハ俺ノ夢デアル。

すてつき！君ハ淋シク有名デアル

ドウシヤウ

×

遂ニ▽ヲ埋葬シタ雪景デアツタ。

1931. 6. 5.

—《조선과 건축》, 1931. 7, 15〜16쪽.

〔해설〕

이 작품의 텍스트는 모두 네 부분으로 구분되어 있다. 작품 속에 등장하는 시적 화자 '나'는 경험적 자아로서의 시인과는 직접적으로 연관되어 있지 않다. 그 이유는 이 작품의 시적 대상이면서 그 진술의 주체가 '양초'이기 때문이다. '나'를 '양초'로 볼 수 있는 근거는 시적 진술 가운데 "나의피부를생각지아니한다"라든지, "기억에대하여나는강체이다"와 같은 구절에서 암시되고 있다. 이 작품에서 촛불은 기호 '▽'로, 촛불의 불꽃은 기호 '△'로 기호화하여 표시된다.

이 작품에서는 밤에 정전이 되어 전깃불이 나가자 방 안을 밝히기 위해 양초를 꺼내 불을 밝힌 후 그 촛불에 인격을 부여하여 '나'라는 화자로 등장시킨다. 양초 위에 켜진 촛불은 온전한 자신의 육체를 녹여 불꽃으로 타오르며 방 안을 밝혀 준다. '나'는 스스로를 불사르는 촛불의 입장에서 자기 존재의 의미를 음미한다.

# ▽의유희
## ── △은나의AMOUREUSE이다

종이로만든배암을종이로만든배암이라고하면
▽은배암이다

▽은춤을추었다

▽이웃음을보고웃는것은파격이고우스웠다

슬리퍼가땅에서떨어지지아니하는것은너무나소름이끼치는
일이다
▽의눈은동면이다
▽은전등을삼등태양인줄안다

　　　　×

▽은어디로갔느냐

여기는굴뚝꼭대기냐

나의호흡은평상적이다

그러한데텅스텐은무엇이냐

(그무엇도아니다)

굴곡한직선

그것은백금과반사계수가상호동등하다

▽은테이블밑에숨었느냐

×

1

2

3

3은공배수의정벌로향하였다
전보는아직오지아니하였다

〔원문〕

▽의遊戲

── △은나의AMOUREUSE이다


종이로만든배암을종이로만든배암이라고하면

▽은배암이다[1]


▽은춤을추었다[2]


▽의웃음을웃는것은破格이어서우스웠다[3]


. . . .
슬립퍼어가땅에서떨어지지아니하는것은너무나소름끼치는일이다[4]

▽의눈은冬眠이다[5]

▽은電燈을三等太陽인줄안다[6]


×

---

1) '촛불'을 '뱀'에 비유하여 표현한다.

2) 촛불이 흔들리는 모양을 묘사한다.

3) 일반적으로 '촛불'은 눈물로 비유되지만 여기에서 '촛불의 웃음'은 촛불이 타 들어가다 가끔 '치직' 소리를 내는 것을 말한다.

4) 촛농이 녹아내려 초의 아랫부분에 응고된 것이 떨어지지 않는다.

5) 흐릿한 촛불을 동면에 비유한다.

6) 촛불의 밝기와 전등불의 밝기와 태양의 밝기를 비교한 것이다. 전등불이 태양보다는 못하지만 태양처럼 밝은 것을 "삼등태양"이라고 말한다.

▽은어디로갔느냐[7]


여기는굴뚝꼭대기냐[8]


나의呼吸은平常的이다[9]


그러한데탕그스텐은무엇이냐[10]

(그무엇도아니다)


屈曲한直線[11]


그것은白金과反射係數가相互同等하다[12]


▽은테에블밑에숨었느냐[13]

---

7) 촛불이 타오르다 꺼져 버린 것을 말한다.
8) 촛불이 꺼지면서 연기가 피어나는 모습이 굴뚝에서 연기가 피어오르는 모양과 흡사하다.
9) 자신의 호흡이 평상시와 다름없음을 밝힌다.
10) 텅스텐. 일반적으로 백열전구는 텅스텐을 필라멘트로 사용한다. 여기에서는 촛불이 꺼진 후 불이 붙는 심지 부분이 검게 말려들어 있는 모습을 백열전구의 텅스텐 필라멘트 모양에 비유하고 있다.
11) 초의 심지가 불타면서 돌돌 말려든 모양이다.
12) 빛을 반사하는 정도가 백금과 같음을 말한다.
13) 촛불을 다시 켜 놓았지만 방 안이 밝지 않아 마치 촛불이 책상 밑에 숨어든 것처럼 느껴진다.

×

1

2

3[14)]

3은公倍數의征伐로向하였다[15)]
電報는아직오지아니하였다[16)]

1931. 6. 5.

——『이상 전집: 제2권 시집』, 1956, 113~115쪽.

---

14) 촛불이 점점 커지면서 사방이 밝아지는 모양을 1, 2, 3이라는 숫자를 통해 시간적으로 표시한다.
15) 촛불을 처음 켰을 때와 불꽃이 켜져서 사방을 환하게 비출 때의 공간의 밝기를 마치 '3'의 공배수로 밝아진다고 말한다. 어둠을 몰아내니 정벌이라고 표현한다.
16) 정전 상태가 계속된다.

▽ノ遊戲

―― △ハ俺ノAMOUREUSEデアル


紙製ノ蛇ガ紙製ノ蛇デアルトスレバ

▽ハ蛇デアル


▽ハ踊ツタ


▽ノ笑ヒヲ笑フノハ破格デアツテ可笑シクアツタ


すりつぱガ地面ヲ離レナイノハ餘リ鬼氣迫ルコトダ

▽ノ目ハ冬眠デアル

▽ハ電燈ヲ三等ノ太陽ト知ル


×


▽ハ何所ヘ行ツタカ


ココハ煙突ノてつ片デアルカ


俺ノ呼吸ハ平常デアル

而シテたんぐすてんハ何デアルカ

(何ンデモナイ)


屈曲シタ直線


ソレハ白金ト反射係數ヲ相等シクスル


▽ハてーぶるノ下ニ隱レタカ


×


1


2


3


3ハ公倍數ノ征伐ニ赴イタ

電報ハ來テイナイ

1931. 6. 5.

—《조선과 건축》, 1931. 7, 16~17쪽.

〔해설〕

이 작품의 내용은《조선과 건축》에 함께 발표된 「파편의경
치」와 서로 연관되어 있다. 이 작품에도 '나'라는 시적 화자가
등장한다. 그러나 이 시의 '나'는 '양초'를 의인화한 것이라기보
다 경험적 자아와 연결되어 있다. 여기에서는 시적 주체로서의
'나'의 입장이 분명하게 드러나 있으며, '▽'(촛불)을 시적 대상
으로 하여 그 밝음과 어둠의 변화를 대비시켜 묘사하고 있다.
　작품의 텍스트는 모두 세 부분으로 나뉜다. 첫째 단락에서
는 촛불의 모양과 밝기를 묘사한다. 둘째 단락은 촛불이 꺼진
장면이다. 촛불이 꺼지면서 나오는 연기와 검게 타다 남은 심
지 모양을 묘사한다. 셋째 단락은 다시 촛불을 켜는 장면이다.
촛불의 불꽃이 점점 커지면서(1, 2, 3이라는 숫자는 시간의 흐름
과 그 밝기를 동시에 표시한다.) 사방이 밝아지는 모습을 '광학
적' 관점으로 묘사한다.

# 수염
—— (수·수·그밖에수염일수있는것들·모두를이름)

1

눈이있어야하지아니하면아니될자리에는삼림인웃음이존재
하고있었다

2

홍당무

3

아메리카의유령은수족관이지만대단히유려하다
그것은음울하기도한것이다

4

계류에서 ——
건조한식물성이다
가을

5

일소대의군인이동서의방향으로전진하였다고하는것은
무의미한일이아니면아니된다
운동장이파열하고균열할따름이니까

6

삼심원

7

조〔粟〕를그득넣은밀가루포대
간단한수유의달밤이었다

8

언제나도둑질할것만을계획하고있었다
그렇지는아니하였다고한다면적어도구걸이기는하였다

9

소한것은밀한것의상대이며또한
평범한것은비범한것의상대이었다

나의신경은창녀보다도더욱정숙한처녀를원하고있었다

10

말〔馬〕──
땀〔汗〕──

나는사무로써산보라하여도무방하도다
나는하늘의푸르름에지쳤노라이같이폐쇄주의로다

## 수염
— (鬚·髭¹⁾·그밖에수염일수있는것들·모두를이름)²⁾

### 1

눈이存在하여있지아니하면아니될處所³⁾는森林인웃음이存在하여
있었다⁴⁾

### 2

홍당무⁵⁾

---

1) 이 작품의 일본어 원문은 '수(鬚)'라는 동일한 한자를 두 번 쓰는데, 이것
을 전집에서는 '수(鬚)'와 '자(髭)'로 구분하여 기록해 놓았다. 수(鬚)는 턱수
염을 뜻하며, 자(髭)는 코밑수염을 말한다.
2) 얼굴에 나 있는 털을 모두 일컬어 말한다.
3) 눈이 붙어 있어야 할 자리를 말한다.
4) 눈은 웃음과 밀접한 관계가 있다. '삼림'은 눈썹을 말한다.
5) 일본어에서 '人參'은 '당근'을 뜻한다. 여기에서는 당근의 잎이 무성한 모
습이 사람의 머리 모양을 암시하는 것으로 볼 수 있다. 그런데 이 '홍당무'
라는 단어는 프랑스의 작가 쥘 르나르의 대표 소설 「홍당무」(1893)를 연상
하게 한다. 이상이 르나르의 산문집 『전원 수첩』(일역판, 1934)을 즐겨 읽
었다는 사실과 그 특이한 단문주의(短文主義)의 수사학이 이상의 문체 속
에 스며들어 있다는 점(박현수, 「이상 시학과 『전원 수첩』의 수사학」, 『모더
니즘과 포스트모더니즘의 수사학: 이상 문학 연구』(소명출판, 2003))은 이
미 밝혀진 바 있다. 르나르의 소설 「홍당무」의 주인공은 '홍당무'라는 별명
으로 불리는 어린 소년이다. 이 소설의 제목인 「홍당무」가 붉은색 곱슬머리

3

아메리카의幽靈[6]은水族館이지만大端히流麗하다[7]

그것은陰鬱하기도한것이다


4

溪流[8]에서 ──

乾燥한植物性이다[9]

가을[10]


5

一小隊의軍人이東西의方向으로前進하였다고하는것은[11]

無意味한일이아니면아니된다

運動場이破裂하고龜裂할따름이니까[12]

---

에서 연유된 것임을 생각한다면 머리털을 설명하는 대목에 이 말이 연결될
수 있다.

6) 미국 귀신. 머리를 풀어헤쳐 산발한 모습으로 나다니던 여인들을 지칭한다.

7) 길게 늘어뜨린 머리칼 모양을 말한다.

8) 골짜기를 흐르는 시냇물. 머리칼 모양이 굽이치는 것을 암시한다.

9) 물이 없이도 자라나다. 또는 머릿결이 포송거리는 것을 암시한다.

10) 가을에 단풍이 들 듯 나이가 들면 머리 색깔이 희어지는 것을 말한다.

11) 두 눈썹이 좌우로 벌어져 있음을 비유적으로 말한다.

12) 미간이 갈라지다.

6


三心圓[13]


7


조〔粟〕를그득넣은밀가루布袋[14]
簡單한須臾[15]의月夜이었다[16]


8


언제나도둑질할것만을計劃하고있었다[17]
그렇지는아니하였다고한다면적어도求乞이기는하였다[18]

---

13) 둥근 얼굴에 자리하고 있는 두 개의 둥근 눈. 기하학적으로 '삼심원'은
존재하지 않지만 둥근 얼굴을 커다란 하나의 원으로 볼 경우 두 개의 눈이
그 안에 자리하고 있으므로 '삼심원'이라고 할 만하다. 두 눈을 감싸고 있는
눈꺼풀의 가장자리에는 속눈썹이 나 있다.

14) 수염 난 자리를 면도한 모양. 뽀얗게 드러나는 피부에 수염 자국이 드러
나 보이는 모양을 '조를 가득 넣은 밀가루 포대'에 비유하여 표현했다.

15) '수(須)' 자는 원래 '혈(頁)', 즉 얼굴에 수염, 즉 '삼(彡)'이 났다는 뜻을 가
진 말이다. 이상 자신이 '수(須)'라는 한자어를 가지고 글자 놀이를 하고 있
는 대목이다. '수유(須臾)'는 '잠시 동안'을 뜻하는 말인데, 수염을 깎고 나서
하룻밤만 지나면 어느새 다시 수염이 돋아나는 것을 암시한다.

16) 면도한 자리가 오래가지 못함을 말한다. 단락 '6'에서는 전체적으로 수
염을 깎고 난 후의 모습을 묘사하고 있다.

17) 수염이 덥수룩하고 무성하게 돋아난 모습. 흔히 '산적 같다'고 말한다.

18) 지저분하게 수염이 나 있는 모습. '거지 같다'고 한다.

9

疎한것은密한것의相對이며또한

平凡한것은非凡한것의相對이었다[19)

나의神經은娼女보다도더욱貞淑한處女를願하고있었다[20)


10

말〔馬〕 —— [21)

땀〔汗〕 —— [22)


×


余, 事務로써散步라하여도無妨하도다[23)

余, 하늘의푸르름에지쳤노라이같이閉鎖主義로다[24)

<hr>

19) 수염이 많이 난 것과 듬성듬성 난 것을 대조하고, 특이한 수염의 모습과
평범한 모습을 상대하여 말한다.

20) 언제나 수염을 잘 간수하고 다듬어 깨끗하게 유지하고 싶어 하는 마음
을 비유적으로 말한다.

21) 길게 자란 턱수염에서 말의 등줄기에 돋은 갈퀴를 연상한다.

22) 물을 마시거나 술을 마실 때 그것이 흘러내려 수염에 물방울이 맺히는
것을 땀이 난다고 표현한다.

23) '여'는 얼굴에 나 있는 털을 인격화하여 지칭한 것으로 본다. 머리가 자
라고 눈썹이 나오고 수염이 자라는 것을 산보하는 것에 비유했다.

24) 머리칼과 눈썹과 수염의 색깔이 하늘과 같은 푸른색이 아니라 어두운
검은색인 것을 '폐쇄주의자'에 비유했다.

1931. 6. 5.

─ 『이상 전집: 제2권 시집』, 1956, 116~119쪽.


〔일본어 원문〕

ひげ

── (鬚・鬚・ソノ外ひげデアリ得ルモノラ・皆ノコト)


1

目ガアツテ居ナケレバナラナイ筈ノ場所ニハ森林デアル
笑ヒガ在ツテ居タ


2

人參


3

あめりかノ幽靈ハ水族館デアルガ非常ニ流麗デアル
ソレハ陰鬱デデモアルコトダ


4

溪流ニテ ——
乾燥シタ植物性デアル
秋


5


一小隊ノ軍人ガ東西ノ方向ヘト前進シタト云フコトハ
無意味ナコトデナケレバナラナイ
運動場ガ破裂シ龜裂スルバカリデアルカラ


6


三心圓


7


粟ヲツメタめりけん袋
簡單ナ須臾ノ月夜デアツタ


8


何時デモ泥棒スルコト許リ計畫シテ居タ
ソウデハナカツタトスレバ少クトモ物乞ヒデハアツタ

9

疎ナルモノハ密ナルモノノ相對デアリ又

平凡ナモノハ非凡ナモノノ相對デアツタ

俺ノ神經ハ娼女ヨリモモツト貞淑ナ處女ヲ願ツテイタ


10

馬——

汗——


×


余事務ヲ以テ散歩トスルモ宜シ

余天ノ青キニ飽ク斯ク閉鎖主義ナリ

1931. 6. 5.

—《조선과 건축》, 1931. 7, 17~18쪽.

이상이 육체의 물질성에 대한 인식에 어떤 방식으로 도달하고 있는가를 보여 주는 흥미로운 작품이다. 이 작품의 일본어 원문을 보면 '수염'이라는 제목 아래 부제로 "수(鬚)·수(鬚)·그밖에수염일수있는것들·모두를이름"이라는 구절이 괄호 속에 묶여 있다. 여기에 '수(鬚)'라는 동일한 한자가 두 번이나 등장한다. 이것은 귀밑이나 입언저리에 난 수염을 지시하기 위한 기호적 표시라고 할 수 있다.

시는 모두 열 개의 단락으로 구분되어 있다. 이러한 시적 형태의 단락 구분은 특별한 고안을 염두에 둔 것으로 보이지는 않는다. 그러나 시적 공간 자체를 일종의 몽타주 기법으로 질서화한다. 사람의 얼굴에 나 있는 수염을 포함한 여러 가지 형태의 털을 대상으로 하여 그 특징적인 인상을 병렬적으로 나열하고 있기 때문이다.

첫 단락의 진술은 고도의 비유와 암시를 포함한다. "눈이있어야하지아니하면아니될자리"라는 말은 인간의 얼굴에서 시각의 기능을 담당하는 '눈'이 붙어 있는 위치를 뜻한다. 일반적으로 동물의 눈은 머리 꼭대기나 앞쪽에 붙어 있다. 사람의 경우는 전면을 향하도록 얼굴 중앙에 좌우로 한 쌍의 눈이 있고 그것을 보호하도록 눈 주변에 눈썹이 나 있다. "삼림인웃음이존재하고있었다"라는 말 속에는 몇 가지 비유적 표현이 겹쳐 있는데 먼저 '웃음'이라는 말에 주목할 필요가 있다. 눈은 웃음과 밀접한 관계가 있다. '눈웃음'이라는 말도 널리 쓰인다. 그런데 눈을 깜박거리거나 실제로 웃음을 웃는 경우 그 동작은 눈을 둘러싸고 있는 눈꺼풀과 눈썹의 움직임을 통해 감지된다. 이런 사실을 통해 여기에서 비유적으로 쓰이고 있는 '삼림'이라는 말이 '눈썹'을 뜻한다는 것을 유추해 볼 수 있다.

둘째 단락은 '홍당무'라는 하나의 명사가 제시되어 있다. 일본어로 발표한 원문을 보면 이 대목이 '人參'이라고 표시된 것을 확인할 수 있다. 일본어에서 이 말은 '당근(홍당무)'을 뜻한다. 당근의 잎이 무성한 모습을 덥수룩한 사람의 머리 모양으로 암시한 것이 아닌가 생각된다.

셋째 단락에서 '아메리카 유령'은 1930년대 새로운 헤어스타일로 유행한 여성들의 '길게 풀어헤쳐 늘어트린 머리 모양'을 비꼬아 표현한 말이다. 한국에서는 전통적으로 혼전의 여성인 경우는 머리를 땋지만 결혼 후에는 쪽머리를 한다. 그런데 서양의 풍습이 전래되면서 한국 여성들도 단발을 하거나 파마머리를 한다. 그리고 머리를 풀어헤쳐 길게 늘어트린 모양도 하게 된다. 여기에서 '아메리카 유령'이라는 말도 생겨난다. 길게 풀어헤쳐 늘어뜨린 머리가 유려한 모양이긴 하지만 어딘지 음울한 느낌을 준다고 설명하고 있다.

넷째 단락에서는 머리털의 속성을 비유적으로 설명하고 있다. 머리털은 마치 골짜기를 흐르는 물처럼 부드럽지만 실상은 물이 없이도 자라난다. 머리털이 자라나는 것은 식물과 비슷하다. 털의 성장 속도는 나이를 먹으면서 빨라지고 털이 자라는 영역 또한 계속 넓어진다. 또한 털이 나는 속도도 계절에 따라 다르다. 식물처럼 겨울보다 여름에 털이 나는 속도가 빠르다. 그리고 가을에 풀과 나뭇잎에 단풍이 드는 것처럼 나이가 들면 머리 색깔이 희게 된다.

시의 중반부인 다섯째 단락은 눈썹에 돋아난 털과 눈의 모양을 시적 묘사의 대상으로 삼고 있다. 두 눈썹이 미간을 사이에 두고 양쪽으로 벌어져 있는 모양을 "일소대의군인이동서의방향으로전진하였다"라고 비유적으로 묘사하고 있다. 두 개의 눈썹은 머리에 비해 털이 많지 않다. '일소대의 군인'이라는 표현이 여기에서 비롯된다. 그리고 두 눈썹이 양쪽으로 벌어진 채 눈 위에 자리하고 있는 모양을 놓고 '동서의 방향으로 전진'하고 있다고 묘사한다. 사람 얼굴의 인상을 말할 때 눈썹의 위치와 모양에 따라 미간이 넓다든지 좁다고 하는 표현이 여기에서 생긴다. 얼굴을 찌푸리고 눈을 부릅뜨고 눈초리를 치켜세우는 등 모든 얼굴 표정의 변화(운동장이 파열하고 균열하는 것)가 눈썹의 움직임과 그 모양에 따라 가능해진다는 점을 주목할 필요가 있다.

여섯째 단락에 등장하는 "삼심원(三心圓)"은 시인이 만들어 낸 용어이다. 기하학적인 개념으로는 '삼심원'이란 존재하지 않는다. 평면 위 두 정점으로부터의 거리의 합이 일정한 점을 이루는 궤적을 타원이라고 하는데, 이 두 정점을 타원의 초점이라고 한다. 타원은 두 개의 초점을 가지기 때문에 '이심원'에 해당한다. 그러나 초점이 세 개가 되는 원은 존재하지 않는다. 그런데도 '삼심원'이라는 용어를 쓴 것은 얼굴 위에 나 있는 털과 관련된 어떤 형상에서 착안한 것이 아닌가 생각된다. 여기에서 둥근 얼굴에 자리하고 있는 두 개의 동그란 눈의 형상을 떠올릴 수 있다. 커다란 하나의 원에 두 개의 작은 원이 나란히 자리하고 있으므로 '삼심원'이라는 표현을 쓴 것이라고 할 수 있다.

시의 후반부인 일곱째 단락에서는 수염 자체가 묘사의 대상이 된다. 수염을 깎은 모양과 수염이 자라나는 과정을 특이한 비유적 방법으로 묘사하고 있다. 일곱째 단락은 수염을 면도질하여 깎아 낸 후의 모양을 묘사하고 있다. 수염을 면도칼로 밀어내면 피부가 뽀얗게 드러난다. 그러나 곧 수염이 자라나 털 자국이 가뭇가뭇 드러나 보인다. 이 모양을 비유적으로 표현한 대목이 "조를그득넣은밀가루포대"이다. 면도질을 자주 해 본 사람이면 이 표현의 감각을 충분히 이해할 수 있을 것이다. 뒤에 이어지는 "간단한수유의달밤이었다"라는 구절은 이러한 감각을 다시 비유적으로 표현한 대목이다. '수유(須臾)'는 '잠시 동안'을 뜻하는 말인데, 수염을 깎고 나서 하룻밤만 지나면 어느새 다시 수염이 돋아나는 것을 암시한다. '수(須)' 자는 원래 '혈(頁)', 즉 얼굴에 수염, 즉 '삼(彡)'이 자라난다는 뜻을 가진 말이므로, '수(須)'라는 한자어를 가지고 일종의 '기호 놀이'를 하고 있는 것으로 볼 수도 있다. 여기에서는 면도한 자리가 오래가지 못하고 수염이 가뭇가뭇하게 돋아나는 모양을 시간적, 공간적으로 비유하여 표현하고 있다.

여덟째 단락은 바로 앞 일곱째 단락과 서로 대조를 이루는 부분이다. 면도하지 않아 텁수룩하게 자란 수염 털의 모양을 묘사하고 있다. "언제나도둑질할것만을계획하고있었다"라는 표현은 수염이 더부룩하고 무성하게 돋아난 모습을 말한다. 흔히 이럴 경우 '산적 같다'라고 비유적으로 표현한다. 뒤로 이어지는 "그렇지는아니하였다고한다면적어도구걸이기는하였다"라는 구절은 수염을 제대로 손질하지 않아 지저분해 보임을 암시한다. '거지 같다'라는 표현에 잘 어울린다.

아홉째 단락에서는 수염이 많이 난 것과 듬성듬성 난 것을 대조하고 특이한 수염의 모습과 평범한 모습을 상대적으로 하여 말하기도 한다. 대개 남성들은 누구나 수염을 잘 간수하고 다듬어 깨끗하게 유지하고 싶어 하는 마음을 갖는다. 이 대목은 수염을 잘 기르고 간수하기를 바라는 심정을 비유적으로 표현한 것이라고 할 수 있다.

이 작품은 열 번째 단락에서 모든 시상을 종결한다. '말'과 '땀'이라는 두 단어는 수염의 형태를 연상하도록 유도하고 있다. '말'이라는 단어는 길게 자라난 턱수염을 놓고 말의 등줄기에 돋아난 말갈기를 연상하게 한다. '땀'이라는 말은 물을 마시거나 술을 마실 때 그것이 흘러내려 수염에 방울처럼 맺히는 것을 암시한다. 사람들은 물을 마시거나 술을 마신 후 수염을 쓰다듬는다. 입에서 흘러나와 수염에 맺힌 물방울을 마치 땀방울을 씻어 내듯 씻어 버리기 위해서이다. 마지막에 제시된 "나는사무로써산보라하여도무방하도다/ 나는하늘의 푸르름에지쳤노라이같이폐쇄주의로다"라는 두 개의 구절에서는 시적 어조의 변화가 드러난다. 이 대목에서 '나'는 얼굴에 나 있는 수염 털을 인격화하여 '나'라고 지칭한 것이다. 수염이 자라는 것은 무슨 특별한 역할이 있는 것도 아니고, 대단한 생리적 기능을 논할 수 있는 일도 아니다. 수염을 기르는 것은 일에 비유한다면 가볍게 산보하는 것 정도에 지나지 않는다. 수염 털은 그 색깔이 하늘과 같은 푸른색이 아니고 돋아나는 식물처럼 초록빛도 아니다. 처음부터 어두운 검정색으로 돋아나며 나이 들어 늙으면 회색과 흰색으로 변한다. 검정색과 회색, 그리고 하얀색을 고집하는 수염의 성격을 비유한다면 '폐쇄주의자'의 성격과 같은 것이 아닐까 생각하게 된다.

시인 이상은 육체의 물질성을 수염을 통해 주목한다. 병에 의해 훼손된 자신의 폐부(肺腑)는 다시 재생이 불가능하다. 그러나 머리털과 수염은 깎아 내도 귀찮게 다시 자라난다. 몸에 돋아나지만 별 소용이 없어 다시 깎아야 하는 수염, 깎아도 아무런 느낌이 없이 다시 자라나는 머리털(삶과 죽음)의 의미를 동시에 담고 있는 이 수염 기르기와 깎기를 놓고 이상은 한가로운 '산보'를 떠올리고 있다.

# BOITEUX·BOITEUSE


긴것

짧은것

열십자

×


그러나CROSS에는기름이묻어있었다

추락

부득이한평행

물리적으로아펐었다
(이상 평면기하학)


×


오<sup>.</sup>렌<sup>.</sup>지

대포

포복

×

　　만약자네가중상을입었다할지라도피를흘리었다고한다
　　면참재미없다

오 —
침묵을타박하여주면좋겠다
침묵을여하히타박하여나는홍수와같이소란할것인가
침묵은침묵이냐

메스를갖지아니하였다하여의사일수없을것인가

천체를잡아찢는다면소리쯤은나겠지


나의보조는계속된다
언제까지도나는시체이고자하면서시체이지아니할것인가

〔원문〕

## BOITEUX·BOITEUSE[1]


긴것[2]


짧은것[3]


열十자[4]


×


그러나 CROSS에는 기름이묻어있었다[5]


隊落[6]


不得已한平行[7]

---

1) 'BOITEUX·BOITEUSE'는 프랑스어로 '절름발이'를 말하며 앞의 것이
남성형이고 뒤의 것이 여성형이다.
2) '십(十)' 자에서 아래로 길게 내리쓴 획이다.
3) '십(十)' 자에서 짧게 옆으로 가로쓴 획이다.
4) 앞의 긴 획과 짧은 획이 결합되어 이루어지는 '십(十)' 자이다.
5) 그러나 두 획이 교차하는 지점에 기름칠이 되어 미끄럽다.
6) 기름칠 때문에 미끄러워서 한 획이 떨어진다.
7) 긴 획과 짧은 획이 부자연스러운 형태로 나란히 서거나 눕거나 한다.

物理的으로아팠었다[8]

(以上平面幾何學)[9]


×


오렌지[10]

大砲[11]

葡萄[12]


×


萬若자네가重傷을입었다할지라도피를흘리었다[13]고한다면참

---

8) 균형이 깨지다. '십(十)' 자를 기독교의 구원을 상징하는 것으로 본다면 그것이 깨진 것은 절망을 표현한다고 할 수 있다.

9) 이 시 전반부에서 진술하는 내용은 일종의 평면기하학적 도해에 불과하다는 점을 밝히고 있다. 단락 '1'의 내용을 이상 자신의 질병과 연관지어 해석할 경우, 긴 것은 정상적인 한 편의 폐, 짧은 것은 앓고 있는 폐, 그리고 십(十) 자는 가슴의 모양을 뜻하는 것으로 풀이할 수 있다. 이렇게 불균형을 이룬 이유는 십(十) 자에 기름이 묻어 한쪽이 미끄러졌기 때문이고 그러므로 균형을 잃은 상태(병든 상태)로 살아감을 말하는 것으로 볼 수 있다.

10) 비정상의 상태에서 복용하는 약의 모양. 노란 원형의 알약으로 보인다.

11) 캡슐형의 약. 대포알과 흡사하다.

12) 가루약. 바닥에 갈린 흙먼지에서 연상된 것이다. 기침을 하면서 지쳐 바닥에 쓰러진 것을 뜻한다고 볼 수도 있다.

멋적은일이다


오—

沈默[14]을打撲하여주면좋겠다

沈默을如何히打撲하여나는洪水와같이騷亂할것인가[15]

沈默은沈默이냐


메쓰를갖지아니하였다하여醫師일수없을것인가[16]


天體를잡아찢는다면소리쯤은나겠지[17]



나의步調는繼續된다[18]

언제까지도나는屍體이고저하면서屍體이지아니할것인가[19]

1931. 6. 5.

—『이상 전집: 제2권 시집』, 1956, 120~123쪽.

---

13) 객혈을 하게 되다.

14) 결핵이라는 병이 겉으로는 아무 느낌이 없이 상태가 악화되는 것을 '침묵'이라고 표현한다.

15) 아무 느낌 없이 진전되는 병환이 차라리 '홍수처럼 소란'하기를 바란다.

16) 자기 스스로는 도저히 어찌할 수 없음을 고통스러워한다.

17) 하늘을 찢는다면 소리가 나겠지만 자신의 가슴이 찢어지고 있는데 아무 소리도 나지 않는다. 병에 대한 두려움과 고통을 표현한 대목이다.

18) 한쪽 폐가 없어진 상태의 '보조'가 이루어지고 있다.

19) 병으로 죽어 가고 있는 몸의 상태를 말한다.

## BOITEUX、BOITEUSE

長イモノ

短イモノ

十文字

×

　然シCROSSニハ油ガツイテイタ

　墜落

　已ムヲ得ナイ平行

　物理的ニ痛クアツタ
　(以上平面幾何学)

　×

をれんぢ

大砲

匍匐

×

若シ君ガ重傷ヲ負フタトシテモ血ヲ流シタトスレバ味氣ナイ

お─
沈黙ヲ打撲シテホシイ
沈黙ヲ如何ニ打撲シテ俺ハ洪水ノヨウニ騒亂スベキカ
沈黙ハ沈黙カ

めすヲ持タヌトテ醫師デアリ得ナイデアラウカ

天體ヲ引キ裂ケバ音位スルダラウ

俺ノ歩調ハ繼續スル
何時迄モ俺ハ屍體デアラントシテ屍體ナラヌコトデアラウカ

1931. 6. 5.
─《조선과 건축》, 1931. 7, 18~19쪽.

이 작품은 모두 네 개의 단락으로 구분되어 있다. 그러나 시적 의미는 전반부 두 단락과 후반부 두 단락으로 나뉜다. 전반부에 해당하는 첫째 단락과 둘째 단락은 이상 자신이 즐겨 쓴 '말놀이' 수법을 활용하여 불균형 상태에 빠진 자신의 건강 상태를 암시한다. 우선 이 작품의 제목을 보면 'BOITEUX·BOITEUSE'라는 프랑스어로 되어 있다. 이 말은 두 단어 모두 '절름발이'라는 뜻을 갖는데, 앞의 것이 남성형이고 뒤의 것이 여성형이다. 같은 뜻을 지닌 단어이지만 성에 따라 표기가 달라지는 것에 착안해 이들을 나란히 배열함으로써 '절름발이'라는 말을 기호적으로 표상하고 있다.

작품 전반부의 내용은 구원의 의미를 표상하는 '십(十)'이라는 글자에서 두 개의 획이 서로 떨어져 '이(二)'와 같은 형태의 불완전한 평행 상태에 이르게 됨을 일종의 파자 방식을 통해 기호적으로 해체해 보여 준다. 그리고 스스로 이 과정을 '평면 기하학'의 방법에 견주고 있다. 작품 후반부에 해당하는 셋째 단락과 넷째 단락은 병으로 인한 육체적 훼손의 과정을 제대로 극복하지 못하고 고통스러워하는 인간적 고뇌를 진술하고 있다. 이상 자신이 폐결핵을 진단받은 후 병과 싸워 나가는 고통의 과정은 여러 작품에서 암시적으로 그려졌다. 여기에서는 셋째 단락에서 병을 치료하기 위해 복용하는 약의 모양과 색깔을 보여 준다. 그리고 겉으로는 아무런 표시 없이 내부에서 소리 없이 진행되고 있는 병세의 악화 과정을 고통스럽게 묘사하고 있다. "천체를잡아찢는다면소리쯤은나겠지"라든지, "나는시체이고자하면서시체이지아니할것인가" 같은 표현에서 고통의 심도를 감지할 수 있다.

# 공복—


바른손에과자봉지가없다고해서

왼손에쥐어져있는과자봉지를찾으려지금막온길을오리나되

돌아갔다


    ×


이손은화석이되었다


이손은이제는이미아무것도소유하고싶지도않다소유한물건

의소유된것을느끼기조차하지아니한다


    ×


지금떨어지고있는것이눈〔雪〕이라고한다면지금떨어진내눈물

은눈〔雪〕이어야할것이다


나의내면과외면과

이건의계통인모든중간들은지독히춥다


좌 우

이양측의손들이서로의리를저버리고두번다시악수하는일은
없이
　곤란한노동만이가로놓여있는이정리하며가지아니하면안되
는길에서독립을고집하는것이기는하나

　추우리로다
　추우리로다

　　　×

　누구는나를가리켜고독하다고하느냐
　이군웅할거를보라
　이전쟁을보라

　　　×

　나는그들의알력의발열의한복판에서혼수한다
　심심한세월이흐르고나는눈을떠본즉
　시체도증발한다음의고요한월야를나는상상한다

　천진한촌락의축견들아짖지말게나
　내체온은적당스럽거니와
　내희망은감미로웁다

空腹——[1]


바른손에菓子封紙가없다고해서

왼손에쥐어져있는菓子封紙를찾으려只今막온길을五里나되돌아

갔다[2]


×


이손은化石하였다[3]


이손은이제는이미아무것도所有하고싶지도않다所有된물건의所有

된것을느끼기조차하지아니한다[4]


×


只今떨어지고있는것이눈(雪)이라고한다면只今떨어진내눈물은눈


---

1) 제목으로 쓰인 '공복'이라는 말은 상실감, 허탈감 등을 의미한다.
2) 바른손에 아무것도 없다는 것은 왼손과 바른손과의 불균형을 암시한다.
시인 자신의 병과 관련지을 경우 폐결핵에 의한 바른쪽 폐의 손상을 의미
하는 것으로 볼 수 있다.
3) 굳어져 있다. 폐 기능의 상실을 말한다.
4) 감각과 기능이 모두 상실된 상태이다.

(雪)이어야할것이다[5]


　　나의內面과外面과

　　이件의系統인모든中間들은지독히춥다[6]


　　左　右

　　이兩側의손들이相對方의義理를저바리고두번다시握手하는일은
없이[7]

　　困難한노동만이가로놓여있는이整頓하여가지아니하면아니될길에
있어서獨立을固執하는것이기는하나[8]


　　추우리로다

　　추우리로다[9]


　　　×


　　누구는나를가리켜孤獨하다고하느냐

　　이群雄割據를보라

---

5) 차디찬 눈물이 떨어지다. 병에 대한 고뇌를 말한다. 병환의 증세를 체온
이 내려가고 올라가는 현상과 관련해 암시적으로 그려 낸다.
6) 눈이 오는 바깥 기온과 마찬가지로 자신의 내면도 차가워지고 있다.
7) 좌우 가운데 한쪽의 기능 상실로 인해 다시는 육체적 균형(건강)을 이룰
수 없음을 빗대어 말한다.
8) 한쪽의 기능에만 의존하게 됨을 빗대어 말한다.
9) 불균형 상태가 지속되어 견디기 힘든 것임을 바깥 추위에 견주어 말한다.

이戰爭을보라[10)]

×

나는그들의軋轢의發熱의한복판에서昏睡한다[11)]

심심한歲月이흐르고나는눈을떠본즉[12)]

屍體도蒸發한다음의고요한月夜를나는想像한다[13)]

天眞한村落의畜犬들아짖지말게나[14)]

내體溫은適當스럽거니와

내希望은甘美로움다[15)]

　　　　　　　　──『이상 전집: 제2권 시집』, 1956, 124~127쪽.

---

10) 무수한 병균(결핵)이 가슴속 폐에 달라붙어 있음을 싸움이 벌어지고
있는 것에 빗대어 말한다.
11) 몸의 체온이 올라가는 현상(발열)으로 거의 기진하게 되는 것을 병균과
싸우다가 기진한 것으로 빗대어 말한다.
12) 혼수상태에서 시간이 지나다.
13) 몸의 기운이 빠져 시체처럼 늘어지고 체온이 내려가면서 평온을 찾는다.
14) 기침이 계속되는 것을 '촌락의 개들이 짖는다'라고 비유적으로 표현한다.
15) 다시 건강이 회복되기를 꿈꾸다.

空腹 ——


右手ニ菓子袋ガナイト云ツテ
左手ニ握ラレテアル菓子袋ヲ探シニ今來タ道ヲ五里モ逆戻リシタ


×


コノ手ハ化石シタ

コノ手ハ今ハモウ何物モ所有シタクモナイ所有セルモノノ所有セル
コトヲ感ジルコトヲモシナイ


×


今落チツツアルモノガ雪ダトスレバ今落チタ俺ノ涙ハ雪デアルベ
キダ

俺ノ内面ト外面ト
コノコトノ系統デアルアラユル中間ラハ恐ロシク寒イ

左 右
コノ両側ノ手ラガオ互ノ義理ヲ忘レテ再ビト握手スルコトハナク

困難ナ勞働バカリガ横タワツテイルコノ片附ケテ行カネバナラナイ
道ニ於テ獨立ヲ固執スルノデハアルガ


寒クアラウ
寒クアラウ


×


誰ハ俺ヲ指シテ孤獨デアルト云フカ
コノ群雄割據ヲ見ヨ
コノ戰爭ヲ見ヨ


×


俺ハ彼等ノ軌轢ノ發熱ノ眞中デ昏睡スル
退屈ナ歳月ガ流レテ俺ハ目ヲ開イテ見レバ
屍體モ蒸發シタ後ノ靜カナ月夜ヲ俺ハ想像スル


無邪氣ナ村落ノ飼犬ラヨ　吠エルナヨ
俺ノ體温ハ適當デアルシ
俺ノ希望ハ甘美クアル。

1931. 6. 5.

—《조선과 건축》, 1931. 7, 19쪽.

〔해설〕

　이 작품의 텍스트는 모두 다섯 개의 단락으로 구분되어 있다. 시적 화자인 '나'는 병으로 생긴 육체적인 훼손과 불균형 그리고 거기에 부수되는 고통을 심도 있게 묘사하고 있다. 텍스트의 표층에서 병으로 인한 육체적인 훼손은 서로 대조적으로 그려진 '바른손'과 '왼손'의 기능을 통해 암시된다. '바른손'은 이미 기능을 상실한 상태로 그려지며, '왼손'만 정상적인 기능을 수행하는 것으로 나타난다. 그리고 병세의 진전은 체온의 변화를 통해 감각적으로 그려진다. 인간 육체의 병과 그 증상을 육체의 물질성에 착안해 묘사하고 있는 이 작품에서 병의 증상은 '전쟁'으로, 그 고통은 '발열'과 '혼수'라는 말로 표현되고 있다.

조감도

# 조감도

2인……1……


기독은남루한행색으로설교를시작했다.
알·카포네는감람산을산채로납활해갔다.


1930년이후의일 ─.
네온사인으로장식된어느교회의문간에서는뚱뚱보카포네가
볼의상흔을쌜룩거리면서입장권을팔고있었다.

鳥瞰圖[1]

二人……1……

基督은襤褸한行色하고說敎를시작했다.

아아르 · 카오보네[2]는橄欖山[3]을山채로拉撮[4]해갔다.


一九三〇年以後의일―.

네온싸인으로裝飾된어느敎會의門깐[5]에서는뚱뚱보카오보네가

볼의傷痕을伸縮시켜가면서入場券을팔고있었다.[6]

1931. 8. 11.

──『이상 전집: 제2권 시집』, 1956, 47쪽.

---

1) 조감도는 마치 새가 하늘을 날며 아래를 내려다보는 것처럼 높은 곳에서 내려다본 상태의 그림이나 지도로, 흔히 건축 과정에서 활용된다.
2) 알 카포네(Al Capone, 1899~1947)는 미국 뉴욕 출신으로 시카고를 중심으로 조직 범죄단을 움직인 미국의 유명한 갱단 두목이다. 이 대목에서 암시한 것은 1929년 시카고에서 일어난 알 카포네의 '성 밸런타인데이 대학살' 사건이다.
3) 감람산. 이스라엘의 예루살렘 동쪽에 있는 산으로 예수가 기도를 올리고 설교를 베풀었던 곳이다. 여기에서는 기독교의 정신을 상징하는 공간이다.
4) 납촬. 잡아서 차지하다.
5) 겉치장만 요란한 교회당의 모습을 말한다.
6) 교회의 물질적 타락 현상을 빗대어 말한 대목이다.

〔일본어 원문〕

# 鳥瞰圖

## 二人……1……


キリストは見窄らしい着物で説教を始めた。

アアルカアポネは橄欖山を山のまゝ拉撮し去つた。


×


一九三〇年以後のこと ──

　ネオンサインで飾られた或る教會の入口では肥つちよのカアポネが頰の傷痕を伸縮させながら切符を賣つていた。

1931. 8. 11.

──《조선과 건축》, 1931. 8, 10쪽.

〔해설〕

　이상은 잡지《조선과 건축》에 「조감도」라는 큰 제목 아래 「2
인……1……」, 「2인……2……」, 「신경질적으로비만한삼각형」,
「LE URINE」, 「얼굴」, 「광녀의고백」, 「흥행물천사」 등의 일본
어로 쓴 여덟 편의 작품들을 함께 묶어 발표한다. 이 작품들
은 모두 '만필(漫筆)' 난에 수록되어 있다.

　조감도는 건축에서는 시점 위치가 높은 투시도의 일종으로
본다. 조감도는 지표 모양을 입체적으로 표현하고 원근 효과
를 나타내어 회화적인 느낌을 준다. 지상의 건물이나 수목 등
은 실물에 가까운 모양으로 나타내기 때문에 관광 안내도, 공
사 계획도 등에 사용된다. 연작시 「조감도」는 연작으로 묶은
각각의 작품들이 시적 주제와 내용에서 연관성을 지니고 있
지는 않고 각각의 작품들이 독립성이 강하다. 그런데도 연작
의 틀 속에 작품들을 묶은 것은 대상을 보는 시적 주체의 시
각 문제가 유별난 특징을 지니고 있기 때문이다.

　「2인……1……」은 미국의 악명 높은 마피아 두목 알 카포네
가 1929년 성 밸런타인데이에 시카고에서 일으킨 대학살 사건
을 소재로 한다. 기독으로 표상되는 인간의 선과 알 카포네로
표상되는 인간의 악의 대립이 첫째 단락에서 제시된다. 둘째
단락에서는 끔찍한 사건이 일어난 후 오히려 교회는 타락하고
악이 교회를 지배하고 있음을 암시적으로 비판하고 있다.

# 조감도
2인……2……


　알 · 카포네의화폐는참으로광이나고메달로하여도좋을만하나기독의화폐는보기숭할지경으로빈약하고해서아무튼돈이라는자격에서는한발도벗어나지못하고있다.


　카포네가프레상이라며보내어준프룩 · 코트를기독이최후까지거절하고말았다는것은유명한이야기거니와의당한일이아니겠는가.

## 鳥瞰圖

### 二人……2……

아아ㄹ·카오보네의貨幣는참으로光이나고메달로하여도좋을만하
나基督의貨幣는보기숭할지경으로貧弱하고해서아무튼돈이라는資
格에서는一步도벗어나지못하고있다.[7]

카오보네가프렛상[8]이래서보내어준프록·코오트[9]를基督은最後
까지拒絕하고말았다는것은有名한이야기거니와宜當한일이아니겠는
가.[10]

1931. 8. 11.

──『이상 전집 제2권 시집』, 1956, 48쪽.

---

7) 알 카포네가 불법적으로 축적한 재산의 규모가 당시 1억 달러가 넘었다
는 사실을 놓고 이를 기독의 정신에 빗대어 풍자했다.

8) 프레상(présent)은 프랑스어로 선물을 뜻한다.

9) 프록코트는 서양의 신사용 예복이다. 무릎까지 내려오는 긴 윗옷과 바지
가 한 벌로 구성된다.

10) 기독의 정신이 악을 거부하며 물질적 유혹을 뿌리치고 있음을 들어 그
정신이 살아 있음을 표현했다.

鳥瞰圖

二人…2…

　アアルカアポネの貨幣は逆も光澤がよくメダルにしていゝ位だがキリストの貨幣は見られぬ程貧弱で何しろカネと云ふ資格からは一歩も出ていない。

　カアポネがプレツサンとして送つたフロツクコオトをキリストは最後迄突返して已んだと云ふことは有名ながら尤もな話ではないか。

1931. 8. 11.

—《조선과 건축》, 1931. 8, 10쪽.

이 작품은 「2인……1……」과 마찬가지로 기독의 선과 알 카
포네의 악을 대비시켜 보여 준다. 알 카포네가 불법적으로 축
적한 엄청난 재산, 그러나 그 물질적 유혹을 뿌리치는 기독의
정신적 의미를 강조하고 있다.

# 조감도

### 신경질적으로비만한삼각형
### ▽은나의AMOUREUSE이다

▽이여 씨름에서이겨본경험은몇번이나되느냐.

▽이여 보아하니외투속에파묻힌등덜미밖엔없구나.

▽이여 나는그호흡에부서진악기로다.

　나에게어떠한고독이찾아올지라도나는××하지아니할것
이다. 오직그러함으로써만.
　나의생애는원색과같이풍부하도다.

그런데나는카라반이라고
그런데나는카라반이라고

鳥瞰圖

神經質的으로肥滿한三角形

▽은나의AMOUREUSE이다[11]

▽이여 씨름에서이겨본經驗은몇번이나되느냐.[12]


▽이여 보아하니外套속에파묻힌등덜미밖엔없고나.[13]


▽이여 나는그呼吸에부서진樂器로다.[14]


나에겐如何한孤獨은찾아올지라도나는××하지아니할것이

---

11) 이 구절은《조선과 건축》(1931. 7)에 발표한 「파편의경치」, 「▽의유희」라는 작품의 부제로 붙은 "△은나의AMOUREUSE이다"와 흡사하다. 다만 '△'의 모양이 '△'에서 '▽'으로 바뀐 것을 볼 수 있다. 그런데 한 가지 주목되는 것은 작품 말미에 적은 창작 시기이다. 이 작품은 "1931. 6. 1."이라고 표시되어 있어서 앞의 두 작품이 창작된 "1931. 6. 5."와 그 시기가 가깝다. 시적 소재 역시 '양초'와 '촛불'을 대상으로 하고 있는 점이 공통적이다.
12) 시적 대상인 '▽'(양초의 촛불)에게 씨름에서 이겨 본 경험을 묻고 있는 것은 그것을 제대로 바로 세워 두기 어려움을 우회적으로 표현한 것이다. 양초에 불을 붙이고 촛대를 세우기 위해 촛농을 바닥에 떨어뜨린 다음 그 자리에 양초 밑바닥 부분을 붙인다. 촛농이 응고하면서 양초가 바로 서게 되는데 제대로 바닥에 붙이기가 쉽지 않아 양초가 자꾸 바닥에 쓰러진다.
13) 양초에 불이 붙어 있는 것을 위에서 내려다보았을 때의 모습이다. 공중에서 사람을 아래로 내려다보았을 때 머리와 등덜미만 드러나 보이는 것에 견주고 있다.
14) 촛불이 타 들어가는 것을 보고 자신은 '호흡'이 부자유스러운 폐결핵 환자임을 비유적으로 표현하고 있다.

다. 오직그러함으로써만.

　나의生涯는原色과같하여豐富하도다.[15]


그런데나는캐라반[16]이라고

그런데나는캐라반이라고

1931. 6. 1.

── 『이상 전집: 제2권 시집』, 1956, 49~50쪽.


〔일본어 원문〕

鳥瞰圖

神經質に肥滿した三角形

▽は俺のAMOUREUSEである

▽よ 角力に勝つた經驗はどれ丈あるか。


▽よ 見れば外套にブツつゝまれた背面しかないよ。


▽よ 俺はその呼吸に碎かれた樂器である。


　　俺に如何なる孤獨は訪れ來樣とも俺は××しないことであら

---

15) 촛불이 붉게 타는 모습을 '원색'이라고 말한다.
16) 대상(隊商). 여기에서는 '양초'가 휴대 가능한 이동식 조명 기구인 점을
들어서 '카라반'에 비유하고 있다.

う。であればこそ。

俺の生涯は原色に似て豐富である。


しかるに俺はキャラバンだと

しかるに俺はキャラバンだと

1931. 6. 1.

―《조선과 건축》, 1931. 8, 10쪽.

이 작품은《조선과 건축》(1931. 7)에 발표한 「파편의경치」,
「▽의유희」와 그 시적 대상이 동일하다. 양초의 불꽃을 보면
서 느끼는 상념의 세계를 다양한 비유적 표현으로 그려 낸다.
양초에 불을 붙여 세워 놓기가 쉽지 않다는 점, 불이 타 들어
가면서 초가 녹는 모습을 보고 폐가 상한 자신의 처지를 비
유적으로 그려 낸다는 점이 그러하다. 양초의 기능성을 놓고
카라반에 비유하기도 한다.

# 조감도
## LE URINE

불길과같은바람이불었건만불었건만얼음과같은수정체는있
다.우수는DICTIONAIRE와같이순백하다.녹색풍경은망막에
다무표정을가져오고그리하여무엇이건모두회색의명랑한색조
로다.

들쥐와같이험준한지구등성이를포복하는짓은대체누가시작
하였는가를수척하고왜소한ORGANE을애무하면서역사책비
인페이지를넘기는마음은평화로운문약이다.그러는동안에도매
장되어가는고고학은과연성욕을느끼게함은없는바가장무미하
고신성한미소와더불어소규모이지만이동되어가는실과같은동
화가아니면아니되는것이아니면무엇이었는가.

진녹색납죽한사류가무해롭게도수영하는유리의유동체는무
해롭게도반도도아닌어느무명의산악을도서와같이유동하게하
는것이며그럼으로써경이와신비와또한불안까지를함께뱉어놓
는바투명한공기는북국과같이차기는하나양광을보라.까마귀가
흡사공작과같이비상하여비늘을질서없이번득이는반개의천체
에금강석과추호도다름없이평민적윤곽을일몰전에빗보이며교
만함은없이소유하고있는것이다.

이러구러숫자의COMBINATION을망각하였던약간소량의
뇌수에는설탕과같이청렴한이국정조로하여가수상태를입술우
에꽃피워가지고있을지음번화로운꽃들은모두어디로사라지고
이것을목조의작은양이두다리잃고가만히무엇엔가귀기울이고
있는가.

　수분이없는증기때문에온갖고리짝은마르고말라도시원찮은
오후의해수욕장근처에있는휴업일의조탕은파초선과같이비애
에분열하는원형음악과휴지부, 오오춤추려나, 일요일의비너스
여, 목쉰소리나마노래부르려무나일요일의비너스여.

　그평화로운식당도어에는백색투명한MENSTRUATION이
라문패가붙어있고한정없는전화를피로하여LIT위에놓고다시
백색여송연을그냥물고있는데.
　마리아여, 마리아여, 살갗이새까만마리아여, 어디로갔느냐, 욕
실수도코크에선열탕이서서히흘러나오고있는데가서얼른어젯
밤을막으렴, 나는밥이먹고싶지아니하니슬리퍼를축음기위에얹
어놓아주려무나.

　무수한비가무수한추녀끝을두드린다두드리는것이다. 분명
상박과하박과의공동피로임에틀림없는식어빠진점심을먹어볼
까 ―먹어본다. 만돌린은제스스로포장하고지팡이잡은손에들
고그자그마한삽짝문을나설라치면언제어느때향선과같은황혼
은벌써왔다는소식이냐, 수탉아, 되도록순사가오기전에고개수그

린채미미한대로울어다오,태양은이유도없이 사 보 타 지 를자행하
고있는것은전연사건이외의일이아니면아니된다.

## 鳥瞰圖

### LE URINE[17]


불길과같은바람이불었건만불었건만[18] 얼음과같은水晶體는있
다.[19] 憂愁는DICTIONAIRE[20]와같이純白하다.綠色風景[21]은網膜에
다無表情을가져오고그리하여무엇이건모두灰色의明朗한色調로다.


들쥐(野鼠)와같은險峻한地球등성이를匍匐하는짓[22]은大體누가
始作하였는가를瘦瘠하고矮小한ORGANE을愛撫하면서[23]歷史冊비
인페이지를넘기는마음은平和로운文弱이다.[24]그러는동안에도埋葬
되어가는考古學[25]은과연性慾을느끼게함은없는바가장無味하고神
聖한微笑와더불어小規模하나마移動되어가는실(糸)과같은童話[26]
가아니면아니되는것이아니면무엇이었는가.

---

17) 프랑스어로 '오줌(소변)'을 의미한다. 바른 표기는 L'urine이다.
18) 변의(便意)를 느끼는 현상을 암시한다.
19) 변이 나오려다가 안 나오는 것을 불길과 얼음으로 대조한다.
20) 프랑스어로 '사전'을 말한다.
21) 재래식 화장실 변기 바닥에 변과 오줌이 함께 섞여 있는 모습이다.
22) 오줌을 누면서 여성과 섹스하는 장면을 연상하는 대목이다. 들쥐처럼
험준한 산등성이(여성의 육체) 위를 기어가는 것으로 상상한다.
23) 오줌을 누는 동안 점점 작아지는 성기를 잡고 있는 모양이다.
24) 변소에 앉아 공상에 빠진다.
25) 대변이 나와 바닥에 쌓이는 것을 '고고학'이라고 명명한다.
26) 대변이 나온 후에 가늘게 오줌이 나온다.

진綠色납죽한蛇類는無害롭게도水泳하는瑠璃의流動體[27]는無害롭게도半島도아닌어느無名의山岳을島嶼와같이流動하게하는것이며 [28]그럼으로써驚異와神秘와또한不安까지를함께뱉어놓는바透明한空氣는北國과같이차기는[29]하나陽光[30]을보라.까마귀는恰似孔雀과같이飛翔하여비늘을秩序없이번득이는半個의天體에金剛石과秋毫도다름없이平民的輪廓을日沒前에빗보이며驕慢함은없이所有하고있는것이다.[31]

이러구려數字의COMBINATION을忘却하였던[32]若干小量의腦髓에는雪糖과같이淸廉한異國情調로하여假睡狀態를입술우에꽃피워가지고있을즈음[33]繁華로운꽃들은모다어데로사라지고[34]이것을木彫의작은羊이두다리잃고가만히무엇엔가귀기울이고있는가.[35]

---

27) 재래식 화장실 변기 속에 오줌이 흘러가는 모습을 내려다보고 있다. "진녹색납죽한사류", "수영하는유리의유동체"는 모두 오줌을 비유한다.
28) 변기 안에 쌓여 있는 대변 무더기를 '반도', '산악', '도서'에 비유한다. 오줌이 이들 사이에 고여 있다.
29) 엉덩이로 느끼는 차가운 기운을 말한다.
30) 햇빛. 여기에서는 태양을 말한다.
31) 해가 지기 직전 하늘에는 마치 까마귀처럼 시커먼 구름이 덮여 있는데 구름 사이로 공작이 날개를 펼친 듯이 찬란한 햇살이 비치고 있다. 빛나는 햇살을 '금강석'에 비유하고, 검은색 구름을 '평민적 윤곽'이라고 표현한다.
32) 시간이 가는 줄 모르고 공상에 빠진다.
33) 변소에 앉아 졸음을 느끼다.
34) 햇살도 모두 없어진다.
35) 변소에 쪼그리고 앉아 있는 자신의 모습을 표현한다.

水分이없는蒸氣하여왼갖고리짝은말르고말라도시원찮은午後의
海水浴場近處에있는休業日의潮湯³⁶⁾은芭蕉扇과같이悲哀에分裂하
는圓形音樂³⁷⁾과休止符,³⁸⁾오오춤추려나,日曜日의뷔너스여,목쉰소리
나마노래부르려무나日曜日의뷔너스여.³⁹⁾


그平和로운食堂또어에는白色透明한MENSTRUATION이라門
牌⁴⁰⁾가붙어서限定없는電話를疲勞하여⁴¹⁾LIT우에놓고⁴²⁾다시白色呂
宋煙을그냥물고있는데.⁴³⁾

마리아여,마리아여,皮層는새까만마리아여,어디로갔느냐,浴室水道
콕크에선熱湯이徐徐히흘러나오고있는데가서얼른어젯밤을막으렴,나

---

36) 바닷물을 데운 목욕탕. 따뜻한 목욕탕에 들어가고 싶다.

37) 어디선가 들려오는 듯한 축음기의 슬픈 음악 소리. '파초선(파초의 이파
리 모양으로 된 큰 부채)'은 느릿하고 부드러운 느낌을 암시한다. '원형 음악'
이란 축음기판에서 들리는 소리를 비유적으로 표현한다.

38) 음악 소리가 멎는다.

39) 비너스(베누스)는 로마 신화에서 봄과 꽃밭의 여신이며, 그리스 신화에
서 사랑과 미의 여신인 아프로디테와 동일시된다. 천문에서는 금성(金星)을
지칭한다. 여기에서는 환상 속에서 아름다운 사랑의 여신을 떠올리는 것으
로도 볼 수 있고, 초저녁 금성이 뜨기를 바라는 것으로 해석할 수도 있다.

40) 변소 안에 혼자 앉아 있으면서 손님을 위해 음식을 준비하는 동안 손님
을 받지 않는다는 뜻으로 식당 앞에 붙여 놓은 문패(흔히 '준비중'이라는 글
씨를 써 놓는데, 이 글귀를 'menstruation'으로 바꿔 놓음)를 연상한다.

41) "한정없는전화"는 자신이 혼자 이런저런 공상을 하고 있는 것을 비유적
으로 표현한 대목이다. 공상에 빠져 있으면서 피곤함을 느낀다.

42) 프랑스어로 'lit'는 침대라는 뜻이다.

43) 담배 불을 붙이지 않은 채 입에 물고 있다. '백색 여송연'도 사실은 존재
하지 않는다. 여송연은 담뱃잎을 그대로 말아 놓은 담배이므로 갈색이다. 여
기에서는 궐련을 물고 있는 셈이다.

는밥이먹고싶지아니하니슬립퍼어를蓄音機우에얹어놓아주려무나.[44]

  無數한비가無數한추녀끝을두드린다두드리는것이다.[45]분명上膊과下膊과의共同疲勞임에틀림없는식어빠진點心을먹어볼까 — 먹어본다.[46]만도린은제스스로包裝하고[47]지팽이잡은손에들고그작으마한삽짝門[48]을나설라치면언제어느때香線과같은黃昏은벌써왔다[49]는소식이냐,수탉아,되도록巡査가오기前에고개숙으린채微微한대로울어다오,[50]太陽은理由도없이사보타아지를恣行하고있는것[51]은全然事件以外의일이아니면아니된다.

1931. 6. 18.

──『이상 전집: 제2권 시집』, 1956, 51~54쪽.

───────────────

44) 이 부분도 전체가 환상에 해당한다. 다시 목욕탕 장면을 연상시킨다. '마리아'라는 하녀가 있고, 목욕탕에서 뜨거운 물이 흘러나온다. 그것을 막으라고 말한다. 축음기 위에 슬리퍼를 놓으라고 말한다.

45) 밖에 비가 내리기 시작한다. 빗방울이 추녀 끝에 떨어지는 소리가 들린다.

46) 밥 먹을 생각을 한다. 식사를 "상박과하박과의공동피로"라고 비유한다.

47) 변소에 앉기 위해 내려 벗었던 옷을 제대로 올리다. 만돌린은 몸체의 뒷부분이 바가지같이 불룩하다. 여기에서는 옷을 올려 '엉덩이'를 감추는 것을 만돌린을 포장한다고 말한다.

48) 화장실의 작은 문. '삽짝문'은 나뭇가지를 엮어 만든 '사립문'을 말한다.

49) 사방이 어둑해지다.

50) 저물녘에 수탉이 울다.

51) 일몰을 사보타주(해야 할 일을 하지 않음.)하는 것에 비유한다.

## 鳥瞰圖
## LE URINE

焰の樣な風が吹いたけれどもけれども氷の樣な水晶體はある。憂愁はDICTIONAIREの樣に純白である。綠色の風景は網膜へ無表情をもたらしそれで何でも皆灰色の朗らかな調子である。

野鼠の樣な地球の險しい背なかを匍匐することはそも誰が始めたかを痩せて矮小であるORGANEを愛撫しつゝ歷史本の空ペヱヂを翻へす心は平和な文弱である。その間にも埋葬され行く考古學は果して性慾を覺へしむることはない所の最も無味であり神聖である微笑と共に小規模ながら移動されて行く糸の樣な童話でなければならないことでなければ何んであつたか。

濃綠の扁平な蛇類は無害にも水泳する硝子の流動體は無害にも半島でもない或る無名の山岳を島嶼の樣に流動せしむるのでありそれで驚異と神秘と又不安をもを一緒に吐き出す所の透明な空氣は北國の樣に冷くあるが陽光を見よ。鴉は恰かも孔雀の樣に飛翔し鱗を無秩序に閃かせる半個の天體に金剛石と豪も變りなく平民的輪廓を日歿前に贋せて驕ることはなく所有しているのである。

數字のCOMBINATIONをかれこれと忘却していた若干小量の腦髓には砂糖の樣に淸廉な異國情調故に假睡の狀態を脣の上に花咲

かせながらいる時繁華な花共は皆イヅコへと去り之れを木彫の小さい
羊が兩脚を喪ひジツト何事かに傾聽しているか。

水分のない蒸気のためにあらゆる行李は乾燥して飽くことない午後
の海水浴場附近にある休業日の潮湯は芭蕉扇の様に悲哀に分裂する
圓形音樂と休止符、オオ踊れよ、日曜日のビイナスよ、しはがれ馨のま
ゝ歌へよ日曜日のビイナスよ。

その平和な食堂ドアアには白色透明なるMENSTRUATIONと表札
がくつ附いて限ない電話を疲努してLITの上に置き亦白色の巻煙草を
そのまゝくはへているが。
マリアよ、マリアよ、皮膚は眞黒いマリアよ、どこへ行ったのか、浴室の
水道コックからは熱湯が徐々に出ているが行つて早く昨夜を塞げよ、俺
はゴハンが食べたくないからスリツパアを蓄音機の上に置いてくれよ。

數知れぬ雨が數知れぬヒサシを打つ打つのである。キット上膊と下
膊との共同疲労に違ひない褪め切つた中食をとつて見るか ——見る。
マンドリンはひとりでに荷造りし杖の手に持つてその小さい柴の門を
出るならばいつなん時香線の様な黄昏はもはや來たと云ふ消息である
か、牡鷄よ、なるべくなら巡査の來ないうちにうなだれたまゝ微々なが
ら啼いてくれよ、太陽は理由もなくサボタアジをほしいまゝにしているこ
とを全然事件以外のことでなければならない。

1931. 6. 18.

——《조선과 건축》, 1931. 8, 10~11쪽.

〔해설〕

이 작품의 제목인 'LE URINE'은 프랑스어로 '오줌(소변)'에
해당한다. 이상의 일본어 시 가운데 대표적인 난해시로 알려
져 있다. 작품의 제목 자체가 암시하듯 인간의 일상생활 가운
데 가장 중요한 생리 작용의 하나인 배설의 문제를 육체의 물
질성에 근거하여 고도의 비유와 기지로 진술하고 있다.

이 시에는 공개적으로 말하는 것을 금기시하는 변소라는
장소가 시적 공간으로 고정된다. 작품의 텍스트에서 시상의
전개 과정을 암시하는 것은 시간의 흐름과 함께하는 시적 화
자의 공상과 그 변화이다. 한여름 오후의 풍경 속에서 그려지
는 변소는 배설이라는 본능적이고도 생리적인 행위를 통해 억
압된 욕망의 분출을 가능하게 하는 상상의 공간이 된다. 이
작품에서 배설 행위와 변소 밑바닥에 쌓이는 배설물은 모두
비유적이고 암시적인 언어로 묘사된다. 예컨대 남자들이 소변
을 볼 때 손으로 잡게 되는 남성 성기(페니스)를 "수척하고왜소
한ORGANE"이라고 명명했고, 엉덩이는 '만돌린'으로 바꾸어
표현하고 있다. 변소 바닥에 쌓인 똥과 오줌을 "매장되어가는
고고학"이라고 명명하면서 그 형상을 '진녹색의 사류'와 '산악
과 도서'로 묘사하기도 한다. 이 밖에도 시인의 놀라운 상상력
과 기지를 엿볼 수 있는 비유적 표현이 많다.

작품의 텍스트는 모두 8연으로 구분되어 있다. 1~3연에서

는 배설의 과정을 보여 준다. 재래식 화장실에 들어가 일을 보는 동안 화장실 바닥을 들여다보고 또 엉성한 지붕과 벽 틈으로 스며드는 햇살을 받으며 머리에 스쳐 가는 여러 상념을 '말놀이' 방식으로 표현하고 있다. 4~7연은 화장실 안에서 느끼는 허기와 휴식의 욕망을, 이색적인 식당과 침실이라는 공간을 상상적으로 그려 냄으로써 해소시킨다. 8연은 일을 마치고 화장실을 나서는 대목이다. 바깥은 황혼이 깔리고 비가 내린다.

이 작품에서 서술되고 있는 배설은 생리적으로 내적 긴장의 근원을 제거함으로써 억제되었던 욕망의 해소를 가져온다. 그러므로 배설 행위는 긴장 해소의 쾌락을 환상적으로 경험하는 과정으로 묘사된다. 욕망의 분출과 억압이라는 심리적 기제를 통해 드러나는 무의식적 상념의 의식화 과정은 몽타주 기법에 의해 아무 관계없는 장면들이 연결되는 것처럼 시상의 비약, 의미의 생략, 이미지의 충돌 등으로 나타난다. 그러나 이것은 아무 의미 없는 것처럼 늘어놓은 것이 아니다. 이것들은 모두 아래로부터 위로 솟아오르려 한다든지(하늘, 구름, 햇살 등의 이미지) 위로부터 아래로 밀려 내리게 한다든지(수도 코크) 하는 역동적이고도 드라마틱한 상황을 보여 준다.

# 조감도
## 얼굴

배고픈얼굴을본다.

반드르르한머리카락밑에어째서배고픈얼굴은있느냐.

저사내는어디서왔느냐.
저사내는어디서왔느냐.

저사내어머니의얼굴은박색임에틀림없겠지만저사내아버지
의얼굴은잘생겼을것임에틀림없다고함은저사내아버지는워낙
은부자였던것인데저사내어머니를취한후로는급작히가난든것
임에틀림없다고생각되기때문이거니와참으로아해라고하는것
은아버지보다도어머니를더닮는다는것은그무슨얼굴을말하는
것이아니라성행을말하는것이지만저사내얼굴을보면저사내는
나면서이후대체웃어본적이있었느냐고생각되리만큼험상궂은
얼굴이라는점으로보아저사내는나면서이후한번도웃어본적이
없었을뿐만아니라울어본적도없었으리라믿어지므로더욱더험
상궂은얼굴임은즉저사내어머니의얼굴만을보고자라났기때문
에그럴것이라고생각되지만저사내아버지는웃기도하고하였을것
임에는틀림없을것이지만대체대체로아해라고하는것은곧잘무
엇이나흉내내는성질이있음에도불구하고저사내가조금도웃을

줄을모르는것같은얼굴만을하고있는것으로본다면저사내아버지는해외를방랑하여저사내가제법사람구실을하는저사내로장성한후로도아직돌아오지아니하던것임에틀림이없다고생각되기때문에또그렇다면저사내어머니는대체어떻게그날그날을먹고살아왔느냐하는것이문제가될것은물론이지만어쨌든간에저사내어머니는배고팠을것임에틀림없으므로배고픈얼굴을하였을것임에틀림없는데귀여운외톨자식인지라저사내만은무슨일이있든간에배고프지않도록하여서길러낸것임에틀림없을것이지만아무튼아해라고하는것은어머니를가장의지하는것인즉어머니의얼굴만을보고저것이정말로마땅스런얼굴이구나하고믿어버리고선어머니의얼굴만을열심으로흉내낸것임에틀림없는것이어서그것이지금은입에다금니를박은신분과시절이되었으면서도이젠어쩔수도없으리만큼굳어버리고만것이나아닐까고생각되는것은무리도없는일인데그것은그렇다하더라도반드르르한머리카락밑에어째서저험상궂은배고픈얼굴은있느냐.

## 鳥瞰圖

### 얼굴

배고픈얼굴을본다.

반드르르한머리카락밑에어째서배고픈얼굴은있느냐.

저사내는어데서왔느냐.
저사내는어데서왔느냐.

저사내어머니의얼굴은薄色임에틀림없겠지만저사내아버지의얼굴
은잘생겼을것임에틀림없다고함은저사내아버지는워낙은富者였던것
인데저사내어머니를娶한後로는급작히가난든것임에틀림없다고생각
되기때문이거니와참으로兒孩라고하는것은아버지보담도어머니를더
닮는다는것은그무슨얼굴을말하는것이아니라性行을말하는것이지만
저사내얼굴을보면저사내는나면서以後大體웃어본적이있었느냐고생
각되리만큼험상궂은얼굴이라는점으로보아저사내는나면서以後한번
도웃어본적이없었을뿐만아니라울어본적도없었으리라믿어지므로더
욱더험상궂은얼굴임은卽저사내어머니의얼굴만을보고자라났기때문
에그럴것이라고생각되지만저사내아버지는웃기도하고하였을것임에
는틀림없을것이지만대체大體로兒孩라고하는것은곧잘무엇이나숭내
내는性質이있음에도불구하고저사내가조금도웃을줄을모르는것같은
얼굴만을하고있는것으로본다면저사내아버지는海外를放浪하여저사

내가제법사람구실을하는저사내로장성한後로도아직돌아오지아니하던것임에틀림이없다고생각되기때문에또그렇다면저사내어머니는大體어떻게그날그날을먹고살아왔느냐하는것이問題가될것은勿論이지만어쨌든간에저사내어머니는배고팠을것임에틀림없으므로배고픈얼굴을하였을것임에틀림없는데귀여운외톨자식인지라저사내만은무슨일이있든간에배고프지않도록하여서길러낸것임에틀림없을것이지만아무튼兒孩라고하는것은어머니를가장依支하는것인즉어머니의얼굴만을보고저것이정말로마땅스런얼굴이구나하고믿어버리고선어머니의얼굴만을熱心으로숭내낸것임에틀림없는것이어서그것이只今은입에다金니를박은身分과時節이되었으면서도이젠어쩔수도없으리만큼굳어버리고만것이나아닐까고생각되는것은無理도없는일인데그것은그렇다하드라도반드르르한머리카락밑에어째서저험상궂은배고픈얼굴은있느냐.

1931. 8. 15.

── 『이상 전집: 제2권 시집』, 1956, 55∼57쪽.

〔일본어 원문〕

鳥瞰圖
顔

ひもじい顔を見る。

つやへした髮のけのしたになぜひもじい顔はあるか。

あの男はどこから來たか。

あの男はどこから來たか。

　あの男のお母さんの顔は醜いに違ひないけれどもあの男のお父さんの顔は美しいに違ひないと云ふのはあの男のお父さんは元元金持だつたのをあの男のお母さんをもらつてから急に貧乏になつたに違ひないと思はれるからであるが本當に子供と云ふものはお父さんよりもお母さんによく似ていると云ふことは何も顔のことではなく性行のことであるがあの男の顔を見るとあの男は生れてから一體笑つたことがあるのかと思はれる位氣味の悪い顔であることから云つてあの男は生れてから一度も笑つたことがなかつたばかりでなく泣いたこともなかつた樣に思はれるからもつともつと氣味の悪い顔であるのは即ちあの男はあの男のお母さんの顔ばかり見て育つたものだからさうであるはづだと思つてもあの男のお父さんは笑つたりしたことには違ひないはづであるのに一體子供と云ふものはよくなんでもまねる性質があるにもかゝはらずあの男がすこしも笑ふことを知らない樣な顔ばかりしてゐるのから見るとあの男のお父さんは海外に放浪してあの男が一人前のあの男になつてもそれでもまだまだ帰つて來なかつたに違ひないと思はれるから又それぢやあの男のお母さんは一體どうしてその日その日を食つて來たかと云ふことが問題になることは勿論だが何はとれもあれあの男のお母さんはひもじかつたに違ひないからひもじい顔をしたに違ひないが可愛い一人のせがれのことだからあの男だけはなんとかしてでもひもじくない樣にして育て上げたに違ひないけれども何しろ子供と云ふものはお母さんを一番頼りにしてゐるからお母さんの顔ばか

りを見てあれが本當にあたりまへの顔だなと思ひこんでしまつてお母さんの顔ばかりを一生懸命にまねたに違ひないのでそれが今は口に金齒を入れた身分と時分とになつてももうどうすることも出來ない程固まってしまっているのではないかと思はれるのは無理もないことだがそれにしてもつやつやした髪のけのしたになぜあの氣味の惡いひもじい顔はあるか。

1931. 8. 15.

—《조선과 건축》, 1931. 8, 11~12쪽.

이 작품은 제목 그대로 일종의 '자화상(自畵像)'에 해당한
다. 작품의 텍스트는 의미상 전반부와 후반부로 크게 나누어
볼 수 있다. 전반부는 시적 진술의 도입 과정에 해당한다. 시적
화자는 자신의 모습을 들여다보면서 자기 존재의 실체에 대해
스스로 질문한다. 여기에서 가장 중요한 것은 관상학에서 말
하는 '빈상(貧相)'을 뜻하는 '배고픈 얼굴'에 대한 자기 질문이
다. 후반부에 해당하는 "저사내어머니의얼굴은"부터 "배고픈얼
굴은있느냐." 부분은 모든 진술 내용이 하나의 문장으로 포섭
되어 있다. 시인은 의도적으로 문장의 주어와 서술어의 통사
적 관계를 중첩시키면서 아버지와 어머니 그리고 사내 아해의
혈연적 요소들을 진술한다. 이 같은 방식은 언어와 문자의 진
술에서 드러나는 '선조성'을 거부하고 진술 내용의 '동시성' 또
는 '통합성'을 강조하기 위한 하나의 기법적 의장(意匠)에 해당
한다고 할 수 있다. 문장 내용 가운데 "아해라고하는것은"이라
는 구절을 세 번 반복함으로써 의미상 혼란을 피해 맥락을 구
분할 수 있도록 배려하고 있음에 착안한다면 전체적인 진술
내용을 이해하는 데에는 무리가 없어 보인다. 이상 자신의 개
인사에서 백부의 집안에 양자로 들어가 성장한 사실이 이 작
품의 중요 모티프가 되고 있음을 알 수 있다.

# 조감도
## 운동

　일층위에있는이층위에있는삼층위에있는옥상정원에올라
서남쪽을보아도아무것도없고북쪽을보아도아무것도없고해서
옥상정원밑에있는삼층밑에있는이층밑에있는일층으로내려간
즉동쪽에서솟아오른태양이서쪽에떨어지고동쪽에서솟아올
라서쪽에떨어지고동쪽에서솟아올라서쪽에떨어지고동쪽에
서솟아올라하늘한복판에와있기때문에시계를꺼내본즉서기
는했으나시간은맞는것이지만시계는나보다도젊지않으냐하는
것보다는나는시계보다는늙지아니하였다고아무리해도믿어지
는것은필시그럴것임에틀림없는고로나는시계를내동댕이쳐버
리고말았다.

鳥瞰圖

運動[52]


一層우에있는二層우에있는三層우에있는屋上庭園에올라서南쪽을보아도아무것도없고北쪽을보아도아무것도없고해서[53]屋上庭園밑에있는三層밑에있는二層밑에있는一層으로내려간즉東쪽에서솟아오른太陽이西쪽에떨어지고東쪽에서솟아올라西쪽에떨어지고東쪽에서솟아올라西쪽에떨어지고東쪽에서솟아올라하늘한복판에와있기[54]때문에時計를꺼내본즉서기는했으나時間은맞는것이지만[55]時計는나보담도젊지않으냐하는것[56]보담은나는時計보다는늙지아니하

---

52) '운동'은 물리학적 개념이다. 모든 사물은 항구 불변한 것이 아니라 끊임없이 운동한다. 이 작품에서는 지구의 자전 운동에 의한 시간의 경과, 밤낮의 변화, 일출과 일몰 등의 현상을 예시하고 있다.

53) 남과 북은 지구 자전의 축에 해당하기 때문에 높은 곳에 올라가도 움직임을 감지할 수 없다. 북극성이 항상 그 자리에 떠 있는 것처럼 보이는 이유가 이 때문이다. 지구의 고도(높이), 위도(남북)의 관계를 진술한 대목이다.

54) 지구의 자전 운동에 따라 지표상에서는 태양이 동쪽에서 솟아올라 서쪽으로 지는 것처럼 보인다. 넓은 지평선이나 수평선 위로 해가 떠오르거나 지는 것을 볼 수 있다. 이 대목은 지구의 경도(동서)를 설명하고 있다.

55) '시계가 서기는 하였지만 시간이 맞다.'라는 진술은 언뜻 모순된 진술로 생각된다. 그러나 시곗바늘은 그것을 보는 순간은 언제나 정지된 것처럼 바로 어떤 '구체적인 시각' 그 자체를 표시해 준다. 그러므로 어떤 순간의 시각이란 시계가 움직이지 않는 것이나 마찬가지로 보인다.

56) "시계는나보다도젊지않으냐"라고 말하는 것은 시곗바늘이 표시하는 숫자와 관련지어 사람의 나이(여기에서는 화자 자신의 연령)를 비교한 것처럼 보인다. 시계는 12라는 숫자까지 표시한다. 그러나 이 대목은 아인슈타인의

였다[57] 고아무리해도믿어지는것은필시그럴것임에틀림없는고로나는
時計를내동댕이쳐버리고말았다.[58]

1931. 8. 11.

— 『이상 전집: 제2권 시집』, 1956, 58쪽.

〔일본어 원문〕

鳥瞰圖

運動

　一階の上の二階の上の三階の上の屋上庭園に上つて南を見ても何も
ないし北を見ても何もないから屋上庭園の下の三階の下の二階の下の
一階へ下りて行つたら東から昇つた太陽が西へ沈んで東から昇つて
西へ沈んで東から昇つて西へ沈んで東から昇つて空の眞中に來てい
るから時計を出して見たらとまつてはいるが時間は合つているけれど
も時計はおれよりも若いじやないかと云ふよりはおれは時計よりも老

---

상대성 이론에서 볼 수 있는 '시간 확장-관찰자의 눈에 멈추어 있는 시계는
움직이는 시계보다 빠르다.'라는 이론을 비유적으로 진술한다.
57) "나는시계보다는늙지아니하였다"라는 진술은 실제로 시계가 24시간을
표시한다는 사실과 관련되어 있다. 시의 화자의 나이(이상이 이 작품을 발
표할 당시 나이는 스물두 살이었다.)가 시계가 표시할 수 있는 시간의 숫자
보다 아래라는 사실을 말해 주고 있다. 그렇지만 이 대목 역시 상대성 이론
에서 드러난 '시간 확장' 개념을 재설명한 것으로 볼 수 있다.
58) "시계를내동댕이쳐버리고말았다"는 것은 시계를 통해 인지되는 인위적
인 물리적 시간을 거부함을 말한다.

つているじやないとどうしても思はれるのはきつとさうであるに違ひな
いからおれは時計をすてゝしまつた。

1931. 8. 11.

─《조선과 건축》, 1931. 8, 12쪽.

이 작품은 전체 텍스트를 하나의 문장으로 구성하고 있다. 지구가 자전하면서 태양을 중심으로 공전하는 과정을 통해 시간의 흐름을 자연스럽게 감지하게 됨을 암시적으로 드러낸다. 인위적인 시간으로서의 '시계'에 대한 거부가 인상적이다. 시적 화자는 1층에서 3층 옥상을 오르내리면서 동서남북 방향을 헤아려 보고 태양의 고도와 움직임의 방향을 가늠해 본다. 그리고 태양이 하늘 한복판에 와 있는 순간에 자신의 위치를 헤아려 보게 된다. 공간 속에서 고도(상하), 위도(남북), 경도(동서)라는 세 가지 요소를 바탕으로 자신의 위치를 규정하려는 것이다. 이 같은 시도는 존재의 평면성을 극복하기 위한 노력과 연관된다는 점에서 '공간적 상상력'이라고 명명해도 무방할 듯하다.

# 조감도

## 광녀의고백

여자인S옥양한테는참으로미
안하오. 그리고B군자네한테
감사하지아니하면아니될것이
오.우리들은S옥양의전도에다
시광명이있기를빌어야하오.

창백한여자

얼굴은여자의이력서이다.여자의입(口)은작기때문에여자는익사하지아니하면아니되지만여자는물과같이때때로미쳐서소란해지는수가있다.온갖밝음의태양들아래여자는참으로맑은물과같이떠돌고있었는데참으로고요하고매끄러운표면은조약돌을삼켰는지아니삼켰는지항상소용돌이를갖는퇴색한순백색이다.

등쳐먹으려고하길래내가먼저한대먹여놓았죠.

잔내비와같이웃는여자의얼굴에는하룻밤사이에참아름답고빤드르르한적갈색쵸콜레이트가무수히열매맺혀버렸기때문에여자는마구대고쵸콜레이트를방사하였다.쵸콜레이트는흑단의

사아벨을질질끌면서조명사이사이에격검을하기만하여도웃는
다.웃는다.어느것이나모다웃는다.웃음이마침내엿과같이녹아
걸쭉걸쭉하게찐덕거려서쵸콜레이트를다삼켜버리고탄력강기
에찬온갖표적은모다무용이되고웃음은산산이부서지고도웃는
다.웃는다.파랗게웃는다.바늘의철교와같이웃는다.여자는나한
을밴〔孕〕것을다들알고여자도안다.라한은비대하고여자의자궁
은운모와같이부풀고여자는돌과같이딱딱한쵸콜레이트가먹고
싶었던것이다.여자가올라가는층계는한층한층이더욱새로운초
열빙결지옥이었기때문에여자는즐거운쵸콜레이트가먹고싶다
고생각하지아니하는것은곤란하기는하지만자선가로서의여자
는한몫보아준심산이지만그러면서도여자는못견디리만큼답답
함을느꼈는데이다지도신선하지아니한자선사업이또있을까요하
고여자는밤새도록고민고민하였지만여자는전신이갖는약간개
의습기를띤천공(예컨대눈기타)근처먼지는떨어버릴수없는것이
었다.

　여자는물론모든것을포기하였다.여자의성명도,여자의피부
에붙어있는오랜세월중에간신히생긴때〔垢〕의박막도심지어는
여자의수선까지도,여자의머리로는소금으로닦은것이나다름없
는것이다.그리하여온도를갖지아니하는엷은바람이참강구연월
과같이불고있다.여자는혼자망원경으로SOS를듣는다.그러곤
데크를달린다.여자는푸른불꽃탄환이벌거숭이인채달리고있는
것을본다.여자는오오로라를본다.데크의구난은북극성의감미
로움을본다.거대한바닷개〔海狗〕잔등을무사히달린다는것이여
자로서과연가능할수있을까.여자는발광하는파도를본다.발광

하는파도는여자에게백지의화판을준다.여자의피부는벗기고벗
기인피부는선녀의옷자락과같이바람에나부끼고있는참서늘한
풍경이라는점을깨닫고사람들은고무와같은두손을들어입을박
수하게하는것이다.

이내몸은돌아온길손,차려야잘곳이없어요.

여자는마침내낙태한것이다.트렁크속에는천갈래만갈래로찢
어진POUDREVERTUEUSE가복제된것과함께가득채워져있
다.사태도있다.여자는고풍스러운지도위를독모를살포하면서불
나비와같이날은다.여자는이제는이미오백나한의불쌍한홀아비
들에게는없으려야없을수없는유일한아내인것이다.여자는콧노
래와같은ADIEU를지도의에레베에슌에다고하고No.1-500의
어느사찰인지향하여걸음을재촉하는것이다.

鳥瞰圖

狂女의告白

> 여자인S玉孃한테는참으로未安
> 하오.그리고B君자네한테感謝하
> 지아니하면아니될것이오.우리들
> 은S玉孃의前途에다시光明이있
> 기를빌어야하오.[59]

蒼白한여자

얼굴은여자의履歷書이다.[60]여자의입〔口〕은작기때문에[61]여자는
溺死하지아니하면아니되지만여자는물과같이때때로미쳐서騷亂해지
는수가있다.[62]온갖밝음의太陽들아래여자는참으로맑은물과같이떠

---

59) 이 부분은 시적 화자가 직접 시적 정황 속에 끼어들어 말하고 있는 부
분이다. 'S옥양의 전도에 광명이 있기를 바란다.'라는 진술에는 이 시 전체
내용에 대한 중대한 암시가 담겨 있다. '광명'이라는 말은 '환하다', '밝다' 등
의 뜻을 포함한다. 물론 'S옥양'은 구체적인 어떤 사람을 말하는 것은 아니
다. "S옥양"은 '눈' 또는 '눈알〔眼球〕'이다. '눈'에 인격과 감정을 부여함으로써
이른바 '유정화(有情化)의 환상(pathetic fallacy)'이라는 수사학적 효과를 노
린다. "B군"은 이 시의 내용과 관련되는 인물처럼 내세우고 있지만 '가상의
청자 또는 독자'로 보아도 무방하다.
60) 얼굴을 보면 그 살아온 내력을 확인할 수 있다.
61) '입이 작다'는 것은 '눈알'이 둥글게 크지만 눈꺼풀에 싸여 있어서 자그
마하게 보이는 것을 말한다.

돌고있었는데 [63] 참으로고요하고매끄러운表面[64]은조약돌을삼켰는
지아니삼켰는지[65] 항상소용돌이를갖는褪色한純白色이다.[66]

등처먹으려고하길래내가먼첨한대먹여놓았죠.[67]

잔내비와같이웃는[68] 여자의얼굴에는하룻밤사이에참아름답고빤드
르르한赤褐色쵸콜레이트가[69] 無數히열매맺혀버렸기때문에여자는마
구대고쵸콜레이트를放射하였다.쵸콜레이트[70]는黑檀의사아벨[71]을
질질끌면서照明사이사이에擊劍을하기만하여도웃는다.[72] 웃는다.어느

---

62) 눈알은 눈물샘과 피지 분비선에서 분비되는 눈물과 피지로 인해 언제
나 물에 잠겨 있는 것처럼 보인다. 그러나 물속에 빠져 익사하지는 않는다.
하지만 가끔은 눈알이 뒤집히기도 한다.
63) 태양, 전등불 등에 눈알이 밝게 비치는 모양이다.
64) 눈알의 표면이 매끄럽다.
65) 눈에 티가 들어간 것을 암시한다.
66) '소용돌이'는 눈물이 흘러나오는 것을 의미한다. 늘상 눈물이 흘러나오
고 순백색이 벗겨져 있음을 말한다.
67) 이 말은 "S옥양"(즉 눈알)의 말투를 흉내 낸 것이다. 화자에 의해 이루
어지던 진술이 갑작스럽게 어조의 변화를 드러낸다. 여기에서 독자들이 혼
란에 빠지게 된다. 이 말의 의미는 앞뒤 정황을 통해 자연스럽게 드러난다.
68) '웃는'이라는 동사는 '눈을 깜박거리는' 동작을 암시한다.
69) 자고 난 후 눈 가장자리에 '눈곱'이 말라붙어 있는 모양을 묘사한다. 분
비선에서 분비되는 피지가 눈 가장자리로 흘러나와 말라붙어 생긴다.
70) '눈곱'을 말한다.
71) 흑단. 감나뭇과의 상록 활엽 교목. '흑단의 사브르(군인이나 경찰이 차
던 서양식 긴 칼)'는 '검은 눈썹'을 말한다. 속눈썹 사이에 눈곱이 끼이는 것
을 묘사한 대목이다.
72) 속눈썹 사이에 눈곱이 끼어 있어 자꾸 눈을 깜박이는 것을 말한다.

것이나모다웃는다.웃음이마침내엿과같이녹아걸쭉걸쭉하게찐더거려서쵸콜레이트를다삼켜버리고[73]彈力剛氣에찬온갖標的은모다無用이되고웃음은散散이부서지고도웃는다.웃는다.파랗게웃는다.바늘의鐵橋와같이웃는다.[74]여자는羅漢을밴[孕]것을다들알고여자도안다.[75]羅漢은肥大하고여자의子宮은雲母와같이부풀고여자는돌과같이딱딱한쵸콜레이트가먹고싶었던것이다.[76]여자가올라가는層階는한층한층이더욱새로운焦熱氷結地獄[77]이었기때문에여자는즐거운쵸콜레이트가먹고싶다고생각하지아니하는것은困難하기는하지만慈善家로서의여자는한몫보아준心算이지만그러면서도여자는못견디리만큼답답함[78]을느꼈는데이다지도新鮮하지아니한慈善事業이또있을까요하고여자는밤새도록苦悶苦悶하였지만여자는全身이갖는若干個의濕氣를뗀穿孔[79](例컨대눈其他)近處먼지는떨어버릴수없는것이었다.[80]

　　여자는勿論모든것을抛棄하였다.여자의姓名도,여자의皮膚에붙어있는오랜歲月중에간신히생긴[垢]의薄膜도甚至於는여자의睡

---

73) 반복적으로 눈을 깜박거리면 이물감이 사라지고 눈곱이 없어진다.

74) 눈을 깜박거릴 때 위쪽 속눈썹이 함께 움직이는 것을 말한다. 속눈썹이 촘촘하게 서 있는 교각처럼 보여 '바늘의 철교'라는 비유적 표현을 쓴다.

75) 눈동자 안에 비치는 '눈부처'를 말한다. 여자가 나한을 임신한 것으로 말하고 있지만 이것은 눈동자에 비쳐 나타난 사람의 형상을 말한다. '부처'라는 말을 '나한'이라는 말로 바꿔치기한 셈이다. '나한'은 불교에서 모든 번뇌를 벗어나 열반의 경지에 도달한 성자를 말한다.

76) 말라 버린 눈곱이 눈에 들어간 것을 말한 부분이다.

77) 불교에서 말하는 불의 지옥(초열지옥)과 얼음의 지옥(빙결비옥)이다.

78) 단단하게 말라 버린 눈곱이 눈에 들어가 답답하다.

79) 눈 주변의 눈물샘과 피지 분비선을 말한다.

80) 눈 가장자리에 눈곱이 먼지와 함께 말라붙는 것을 말한다.

腺까지도,여자의머리로는소금으로닦은것이나다름없는것이다.[81] 그리하여溫度를갖지아니하는엷은바람이참康衢煙月과같이불고있다.[82]여자는혼자望遠鏡으로SOS를듣는다.[83]그리곤덱크를달린다.[84] 여자는푸른불꽃彈丸[85]이벌거숭이인채달리고있는것을본다.여자는 오오로라를본다.덱크의勾欄은北極星의甘味로움을본다.[86]巨大한바 닷개〔海狗〕잔등[87]을無事히달린다는것[88]이여자로서果然可能할수

---

81) 눈물이 나면서 눈 주변이 모두 닦이는 것을 묘사한다. 눈물이 약간 짠 맛을 지니고 있기 때문에 소금으로 닦은 것이라고 표현한다.

82) 시원하고 편안한 느낌. '강구연월'은 '태평한 시대 평화로운 풍경 또는 태평한 세월'을 말한다. 눈을 슬그머니 감고 있음을 암시한다.

83) 눈을 뜨고 멀리 하늘을 바라보다. 여기서 'SOS를 듣는다.'라는 표현이 재미있다. 1930년대 중반 이상의 집에 드나들었던 시인 서정주의 글 「이상의 일」(《월간중앙》, 1971. 10) 가운데 'SOS의 초인종'이라는 대목을 보면, 이상이 어떤 술집에서 주모의 스웨터 단추를 계속 누르고 있었다는 이야기를 소개하면서 다음과 같이 쓰고 있다. "그는 방문객이 대문간에 서서 영 잘 안 나오는 어느 집 안 사람의 영접을 오래 두고 열심히 기다리며 그 문간의 초인종을 연거푸 눌러 대듯 눌러 대고 하는 것같이 보였고, 이것은 결국 그 SOS라는 것 ─ 그가 하늘론지 영원으론지 우리 겨레의 역사 속을 향해선지 문득 보내고 있는 아주 절박한 그 SOS같이만 느껴졌기 때문이다. 이런 SOS의 초인종의 진땀 나는 누름, 거기 뚫어지는 한정 없이 횅한 구멍 ─ 이런 것의 느낌 때문에 나는 들었던 술잔을 더 지탱하지 못하고 술 목판 위에 떨어뜨릴 듯 그만 놓아 버리고 말았다."

84) 밤하늘을 둘러보는 것을 '배의 갑판'을 달리는 것으로 비유한다.

85) 하늘에서 별똥이 떨어지는 모습이다.

86) 밤하늘에 북극성이 보인다.

87) '위쪽 눈꺼풀'을 비유적으로 말한 것이다.

88) 눈을 감기 위해 위쪽 눈꺼풀을 움직여 눈을 감는 것을 '거대한 바닷개 잔등을 달린다.'라고 묘사한다. 이 대목은 '제대로 눈을 감고 잠이 들 수 있을까.'를 생각하는 것으로 본다.

있을까,여자는發光하는波濤[89]를본다.發光하는波濤는여자에게白紙 의花瓣[90]을준다.여자의皮膚는벗기고[91]벗기인皮膚는仙女의옷자락 과같이바람에나부끼고있는참서늘한風景이라는點을깨닫고사람들 은고무와같은두손을들어입을拍手하게하는것이다.[92]

이내몸은돌아온길손,잘래야잘곳이없어요.[93]

여자는마침내落胎한것이다.[94]트렁크속[95]에는千갈래萬갈래로 찢어진POUDREVERTUEUSE[96]가複製된것[97]과함께가득채워져있 다.死胎[98]도있다.여자는古風스러운地圖[99]위를毒毛를撒布하면서불 나비와같이날은다.여자는이제는이미五百羅漢의불쌍한홀아비들에 게는없을래야없을수없는唯一한아내인것이다.여자는콧노래와같은

---

89) 하늘에 떠 있는 무수한 별들. 이 장면을 잠자기 위해 전등불을 끄는 순 간으로 바꾸어도 무리가 없어 보인다. 불을 끄는 순간 잠깐 하얗게 광채가 눈에 어리는 것을 뒤의 문장에서 묘사하고 있는 것으로 해석할 수 있다.

90) 하늘의 별빛이 눈에 들어온다.

91) 눈을 뜬 상태를 '피부가 벗기다.'라고 표현한다.

92) 두 손으로 눈을 문지르는 말한다.

93) 다시 어조를 변화시켜 놓았다. 이제 졸음이 오고 있음을 "자려야잘곳이 없어요."라고 말한다.

94) 눈을 감으니 눈동자에 어리는 눈부처가 사라지다. 이것을 '낙태'한 것이 라고 말한다.

95) 눈알을 덮고 있는 눈꺼풀을 말한다.

96) 프랑스어로 '고결한 분가루'에 해당한다.

97) 눈을 떴을 때 보았던 온갖 사물의 영상을 '복제된 것들'이라고 말한다.

98) 눈을 감아 나타나지 않는 눈부처의 형상을 '사태(死胎)'라고 말한다.

99) 자리에 누워 천장을 두리번거리면서 본다.

ADIEU[100]를地圖의에레베에슌[101]에다告하고No.1-500[102]의어느寺
刹인지向하여걸음을재촉하는것이다.[103]

1931. 8. 17.

—『이상 전집: 제2권 시집』, 1956, 59～63쪽.

〔일본어 원문〕

鳥瞰圖

狂女の告白

> ヲンナでああるS子樣には本當に
> 氣の毒です。そしてB君 君に感謝
> しなければならないだらう。われ
> われはS子樣の前途に再びと光明
> のあらんことを祈らう。

蒼白いヲンナ

顔はヲンナ履歴書である。ヲンナの口は小さいからヲンナは溺死し
なければならぬがヲンナは水の樣に時々荒れ狂ふことがある。あらゆ
る明るさの太陽等の下にヲンナはげにも澄んだ水の樣に流れを漂は

---

100) 아듀. 작별 인사를 말한다.
101) 방의 천장을 향하여 눈의 앙각(仰角)을 맞추다.
102) '오백나한'을 숫자로 표시한 것이다.
103) 잠이 들다.

せていたがげにも靜かであり滑らかな表面は礫を食べたか食べなか
つたか常に渦を持つてゐる剝げた純白色である。

カツパラハウトスルカラアタシノハウカラヤツチマツタワ。

　猿の樣に笑ふヲンナの顔には一夜の中にげにも美しくつやつやした
岱赭色のチョコレエトが無數に實つてしまつたからヲンナは遮二無二
チヨコレエトを放射した。チョコレエトは黒檀のサアベルを引摺りながら
照明の合間合間に擊劍を試みても笑ふ。笑ふ。何物も皆笑ふ。笑ひが
遂に飴の樣にとろとろと粘つてチョコレエトを食べてしまつて彈力剛氣
に富んだあらゆる標的は皆無用となり笑ひは粉々に碎かれても笑ふ。笑
ふ。靑く笑ふ。針の鐵橋の樣に笑ふ。ヲンナは羅漢を孕んだのだと皆は
知りヲンナも知る。羅漢は肥大してヲンナの子宮は雲母の樣に膨れヲン
ナは石の樣に固いチョコレエトが食べたかつたのである。ヲンナの登る
階段は一段一段が更に新しい焦熱氷地獄であつたからヲンナは樂しい
チョコレエトが食べたいと思はないことは困難であるけれども慈善家と
してのヲンナは一と肌脱いだ積りでしかもヲンナは堪らない程息苦しい
のを覺へたがこんなに迄新鮮でない慈善事業が又とあるでしようかと
ヲンナは一と晩中悶へ續けたけれどもヲンナは全身の持つ若干個の濕
氣を帶びた穿孔(例へば目其他)の附近の芥は拂へないのであつた。
　ヲンナは勿論あらゆるものを棄てた。ヲンナの名前も、ヲンナの皮
膚に附いてゐる長い年月の間やつと出來た垢の薄膜も甚だしくはヲン
ナの唾腺を迄も、ヲンナの頭は鹽で淨められた樣なものである。そし
て溫度を持たないゆるやかな風がげにも康衢煙月の樣に吹いてゐる。

ヲンナは獨り望遠鏡でSOSをきく、そしてデツキを走る。ヲンナは青い火花の彈が眞裸のまゝ走つてゐるのを見る。ヲンナはヲロウラを見る。デツキの勾欄は北極星の甘味しさを見る。巨大な腦脳臍の背なかを無事に驅けることがヲンナとして果して可能であり得るか、ヲンナは發光する波濤を見る。發光する波濤はヲンナに白紙の花ビラをくれる。ヲンナの皮膚は剝がれ剝がれた皮膚は羽衣の樣に風に舞ふてゐるげにも涼しい景色であることに氣附いて皆はゴムの樣な兩手を擧げて口を拍手させるのである。

　アタシタビガヘリ、ネルニトコナシヨ。

　ヲンナは遂に堕胎したのである。トランクの中には千裂れ千裂れに砕かれたPOUDRE VERTUEUSEが複製されたのとも一緒に一杯つめてある。死胎もある。ヲンナは古風な地圖の上を毒毛をばら撒きながら蛾の樣に翔ぶ。をんなは今は最早五百羅漢の可哀相な男寡達には欠ぐに欠ぐべからざる一人妻なのである。ヲンナは鼻歌の樣なADIEUを地圖のエレベエシヨンに告げNO.1-500の何れかの寺刹へと歩みを急ぐのである。

1931. 8. 17.
─《조선과 건축》, 1931. 8, 12~13쪽.

〔해설〕

이 작품의 텍스트는 시적 진술을 주재하고 있는 '화자'의 층위와 '여자'라는 행위 주체의 층위가 서로 중첩되어 있다. 실제로 텍스트 자체도 여러 가지 '목소리'로 구성된 다성적 특성을 드러낸다. 이 작품의 텍스트에는 시적 화자의 모습이 드러나 있지 않지만 서두의 "여자인S옥양한테는참으로미안하오.그리고 B군자네한테감사하지아니하면아니될것이오.우리들은S옥양의전도에다시광명이있기를빌어야하오."라는 진술을 통해 그 존재를 확인할 수 있다. 여기서 시적 진술의 대상은 "S옥양"이며, "B군"은 텍스트상의 가상적 독자이며, '우리들'은 시적 화자(일인칭 화자인 '나'라고 할 수 있다.)를 포함한 일반 독자라고 할 수 있다. 텍스트 내에서 "S옥양"은 두 차례 자신의 목소리를 들려줌으로써 텍스트의 의미 구조에 간섭한다. "등쳐먹으려고하길래내가먼저한대먹여놓았죠."라는 말과 "이내몸은돌아온길손,자려야잘곳이없어요."라는 말이 바로 그것이다. 시적 화자의 진술 속에 끼어든 이 두 마디의 말은 전체적으로 시적 의미의 전환을 암시하는 중요한 역할을 한다.

이 작품에서 텍스트의 표층에 그려지고 있는 "S옥양"을 서술적 주체로 놓고 본다면 그 내용이 한 여인의 처절한 삶의 과정을 그려 놓은 것처럼 읽힌다. 여인의 관능적인 얼굴 모습, 초콜릿의 환상, 나한의 잉태와 낙태, 그리고 버림받은 여자의 쓸

조감도                                                                 387

쓸한 뒷모습 등은 모두가 거리 여인이 겪어야 하는 삶의 장면 들이기 때문이다. 특히 '여자'를 주체로 하는 모든 진술이 관능 적 요소의 감각적 묘사로 이어지는 부분이 많기 때문에 이 시 의 내용을 대부분 남녀간의 섹스와 관련지어 해석한 연구자들 이 많다. 그러나 이 텍스트의 표층은 시적 대상의 실체를 숨기 기 위한 고도의 수사적 전략이다. 텍스트에 드러난 시적 진술 의 두 가지 층위에서 다양한 기표의 상호 연관성이 의미의 혼 동을 초래하도록 교묘하게 조작되어 있다는 점을 주목하지 않 으면 그 의미의 심층 구조를 규명할 수가 없다. 이 작품의 텍 스트에 대한 분석이 까다롭게 생각되는 이유가 여기에 있다.

이 작품에서 시적 진술의 대상이 되고 있는 "S옥양" 또는 "여자"의 실체는 무엇인가? 이 질문에 답을 구하기 위해서는 "여자"에 대해 묘사하거나 서술하고 있는 몇 가지 중요한 대 목들을 면밀하게 검토할 필요가 있다. 예컨대 "매끄러운표면", "웃는여자의얼굴", "쵸콜레이트를 방사", "흑단의사아벨", "나한 을밴것", "박막", "타선", "소금으로닦은것" 등의 구절이 모두 "여 자"와 관련되는 진술을 내포하고 있다. 이들이 공통적으로 암 시하는 것은 '눈동자'이다. 특히 눈동자 속에 어리는 사람의 형상을 지시하는 '눈부처'라는 말을 "나한을밴것"이라는 진술 로 바꾼 대목은 "여자"가 바로 '눈동자'를 말한다는 사실을 입 증한다. 눈에 눈곱이 생기는 것을 "쵸콜레이트를방사"라고 표 현한다든지, 매끄러운 눈동자가 늘 맑은 물에 떠돈다고 묘사 한 대목에서도 이를 확인할 수 있다. 눈곱이 붙은 속눈썹을 "흑단의사아벨"이라고 말한 대목도 재미있다.

이 작품은 인간의 육체에서 가장 중요한 감각을 담당하는 눈동자(눈)를 시적 대상으로 삼고 있다. 인간의 육체에 관한 관심은 이상의 시와 소설에서 여러 가지 방식을 통해 드러나고 있다. 이상에게 육체란 어떤 가치나 이념에 의해 그 속성이 규정되는 것이 아니라 육체가 구현해 내는 물질성 자체에 의해 규정된다. 이 작품은 눈에 티가 들어가는 경우를 하나의 모티프로 삼아 그 견디기 힘든 고통의 과정을 그려 낸다. 눈과 눈동자의 물질성에 비추어 볼 때 눈 안으로 이물질인 티가 들어가는 것은 아주 작은 일이며 흔한 일이지만 '육체의 훼손'이 갖는 의미가 얼마나 견디기 어려운 고통인지를 가장 예민하게 감지하게 한다. 이 고통을 '눈' 자체가 어떻게 견디며 결국 그 이물질을 눈 밖으로 어떻게 내보내는지를 면밀하게 추적하여 묘사하고 있는 것이 이 작품의 내용이다. 이 일련의 과정을 텍스트의 표층에서 "S옥양"이라는 "여자"의 일생으로 바꾸어 제시하고 있는 것은 이상 자신의 육체에 대한 인식의 폭과 깊이를 생각하게 한다.

# 조감도
## 흥행물천사
### ─어떤후일담으로─

정형외과는여자의눈을찢어버리고형편없이늙어빠진곡예상
의눈으로만들고만것이다.여자는실컷웃어도또한웃지아니하여
도웃는것이다.

여자의눈은북극에서해후하였다.북극은초겨울이다.여자의
문에는백야가나타났다.여자의눈은바닷개(해구)잔등과같이얼
음판위에미끄러져떨어지고만것이다.

세계의한류를낳는바람이여자의눈에불었다.여자의눈은거칠
어졌지만여자의눈은무서운빙산에싸여있어서파도를일으키는
것은불가능하다.

여자는대담하게NU가되었다.한공은한공만큼의형자가되었
다.여자는노래를부른다는것이찢어지는소리로울었다.북극은종
소리에전율하였던것이다.

◇          ◇

거리의음악사는따스한봄을마구뿌린걸인과같은천사.천사는
참새와같이수척한천사를데리고다닌다.

천사의배암과같은회초리로천사를때린다.
천사는웃는다,천사는고무풍선과같이부풀어진다.


천사의흥행은사람들의눈을끈다.
사람들은천사의정조의모습을지닌다고하는원색사진판그림
엽서를산다.


천사는신발을떨어뜨리고도망한다.
천사는한꺼번에열개이상의덫을내어던진다.


◇          ◇


일력은쵸콜레이트를늘인〔증〕다.
여자는쵸콜레이트로화장하는것이다.


여자는트렁크속에흙탕투성이가된드러오즈와함께엎드려져
운다.여자는트렁크를운반한다.


여자의트렁크는축음기다.
축음기는나팔과같이홍도깨비청도깨비를불러들였다.


홍도깨비청도깨비는펜긴이다.사루마다밖에입지않은펜긴
은수종이다.
여자는코끼리의눈과두개골크기만큼한수정눈을종횡으로굴

리어추파를남발하였다.

　여자는만월을잘게잘게썰어서향연을베푼다.사람들은그것을
먹고돼지같이비만하는쵸콜레이트냄새를방산하는것이다.

# 烏瞰圖

## 興行物天使

### ─어떤後日譚으로─

整形外科는여자의눈을찢어버리고형편없이늙어빠진曲藝象의눈으로만들고만것이다.[104]여자는싫것웃어도또한웃지아니하여도웃는것이다.[105]

여자의눈은北極에서邂逅하였다.[106]北極은초겨울이다.[107]여자의눈에는白夜가나타났다.[108]여자의눈은바닷개(海狗)잔등과같이얼음판우에미끄러져떨어지고만것이다.[109]

世界의寒流를낳는바람이여자의눈에불었다.[110]여자의눈은거칠어졌지만여자의눈은무서운氷山에싸여있어서波濤를일으키는것은不可能하다.[111]

---

104) 다래끼가 났던 자국이 흉하게 남아 있는 모양을 말하고 있다. 예전에는 다래끼를 잘못 다스려 눈꺼풀에 흉터가 생기는 사람들이 더러 있었다.
105) 다래끼 흉터 때문에 눈을 계속 깜박거리는 버릇이 생긴다. 「광녀의고백」에서와 마찬가지로 '웃다'라는 동사는 '눈을 깜박거리다'라는 동작이다.
106) '북극'은 두 가지 의미로 쓰인다. 계절적으로 '겨울'을 의미한다. 그러나 두 눈이 마주치게 되는 눈의 안쪽 부분을 뜻하기도 한다.
107) 차가운 겨울을 만나다.
108) 눈을 감으려 할 때 흐릿하게 바깥의 상태가 감지되는 것을 말한다.
109) 눈을 감을 때 위쪽 눈꺼풀이 눈동자 위로 미끄러지듯이 덮여 오는 모습을 확대해 묘사한 것이다. '바닷개의 잔등'은 위쪽 눈꺼풀을 말한다.
110) 찬바람이 불어온다.

여자는 大膽하게 NU가되었다.[112) 汗孔은 汗孔만큼의 荊莿이되었
다.[113) 여자는노래를부른다는것이찢어지는소리로울었다.[114) 北極은
鍾소리에戰慄하였던것이다.[115)

◇          ◇

거리의音樂師는따스한봄을마구뿌린[116) 乞人과같은天使.天使는
참새와같이瘦瘠한天使를데리고다닌다.[117)

天使의배암과같은회초리로天使를때린다.[118)
天使는웃는다,天使는고무風船과같이부풀어진다.[119)

天使의興行은사람들의눈을끈다.[120)

---

111) 눈을 감고 있는 모양. 눈이 움직이지 않는다.
112) 눈을 뜬 상태. 'NU'는 프랑스어로 '나체'를 뜻한다.
113) 찬바람이 강하게 가시처럼 자극을 주다. '형자'는 '가시'를 의미한다.
114) 우는 모습이다.
115) 눈자위가 떨리다.
116) 날씨가 따뜻해지다.
117) 눈을 덮고 있는 위쪽 눈꺼풀(천사)과 아래쪽 눈꺼풀(참새와 같이 수척
한 천사)을 말한다.
118) 눈을 깜박거릴 때 위쪽과 아래쪽 눈꺼풀이 서로 부딪치는 것을 말한
다. "배암과같은회초리"는 '속눈썹'을 가리키는 것으로 보인다.
119) 눈꺼풀이 점차 부풀어 오른다. 다래끼가 시작된다.
120) 다래끼가 나면 사람들 시선을 자꾸 의식하게 된다. 이를 '흥행'이라 표
현한다.

사람들은天使의貞操의모습을지닌다고하는原色寫眞版그림엽서를 산다.[121]


天使는신발을떨어뜨리고도망한다.
天使는한꺼번에열個以上의덫을내어던진다.[122]


◇          ◇


日曆은쵸콜레이트를늘인〔增〕다.[123]
여자는쵸콜레이트로化粧하는것이다.


여자는트렁크[124]속에흙탕투성이가된즈로오스[125]와함께엎드러 져운다.[126]여자는트렁크를運搬한다.[127]

---

121) 예전 민간 풍속에는 다래끼가 생길 때 그것을 남에게 팔아넘기면 낫는 다는 속설이 있었다. 이 대목은 '다래끼를 파는 일'을 암시하고 있다.

122) 다래끼가 난 자리 근처의 속눈썹을 뽑아 납작한 돌멩이로 덮어 길바 닥에 놓았을 때 다른 사람이 발로 그것을 차 버리면 다래끼가 가라앉는다 는 속설이 있다. 이러한 행위 장면을 그려 놓은 대목이다. "열개이상의덫"이 바로 '뽑아 낸 눈썹을 돌멩이로 덮어 길바닥에 놓은 것'을 말한다. 이와는 달리 이 장면을 위쪽 눈꺼풀에서 속눈썹이 하나 빠져나오면 그것을 아래 속 눈썹(열 개 이상의 덫)에 걸린다고 풀어 보는 것도 가능해 보인다.

123) 시간이 지날수록 눈곱이 많아진다.

124) '트렁크'는 위쪽 눈꺼풀을 말한다.

125) 속옷. 눈곱이 생겨 눈자위가 지저분하게 된 상태를 '흙탕투성이가 되 었다.'라고 표현한다.

126) 고통을 견디지 못하고 눈을 감고 엎드린다. 저절로 눈물이 난다.

127) 다래끼가 점차 커져 눈꺼풀이 뒤집히고 바깥으로 불거져 나온다.

여자의트렁크는蓄音機다.[128)]

蓄音機는喇叭과같이紅도깨비靑도깨비를불러들였다.[129)]

紅도깨비靑도깨비는펭긴이다.[130)]사루마다밖에입지않은펭긴은水腫이다.[131)]

여자는코끼리의눈과頭蓋骨크기만큼한水晶눈을縱橫으로굴리어秋波를濫發하였다.[132)]

여자는滿月[133)] 을잘게잘게썰어서饗宴을베푼다.[134)] 사람들은그것을먹고돼지같이肥滿하는쵸콜레이트냄새를放散하는것이다.[135)]

1931. 8. 18.

──『이상 전집: 제2권 시집』, 1956, 64~68쪽.

---

128) 눈꺼풀을 내려 눈을 감고 있으면 눈에 보였던 영상이 그대로 눈에 어리는 것을 축음기에 노래가 담겨 있는 것에 비유한다. 또는 축음기에서 소리가 나오는 나팔 부분이 삐져나온 것을 다래끼가 불거져 나온 것에 유추한다.
129) 축음기의 나팔처럼 삐져나온 다래끼가 부풀어 오르면서 붉은색, 푸른색을 띠는 것을 비유적으로 표현한다.
130) 다래끼의 부풀어 오른 모양을 펭귄의 통통한 몸집에 비유한다.
131) '다래끼＝펭귄＝수종'의 등식이 성립된다. 수종은 몸의 조직 간격이나 체강 안에 림프액·장액 따위가 괴어 몸이 붓는 병이다. 여기에서는 다래끼의 형상을 지적한 것이다.
132) 다래끼가 생겨 몹시 불편한 상태임을 말한다. 눈을 깜박일 때마다 눈동자, 눈꺼풀 그리고 다래끼가 함께 움직이는 모양을 과장하여 그려 낸다.
133) 다래끼가 켜져 노랗게 화농을 일으킨 상태를 '만월'에 비유한다.
134) 다래끼가 화농 상태에서 저절로 터져 고름이 나오게 된다.
135) 다래끼의 고름 찌꺼기에서 나는 냄새를 초콜릿 냄새에 비유한다.

鳥瞰圖

興行物天使

── 或る後日譚として ──

整形外科はヲンナの目を引き裂いてとてつもなく老ひぼれた曲藝象の目にしてまつたのである。ヲンナは飽きる程笑つても果又笑はなくても笑ふのである。

ヲンナの目は北極に邂逅した。北極は初冬である。ヲンナの目には白夜が現はれた。ヲンナの目は腦贜臍の背なかの樣に氷の上に滑り落ちてしまつたのである。

世界の寒流を生む風がヲンナの目に吹いた。

ヲンナの目は荒れたけれどもヲンナの目は恐ろしい氷山に包まれてゐて波濤を起すことは不可能である。

ヲンナは思ひ切つてNUになった。汗孔は汗孔だけの莉莉になつた。ヲンナは歌ふつもりで金切聲でないた。北極は鍾の音に慄へたのである。

◇　　　◇

辻音樂師は温い春をばら撒いた乞食見たいな天使。天使は雀の樣

に痩せた天使を連れて歩く。


　天使の蛇の様な鞭で天使を擲つ。
　天使は笑ふ、天使は風船玉の様に膨れる


　天使の興行は人目を惹く。
　人々は天使の貞操の面影を留めると云はれる原色寫眞版のエハガ
キを買ふ。


　天使は履物を落して逃走する。
　天使は一度に十以上のワナを投げ出す。


　　　◇　　　　　◇


　日暦はチョコレエトを増す。
　ヲンナはチョコレエトで化粧するのである。


　ヲンナはトランクの中に泥にまみれたヅウヲヅと一緒になき伏す。ヲ
ンナはトランクを持ち運ぶ。


　ヲンナのトランクは蓄音機である。
　蓄音機は喇叭の様に赤い鬼青い鬼を呼び集めた。


　赤い鬼青い鬼はペンギンである。サルマタしかきていないペンギン

は水腫である。

　ヲンナは象の目と頭蓋骨大程の水晶の目とを縦横に繰って秋波を
濫發した。


　ヲンナは滿月を小刻みに刻んで饗宴を張る。

　人々はそれを食べて豚の樣に肥滿するチョコレエトの香りを放散す
るのである

1931. 8. 18.

—《조선과 건축》, 1931. 8, 13쪽.

〔해설〕

　시 「흥행물천사」는 「광녀의고백」과 마찬가지로 사물에 대한 인식의 과정에서 '눈'이라는 감각의 중추가 그 자체의 존재를 소외시키고 있는 현상을 시적으로 형상화하고 있다. 이 두 편의 시에서 고도의 비유를 통해 재현하고 있는 '눈'은 단순한 육체의 한 부분은 아니다. 이것은 외부 세계에 대한 인식의 기반이 되는 시각(視覺)의 문제에 대한 관심에서 비롯된 것이다. 여기서 눈은 시적 진술의 대상이면서 동시에 주체가 되기도 한다. 눈은 외부 세계를 향한 시각의 중심에 자리하고 있으며 언제나 양방향으로 작용한다. 밖을 내다볼 수도 있고, 안으로 들어가 볼 수도 있다. 그러나 눈은 모든 것을 보면서 자신을 보지 못한다. 눈은 그 육체적 물질적 요소의 장애가 생겨날 때 비로소 그 존재의 의미를 드러낼 뿐이다.

　이 작품의 서두에는 '여자의 눈'에 대한 설명적 진술이 제시된다. 이 대목은 '여자'와 '눈'에 관련되는 어떤 일을 암시한다. 정형외과에서 여자의 눈을 찢어 놓아 곡마단의 늙은 코끼리 눈으로 만들었다는 것. 그리고 그 결과 여자의 눈은 웃어도 웃지 않아도 언제나 웃는 모습이라는 것이다. 이러한 진술이 구체적으로 어떤 이야기를 뜻하는 것인지는 뒤로 이어지는 텍스트의 내용을 통해 자연스럽게 드러난다. 그러나 '눈이 웃는다'라는 구절은 이미 「광녀의고백」에서 밝혀진 대로 '눈'과 관련된 '깜박거리다' 또는 '찡그리다'와 같은 동작을 암시한다는 사실을 상기할 필요가 있다.

시의 텍스트는 중반부에서 '천사'가 시적 대상으로 등장한다. 시간적 배경을 '봄'으로 바꾸어 놓고, '여자의 눈'에서 '천사'에 대한 이야기로 시적 진술을 전환하면서 그 내용이 더욱 극적으로 전개된다. 그러나 이러한 텍스트 표층에서 이루어지는 이야기의 전환은 모두 일종의 우의적 고안에 불과하다. 여기에 등장하는 '천사'는 비유적 상징에 해당한다. '천사'는 눈을 감을 때 눈동자를 덮어 주는 '눈꺼풀'을 비유적으로 표현한 말이다. 눈꺼풀은 눈을 감게 하기도 하고 뜨게 하기도 한다. 눈꺼풀로 눈동자를 덮으면 아무것도 보이지 않는다. 눈을 감는 것은 곧 죽음을 의미한다. 이러한 특징 때문에 인간의 죽음에 관여하는 '천사'의 이미지를 눈꺼풀에서 찾아낸 것이 아닌가 생각된다. 천사라는 것이 곧 인간의 삶과 죽음(눈을 뜨고 감는 것)을 주재하는 신(神)의 사자(使者)가 아닌가.

그런데 "천사는참새와같이수척한천사를데리고다닌다."라고 설명하고 있다. 이것은 눈을 감거나 뜰 때 위쪽 눈꺼풀에 맞춰 아래쪽 눈꺼풀이 항상 같이 움직이는 모양을 말한다. "천사의 배암과같은회초리로천사를때린다."라는 진술은 눈을 깜박거릴 때 위 눈꺼풀이 아래 눈꺼풀에 닿으면서 속눈썹이 서로 부딪치는 것을 비유적으로 묘사한 대목이다. 그리고 눈을 자꾸만 찡그리거나 깜박거리는 것을 "천사는웃는다."라고 표현하는데 이것은 눈시울에서 이물감을 느끼고 있음을 암시한다. 실제로 아래 눈꺼풀에 이상이 생겨 "고무풍선과같이부풀어진다."라는 설명이 뒤에 이어진다.

이 대목에서 눈시울에 고무풍선과 같이 부풀어진 것은 무엇일까? 이것은 우리가 알고 있는 다래끼를 말하는 것이 아닌가 생각된다. 다래끼는 흔히 볼 수 있는 작은 부스럼이다. 대개 저절로 낫지만 덧날 경우 부어오르며 화농을 일으키고 흉터가 남기도 한다. 바로 뒤에 등장하는 "천사의흥행"이란 곧 눈꺼풀의 가장자리인 눈시울에 생겨난 '다래끼'를 비유적으로 표현한 말에 불과하다. 눈시울에 난 다래끼는 금방 드러나 보인다. 남의 눈에 쉽게 띄는 것을 의식할 수밖에 없다. 말하자면 하나의 "흥행물"이 되는 셈이다.

다래끼가 생기면 남에게 팔아 버려야 쉽게 낫는다는 속설도 전해온다. 그래서 다래끼를 쳐다보고 먼저 말을 거는 사람에게 이것을 팔아넘기기도 한다. 이런 민간 속설에서 비롯된 다래끼 팔아넘기기를 이 시에서는 "원색사진판그림엽서를산다."라는 특이한 행위로 묘사한다. 다래끼가 생긴 눈시울 근처의 속눈썹을 뽑아 사람들이 많이 다니는 길 위 작은 돌멩이로 덮어 놓기도 한다. 이러한 속설은 넷째 단락에서 "신발을떨어뜨리고도망한다."라든지 "열개이상의덫을내어던진다."라는 설명을 통해 암시되고 있다.

시의 후반부는 다래끼가 저절로 아물지 않고 화농을 일으키는 과정을 서술한다. 그리고 여러 가지 다양한 비유를 끌어들여 그 견디기 어려운 상황을 특이한 시적 정황으로 변용하고 있다. 다래끼가 부풀어 오른 모양은 펭귄의 통통한 몸집에 비유된다. 다래끼는 펭귄 모양이고 수종처럼 부어오른다. 수

종은 몸의 조직 간격이나 체강 안에 림프액, 장액 따위가 괴어 몸이 붓는 병을 말하는데 여기에서는 다래끼가 동그랗게 켜져 화농을 일으킨 상태를 '만월'에 비유하고 있으며, 다래끼가 곪아 터져 고름이 나오는 것을 초콜릿을 방사하는 것으로 비유한다.

시인 이상은 바로 이 같은 문제성을 눈의 질병 또는 정상적 상태를 벗어난 눈의 기능성을 통해 새롭게 질문한다. 눈의 이상(異常) 또는 질병은 그것이 아무리 사소한 것일지라도 매우 예민하게 작용한다. 그리고 인간의 정신과 사고뿐 아니라 인간 존재 자체를 뒤흔드는 근본적인 경험으로 작용하기도 한다. 이 육체의 문제성을 중심으로 시인 이상은 '말하는 눈'을 고안하고 '눈이 하는 말'을 들으려 한다. 이러한 기호적 전략은 '눈'이라는 감각 기관을 통해 인간의 삶과 거기에서 비롯되는 문화의 영역에 육체가 어떻게 자리매김할 수 있는지를 보여 준다.

삼차각설계도

# 삼차각설계도

### 선에관한각서 1

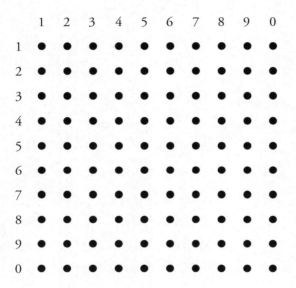

(우주는먹에의하는먹에의한다)

(사람은숫자를버리라)

(고요하게나를전자의양자로하라)

·  ·  ·
스펙톨

축X축Y축Z

속도etc의통제예컨대빛은매초당300,000킬로미터달아나는
것이확실하다면사람의발명은매초당600,000킬로미터달아날
수없다는법은물론없다.그것을기십배기백배기천배기만배기억
배기조배하면사람은수십년수백년수천년수억년수조년의태고
의사실이보여질것이아닌가,그것을또끊임없이붕괴하는것이라
고하는가,원자는원자이고원자이고원자이다,생리작용은변이하
는것인가,원자는원자가아니고원자가아니고원자가아니다,방사
는붕괴인가,사람은영겁인영겁을살릴수있는것은생명은생도아
니고명도아니고빛인것이라는것이다.


　　취각의미각과미각의취각


　　(입체에의절망에의한탄생)
　　(운동에의절망에의한탄생)
　　(지구는빈집일경우봉건시대는눈물이나리만큼그리워진다)

〔원문〕

三次角設計圖[1]

線에關한覺書 1[2]

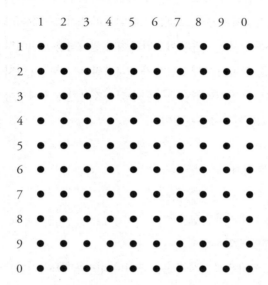

---

1) '삼차각'이라는 말은 정확한 수학 용어는 아니지만 세 모서리가 만나는 각을 말하는 것으로 볼 수 있다. 수학에서 말하는 '각(角)'은 삼차원 이상의 공간에서도 언제나 이차원 평면에서의 '각'이라는 개념으로 규정된다. 그러 므로 '삼차각'이란 평면기하학에서는 성립될 수 없는 개념이다.

2) 이 시에 제시된 도표의 성격에 대해서는 여러 가지 방식으로 설명되어 왔다. 그러나 이 도표는 유클리드 기하학이라고 불리는 고전 기하학의 한계 를 극복하고 기하학의 대상을 대수 기호화함으로써 새로운 기하학의 지평 을 열게 된 해석 기하학의 기본 개념을 도표화한 것으로 보인다. 이 도표는 평면 위 한 점의 위치를 도식화한 것이다.

(宇宙는冪에依하는冪에依한다)[3]

(사람은數字를버리라)[4]

(고요하게나를電子의陽子로하라)


스펙톨[5]


軸X軸Y軸Z[6]


速度etc의統制例컨대光線은每秒當300,000키로메-터달아나는것
이確實하다면[7]사람의發明은每秒當600,000키로메-터달아날수없다
는法은勿論없다.[8]그것을幾十倍幾百倍幾千倍幾萬倍幾億倍幾兆倍

---

3) '멱'은 거듭제곱을 말한다. '멱수'를 약칭하여 '멱'이라고도 한다. "멱에의
하는멱에의한다."라는 말은 수식으로 표시할 경우, $((N)^n)^n\cdots$로 나타난다.
이것은 우주가 무한대로 큰 세계임을 말해 준다.
4) 우주의 무한대의 크기에 비해 인간이 합리성 또는 과학성을 내세워 계
산하고 따지는 일이 아무 의미가 없음을 말한다. 여기에서 '숫자'는 인간 존
재의 유한성에 대한 표식일 수밖에 없다.
5) 분광기. 빛이나 방사선을 통과시킬 경우 파장에 따라 굴절률이 다르기
때문에 빛이 분산되어 파장의 순서에 따라 배열된다.
6) 분광기를 통해 분산되는 빛을 공간에서 $x, y, z$라는 세 축으로 표현한다.
7) 빛의 속도를 설명하고 수치로 제시하고 있다. 진공에서 빛의 속도는 초속
2억 9979만 2458미터이다. 이 속도는 1초에 지구를 일곱 바퀴 반을 돌 수
있고 지구에서 달까지 가는 데는 1초 정도 걸린다. 태양까지는 약 8분 거리
이다. 이는 측정치가 아니라 미터의 정의에 의한 것이다. 진공에서 빛의 속
도를 c로 표현한다.
8) 이 대목은 아인슈타인의 상대성 이론의 기본 개념을 비유적으로 진술하
고 있다. 상대성 이론에 따르면 모든 움직임은 빛의 속도를 넘을 수 없다.

하면사람은數十年數百年數千年數億年數兆年의太古의事實이보여질것이아닌가,[9] 그것을또끊임없이崩壞하는것이라고하는가,原子는原子이고原子이고原子이다,[10] 生理作用은變移하는것인가,原子는原子가아니고原子가아니고原子가아니다,放射는崩壞인가,[11] 사람은永劫인永劫을살릴수있는것은生命은生도아니고命도아니고光線인것이라는것이다.[12]

臭覺의味覺과味覺의臭覺

(立體에의絶望에依한誕生)[13]
(運動에의絶望에依한誕生)[14]

---

9) 이 대목 역시 상대성 이론의 기본 개념에 대한 설명이다. 물질의 이동 속도는 빛의 속도를 넘어설 수 없다. 질량이 없는 물체는 빛의 속도로 전파된다. 이는 인과율에 중요한 영향을 준다.
10) 원자는 물체의 궁극적인 핵심에 해당한다는 점을 강조한다.
11) 러더퍼드의 원자 모형이 발표된 후 20세기 초 원자가 물질을 구성한다는 사실이 확인되었으며, 원자의 내부 구조가 영구적으로 안정적인 것이 아니라는 사실이 밝혀진다. 이 시에서는 바로 이 같은 과학의 발전 과정을 염두에 두고, 더 이상 원자가 물질의 핵심이 아니며 원자핵을 변화(분열 또는 붕괴)시켜 방사능이 생기게 할 수 있다는 사실에 대해 스스로 반문하고 있다.
12) 빛이 인간과 자연의 모든 법칙의 기준임을 말한다.
13) 유클리드 기하학의 한계를 극복한 해석 기하학의 등장을 말한다. 해석 기하학이 이차원을 삼차원 또는 그 이상으로 일반화시켰던 것이다. 이 새로운 접근법은 많은 기하학적 과제를 해결할 수 있는 원리로 등장했으며 유클리드 기하학보다 더 쉽게 임의의 곡선에 적용할 수 있다.
14) 아인슈타인의 상대성 이론의 등장을 말한다.

(地球는빈집일境遇封建時代는눈물이날이만큼그리워진다)[15]

——『이상 전집: 제2권 시집』, 1956, 139~142쪽.

〔일본어 원문〕

三次角設計圖

線に關する覺書 1

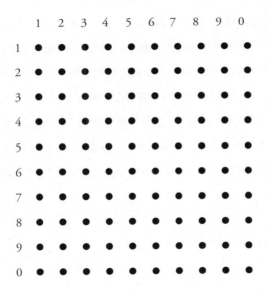

(宇宙は冪に依る冪に依る)

---

15) 지구가 빈 집일 경우, 지구를 자기 마음대로 차지할 수 있고, 봉건 시대
처럼 자기 멋대로 주재할 수 있기 때문에 그렇게 할 수 있는 시대가 그립다
는 것이다.

（人は數字を捨てよ）

（靜かにオレを電子の陽子にせよ）


スペクトル


軸X軸Y軸Z


　速度etcの統制例へば光は秒毎三〇〇〇〇〇キロメートル逃げることが確かなら人の發明は秒毎六〇〇〇〇〇キロメートルし逃げられないことはキツトない。それを何十倍何百倍何千倍何萬倍何億倍何兆倍すれば人は數十年數百年數千年數萬年數億年數兆年の太古の事實が見れるじやないか、それを又絶えず崩壊するものとするか、原子は原子であり原子であり原子である、生理作用は變移するものであるか、原子は原子でなく原子でなく原子でない、放射は崩壊であるか、人は永劫である永劫を生き得ることは生命は生でもなく命でもなく光であることであるである。


　臭覺の味覺と味覺の臭覺


（立體への絶望に依る誕生）

（運動への絶望に依る誕生）

（地球は空巣である時封建時代は涙ぐむ程懐かしい）

1931. 5, 1931. 9. 11.

─《조선과 건축》, 1931. 10, 29쪽.

〔해설〕

이 작품은 「삼차각설계도」라는 큰 제목 아래 「선에관한각
서 1~7」이라는 일곱 편의 작품이 묶인 '연작시'이다. 연작시의
제목으로 내세워진 '삼차각설계도'에서 '삼차각'은 수학적 용
어로서는 부정확한 말이다. 수학에서 말하는 '각(角)'이란 삼
차원 이상의 공간에서도 언제나 이차원 평면에서의 '각'이라
는 개념으로 규정된다. 그러므로 '삼차각'이란 수학적 개념이
라고 하기 어렵다. 다만 세 모서리가 만나는 각을 말하는 것
으로 본다면 그 존재를 인정할 수 있다. 이 연작시는 모두 수
학적 또는 물리학적 개념이 중심을 이루고 있으며, 우주 공간,
태양과 광선, 과학과 시간 등에 관한 새로운 지식을 동원하여
인간 존재에 관한 다양한 상념을 기호화하여 표현한 것이 특
징이다. 기하학의 발전, 원자론, 상대성 이론 등에서 다양한
시적 모티프를 끌어 오고 있는 것이 눈에 띈다. 이 일곱 편의
작품들은 서로 밀접한 연관성을 지니고 있으므로 그 의미와
주제 내용의 상관성을 주목할 필요가 있다.

「선에관한각서 1」을 정확하게 이해하기 위해서는 먼저 텍스
트에 제시된 도표의 성격을 제대로 확인해야 한다. 이 도표를
유클리드 기하학이라고 불리는 — 고전 기하학의 약점들을
극복하고 기하학의 대상을 대수 기호화함으로 새로운 기하학
의 지평을 열게 된 — 해석 기하학의 개념에 근거하여 볼 때

이 작품에 제시된 도표는 평면 위 한 점의 위치를 표시하는 방법을 도식화한 것이라고 할 수 있다. 여기서 $x$ , $y$축은 1부터 0까지의 숫자로 나타나 있고, 평면상에는 무수한 점(●)이 표시되어 있다. 이 표에서 각 점의 위치는 두 개의 직선 x축과 y축의 거리로 나타낸다. 예컨대 점 $P$의 위치는 $P(x. y)$로 표시한다. 그리고 점과 점을 잇는 직선은 방정식 $y=mx+b$로 나타낸다. 여기에서 m과 b는 상수이고 $x$와 $y$는 각 축 위에서의 거리를 표시한다. 그러나 이것을 공간으로 바꾸면 그 공간 속에서는 점(●)의 위치를 표시하기 어렵다. 너무 방대해지기 때문이다. 우주 공간의 광대무변함으로 확대하면 인간의 한계가 분명하다. "우주는먹에의하는먹에의한다."라는 말은 우주의 무한함을 나타낸 말이다. 인간이 아무리 모든 자연 현상을 숫자로 합리적으로 계산하고 표시할 수 있다 하더라도 그것은 우주의 무한함에 비하면 아무 의미도 가지지 못한다. 하지만 이 작품의 시적 화자는 '양자(陽子)'라는 원자핵의 초소 구성 입자가 모든 사물의 기본적인 속성(원자의 종류)을 결정하는 것처럼 그렇게 우주 공간의 주체로 서고 싶은 욕망을 표시한다.

이 작품 전반부 "고요하게나를전자의양자로하라"라는 대목은 우주와 인간의 관계를 물체의 핵심 구조인 원자 구조로 축소하여 설명한 것이다. 이러한 진술 태도는 원자의 모형을 실험을 통해 발견한 러더퍼드의 주장을 그대로 반영한 것이라고 볼 수 있다. 러더퍼드가 발견한 원자의 모형은 태양을 중심으로 지구나 화성 같은 행성이 그 주변을 돌고 있는 작은 우주와 같다는 것이다. 러더퍼드의 원자 모형의 발견에 힘입어 20세기에 들어와서 많은 과학자들에 의해 원자 구조가 밝혀진다. 원자는 그 한가운데 태양에 해당되는 원자핵이 있고 그 주변을 돌고 있는 행성에 해당되는 전자들이 돌고 있다. 원자핵과 그 주변을 돌고 있는 전자의 궤도 안쪽은 아무것도 없는 텅 비어 있는 공간이다.

이 작품 텍스트 중반부에서는 시적 화자가 우주 과학의 시대를 열어 준 아인슈타인의 상대성 원리와 관련되는 여러 가지 개념들에 대한 자신의 상념을 직설적으로 표현한다. 일반 상대성 이론은 뉴턴의 만유인력 법칙을 대체하는 새로운 수식을 제시하는데, 특수 상대성 이론이 관성 좌표계의 관측자만을 다루는 데 반해 모든 기준계의 관측자가 동일하다고 놓는다. 일반 상대성 이론은 질량과 에너지가 시공간을 휘게 하고, (빛을 포함한) 자유 입자들이 이렇게 휘어진 시공간 속에서 움직인다는 방식의 기하학적인 이론이다. 빛의 속도보다 물체가 더 빠른 속도로 이동할 수 있다는 가정이라든지, 모든 물질의 핵심이라고 생각했던 원자가 원자핵을 변화(분열 또는 붕괴)시켜 방사능이 생기게 할 수 있다는 사실에 대해서도 스스로 반문하고 있다. 그리고 인간이 영겁을 살 수 있으려면 그것은 생명에 의해서가 아니라 빛보다 빠르게 이동하여 시간이 없어지는 상태일 경우에 가능하다는 점을 말하기도 한다. 결국 이 작품은 유클리드 기하학의 한계를 극복한 해석 기하학의 등장이라든지, 뉴턴의 중력 법칙의 한계를 넘어선 아인슈타인의 상대성 이론의 등장으로 인하여 절대적인 시간 개념이 모두 무너지게 되었음을 암시하는 것으로 끝난다.

# 삼차각설계도

## 선에관한각서 2

1+3

3+1

3+1　1+3

1+3　3+1

1+3　1+3

3+1　3+1

3+1

1+3


선상의일점A

선상의일점B

선상의일점C


A+B+C=A

A+B+C=B

A+B+C=C


2선의교점A

3선의교점B

수선의교점C

3+1

1+3

1+3   3+1

3+1   1+3

3+1   3+1

1+3   1+3

1+3

3+1


(태양광선은,凸렌즈때문에수렴광선이되어일점에있어서혁혁
히빛나고혁혁히불탔다,태초의요행은무엇보다도대기의층과층
이이루는층으로하여금凸렌즈되게하지아니하였던것에있다는
것을생각하니즐겁다,기하학은凸렌즈와같은불장난은아닐는
지,유클리드는사망해버린오늘유클리드의초점은도처에있어서
인문의뇌수를마른풀과같이소각하는수렴작용을나열하는것에
의하여최대의수렴작용을재촉하는위험을재촉한다,사람은절망
하라,사람은탄생하라,사람은탄생하라,사람은절망하라)

## 三次角設計圖

### 線에關한覺書 2

1+3

3+1

3+1    1+3

1+3    3+1

1+3    1+3

3+1    3+1

3+1

1+3


線上의一點A

線上의一點B

線上의一點C


A+B+C=A

A+B+C=B

A+B+C=C


二線의交點A

三線의交點B

數線의交點C

3+1

1+3

1+3    3+1

3+1    1+3

3+1    3+1

1+3    1+3

1+3

3+1[16]


(太陽光線은,凸렌즈때문에收斂光線[17])이되어一點에있어서爀爀
히빛나고爀爀히불탔다,[18] 太初의僥倖은무엇보다도大氣의層과層
이이루는層으로하여금凸렌즈되게하지아니하였던것에있다는것을
생각하니樂이된다,[19] 幾何學은凸렌즈와같은불작난은아닐른지,[20]
유우크리트는死亡해버린오늘유우크리트의焦點[21]은到處에있어서人

---

16) 작품 텍스트 서두에서 제시한 수식의 형태를 순서를 바꾸어 다시 그대
로 배치한다.

17) 수렴광선. 원문과 일본어 원문이 모두 '收斂'을 '收歛'이라고 잘못 표기
했다. 수렴광선속을 말하며, 이 개념은 광선속의 개념을 통해 설명된다. 광
선속이란 많은 가닥의 빛이 지나가는 경로를 선으로 그린 것이다. 빛에너지
의 흐름이 한 점으로 모이거나 한 점에서 퍼져 나가는 경우, 혹은 선을 연장
하였을 때 만나는 경우 등 광선속의 종류는 다양하다.

18) 여러 가닥의 빛이 '수렴광선속'을 이루어 한 점에서 만날 때 이 점을 '공
심광선속'이라고 하는데, 바로 이 점에 빛이 집중되므로 열을 내게 된다. 볼
록렌즈로 빛을 굴절시켜 수렴광선속을 만들어 공심광선속을 이루게 하여
모든 빛이 한 점에 모이면 그 초점에서 불이 붙는 것을 볼 수 있다. 이 대목
은 바로 이러한 현상을 진술하고 있다.

文의腦髓를마른풀과같이燒却하는收歛作用을羅列하는것에依하여
最大의收歛作用을재촉하는危險을재촉한다.[22]사람은絶望하라,[23]사
람은誕生하라,[24]사람은誕生하라,사람은絶望하라)

──『이상 전집: 제2권 시집』, 1956, 143~146쪽.

---

19) 이 대목은 지구가 생성된 때부터 태양 광선이 대기층을 통과하면서 직진하여 지구에 비치고 있기 때문에 빛이 수렴되지 않고 '공심광선속'도 이루어지지 않음을 설명한 부분이다.

20) 기하학이 고대 유클리드 기하학에서 해석 기하학, 대수 기하학으로 발전고 점차 추상화되는 경향을 지적한 부분이다. 근대 기하학이 유클리드 기하학에서 내세운 공리들을 부정하면서 '비유클리드 기하학'으로 발전한 것이 아인슈타인의 일반 상대성 원리의 골격을 세우는 데 중요한 역할을 했고, 이 일반 상대성 이론이 시공간 구조의 개념을 근본적으로 바꾼 것이 인간 세계의 재앙을 불러와 '불장난'이라고 말하고 있다.

21) '유클리드의 초점'은 '유클리드 기하학에서 공리로 내세워진 선과 선의 교점'을 의미한다. 하지만 이 개념이 현대 대수 기하학에서 새로운 논리로 발전하고 일반 상대성 원리와 같은 새로운 이론으로 귀결된 점을 지적한 것으로 볼 수 있다.

22) 현대 기하학의 발전이 인간 삶에서는 오히려 인간주의적인 요소를 모두 전복 붕괴시키고 있는 상황을 지적한 대목이다.

23) 현대 과학의 발전이 오히려 인간을 절망시킨다.

24) 인간이 새로운 가치와 관점을 내세움을 주장한 대목이다.

三次角設計圖

線に關する覺書 2

1+3

3+1

3+1　1+3

1+3　3+1

1+3　1+3

3+1　3+1

3+1

1+3


線上の一點A

線上の一點B

線上の一點C


A+B+C＝A

A+B+C＝B

A+B+C＝C


二線の交點A

三線の交點B

數線の交點C

3+1

1+3

1+3 　3+1

3+1 　1+3

3+1 　3+1

1+3 　1+3

1+3

3+1


（太陽光線は、凸レンズのために收歛光線となり一點において爀々
と光り爀々と燃えた、太初の僥倖は何よりも大氣の層と層とのなす層
をして凸レンズたらしめなかつたことにあることを思ふと樂しい、幾何
學は凸レンズの樣な火遊びではなからうか、ユウタリトは死んだ今日ユ
ウクリトの焦點は到る處において人文の腦髓を枯草の樣に燒却する收
歛作用を羅列することに依り最大の收歛作用を促す危險を促す、人は
絶望せよ、人は誕生せよ、人は誕生せよ、人は絶望せよ）

1931. 9. 11.

—《조선과 건축》, 1931. 10, 29쪽.

〔해설〕

이 작품은 고전 기하학으로 명명된 유클리드 기하학이 데카르트 이후 해석 기하학을 기점으로 새롭게 발전하여 상대성 이론에까지 이르는 과정을 기호와 수식으로 표현하면서 시적 화자의 상념을 함께 진술하고 있다. 텍스트 전반부에서 '1+3'이라는 수식은 '1'이라는 숫자가 의미하는 것과 '3'이라는 숫자가 의미하는 것의 결합 상태를 암시한다. '1'은 일차원의 세계를 상징한다. 일차원의 세계는 시간처럼 전후 개념만을 지닌 선(線)을 의미하는 것으로 볼 수 있다. '3'은 삼차원의 세계를 의미한다. 이것은 공간의 세계이다. 그러므로 '3+1' 또는 '1+3'은 일차원 시간과 삼차원 공간의 결합을 의미한다. 이것은 사차원의 세계이며, 곧 인간의 세계와는 다른 새로운 세계를 말하는 셈이다. 아인슈타인의 상대성 이론의 핵심은 바로 이 같은 시간(일차원)과 공간(삼차원)의 새로운 결합 가능성을 암시한다.

그런데 여기에서 한 가지 지목하고 싶은 것은 '3+1'과 '1+3'이라는 수식이 단순히 '일차원의 세계와 삼차원의 세계의 결합만이 아니라 사영 기하학에서 이론화된 '체 이론(field theory)'과 관련성을 가지는 것처럼 보인다는 점이다. 사영 기하학의 개념은 매우 다양한 대수계에서 좌표들을 선택하여 확장시킬 수 있는 이점이 있다. 사영 기하학에서는 더하고 빼

삼차각설계도　　　　　423

고 곱하고 나눌 수 있는 기호 집합을 '체(體, field)'라고 한다. 그리고 이 '체'에서 좌표를 선택할 때 하나의 기하학을 얻을 수 있다. 예를 들면 1이나 3과 같은 실수는 하나의 '체'이다. 대수학은 더하고 빼고 곱하고 나눌 수 있는 기호 체계를 제공하지만 기호들의 곱 ab가 반드시 ba와 같지는 않다. 이런 체계를 비가환체(非可換體, skew field)라고 한다. 비가환체에서 연구할 때, 보통의 합 관계와 교차 관계는 타당하지만 다른 정리들은 더 이상 참이 아닌 하나의 기하학이 만들어질 수 있다.

실제로 이 작품의 텍스트에서 "線上의一點A/ 線上의一點B/ 線上의一點C"는 '임의의 한 직선 위에 점 A, 점 B, 점 C를 표시한다.'라고 이해할 수 있다. "A+B+C=A/ A+B+C=B/ A+B+C=C"라는 것은 앞서 표시한 세 점의 위치와 그 관계를 표시한 수식에 해당한다. 그런데 평면상에 위치하고 있는 A, B, C라는 점들이 위의 식을 성립시키려면 세 점이 동일한 위치에 놓인 점일 경우에만 가능하다. 점은 크기를 따지지 않으므로 위치가 같다면 같은 점이다. 그러나 A, B, C가 각각 위치가 다른 임의의 한 점이라면 이 수식은 모순이다. 하지만 이 수식이 성립 가능한 경우도 있다. 평면 위에서가 아니라 공간 속에서 세 점이 일정한 각도를 유지해 직선으로 연결되는 경우 세 점이 동일한 한 점으로 보이는 경우가 가능해진다. 이러한 현상은 직진하는 빛의 성질을 전제해야 이해된다.

작품 속에서 바로 뒤에 이어지는 "二線의交點A/ 三線의交點B/ 數線의交點C"라는 진술은 앞에 전제된 조건들에 비추어 볼 때, 두 가지 사실을 말해 준다. 첫째, 수식

"A+B+C=A/ A+B+C=B/ A+B+C=C"에서 얻어진 값으로서의 A, B, C라는 점들은 평면상에 위치한 것이 아니다. 둘째, A, B, C는 공간(입체) 속에서 공간을 통과하는 임의의 직선이 서로 교차하는 점이 된다. 결과적으로 각 점 A, B, C는 두 직선 또는 세 개의 직선, 그리고 무수한 직선들의 교점에 해당한다. 이러한 사실은 공간에서 두 개 이상의 직선이 얼마든지 한 점에서 서로 만날 수 있음을 말해 준다.

이 작품 텍스트 후반부에서는 바로 이 같은 수식을 통해 제시된 사실을 '볼록 렌즈'를 통해 이루어지는 빛의 굴절과 수렴 현상을 통해 다시 입증해 보이고 있다. 여러 가닥의 빛이 '수렴광선속'을 이루어 한 점에서 만날 때 이 점에 빛이 집중되므로 열을 내게 된다. 볼록 렌즈로 빛을 굴절시켜 수렴광선속을 만들어 모든 빛이 한 점에 모이면 그 초점에서 불이 붙는다. 그러나 지구가 생성된 때부터 태양 광선은 대기층을 통과하면서 직진하여 지구에 비치고 있기 때문에 빛이 수렴되지 않는다. 시적 화자는 이를 천만다행이라고 여긴다. 만일 이 수렴 현상이 지구 위에서 나타났다면 지구는 폭발하고 말았을 것이다. 시적 화자는 이러한 문제들과 관련지어 인간 삶의 현실에서 요구되는 새로운 인간관과 가치의 정립을 주장하고 있다.

# 삼차각설계도
## 선에관한각서 3

```
      1   2   3
1  ●   ●   ●
2  ●   ●   ●
3  ●   ●   ●


      3   2   1
3  ●   ●   ●
2  ●   ●   ●
1  ●   ●   ●
```

$$\therefore nPn = n(n-1)(n-2)\cdots\cdots(n-n+1)$$

(뇌수는부채와같이원에까지전개되었다,그리고완전히회전하
였다)

三次角設計圖

線에關한覺書 3

```
    1   2   3
1   ●   ●   ●

2   ●   ●   ●

3   ●   ●   ●


    3   2   1
3   ●   ●   ●

2   ●   ●   ●

1   ●   ●   ●
```

$$\therefore nPn = n(n-1)(n-2)\cdots\cdots(n-n+1)^{25)}$$

(腦髓는부채와같이圓에까지展開되었다,그리고完全히廻轉하였다)[26]

—『이상 전집: 제2권 시집』, 1956, 147~148쪽.

---

25) 이 수식은 순열의 공식을 그대로 옮겨 놓은 것이다.

26) 이 대목은 여러 가지로 해석이 가능하다. 가장 간단한 해답은 앞에서 제시한 순열의 공식으로 답을 구할 수 없게 되자 '머리가 돈다. 완전히 돌아 버렸다.'라고 진술한 것으로 볼 수 있다. 이와 달리 조금 복잡한 논리를 전개 한다면, '원뿔굴절'의 개념을 패러디한 것으로 볼 수도 있다. '원뿔굴절'이란 쌍축 결정에서 나타나는 광학 현상으로 광선이 굴절하여 원뿔 모양으로 퍼 지는 것을 말한다.

三次角設計圖

線に關する覺書 3

|   | 1 | 2 | 3 |
|---|---|---|---|
| 1 | ● | ● | ● |
| 2 | ● | ● | ● |
| 3 | ● | ● | ● |

|   | 3 | 2 | 1 |
|---|---|---|---|
| 3 | ● | ● | ● |
| 2 | ● | ● | ● |
| 1 | ● | ● | ● |

$$\therefore nPn = n(n-1)(n-2)\cdots\cdots(n-n+1)$$

(腦髓は扇子の樣に圓迄開いた、そして完全に廻轉した)

1931. 9. 11.

—《조선과 건축》, 1931. 10, 29쪽.

이 작품은 유클리드 기하학 이후 발전을 거듭해 온 현대 기하학의 속성을 이용해 공간에서 한 점의 위치를 어떻게 수식으로 표시할 수 있는지를 간단한 도표와 식으로 제시한다. 특히 현대 기하학의 한 영역인 사영 기하학의 기본 원리가 이 도표와 그 뒤 제시된 순열 공식에 적용되는 것처럼 보인다. 사영 기하학의 특징적인 과정은 한 직선이나 평면 위에 있지 않은 한 점에서 투시도법으로 다른 직선이나 평면에 사상시키는 것이다. 이 과정은 한 물체를 외부점에서 그리거나 사진 촬영할 때 하는 것과 근본적으로 일치한다.

이 작품에서 중요한 위치를 점하고 있는 도표는 「선에관한각서 1」의 도표와 유사하지만 그 성질이 다르다. 「선에관한각서 1」의 경우는 평면 위 한 점을 수식으로 표시하는 법을 도표화한 것인데 이 작품에서는 삼차원의 세계, 즉 공간 속에 한 점의 위치를 표시하는 법을 보여 준다. 이 도표는 수직을 이루면서 만나는 두 개의 평면을 하나의 평면 위에 펼쳐 놓은 것이다. 표 중간에 끼워진 "3 2 1"은 바로 두 평면이 수직으로 만나는 부분을 의미한다. "3"은 꼭짓점에 해당한다. 이러한 도표를 보면, 공간에서의 점의 위치는 평면의 경우보다 더욱 무한하게 표시될 수밖에 없다.

공간 속에 위치하는 임의의 두 점을 골라 연결(한 줄로 세우는)하는 경우의 수는 어떻게 표시할 수 있는가? 이 문제는 텍스트에 제시된 $P(n, r)=n(n-1)(n-2)\cdots\cdots(n-n+1)$과 같은 순열의 공식으로 해결할 수 있다. 순열(順列)은 서로 다른 $n$개의 원소 중에서 $r$개($n+r$)를 뽑아서 한 줄로 세우는 경우의 수를 말한다. $nPr$, 혹은 $P(n,r)$라고 쓴다. 그런데 사실은 여기 제시된 공식을 이용한다 하더라도 답을 구할 수는 없다. 왜냐하면 공간 속에서 점의 수(여기에서는 '$n$')는 한정할 수 없기 때문이다. 이 순열의 공식에 의거해 문제를 풀 경우 답은 무한하다. 이 작품에서 이러한 문제를 제기하고 있는 것은 결국 해석 기하학이나 대수 기하학에서 미분 기하학에 이르면, 결국 모든 현상이 미궁으로 빠지거나 추상화되어 버림을 말하기 위한 것으로 생각된다.

# 삼차각설계도
## 선에관한각서 4(미정고)

탄환이일원도를질주했다(탄환이일직선으로질주했다에있어서의오류등의수정)

정육설탕(각설탕을칭함)

폭통의해면질전충(폭포의문학적해설)

〔원문〕

三次角設計圖

線에關한覺書 4(未定稿)

彈丸이一圓壔²⁷⁾를疾走했다(彈丸이一直線으로疾走했다에있어서의誤
謬等의修正)²⁸⁾


正六雪糖(角雪糖을稱함)²⁹⁾


瀑筒³⁰⁾의海綿質塡充³¹⁾(瀑布의文學的解說)

──『이상 전집: 제2권 시집』, 1956, 149쪽.

---

27) 원도. 원기둥. 흔히 원주(圓柱)라고 한다. '탄환이 한 원도를 질주한다'는
것은 탄환이 일직선으로 날아간다고 말하는 것을 고쳐 말한 것이다.
28) 일반 상대성 이론에서 물체는 항상 사차원 시공 속에서는 측지선을 따
라 움직인다. 탄환은 직선으로 나는 것이 아니라 '휘어진 공간'을 날아간다.
29) '각설탕'이라는 말은 모순이다. '각'이라는 개념은 평면 위에서 두 직선
이 서로 만나는 경우에 생겨나는 교차점에서의 간격을 말한다. 그런데 '각
설탕'은 그 형태가 입체형이므로 '정육설탕'이라고 말하는 것이 옳다.
30) 포통. 물거품이 가득 찬 통을 말한다.
31) 해면질은 '해면 동물의 섬유상 골격을 이루는 유기 물질'을 말한다. 전충
(塡充)은 가득 채운다는 뜻이다. 이 대목에서는 폭포를 물거품 통이 해면질
처럼 물을 빨아들여 그 통을 가득 채운 모습이라고 말한다. '문학적 해석'이
라고 했지만 인력과 중력 작용에 의해 떨어지는 폭포를 물거품 기둥에서 삼
투압 작용으로 물이 빨려 올라가는 것으로 설명한다.

三次角設計圖

線に關する覺書 4(未定稿)


彈丸が一圓墻を走つた(彈丸が一直線に走つたにおける誤謬らの修正)


正六砂糖(角砂糖のこと)


瀑筒の海綿質塡充(瀑布の文學的解説)

1931. 9. 1.

―《조선과 건축》, 1931. 10, 30쪽.

〔해설〕

이 작품은 아인슈타인의 상대성 원리 이후 절대 시간과 공간의 개념이 바뀜에 따라 거기에서 야기되는 여러 문제들에 대한 상념들을 나열하고 있다. '미정고'라는 부제를 붙인 것으로 보아 텍스트의 완결성을 갖추지 못하고 있음을 짐작할 수 있다. "탄환이일원도를질주했다"라는 진술은 문자 그대로 '탄환이 일직선으로 질주했다.'라는 진술에 나타나는 오류 등의 수정을 의미한다. 이 대목은 아인슈타인의 일반 상대성 이론에서 제기된 "휘어진 공간"의 개념을 구체적으로 설명한 부분이다. 일반 상대성 이론에서 물체는 항상 사차원 시공 속에서는 측지선을 따라 움직인다. 물질이 없으면 사차원 시공에서의 측지선은 삼차원 공간에서의 직선과 동일하다. 물질이 있으면 사차원 시공은 변형되고 삼차원 공간 속의 물체의 경로는 휘어진다. 그러므로 탄환이 일직선으로 질주한다는 것은 엄격히 말하면 잘못된 표현이다. 오히려 측지선에 해당하는 '일원도'를 질주한다고 표현해야 한다.

두 번째로 문제가 된 것은 '각설탕'이라는 말이다. '각'은 평면 위에서 두 직선이 서로 만나는 경우에 생겨나는 교차점에서의 간격을 말한다. 그런데 '각설탕'은 그 형태가 입체형이므로 '각설탕'이라는 용어는 부적절하다. 오히려 정육면체의 설탕이라는 뜻으로 '정육설탕'이라고 말하는 것이 옳다. 마지막으로 진술하고 있는 것은 '폭포'이다. 폭포라는 것을 두고 물거품 통이 해면질처럼 물을 빨아들여 그 통을 가득 채운 모습이라고 설명하고 있다. 문학적 해석이라는 단서를 달고 있다. 폭포는 인력과 중력 작용에 따라 높은 곳에 있는 물이 낮은 곳으로 떨어지는 현상을 말하는데, 물거품 기둥에서 삼투압 작용으로 물이 빨려 올라가는 것이라고 하는 특이한 해석을 제기하고 있다.

# 삼차각설계도
## 선에관한각서 5

    사람은광선보다빠르게달아나면사람은광선을보는가, 사람은광선을본다, 연령의진공에있어서두번결혼한다, 세번결혼하는가, 사람은광선보다도빠르게달아나라.

    미래로달아나서과거를본다, 과거로달아나서미래를보는가, 미래로달아나는것은과거로달아나는것과동일한것도아니고미래로달아나는것이과거로달아나는것이다. 확대하는우주를우려하는자여, 과거에살아라, 광선보다도빠르게미래로달아나라.

    사람은다시한번나를맞이한다, 사람은보다젊은나에게적어도상봉한다, 사람은세번나를맞이한다, 사람은젊은나에게적어도상봉한다, 사람은적의하게기다리라, 그리고파우스트를즐기거라, 메피스토는나에게있는것도아니고나이다.

    속도를조절하는날사람은나를모은다, 무수한나는말[담]하지아니한다, 무수한과거를경청하는현재를과거로하는것은불원간이다, 자꾸만반복되는과거, 무수한과거를경청하는무수한과거, 현재는오직과거만을인쇄하고과거는현재와일치하는것은그것들의복수의경우에있어서도구별될수없는것이다.

연상은처녀로하라, 과거를현재로알라, 사람은옛것을새것으로아는도다, 건망이여, 영원한망각은망각을모두구한다.

　내도할나는그때문에무의식중에사람에일치하고사람보다도빠르게나는달아난다, 새로운미래는새로웁게있다, 사람은빠르게달아난다, 사람은광선을드디어선행하고미래에있어서과거를대기한다, 우선사람은하나의나를맞이하라, 사람은전등형에있어서나를죽이라.

　사람은전등형의체조의기술을습득하라, 불연이라면사람은과거의나의파편을여하히할것인가.

　사고의파편을반추하라, 불연이라면새로운것은불완전이다, 연상을죽이라, 하나를아는자는셋을아는것을하나를아는것의다음으로하는것을그만두어라, 하나를아는것은다음의하나의것을아는것을하는것을있게하라.

　사람은한꺼번에한번을달아나라, 최대한달아나라, 사람은두번분만되기전에××되기전에조상의조상의성운의성운의성운의태초를미래에있어서보는두려움으로하여사람은빠르게달아나는것을유보한다, 사람은달아난다, 빠르게달아나서영원에살고과거를애무하고과거로부터다시과거에산다, 동심이여, 동심이여, 충족될수없는영원의동심이여.

三次角設計圖

線에關한覺書 5

사람은光線보다빠르게달아나면사람은光線을보는가,[32] 사람은光
線을본다, 年齡의眞空에있어서두번結婚한다, 세번結婚하는가, 사람
은光線보다도빠르게달아나라.[33]


未來로달아나서過去를본다,[34] 過去로달아나서未來를보는가, 未
來로달아나는것은過去로달아나는것과同一한것도아니고未來로달
아나는것이過去로달아나는것이다.[35] 擴大하는宇宙를憂慮하는者
여, 過去에살으라, 光線보다도빠르게未來로달아나라.[36]


사람은다시한번나를맞이한다,[37] 사람은보다젊은나에게적어도相

---

32) 이 대목은 아인슈타인의 상대성 이론의 출발점에 해당하는 질문이다.
빛의 속도로 날아가면 세상이 어떻게 보일까라는 질문을 넘어서 빛보다 빠
르게 달리면서 빛을 볼 수 있는가를 묻고 있다.

33) 빛보다 빨리 날 수 있다면 자신보다 느리게 비치는 빛을 보게 된다는
가정이 가능하다. 상대성 이론에 따르면 물체의 운동 속도가 빛의 속도에
가까이 빨라지면 시간이 거의 멈추게 된다.

34) 빛의 속도보다 더 빠르게 날아 미래를 향하여 가게 된다면 그 미래의
시점에서 과거의 시점을 되돌아볼 수 있는 가능성도 생긴다.

35) 미래로 앞서가는 것이 가능하다면 거기서 과거를 돌아보는 것이 가능
한데, 그러나 그것은 과거로 돌아가는 것과는 다르다.

36) '과거에 살라.'라는 말은 역설적으로 '현재에 살고 있음'을 말하는 것이다.

37) 빛의 속도보다 빠르게 미래를 향하여 날아간다면 과거(현재)에 살고 있

逢한다,[38] 사람은세번나를맞이한다,[39] 사람은젊은나에게적어도相
逢한다,사람은適宜하게기다리라,[40] 그리고파우스트[41]를즐기거라,
메퓌스트는나에게있는것도아니고나이다.[42]

速度를調節하는날사람은나를모은다,[43] 無數한나는말[譚]하지
아니한다, 無數한過去를傾聽하는現在를過去로하는것은不遠間이
다,[44] 자꾸만反復되는過去, 無數한過去를傾聽하는無數한過去,[45]

---

는 자기 자신(나)을 만나 볼 수 있다.

38) 일본어 원문 "人はより若いオレに少くとも相會す"을 다시 번역해 보면, '사람은 보다 젊은 나를 적어도 만나기는 한다.'라고 해야 한다. 이 말을 풀어 보면 다음과 같다. 사람이 빛의 속도보다 빠르게 미래를 향해 달려가면 시간이 멈춰 버린다. 그렇기 때문에 사람은 현재(미래로 간 사람의 입장에서는 과거)의 '나'보다는 젊은 상태를 유지한다. 그러나 미래 시점에서 본 과거의 '나'는 나이를 먹고 늙는다. 미래로 날아간 사람은 나이도 더 먹지 않은 상태에서 과거의 '나'를 만나게 되는 것이다.

39) 사람이 '나'를 만나는 것은 현재, 과거, 미래에서 모두 가능하다.

40) 미래로 날아가 편안히 과거로부터 다가오는 '나'를 기다리라는 의미이다.

41) 독일의 문호 괴테가 평생에 걸쳐 집필한 걸작이다. 파우스트는 중세를 넘어서면서 근대로 이행하는 과정에서 종교의 권위에 맞서는 인간 중심적 태도를 표방한 문제적 인물형에 해당한다.

42) 상대성 이론을 낳은 새로운 과학의 발전에 의해 우주 창조의 신비가 벗겨질 수 있을 때까지 기다리라. 그러면서 『파우스트』를 한번 읽어 보고, '나' 자신이 파우스트를 타락시킨 악마 메피스토펠레스("메피스토")임을 인식하도록 요구한다. 메피스토펠레스가 바로 '나'라고 하는 것은 인간의 의식 내부에 신에게 도전하려는 욕망이 담겨 있음을 말한다.

43) 이 대목에서 '날'은 원문의 '조(朝)'를 번역한 것이다. 일본어에서는 대개 '아침' 또는 '아침나절' 정도의 의미를 지닌다. 아침에 일어나 세수를 하고 거울을 통해 자기 모습을 들여다보는 것과 연관된다.

現在는오직過去만을印刷하고過去는現在와一致하는것은그것들의
複數의境遇에있어서도區別될수없는것이다.[46]

　聯想은處女로하라,[47] 過去를現在로알라, 사람은옛것을새것으로
아는도다, 健忘이여, 永遠한忘却은忘却을모두求한다.[48]

　來到할나[49]는그때문에無意識中에사람에一致하고사람보다도빠
르게나는달아난다, 새로운未來는새로웁게있다, 사람은빠르게달아난
다, 사람은光線을드디어先行하고未來에있어서過去를待期한다,[50] 于
先사람은하나의나를맞이하라, 사람은全等形에있어서나를죽이라.[51]

---

44) 일본어 원문 "オレらは語らない、過去らに傾聽する現在を過去にするこ
とは間もない,"을 전체 문맥상으로 본다면 '(과거로부터 모인 여러 개의) 나
는 말들을 하지 않는다. 과거(들)를 경청하는 현재를 과거로·하는 것은 순
식간이다.' 정도로 이해할 수 있다. 아무 말도 하지 않는 과거 속 '나'는 이후
이상의 「오감도」, 「거울」 등 여러 시 작품의 중요 모티프로 등장한다.
45) 빛의 속도로 미래로 달려갈 경우 과거를 돌아보는 순간 그 시점이 다시
과거가 되고 과거가 되는 것을 말한다.
46) 이 대목은 '現在가오직過去만을印刷하고過去가現在와一致하는것은그
것들의複數의境遇에있어서도區別될수없는것이다.'로 조사를 바꾸면 의미·
가 분명해진다. 광속을 유지할 경우 시간이 소멸되어 과거와 현재가 동일해
지는 현상을 말한다.
47) 연상 작용을 늘 새롭게 하라는 뜻이다.
48) 망각한다 해도 망각 속에서 새로운 사실이 다시 연상되므로 결과적으
로 망각이라는 것 자체가 의미가 없어진다.
49) 빛보다 빠르게 미래로 달아난 사람이 이미 과거가 된 곳으로부터 미래
를 향해 다가오는 '나'를 '도래할 나'라고 말한다.
50) 빛의 속도보다 빨리 미래로 달아나 거기에서 자신이 떠나온 과거를 돌
아본다는 뜻이다.

사람은全等形의體操의技術을習得하라, 不然이라면사람은過去
의나의破片을如何히할것인가.

思考의破片을反芻하라, 不然이라면새로운것은不完全이다,[52] 聯
想을죽이라, 하나를아는者는셋을아는것을하나를아는것의다음으로
하는것을그만두어라, 하나를아는것은다음의하나의것을아는것을하
는것을있게하라.[53]

사람은한꺼번에한번을달아나라, 最大限달아나라,[54] 사람은두번
分娩되기前에[55] ××되기前에祖上의祖上의星雲의星雲의星雲의太初
를未來에있어서보는두려움으로하여사람은빠르게달아나는것을留保
한다,[56] 사람은달아난다, 빠르게달아나서永遠에살고過去를愛撫하
고過去로부터다시過去에산다,[57] 童心이여, 童心이여, 充足될수없는
永遠의童心이여.[58]

—『이상 전집: 제2권 시집』, 1956, 150~153쪽.

---

51) '전등형'은 '완전히 닮은 꼴'을 의미한다. 사람들이 자신과 동일한 '나'를
찾아야 할 것을 강조한다.
52) 여러 가지 단편적인 생각들을 제대로 정리할 것을 강조한다.
53) 사고의 비약을 경계한다.
54) 과학 연구의 단계적인 발전, 단계적인 변화를 강조한다.
55) 빛의 속도보다 빠르게 과거로 달아날 경우 자신이 태어나는 과정을 볼
수 있게 된다는 가정을 전제하고 있다.
56) 인류 태생의 근원으로까지 거슬러 올라갈 수 있다는 가정을 한다.
57) 빛의 속도에 이르면 시간이 멈추기 때문에 영원히 살 수 있다는 생각을
한다. 그리고 그 미래의 시점에서 다가오는 과거를 보게 된다는 점을 말한다.
58) 자신의 공상이 '어린 마음'에서 비롯된 것임을 밝힌다.

## 三次角設計圖
## 線に關する覺書 5

人は光よりも迅く逃げると人は光を見るか、人は光を見る、年齡の
眞空において二度結婚する、三度結婚するか、人は光よりも迅く逃
げよ。

未來へ逃げて過去を見る、過去へ逃げて未來を見るか、未來へ逃
げることは過去へ逃げることゝ同じことでもなく未來へ逃げることが
過去へ逃げることである。擴大する宇宙を憂ふ人よ、過去に生きよ、光
よりも迅く未來へ逃げよ。

人は再びオレを迎へる、人はより若いオレに少くとも相會す、人は
三度オレを迎へる、人は若いオレに少くとも相會す、人は適宜に待て
よ、そしてファウストを樂めよ、メエフィストはオレにあるのでもなくオ
レである。

速度を調節する朝人はオレを集める、オレらは語らない、過去らに
傾聽する現在を過去にすることは間もない、繰返される過去、過去ら
に傾聽する過去ら、現在は過去をのみ印刷し過去は現在と一致するこ
とはそのことらの複數の場合においても同じである。

聯想は處女にせよ、過去を現在と知れよ、人は古いものを新しいも

のと知る、健忘よ、永遠の忘却は忘却を皆救ふ。

　來るオレは故に無意識に人に一致し人よりも迅くオレは逃げる新し
い未來は新しくある、人は迅く逃げる、人は光を通り越し未來において
過去を待ち伏す、先づ人は一つのオレを迎へよ、人は全等形において
オレを殺せよ。

　人は全等形の體操の技術を習へよ、さもなければ人は過去のオレ
のバラバラを如何にするか

　思考の破片を食べよ、さもなければ新しいものは不完全である、聯
想を殺せよ、一つを知る人は三つを知ることを一つを知ることの次に
することを巳めよ、一つを知ることの次は一つのことを知ることをなす
ことをあらしめよ。

　人は一度に一度逃げよ、最大に逃げよ、人は二度分娩される前に×
×される前に祖先の祖先の祖先の星雲の星雲の星雲の太初を未來に
おいて見る恐ろしさに人は迅く逃げることを差控へる、人は逃げる、
迅く逃げて永遠に生き過去を愛撫し過去からして再びその過去に生き
る、童心よ、童心よ、充たされることはない永遠の童心よ。

1931. 9. 11.

—《조선과 건축》, 1931. 10, 30쪽.

이 작품은 아인슈타인의 상대성 원리에서 입증된 '모든 움직임은 빛의 속도를 넘을 수 없다.'라는 원리를 놓고 사물에 대한 인식과 그 정보의 전달을 다양한 방식으로 재질문하면서 떠오르게 되는 시인의 상념을 서술하고 있다.

인간에게 시간의 본질에 대한 관념은 아인슈타인의 상대성 이론이 등장하면서 크게 바뀐다. 유일한 절대적 시간의 존재에 대한 신념은 상대성 이론에 의해 밀려 난다. 모든 물질의 이동 속도는 물론 힘의 매개체인 보존도 빛의 속도를 넘어 전달될 수 없다. 질량이 없는 물체는 빛의 속도로 전파된다. 이는 인과율에 중요한 영향을 준다. 예컨대 어떤 정보에 대한 인식과 그 전달이 빛보다 빨리 일어날 가능성이 있다고 하면, 이 경우 내가 보낸 정보가 보내기도 전에 상대방에게 도착하게 되는 역설에 빠지게 되고 심지어 자신의 탄생을 두 번 경험하게 된다. 이 작품에서 시인은 바로 이러한 여러 가지 상념들을 떠올리면서 인간 존재의 의미를 새롭게 질문한다.

이 작품에서 제기하고 있는 가장 중요한 문제는 비가역적 현상으로 인식되어 온 시간의 흐름을 놓고 과거나 미래로의 여행을 꿈꾸는 것이다. 물론 상대성 이론에서는 시간 여행이란 불가능하다고 전제한다. 상대성 이론에 따르면 물체가 광속에 가까워질수록 질량은 점점 빠르게 증가한다. 따라서 좀

444

더 속도를 높이기 위해서는 더 많은 에너지가 필요하다. 이런 식으로 물체의 속도가 광속에 도달하면 그 물체의 질량은 무한대가 되고, 질량과 에너지의 등가 원리에 의해 물체를 광속에 도달시키려면 또한 무한대의 에너지가 필요하다는 계산이 나온다. 이런 이유 때문에 일반적인 물체가 광속과 같거나 더 빠르게 움직인다는 것은 불가능하다. 그러나 이 작품에서 시적 화자는 과거의 시간으로 돌아가거나 미래의 시간으로 점프하는 상황을 상상하고 있으며, 그 가능성 위에서 인간 존재의 의미를 새롭게 따져 보고 있다.

# 삼차각설계도
## 선에관한각서 6

숫자의방위학

4　▽　▲　▷

숫자의역학

시간성(통속사고에의한역사성)

속도와좌표와속도

▽ + ▲

▲ + ▷

4 + ▽

▷ + 4

etc

446

사람은정역학의현상하지아니하는것과똑같이있는것의영원
한가설이다.사람은사람의객관을버리라.

주관의체계의수렴과수렴에의한凹렌즈.

4    제4세

4    1931년9월12일생.

4    양자핵으로서의양자와양자와의연상과선택.

원자구조로서의일체의운산의연구.

방위와구조식과질량으로서의숫자와성상성질에의한해답과
해답의분류.

숫자를대수적인것으로하는것에서숫자를숫자적인것으로하
는것에서숫자를숫자인것으로하는것에서숫자를숫자인것으로
하는것으로(1234567890의질환의구명과시적인정서의기각처)

(숫자의일체의성태 숫자의일체의성질 이런것들에의한숫자
의어미의활용에의한숫자의소멸)

수식은광선과광선보다도빠르게달아나는사람과에의하여운

산될것.

　사람은별 ── 천체 ── 별때문에희생을아끼는것은무의미하
다,별과별과의인력권과인력권과의상쇄에의한가속도함수의변
화의조사를우선작성할 것.

三次角設計圖

線에關한覺書 6

數字의方位學

4　ᚂ　ᚂ　ᚂ[59)]

數字의力學[60)]

時間性(通俗思考에依한歷史性)[61)]

速度와座標와速度[62)]

ᚂ ＋ ᚂ

ᚂ ＋ ᚂ

---

59) 숫자 '4'와 같은 방위 표시를 여러 가지 방식으로 표시하면 방향이 서로
달라진다는 것을 기호로 표시한다.
60) 숫자에 의해 표시되는 '힘'을 말한다.
61) 시간은 물체의 운동이 지속되는 기간을 의미한다.
62) 속도는 움직이는 물체가 지나간 변위의 변화율을 나타내는 벡터 물리
량이다. 어떤 물체가 시간 $t$ 동안 거리 $d$를 지났다고 하면 그 평균 속도 $v$를
간단한 식으로 표현한다.

$$4 + \downarrow$$

$$\uparrow + 4$$

etc[63]

　사람은靜力學의現象하지아니하는것과同一하는것의永遠한假設
이다.사람은사람의客觀을버리라.[64]

　主觀의體系의收斂과收斂에依한凹렌즈.[65]

　4 第四世[66]

---

63) 이 도표 수식은 물리학의 기본을 이루는 물체의 운동량을 힘(속도)과
방향으로 표시한 것으로 생각된다.
64) 사람의 객관을 버린다는 것은 인간으로서의 외형적 요소를 중시하지
말라는 것으로 이해된다.
65) 인간은 모든 주관의 체계, 즉 모든 사고와 감정 등을 수렴하여 다시 오
목 렌즈처럼 발산시키는 존재이다.
66) '4'는 「선에관한각서 2」에서 제시한 '1+3' 또는 '3+1'의 세계, 즉 일차원
의 시간과 삼차원의 공간이 결합된 사차원의 시공계이며, 곧 인간의 세계와
는 다른 새로운 세계를 말하는 셈이다. 아인슈타인의 상대성 이론의 핵심은
바로 이 같은 시간(일차원)과 공간(삼차원)의 새로운 결합 가능성을 암시
한다. 그러나 인간이 빛의 속도처럼 빠르게 세계로 나아간다면 빛의 속도로
돌파하는 순간 분해되어 버린다. 이 새로운 세계는 절대적인 중심이 존재하
는 것이 아니라 모든 것이 중심이 될 수 있는 상대적 세계에 해당한다.

4   一千九百三十一年九月十二日生.[67]


4   陽子核으로서의陽子와陽子와의聯想과選擇.[68]


原子構造로서의一切의運算의研究.


方位와構造式과質量으로서의數字와性狀性質에依한解答과解答
의分類.[69]


數字를代數的인것으로하는것[70]에서數字를數字的인것으로하는
것[71]에서數字를數字인것[72]으로하는것에서數字를數字인것으로하
는것으로(1234567890의疾患의究明과詩的인情緖의棄却處)[73]


---

67) 이 작품이 만들어진 '날짜'를 표시한다. 이 경우 '4'는 단순하게 '시간성'
의 개념을 표시한다.
68) 원자 구조에서 전자와 원자핵, 양성자와 중성자가 서로 결합된 상태이다.
69) 이 작품의 전반부에서 제시한 기호와 도식을 언급한 부분이다.
70) "숫자를대수적으로하는것"은 대수학을 의미한다. 현대 대수학은 이 고전
적 의미를 벗어나 구조, 관계, 양에 대한 연구에 관련된 수학의 한 분야이다.
71) "숫자를숫자적인것으로하는것"은 산술적인 것을 말한다. 실제로 응용할
수 있는 수와 양의 간단한 성질 및 셈을 다루는 수학의 초보적 단계이다.
72) "숫자를숫자인것"으로 한다는 것은 개개의 숫자가 드러내는 기호적 성
격 그 자체를 생각한다는 뜻이다.
73) 괄호 속에서 진술하고 있는 것은 숫자에 대한 다양한 접근법 자체를 문
제 삼으면서 숫자를 숫자 자체로 인식할 경우 숫자 안에 담겨 있는 문제성
을 밝힐 수 있으나 시적 정서 자체가 사라짐을 말한다.

(數字의一切의性態 數字의一切의性質 이런것들에依한數字의語尾의活用에依한數字의消滅)[74]

數式은光線과光線보다도빠르게달아나는사람과에依하여運算될것.[75]

사람은별 — 天體 — 별때문에犧牲을아끼는것은無意味하다,별과별과의引力圈과引力圈과의相殺에依한加速度函數의變化의調査를于先作成할것.[76]

—— 『이상 전집: 제2권 시집』, 1956, 154~158쪽.

〔일본어 원문〕

三次角設計圖

線に關する覺書 6

數字の方位學

4　ᅡ　ᅀ　ᅕ

---

74) 숫자의 다양한 속성 때문에 숫자 자체의 기호적 속성이 점차 소멸되고 있음을 지적한다.

75) 빛과 빛의 속도보다 빠르게 달아나는 사람의 관계를 수식으로 표시하는 것에 대한 생각이다.

76) 우주 물리학의 필요성에 대한 생각을 진술한 것이다.

數字の力学

時間性(通俗思考に依る歴史性)

速度と座標と速度

4 + 4

4 + 4

4 + 4

4 + 4

etc

　人は靜力學の現象しないことゝ同じくあることの永遠の假說である、人は人の客觀を捨てよ。

　主觀の體系の收歛と收歛に依る凹レンズ。

4　第四世

4　一千九百三十一年九月十二日生。

4　陽子核としての陽子と陽子との聯想と選擇。

原子構造としてのあらゆる運算の研究。

方位と構造式と質量としての數字の性狀性質に依る解答と解答の分類。

數字を代數的であることにすることから數字を數字的であることにすることから數字を數字であることにすることから數字を數字であることにすることへ(1234567890の疾患の究明と詩的である情緒の棄場)

(數字のあらゆる性狀　數字のあらゆる性質　このことらに依る數字の語尾の活用に依る數字の消滅)

算式は光と光よりも迅く逃げる人とに依り運算せらること。

人は星、天體、星のために犧牲を憎むことは無意味である、星と星との引力圈と引力圈との相殺に依る加速度函數の變化の調査を先づ作ること。

1931. 9. 11.

—《조선과 건축》, 1931. 10, 30～31쪽.

이 작품은 고전 물리학의 기초가 되는 요소들, 힘, 시간, 방향, 속도 등의 개념을 도식화해 제시하면서 새로운 사차원의 시공계 가능성에 대한 여러 가지 상념을 기록하고 있다. 아인슈타인의 상대성 이론에서 제시하고 있는 삼차원의 세계를 넘어서는 사차원 시공계는 이 작품에서 '4(1+3)'로 기호화되어 있다. 4는 「선에관한각서 2」에서 제시했던 '3+1'의 값에 해당하며, 삼차원의 공간에 속도의 개념이 덧붙여져 만들어진 것이다. 이러한 인식을 기반으로 할 때 '삼차각'의 의미도 그 범위가 정해진다. 왜냐하면 삼차각이라는 개념을 삼차원 공간에서의 각의 의미로 규정할 경우 그것은 결국 빛의 속성을 전제하지 않고서는 설명할 수 없는 것이다.

일반적으로 지도상에서 방위의 표시는 아무 표시가 없을 경우 위쪽을 북으로, 아래쪽을 남으로 한다. 그러나 별도의 방위 표시를 하였을 경우에는 이에 따른다. 방위 표시는 여러 가지 형태가 있지만 숫자 '4'와 같은 형태를 많이 쓴다. 여기에서는 '방향'을 말한다. 정역학은 물리학의 한 갈래로 정적 평형 상태에 있는 계를 다룬다. 이러한 상태에서는 하위 계들의 상대적 위치가 시간에 따라 변화하지 않으며 구성 물질과 구조가 외부의 힘의 작용 아래에서 정지 상태에 있게 된다. 정적 평형 상태에서 계는 정지하여 있거나 그 질량 중심이 일정한 속도로 움직인다. 정역학은 건축물의 분석에 주로 활용되며, 건축학이나 구조 공학에서 그 예를 찾아볼 수 있다. 이 대목은 인간의 신체의 구조가 정역학적 요소들로 분석될 수도 있음을 암시한다.

우주 물리학은 우주의 여러 현상을 물질의 기본 성질을 바탕으로 이해하려고 하는 연구 분야이다. 우주 물리학은 19세기 물리학의 커다란 발전과 함께 비약적인 발전을 이루었다. 전자기학, 열역학 외에 20세기에 들어와 원자 물리학, 양자 역학 등의 발전은 우주의 다양한 현상 해명에 큰 역할을 했다. 특히 아인슈타인의 상대성 이론은 보통 사람들이 알고 있는 세계로서의 우주를 종합적으로 파악하려는 시도의 발단이 되어 우주 물리학의 올바른 체계를 구축했다. 여기에서는 이 같은 과정을 전제하면서 우주 물리학의 필요성을 강조하고 있는 것으로 보인다.

# 삼차각설계도
## 선에관한각서 7

공기구조의속도 — 음파에 의한 — 속도처럼330미터를모
방한다(광선에비할때참너무도열등하구나)

빛을즐기거라, 빛을슬퍼하거라, 빛을웃거라, 빛을울거라.

빛이사람이라면사람은거울이다.

빛을가지라.

——

시각의이름을가지는것은계획의효시이다. 시각의이름을발표
하라.

□ 나의이름

△ 나의아내의이름(이미오래된과거에있어서나의AMOUREUSE
는이와같이도총명하니라)

시각의이름의통로는설치하라, 그리고그것에다최대의속도
를부여하라.

———

　하늘은시각의이름에대하여서만존재를명백히한다(대표인
나는대표적인일례를들것)

　창공, 추천, 창천, 청천, 장천, 일천, 창궁(대단히갑갑한지방
색이나아닐런지)하늘은시각의이름을발표하였다.

　시각의이름은사람과같이영원히살아야하는숫자적인어떤일
점이다. 시각의이름은운동하지아니하면서운동의코스를가질
뿐이다.

———


　시각의이름은빛을가지는빛을아니가진다. 사람은시각의
이름으로하여빛보다도빠르게달아날필요는없다.

　시각의이름들을건망하라.

　시각의이름을절약하라.

　사람은빛보다빠르게달아나는속도를조절하고때때로과거를
미래에있어서도태하라.

# 三次角設計圖
## 線에關한覺書 7

空氣構造의速度 ──音波에依한 ──速度처럼三百三十메-터를模倣
한다(光線에比할때참너무도劣等하구나)[77]


光線을즐기거라, 光線을슬퍼하거라, 光線을웃거라, 光線을울거
라.[78]


光線이사람이라면사람은거울이다.[79]


光線을가지라.[80]

──────

77) 빛의 속도에 비해 소리의 속도가 아주 느리다는 것을 지적한 부분이다.
빛의 속도는 진공 속에서의 값인 $c=299,792,458m/s$이고, 공기 중에서의 속
도가 진공 중에서의 속도보다 느리지만 큰 차이는 없다.
78) 빛이 인간의 '희로애락'과 관련된다는 점을 암시하고 있다.
79) 이 대목에서는 '빛=사람, 사람=거울'이라는 등식 관계를 밝히고 있다.
이 논리대로라면 결국 '빛=거울'이라는 등식도 성립되어야 한다. 빛은 기본
적으로 그 성질이 반사, 굴절, 간섭, 회절 및 도플러 효과 등 파동의 특징을
보인다. 빛이 직진하는 까닭은 파장이 비교적 짧기 때문이며, 다른 매질의
경계면을 만나면 일부는 반사되고 일부는 굴절된다.
80) 빛의 여러 가지 특징을 연구하고 활용해야 함을 말하고 있는 대목이다.

視覺[81]의이름을가지는것은計畫[82]의嚆矢이다. 視覺의이름[83]을發表하라。

□ 나의이름[84]

△ 나의안해의이름(이미오래된과거에있어서나의AMOUREUSE는이와같이도聰明하니라)[85]

視覺의이름의通路는設置하라,[86] 그리고그것에다最大의速度를附與하라.[87]

———

81) 시각이란 인간의 눈을 통해 이루어지는 빛의 감각 및 그에 따르는 공간의 감각을 말한다.

82) 계획(計畫). 이 말을 다른 글자로 고쳐 놓은 판본이 많다. 여기에서 '획(畫)'은 '가르다', '나누다', '긋다'와 같은 의미를 지닌다. 기하학의 시초를 암시적으로 말한 것으로 볼 수 있다. '기하학'을 영어로 geometry라고 하는데 이것은 geo(토지)+metry(측량)에서 나온 말이다.

83) '시각의 이름'이란 시각에 의해 감지되는 모든 물체의 형상을 일컫는다.

84) 기호적으로 □ = '나'를, △ = '아내'를 표시한다.

85) 이상은 「파편의경치」, 「▽의유희」, 「신경질적으로비만한삼각형」 등에서 "△은나의AMOUREUSE이다."라고 쓴 적이 있다. 여기에서 바로 그 같은 사실을 환기시키고 있다. 그런데 이들 세 작품에서 '△'은 '촛불'의 '불꽃'을 표상하는 기호로 사용되었다. '총명하다'라는 말이 이를 암시한다.

86) 시각을 통해 모든 사물의 형상을 제대로 감지할 수 있도록 시야를 넓혀야 함을 말한 대목이다.

87) 사물을 빠르게 제대로 인식하는 것이 필요함을 주장한 대목이다.

460

하늘은視覺의이름에對하여서만存在를明白히한다[88](代表인나는
代表인一例를들것)[89]

蒼空, 秋天, 蒼天, 靑天, 長天一天, 蒼弓(大端히갑갑한地方色이나
아닐른지)하늘은視覺의이름을發表하였다.[90]

視覺의이름은사람과같이永遠히살아야하는數字的인어떤一點이
다.[91] 視覺의이름은運動하지아니하면서運動의코오스를가질뿐이다.

———

視覺의이름은光線을가지는光線을아니가진다.[92] 사람은視覺의
이름으로하여光線보다도빠르게달아날必要는없다.[93]

---

88) '하늘'이라는 대상은 시각을 통해 다양한 모습으로 감지될 수 있고, 그
렇게 하여 그 존재 의미가 부여되고 있다.

89) '나' 자신에 대해서도 '하늘'이라는 대상에 대한 인식과 마찬가지로 그
존재를 명백히 할 수 있는 이름이 필요하다.

90) '하늘'을 일컫는 다양한 이름들이 모두 시각의 감각을 통해 명명된 것임
을 예시한다. 창공(蒼空, 맑게 개어 텅 빈 듯한 새파란 하늘), 창천(蒼天, 맑
고 새파란 하늘), 추천(秋天, 가을 하늘), 청천(靑天, 푸른 하늘), 일천(一天,
커다랗게 하나로 보이는 하늘), 장천(長天, 멀고도 넓은 하늘)과 같은 말들
이 모두 시각적 감각과 관련되는 이름임을 보여 주고 있다.

91) 시각적 감각에 의해 사물을 인식하는 방식은 인간이 살아 있는 한 인간
과 함께하게 되는 것임을 강조한다.

92) 이 대목에는 '광선'이라는 말이 두 번 나온다. 시각적 감각은 빛에 대한
감각에 의존하지만 빛 자체가 가지는 속도나 운동을 수반하는 것이 아니다.

93) 인간은 빛을 통한 시각의 감각으로 사물을 인식하게 된다. 그러므로 빛

視覺의이름들을健忘하라.[94]


視覺의이름을節約하라.[95]


사람은光線보다빠르게달아나는速度를調節하고때때로過去를未
來에있어서淘汰하라.

— 『이상 전집: 제2권 시집』, 1956, 159~162쪽.


〔일본어 원문〕

三次角設計圖

線に關する覺書 7


空気構造の速度 ——音波に依る ——速度らしく三百三十メ ——トルを
模倣する(何んと光に比しての甚だしき劣り方だらう)


光を樂しめよ、光を悲しめよ、光を笑へよ、光を泣けよ。


光が人であると人は鏡である。

---

보다 빠르게 할 필요가 없다.
94) 시각적 감각은 눈에 보이는 것에만 의존하는 것이므로 그 인식의 범위
가 지극히 한정되어 있다. 그러므로 사물에 대한 올바른 인식을 위해서는
이 같은 감각적 인식의 한계를 벗어나는 일이 필요하다.
95) 시각적 감각에만 의존해서는 안 된다는 점을 강조한 말이다.

光を持てよ。

——

視覺のナマエを持つことは計畫の嚆矢である。視覺のナマエを發表せよ。

□ オレノのナマエ。

△ オレの妻のナマエ(既に古い過去にかてオレのAMOUREUSEは斯くの如く聰明である)

視覺のナマエの通路は設けよ、そしてそれに最大の速度を與へよ。

——

ソラは視覺のナマエについてのみ存在を明かにする(代表のオレは代表の一例を挙げること)

蒼空、秋天、蒼天、青天、長天、一天、蒼穹(非常に窮屈な地方色ではなからうか)ソラは視覺のナマエを發表した。

視覺のナマエは人と共に永遠に生きるべき數字的である或る一點である、視覺のナマエは運動しないで連動のコヲスを持つばかりで

ある。

　　　　──

　視覺のナマエは光を持つ光を持たない。人は視覺のナマエのため
に光よりも迅く逃げる必要はない。

　視覺のナマエらを健忘せよ。

　視覺のナマエを節約せよ。

　人は光よりも迅く逃げる速度を調節し度々過去を未來において淘
汰せよ。

1931. 9. 12.
─《조선과 건축》, 1931. 10, 31쪽.

　이 작품은 연작시 「선에관한각서」의 결론에 해당한다. 작품의 텍스트는 모두 네 부분으로 구분되어 있다. 첫째 단락은 인간의 감각 가운데 시각이 빛과 밀접한 관련을 가지며 삶의 모든 과정이 빛을 통한 시각에서 이루어진다는 점을 강조한다. 둘째 단락은 인간의 사물에 대한 인식이 시각을 통해 이루어지는 것임을 설명한다. 셋째 단락은 모든 사물의 존재를 드러내는 이름이 결국 시각의 표현임을 설명한다. 넷째 단락은 사물에 대한 인식 태도에서 지나치게 현상적인 것에 집착하지 말도록 권고한다.

　공기는 지구의 역사와 더불어 생성된 것이다. 공기가 없으면 지구 표면은 격렬한 태양광, 태양열, 우주선(宇宙線), 우주진 등에 직접 노출되고, 탄소 동화 작용, 질소 고정 작용, 호흡이 이루어지지 않아 생물이 존재할 수 없게 된다. 또한 소리가 공간에서 전파되지 않고, 물체의 연소도 불가능하며, 대기압이나 비, 바람도 존재하지 않는다. 여기에서는 파동에 의해 공기 속으로 전달되는 소리에 대해 진술하고 있다. 소리란 진동하는 물체로부터 주위에 있는 물체로 보내진 밀도 변화가 있는 파동이다. 이러한 속성은 빛이 지니는 파동의 속성과 흡사하다. 소리의 파동이 통과함에 따라 물체 내의 각 부분에 압축과 팽창의 상태가 전달된다. 이때 소리의 에너지는 물질 내를 전달해 가는 동안에 차차 약해지지만 1초 동안 되풀이되는 압축·팽창의 수는 변하지 않고 음원(音源)인 진동체의 진동수와 일치한다.

시각적 감각은 빛에 대한 감각이지만 그 자체가 빛과 같은 속도를 가지는 것은 아니다. '운동'은 정지해 있는 어떤 기준점에 대한 물체의 위치가 시간의 경과와 더불어 변하는 현상을 일컫는 물리학적 개념이다. 그런데 시각이란 분명 거리의 이동을 감지하며 실제 눈동자가 움직이는데도 속도, 가속도, 각속도, 각가속도, 진동수, 힘 등을 이용하여 표현하는 '운동'과는 관계가 없으며, 운동에 적용되는 법칙을 이용하여 운동 방정식으로 기술할 수도 없다. 시각적 감각은 눈의 이동을 통해 '운동'의 과정(코스)만 감지할 수 있다. 예컨대 야구장에서 타자가 홈런을 칠 경우 공이 날아가는 방향과 그것이 떨어지는 자리를 관중석에 앉아 그대로 볼 수 있는 것과 같은 현상이다.

사물에 대한 사고와 인식의 범위를 확대하고 현상적인 것에 집착하지 말 것을 강조한 말로 "과거를미래에있어서도태하라."를 주목할 필요가 있다. 빛의 속도를 넘어서는 속도로 미래를 향하여 나아갈 수 있다면 우리가 지금 서 있는 자리는 바로 '미래'의 지점에서 보면 '과거'에 해당한다. 그러므로 이 글에서 말하는 '과거'는 오늘의 현실을 말한다.

# 건축무한육면각체

# 건축무한육면각체

## AU MAGASIN DE NOUVEAUTES

사각형의내부의사각형의내부의사각형의내부의사각형의내부의사각형.

사각이난원운동의사각이난원운동의사각이난원.

비누가통과하는혈관의비눗내를투시하는사람.

지구를모형으로만들어진지구의를모형으로만들어진지구.

거세된양말.(그여인의이름은워어즈였다)

빈혈면포.당신의얼굴빛깔도참새다리같습네다.

평행사변형대각선방향을추진하는막대한중량.

마르세이유의봄을해람한코티향수가맞이한동양의가을.

쾌청의공중에봉유하는Z백호.회충양약이라고쓰여져있다.

옥상정원, 원후를흉내내고있는마드무아젤.

만곡된직선을직선으로질주하는낙체공식.

시계문자반에XII에내리워진두개의침수된황혼.

도어의내부의도어의내부의조롱의내부의카나리아의내부의감살문호의내부의인사.

식당의문간에방금도착한자웅과같은붕우가헤어진다.

검은잉크가엎질러진각설탕이삼륜차에적하된다.

명함을짓밟는군용장화.가구를질구하는조화금련.

위에서내려오고밑에서올라가고위에서내려오고밑에서올라간사람은밑에서올라가지아니한위에서내려오지아니한밑에서

468

올라가지아니한위에서내려오지아니한사람.

　저여자의하반은저남자의상반에흡사하다.(나는애처로운해
후에애처로워하는나)

　사각이난케이스가걷기시작이다.(소름끼치는일이다)

　라디에이터의근방에서승천하는굿바이.

　바깥은우중.발광어류의군집이동.

〔원문〕

## 建築無限六面角體[1]

### AU MAGASIN DE NOUVEAUTES[2]

四角形의內部의四角形의內部의四角形의內部의四角形의內部의
四角形.[3]

四角이난圓運動의四角이난圓運動의四角이난圓.[4]

비누가通過하는血管의비눗내를透視하는사람.[5]

地球를模型으로만들어진地球儀를模型으로만들어진地球.[6]

去勢된洋襪.[7](그女人의이름은워어즈였다)[8]

---

1) '육면각체'라는 용어는 수학에서 통용되지 않는다. 그러나 '무한'이라는 수식어를 붙일 경우 '무한육면각체'를 여섯 개의 면이 한 점에서 만나고 반대쪽으로 무한히 벌어진 입체라고 보면 그 존재 가능성을 인정할 수 있다.

2) "au magasin de nouveautes"는 프랑스어 '양품점에서'라는 뜻이다. 그러나 이 말을 '새로운 물건들이 있는 상점에서'라고 풀이할 수도 있다. 실제 작품 내용으로 보면 '백화점'에서 보고 느낀 점을 그려 내고 있다.

3) 백화점 건물의 구조와 내부 진열대의 구조를 평면 기하학적으로 묘사한 대목이다. 백화점 건물의 외양을 사각형에 비유하고 그 내부에 놓인 각종 진열대와 상품들이 마치 사각형 안에 사각형이 담겨 있는 모습으로 보임을 묘사한다. 현대 건축의 기하학적 특성을 지적하고 있는 것으로 생각된다.

4) 백화점 내부로 문을 밀거나 열고 들어가는 과정을 묘사한 대목이다. 문의 형태와 그 움직임을 입체적으로 재현하기 위해 '사각의 원운동'으로 묘사한다. 사각형의 원운동은 입체적으로 원기둥을 만들게 된다.

5) 백화점에 진열된 물건 중 가장 먼저 지목한 것이 '비누'이다. 진열대 안에 늘어놓은 비누의 모습을 마치 혈관을 통과하는 것처럼 묘사한다.

6) 지구본이 진열대 위에 놓여 있다.

7) '거세된 양말'이란 여성용 양말을 비유적으로 지적한 말이다.

8) 양말의 상품명이 '워어즈'라는 영어로 표시되어 있다.

貧血緬포. 당신의얼굴빛깔도참새다리같습네다.[9]

平行四邊形對角線方向을推進하는莫大한重量.[10]

마루세이유[11]의봄을解纜[12]한코티의香水[13]의마지한東洋의가을.[14]

快晴의空中에鵬遊[15]하는Z伯號.[16]蛔蟲良藥이라고쓰여져있다.[17]

屋上庭園, 猿猴[18]를흉내내이고있는마드무아젤.[19]

彎曲된直線을直線으로疾走하는落體公式.[20]

---

9) '빈혈면포'는 얇게 살갗이 내비치는 여성용 양말을 지적한 말이다. 가느다란 다리가 '참새 다리'에 비유된다.

10) 백화점 내부 한가운데에 이층으로 오르는 층계가 길게 나 있는 모습을 평면도형인 평형사변형의 대각선 모양에 비유한다. '막대한 중량'이란 수많은 사람들이 층계를 오르내리고 있음을 암시한다.

11) 마르세유는 프랑스의 항구 도시로 지중해에 연해 있다.

12) 해람. 밧줄을 풀다. 여기에서는 배가 바다를 향하여 출범함을 말한다.

13) 프랑스의 화장품 회사 '코티'에서 만든 '코티 향수'를 말한다. 코티 화장품은 1900년대 전반기를 대표하는 고급 화장품으로 널리 알려져 있다.

14) 이 구절은 프랑스제 '코티' 향수가 멀리 프랑스 마르세유 항을 봄에 출발해 가을에 동양의 '경성'까지 들어와 있음을 말한 대목이다. 여성용 패션과 화장품이 소비 상품으로서 세계 시장에 널리 보급되고 있음을 암시한다.

15) 붕유. 거대한 새처럼 떠 있다.

16) 백화점 위로 거대한 새처럼 하늘에 떠 있는 비행선 'Z백호'의 모습을 묘사한다. 'Z백호'는 세계 최초로 비행선을 제작한 독일인 체펠린의 이니셜을 따온 것으로 비행선을 지칭하는 일반명사처럼 전의된 것이다. 이 시기에 상품의 광고를 위해 많이 사용된다.

17) '회충양약'이라는 글자가 비행선에 쓰여 있다. 약을 선전하기 위한 광고임을 알 수 있다.

18) 원후. 원숭이를 말한다.

19) 프랑스어 'mademoiselle'는 영어의 miss에 해당한다. 옥상 정원에 세워 놓은 간판의 그림(또는 사진)을 설명한 것으로 보인다. 상품 광고를 위해 포즈를 취하는 여성 모델의 모습을 원숭이를 흉내 낸다고 설명한다.

건축무한육면각체

時計文字盤에XII에내리워진二個의浸水된黃昏.[21]

도아 ─의內部의도아 ─의內部의烏籠[22]의內部의카나리야의內部의嵌殺門戶[23]의內部의인사.[24]

食堂의門깐에方今到達한雌雄과같은朋友가헤여진다.[25]

검은잉크가엎질러진角砂糖이三輪車에積荷된다.[26]

名啣을짓밟는軍用長靴.[27] 街衢를疾驅하는造花金蓮.[28]

위에서내려오고밑에서올라가고위에서내려오고밑에서올라간사람

---

20) 옥상 위에서 건너편 길거리를 내려다보는 것을 말한다. 시선이 움직이는 경로를 기하학적인 용어로 묘사한 것이다. 마치 둥그렇게 곡선을 그으면서 어떤 물건이 땅으로 떨어진 것처럼 묘사하고 있다.

21) 건너편 건물에 내걸린 시곗바늘 두 개가 황혼 속에 어릿하게 보인다.

22) 조롱. 새장을 말한다.

23) 빛만 받아들이고 여닫지 못하는 창문 문호. 감살창을 말한다.

24) 길 건너 건물 안의 풍경이 창을 통해 드러난 모습을 묘사한 대목이다. 거리가 멀리 떨어져 있어서 작은 새장 모양으로 비친다. 안에 있는 사람들은 카나리아 새처럼 묘사된다. 문을 여닫을 수가 없는 감살창 안에서 여자(카나리아)가 인사하는 모습이 보인다.

25) 길 건너 식당의 풍경을 묘사한다. 식당 입구까지 나온 남녀가 문 앞에서 서로 헤어지는 모습이 보인다.

26) 삼륜차에 상자를 싣는 모습이 보인다. 상자가 검정색 잉크가 엎질러진 것처럼 새까맣고 네모난 모양이 각설탕처럼 조그맣게 보인다.

27) 여기에서 '명함'은 길거리에 떨어져 있는 광고지나 신문지 같은 종이를 말한다. 높은 옥상 위에서 내려다보고 있으므로 그 크기가 명함처럼 작게 보인다. 자동차에 싣는 상자를 각설탕이라고 말한 것과 마찬가지이다. 길을 걷는 남자들의 구둣발에 광고지가 짓밟히고 있는 모양이 눈에 비친 것이다.

28) 가구. 길거리. '조화금련'에서 '조화'는 '인공적으로 만든 꽃'이라는 뜻이며, '잘 꾸민 여성'을 비유적으로 표현한 말이다. '금련(金蓮)'은 '금련보(金蓮步)'의 준말이며, '미인이 사뿐사뿐 걸어가는 아름다운 발걸음'을 뜻한다.

은밑에서올라가지아니한위에서내려오지아니한밑에서올라가지아니
한위에서내려오지아니한사람.²⁹⁾

　저여자의下半은저남자의上半에恰似하다.³⁰⁾(나는哀憐한邂逅에
哀憐하는나)³¹⁾

　四角이난케-스³²⁾가걷기始作이다.³³⁾(소름끼치는일이다)³⁴⁾

　라지에-타³⁵⁾의近方에서昇天하는꼳빠이.³⁶⁾

　바깥은雨中.發光魚類³⁷⁾의群集移動.³⁸⁾

──『이상 전집: 제2권 시집』, 1956, 179~181쪽.

---

29) 다시 백화점 내부에서 아래위 층을 오르내리기 위해 층계로 이동하는 많은 사람들의 모습을 묘사한 대목이다.

30) 층계를 오르는 사람과 내려가는 사람이 서로 지나치는 순간의 모습을 묘사한 대목. 여자의 하반이 남자의 상반에 붙어 있는 것처럼 보인다.

31) 층계를 내려오면서 자신의 모습을 생각하고 있다.

32) 사람들을 실어 나르는 승강기(엘리베이터)를 말한다.

33) 승강기가 움직이는 모습을 걸어간다고 말한다.

34) 승강기가 출발하는 순간 아찔한 느낌이 드는 것을 말한다.

35) 백화점 안에 설치되어 있는 난방용 방열기를 말한다.

36) 승강기 근처에 방열기가 놓여 있음을 알 수 있다. 승강기가 위로 올라가는 것을 '승천'한다고 표현한다.

37) 발광 어류. 몸통이나 눈에서 빛을 내는 어류. 백화점을 나와 비가 오는 길거리에서 헤드라이트를 켜고 달리는 자동차를 비유적으로 지칭한 것이다.

38) 자동차들이 헤드라이트를 켜고 무리 지어 이동하는 모양을 묘사한다.

## 建築無限六面角體

### AU MAGASIN DE NOUVEAUTES

四角の中の四角の中の四角の中の四角の中の四角。

四角な圓運動の四角な圓運動の四角な圓。

石鹼の通過する血管の石鹼の匂を透視する人。

地球に倣つて作られた地球儀に倣つて作られた地球。

去勢された襪子。(彼女のナマへはワアズであつた)

貧血緬袍。アナタノカホイロモスヅメノアシノヨホデス。

平行四邊形對角線方向を推進する莫大な重量。

マルセイユの春を解纜したコテイの香水の迎へた東洋の秋。

快晴の空に鵬遊するZ伯號。蛔蟲良藥と書いてある。

屋上庭園、猿猴を眞似てゐるマドモアゼル。

彎曲された直線を直線に走る落體公式。

文字盤にXIIに下された二個の濡れた黃昏。

ドアアの中のドアアの中の鳥籠の中のカナリヤの中の嵌殺戶扉の
中のアイサツ。

食堂の入口迄來た雌雄の樣な朋友が分れる。

黑インクの溢れた角砂糖が三輪車に積荷れる。

名刺を踏む軍用長靴。街衢を疾驅する造花金蓮。

上から降りて下から昇つて上から降りて下から昇つた人は下から昇
らなかつた上から降りなかつた下から昇らなかつた上から降りなかつ
た人。

あのオンナの下半はあのオトコの上半に似てゐる。(僕は哀しき邂逅
に哀しむ僕)

　四角な箱棚が歩き出す。(ムキミナコトダ)

　ラヂエユタアの近くで昇天するサヨホナラ。

　外は雨。發光魚類の群集移動。

—《조선과 건축》, 1932. 7. 25쪽.

이상이 1932년 7월 《조선과 건축》에 발표한 연작시이다. '이 상(李箱)'이라는 필명을 사용하고 있다. 「건축무한육면각체」라 는 큰 제목 아래 「AU MAGASIN DE NOUVEAUTES」, 「열 하약도 No.2」, 「진단0 : 1」, 「이십이년」, 「출판법」, 「차8씨의 출 발」, 「대낮」 등 일곱 편을 묶었다. '육면각체'라는 용어는 수학 에서 통용되지 않는 말이다. 우리가 흔히 볼 수 있는 정육면체 나 정사면체는 '삼면각체'에 해당한다. 물론 여섯 개의 면이 만 나는 입체라고 억지로 해석할 수는 있다. 하지만 '오일러의 다 면체 공식'에 따르면 '육면각체'란 존재할 수 없다. 그러나 '무 한'이라는 수식어를 붙일 경우, '무한육면각체'를 여섯 개의 면 이 한 점에서 만나고 반대쪽으로 무한히 벌어진 입체라고 볼 경우 그 존재의 가능성을 인정할 수 있다.

이와는 달리 '육면각체'라는 말을 '육면체'로 볼 수 있다면 수많은 육면체가 결합된 형태로 이루어진 현대 건축의 기하 학적 모형을 상징하는 말로도 이해할 수 있다. 현대식 건축물 의 전면에 드러나는 외양은 수많은 사각형들이 겹쳐진 모양이 다. 건축물은 엄청난 크기의 직육면체일 것이다. 실제로 이 시 에서는 현대식 건축인 백화점 건물의 입체적 형상을 평면적 으로 해체한다. 현대식 건축물의 설계도에서 볼 수 있는 것처 럼 "사각형의내부의사각형의내부의⋯⋯."로 이어지는 건물의 외형을 기하학적으로 해체하여 '사각형'이라는 지배적 인상을 포착하고 있다. 이러한 이상의 새로운 관점에 따른다면 그가 자신의 연작시 제목으로 사용한 "건축무한육면각체"라는 말은 무한한 숫자의 사각형으로 해체되어 표시되는 현대식 건축물의 기하학적 특성을 지시한 것으로 볼 수 있다. '육면각체'는 '삼차각'이라든지 '정육설탕'이라든지 하는 말과 같이 물체의 형상에 대한 시각적 인식을 새롭게 규정하려는 시도에 해당한다. '직육면체' 또는 '정육면체'라는 말이 갖는 개념상의 문제에 대한 이상 자신의 불만의 표시이기도 하다.

"AU MAGASIN DE NOUVEAUTES"는 제목 그대로 새로운 상품들이 진열되어 판매되는 백화점이라는 장소를 시적 대상으로 삼고 있다. 백화점은 모든 산업 생산품이 한곳으로 집결되어 상품으로 소비되는 현대적인 대중 소비 문화를 상징하는 공간이다. 이 작품에서 시적 화자는 백화점이라는 건축 공간의 현대적 특성과 기능을 기하학적으로 설명한다. 백화점 내부에서도 위층으로 이동하는 통로용 층계를 "평행사변형대각선방향을추진하는막대한중량"이라고 표현하고, 백화점에 설치된 승객용 승강기를 "사각이난케이스가걷기시작이다."라거나, "승천"한다고 묘사한 것은 모두 기하학적 관점에 의해 백화점의 내부 구조와 기능을 묘사한 것으로 볼 수 있다.

백화점 안에 들어서서 시적 화자는 그 내부에 진열된 신기한 상품에 눈을 돌린다. 시적 화자의 시선을 끈 것은 주로 여성용품들이다. 진열장에 늘어놓은 비누를 "비누가통과하는혈관"이라고 설명하고, 여성용 스타킹을 "거세된양말"이라고 말하면서 투명하게 살갗이 드러나 보이는 색깔에 관심을 보인다. 그리고 멀리 바다 건너 프랑스에서 수입된 '코티' 화장품과 향수의 향내를 느끼기도 한다. 이 대목에서 소비 문화의 확대 과정이 암시된다. 백화점 옥상에 올라서서 회충약을 광고하는 하늘에 떠 있는 비행선을 본다. 옥상 위에는 여성 모델이 그려진 상품 광고판이 놓여 있다. 옥상 위에서 내려다보는 길 건너 풍경 속에는 오가는 사람들, 상품 상자를 싣고 있는 삼륜차가 보인다. 건너편 건물 안 풍경도 유리창 너머로 눈에 들어온다. 어느덧 황혼이 깃든다. 백화점을 나올 때는 비가 내리는데 거리에 자동차들이 라이트를 켜고 달린다.

이 작품에서 가장 특징적으로 드러나는 것은 대상을 기하학적인 관점으로 묘사하고 있는 점이다. 현대적인 백화점의 건물 구조를 기하학적 도형으로 추상화하고 있다. 그리고 백화점에 진열된 상품들과 상품 광고 등에 대한 시적 화자의 태도가 매우 감각적임에도 일정한 거리를 느끼게 한다는 점을 부인할 수 없다. 현대적인 도시 공간에 새롭게 등장한 고급한 소비 문화의 행태에 대한 시적 화자의 태도가 냉소적임을 느낄 수 있다.

# 건축무한육면각체

열하약도 No.2 (미정고)


　1931년의풍운을적적하게말하고있는탱크가이른아침짙은안

개에적갈색으로녹슬어있다.

　객석의통로의내부. (실험용알콜램프가등불노릇을하고있다)

　벨이울린다.

　아해가20년전에사망한온천의재분출을보도한다.

## 建築無限六面角體

### 熱河略圖 No . 2(未定稿)[39]


1931年의風雲[40]을寂寂하게말하고있는탱크가早晨의大霧[41]에赤
褐色으로녹슬어있다.

客席의기둥의內部.(實驗用알콜램프가燈불노릇을하고있다)[42]

벨이울린다.

兒孩가二十年前에死亡한溫泉의再噴出을報導한다.

──『이상 전집: 제2권 시집』, 1956, 182쪽.

---

39) 열하. 중국의 지명으로 박지원의 『열하일기』로 유명하다. 현재 중국 허
베이성 청더를 말한다. 베이징에서 동북쪽으로 두세 시간 거리에 있는 작은
도시이며, 열하라는 이름은 겨울에도 얼지 않는다는 뜻이다.
40) '1931년의 풍운'은 대륙에 진출하려고 일본이 만주에서 일으킨 만주전
쟁이 발발한 사건을 의미한다.
41) 조신의 대무. 이른 아침의 짙은 안개를 말한다.
42) 영화관 객석 옆 통로에 비상구를 표시하기 위해 불이 밝혀져 있다.

建築無限六面角體

熱河略圖 No. 2(未定稿)


　1931年の風雲を寂しく語つてゐるタンクが早晨の大霧に赭く錆び
ついてゐる。

　客棧の炕の中。(實驗用アルコホルランプが灯の代りをしてゐる)

　ベルが鳴る。

　小孩が二十年前に死んだ溫泉の再噴出を知らせる。

——《조선과 건축》, 1932. 7. 25쪽.

　이 작품은 텍스트 자체가 완결성을 보이지는 않는다. '미정
고'라고 써 놓은 것으로 보아 정리되지 않은 상념들을 모아 놓
듯이 기록한 듯하다. 작품 속 '열하(熱河)'는 중국 만주 지역에
있는 지명이다. 1931년 일본이 만주 대륙에서 전쟁을 일으키면
서 대륙 진출을 시도한 사건을 염두에 두고 있다. 이 작품의 내
용은 영화관에서 본 시사 뉴스에 대한 느낌을 적고 있지만 전
체적으로 뚜렷한 주제 의식이 직접적으로 드러나 있지는 않다.

# 건축무한육면각체

### 진단 0 : 1

어떤환자의용태에관한문제

| 1 | 2 | 3 | 4 | 5 | 6 | 7 | 8 | 9 | 0 | • |
|---|---|---|---|---|---|---|---|---|---|---|
| 1 | 2 | 3 | 4 | 5 | 6 | 7 | 8 | 9 | • | 0 |
| 1 | 2 | 3 | 4 | 5 | 6 | 7 | 8 | • | 9 | 0 |
| 1 | 2 | 3 | 4 | 5 | 6 | 7 | • | 8 | 9 | 0 |
| 1 | 2 | 3 | 4 | 5 | 6 | • | 7 | 8 | 9 | 0 |
| 1 | 2 | 3 | 4 | 5 | • | 6 | 7 | 8 | 9 | 0 |
| 1 | 2 | 3 | 4 | • | 5 | 6 | 7 | 8 | 9 | 0 |
| 1 | 2 | 3 | • | 4 | 5 | 6 | 7 | 8 | 9 | 0 |
| 1 | 2 | • | 3 | 4 | 5 | 6 | 7 | 8 | 9 | 0 |
| 1 | • | 2 | 3 | 4 | 5 | 6 | 7 | 8 | 9 | 0 |
| • | 1 | 2 | 3 | 4 | 5 | 6 | 7 | 8 | 9 | 0 |

진단 0 : 1

26 · 10 · 1931

이상 책임의사 이 상

〔원문〕

## 建築無限六面角體

### 診斷 0 : 1[43]

어떤患者의容態에關한問題

| 1 | 2 | 3 | 4 | 5 | 6 | 7 | 8 | 9 | 0 | • |
|---|---|---|---|---|---|---|---|---|---|---|
| 1 | 2 | 3 | 4 | 5 | 6 | 7 | 8 | 9 | • | 0 |
| 1 | 2 | 3 | 4 | 5 | 6 | 7 | 8 | • | 9 | 0 |
| 1 | 2 | 3 | 4 | 5 | 6 | 7 | • | 8 | 9 | 0 |
| 1 | 2 | 3 | 4 | 5 | 6 | • | 7 | 8 | 9 | 0 |
| 1 | 2 | 3 | 4 | 5 | • | 6 | 7 | 8 | 9 | 0 |
| 1 | 2 | 3 | 4 | • | 5 | 6 | 7 | 8 | 9 | 0 |
| 1 | 2 | 3 | • | 4 | 5 | 6 | 7 | 8 | 9 | 0 |
| 1 | 2 | • | 3 | 4 | 5 | 6 | 7 | 8 | 9 | 0 |
| 1 | • | 2 | 3 | 4 | 5 | 6 | 7 | 8 | 9 | 0 |
| • | 1 | 2 | 3 | 4 | 5 | 6 | 7 | 8 | 9 | 0 |

診斷 0 : 1

26 · 10 · 1931

以上 責任醫師 李 箱

──『이상 전집: 제2권 시집』, 1956, 183쪽.

---

43) '0:1'은 분수로 고칠 때 '0/1'과 동일한 것으로 간주된다. 이 경우 '0/1=0'이라는 식이 성립되므로 실제 진단의 결과는 소멸 또는 부재를 의미하는 '0'을 나타낸다고 할 수 있다.

建築無限六面角體

診斷 0 : 1


或る患者の容態に關する問題。

1　2　3　4　5　6　7　8　9　0　●

1　2　3　4　5　6　7　8　9　●　0

1　2　3　4　5　6　7　8　●　9　0

1　2　3　4　5　6　7　●　8　9　0

1　2　3　4　5　6　●　7　8　9　0

1　2　3　4　5　●　6　7　8　9　0

1　2　3　4　●　5　6　7　8　9　0

1　2　3　●　4　5　6　7　8　9　0

1　2　●　3　4　5　6　7　8　9　0

1　●　2　3　4　5　6　7　8　9　0

●　1　2　3　4　5　6　7　8　9　0

診斷 0 : 1

26 · 10 · 1931

以上　責任醫師　李　箱

—《조선과 건축》, 1932. 7, 25쪽.

이 작품은 텍스트가 숫자판과 함께 제시되는 간략한 몇 개
의 진술로 구성되어 있다. 숫자판 자체의 구성에서 볼 수 있는
기호적 특성을 해명하기 위해 여러 접근법이 시도되기도 했고,
다양한 의미로 해석되기도 했다. 특히 이 작품은 이상이 시도한
'보는 시(visual poetry)'의 형태에 해당하는데, 1934년 7월 28일
자 《조선중앙일보》에 발표한 「오감도 시제4호」로 개작되었다.

앞서 「오감도 시제4호」의 해설에서 진술하였듯이, 이 작품
의 시적 진술 내용을 보면 텍스트 첫머리에는 "어떤환자의용
태에관한문제"라는 짤막한 어구가 배치되어 있다. 이 짤막한
진술은 환자의 병환이 어떤 상태인지에 대한 의문을 내포한
다. 이 어구 바로 뒤에 '1 2 3 4 5 6 7 8 9 0 · '이라는 숫자를 반
복적으로 기록해 놓은 숫자판이 삽입되어 있다. 이 숫자판은
시의 텍스트에서 진술하려는 "어떤환자의용태에관한문제"와
연관성을 갖는 것이라고 짐작된다. 이 시 말미에서는 환자의
용태에 대한 진단 결과를 '0 · 1'이라는 숫자로 다시 정리해 놓
고 있다. 이 진단 결과는 1931년 10월 26일에 나왔으며 진단
한 의사는 '이상' 자신이다. 이 작품은 "어떤환자의용태에관한
문제"라는 진술과 "진단 0 · 1/ 26 · 10 · 1931/ 이상 책임의사 이
상"이라는 진술 사이에 삽입되어 있는 숫자판이 어떤 시적 맥
락을 형성하고 있는지를 규명해야 한다.

숫자판에서 '1 2 3 4 5 6 7 8 9 0 · '이라는 숫자의 배열은 십
진법의 자릿수인 1, 2, 3, 4, 5, 6, 7, 8, 9, 0을 그대로 나타낸다.
십진법의 기수법은 어떤 일의 순서, 진행 과정, 변화 단계 등
을 기호화한 것이며, 동일한 작업이 여러 차례 반복되었음을
의미한다. 그런데 이 숫자판은 내리읽기를 할 경우 오른편 끝
에 '1'이라는 숫자가 줄지어 있고, 왼편 끝에는 '0'이라는 숫자
가 마찬가지로 줄지어 있다. 중간에 배열된 숫자의 변화가 어
떻게 표시되든 결과적으로 이 숫자판은 왼쪽과 오른쪽에 '1'
과 '0'이라는 두 숫자만 나타낸다. 작품 말미의 '진단 0 · 1'이라
는 문구는 이 같은 도판의 숫자 배열의 특징을 압축해 놓은
것이다. 이를 달리 말하면 '1, 2, 3, 4, 5, 6, 7, 8, 9, 0'이라는 십
진법의 기수법으로 표시했던 숫자 배열을 '0 · 1'이라는 이진법
의 숫자로 바꾸어 단순하게 표시하고 있다고 할 수 있다.

이 숫자판에 대해서는 여러 가지 해석이 있다. 수학자 김
명환 교수는 「이상의 시에 나타나는 수학 기호와 수식의 의
미」(권영민 편, 『이상 문학 연구 60년』, 170~171쪽)에서 다음과 같
이 해석한다. "위의 숫자판이 위에서 아래로 한 줄씩 내려갈
때마다 1/10씩 곱해지는 등비수열로 보인다. 이렇게 내려가면
아무리 큰 수부터 시작해도 0으로 수렴하기 마련이다. 열한
줄로만 쓴 것은 아마도 역대각선을 이루는 점들을 중심으로
이루어지는 대칭적 형태미를 고려한 것이 아닌가 싶다. 시의
첫 줄에 모든 숫자가 소수점의 영향을 받지 않은 채 온전하게
나열된 것을 합리적 세계관에 의하여 완벽하게 장악된 세상
을 의미하는 것으로 본다면, 책임 의사 이상은 그러한 합리주

의의 질환을 가진 세상의 미래가 소멸이라는 진단을 내리고
있는 것으로 보인다."

# 건축무한육면각체
## 이십이년

전후좌우를제한유일한흔적이있어서

**익단불서　목대부도**

반왜소형의신의안전에서내가낙상한고사가있어서

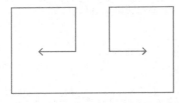

(장부　그것은침수한축사와다를것인가)

〔원문〕

建築無限六面角體

二十二年[44]

前後左右를除한唯一한痕迹이있어서[45]

## 翼段不逝　目大不覩[46]

胖矮小形의神[47]의眼前에내가落傷한故事[48]가있어서

(臟腑[50]　그것은浸水한畜舍와다를것인가[51] )

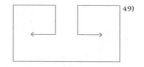
[49]

——『이상 전집: 제2권 시집』, 1956, 183쪽.

---

44) "이십이년"은 시인 이상 자신이 폐결핵임을 진단받은 때의 나이이다.

45) 전후와 좌우를 없애 버린 하나의 흔적이 있다.

46) 중국 고전 『장자』 「산목」 편에 나오는 구절을 패러디한 것이다. '날개가 커도 날지 못하고 눈이 커도 보지 못한다.'라는 의미를 지닌다.

47) "반왜소형의신"은 '살이 찌고 키가 작은 모습을 한 신'이라고 풀이된다. 시인 이상을 진찰했던 병원의 의사를 묘사한 것으로 보인다.

48) '키가 작고 살이 찐 의사의 눈앞에서 나는 쓰러진 일이 있다.'로 해석된다.

49) 이 도표는 병원에서 찍은 X선 사진의 모양을 평면 기하학적으로 추상화하여 그려 본 것이다. 안쪽으로 굽어 들어간 화살표는 혈관을 표시하는 것이다. 그러나 정작 이 혈관이 이어져야 할 폐가 없다.

50) 장부. 오장과 육부. 인체 내의 여러 기관을 말한다.

51) 바로 앞에 제시한 대로 가슴을 촬영한 X선 사진의 거무스레하고 희끄무레한 영상을 보면서 그것이 마치 물속에 잠긴 축사의 모습처럼 엉성하다는 생각을 하고 있음을 보여 준다.

建築無限六面角體

二十二年


前後左右を除く唯一の痕跡に於ける

## 翼段不逝　目大不覩

胖矮小形の神の眼前に我は落傷した故事を有つ。

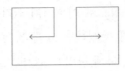

(臟腑　其者は浸水された畜舍とは異るものであらうか)

—《조선과 건축》, 1932. 7, 26쪽.

　이 작품은 이상이 쓴 일본어 시 가운데 난해한 작품으로
손꼽혀 왔다. 독특한 인유의 방법과 기호로서의 도형 제시 등
이 전체 텍스트의 해독을 방해하기 때문이다. 이 작품의 텍스
트는 짤막한 몇 개의 진술과 하나의 도형으로 이루어져 있다.
그러나 이 같은 텍스트 구성을 정밀하게 분석하면 크게 세 부
분으로 구분된다. 첫 단락은 1행과 2행, 둘째 단락은 3행과 도
표, 그리고 셋째 단락은 괄호 속에 들어 있는 작품의 마지막
행이다. 이 작품의 제목 "이십이년(二十二年)"은 시인 자신이 폐
결핵을 처음 진단받은 나이를 말한다. 이 작품은 결핵 진단을
받은 후의 충격과 병에 대한 공포를 동시에 드러낸다. 제목에
서 '二十二'라는 숫자가 흥미롭다. '二十二'는 글자 그대로 놓고
보면 좌우 균형을 이룬 건강한 상태를 암시한다. 그런데 좌우
를 없애 버리면 '十'이라는 글자만 남는다. 전후와 좌우를 없
애 버린 하나의 흔적이 있다는 시구가 바로 일종의 '말놀이'
또는 '글자 놀이'의 출발점에 해당함을 알 수 있다.

　'전후좌우를 제한 흔적'이라는 시적 진술은 뒤의 구절과 자
연스럽게 의미상 서로 이어진다. 이 작품에서 먼저 주목해야
할 것은 "익단불서(翼段不逝) 목대부도(目大不覩)"라는 구절이
다. 이 구절은 중국 고전 『장자』「산목」편에 나오는 구절을 패
러디한 것이다. 장주가 한 말 가운데 '날개가 큰데도 제대로

날지 못하고 눈이 큰데도 제대로 보지 못한다.'는 말은 원문이
'익은불서(翼殷不逝) 목대부도(目大不覩)'라고 되어 있다. 그런
데 이 구절에서 '날개가 크다'는 의미를 지니는 '익은(翼殷)'을
시인은 '익단(翼段)'으로 바꾸어 놓는다. 이 작품의 첫 대목에
서 "전후좌우를제한유일한흔적이있어서"라고 진술한 대로 텍
스트상에서 '은(殷)' 자의 획 중 두 개를 제외시켜 '단(段)' 자
를 만들어 놓는 일종의 '글자 놀이'를 행하고 있다. 즉 일종의
'파자' 방법을 통해 고전의 익숙한 어구의 글자를 바꾸어 전
혀 새로운 의미의 어구를 만들어 놓고 있다. 이 새로운 문구
는 '날개는 부러져서 날지 못하고 눈은 커도 보지 못한다.'라
는 의미로 해석된다. 이 문구를 텍스트상에서 1행과 연결하여
해석해 보면 그 의미가 더욱 분명해져 '전후좌우를 없앤 하나
의 흔적이 있어서, 날개는 부러져 날지 못하고 눈은 커도 보
지 못한다.'라는 뜻이 된다.

이 작품에서 난해 어구로 지목되고 있는 또 하나의 구절은
"반왜소형의신의안전에서내가낙상한고사가있어서"라는 3행이
다. "반왜소형의신"은 글자 그대로 풀이할 경우 '살이 찌고 키
가 작은 모습을 한 신'이라는 의미가 된다. 이것은 시인 이상
을 진찰한 병원의 의사를 묘사한 것으로 보인다. '신'이라는 말
로 지칭할 수 있는 존재는 의사 외에 달리 찾아보기 어렵다.
특히 "안전에서내가낙상한고사가 있어서"라는 구절을 통해 이
를 확정할 수 있다. 시인 이상은 스물두 살 되던 해에 폐결핵
임을 판정받는다. 그가 자신을 진찰하는 의사 앞에서 기침하
고 객혈하며 쓰러진 적이 있다는 사실은 그의 소설과 수필에

건축무한육면각체

도 등장한다. 이 대목은 결국은 '키가 작고 살이 찐 의사의 눈 앞에서 나는 쓰러진 일이 있다.'로 해석된다.

이 작품의 텍스트에 제시되어 있는 추상적인 도표에 대해서는 그 해석이 구구하다. 어떤 연구자는 이 도표를 시적 주체의 성격, 또는 욕망과 연결시켜 해석하기도 하고, 어떤 연구자는 일종의 성적 심벌로 해석하기도 한다. 그러나 이 도표는 텍스트상에서 바로 앞에 제시된 "반왜소형의신의안전에서내 가낙상한고사가있어서"라는 진술과 연결되는 것으로 이해하는 것이 적절하다. 그래야만 1, 2행의 의미 내용과 일종의 대구로서의 형식을 만족시킨다. 이 도표는 병원에서 찍은 흉부의 X선 사진의 모양을 평면기하학적으로 추상화하여 그려 본 것이라고 할 수 있다. 안쪽으로 굽어 들어간 화살표는 혈관을 표시한다. 그러나 정작 이 혈관이 이어져야 할 폐가 없으니 폐결핵이 중증 상태임을 말해 준다. 이것은 1행에서 설명한 대로 '전후좌우를 없앤 흔적'에 해당하는 병에 의한 '신체적 결여'의 기호적 표상에 해당하기도 하고, 앞서 인용한 『장자』의 구절을 변형시킨 대로 '날개가 부러져서……'라는 대목을 추상화한 도표로서 텍스트에서 서로 의미가 연결된다.

이 작품의 마지막 구절은 "장부 그것은침수한축사와다를 것인가"라는 자문(自問)의 형식으로 괄호 속에 묶여 있다. 이 대목은 흉부 촬영한 X선 사진의 영상을 보면서 그 거무스레하고 희끄무레한 모양이 마치 물속에 잠긴 축사의 모습처럼 엉성하다는 생각을 하고 있음을 보여 준다. 병으로 인한 폐부의 손상 상태를 사진을 통해 살펴보고 있는 시적 화자의 망연한 심경을 엿볼 수 있는 대목이다. 이 작품에서 그리고 있는 것은 결국 시인의 나이 스물두 살에 폐결핵을 진단받고 그 병환이 심각한 상태에 있음을 알게 된 순간의 절망감이다. 작품에서 제시되고 있는 육체의 물질성에 대한 인식은 작품의 마지막 구절에서 절망적으로 표출된다. 이상의 개인사적 체험과 관련되어 있는 이 작품은 1934년 연작시 「오감도 시제5호」로 개작 발표되었다.

# 건축무한육면각체
## 출판법

I

허위고발이라는죄목이나에게사형을언도했다.자태를감춘증
기속에서움칫하며나는아스팔트가마를노려봤다.

**— 직에관한전고한구절 —**

기부양양 기자직지

내가아는것을달리알지못했던까닭에알수없었던나의집행이
한창일때나는다시금새로운것을알아야만했다.

나는새하얗게폭로된골편을주워모으기시작했다.

'거죽과살은나중에라도붙을것이다'

말라떨어진고혈에대해나는단념하지않을수없었다.

II 어느경찰탐정의비밀신문실에서

혐의자로잡힌남자가지도가인쇄된분뇨를배설하고그걸삼키
기까지한것에대해경찰탐정은아는바가하나도없다. 발각될리없
는급수성소화작용. 사람들은이거야말로요술이라고말할것이다.

'네놈은틀림없이광부다'

참고로남자의근육의단면은흑요석처럼빛나고있다고한다.

Ⅲ 호외

## 자석수축하기시작하다
원인극히불분명하나대외경제파탄으로인한탈옥사건과의관련농후·이방면의요인회합은밀히연구조사중.

개방된시험관의열쇠는내손바닥에전등형의운하를굴착하고있다.곧이어여과된고혈같은강물이기세좋게흘러들어왔다.


Ⅳ


낙엽이창호를삼투하여내정장의자개단추를엄호한다.

### 암 살
지형명세작업이아직도끝나지않은이궁벽한땅에불가사의한우체교통이벌써시행되었다.나는불안을절망했다.

달력을반역하듯나는방향을잃었다.내눈동자는냉각된액체를잘게잘라내며낙엽의분망함을열심히방조하는수밖에없었다.

(나는원후류에의진화)

## 建築無限六面角體

### 出版法[52]

I

虛僞告發이라는罪名[53]이나에게死刑을言渡하였다.[54]자취를隱匿한蒸氣속에몸을記入하고서[55]나는아스팔트가마를睥睨하였다.[56]

**── 直에關한典古一則 ──** [57]

其父攘羊　其子直之[58]

나는아아는것을아알며있었던典故로하여아알지못하고그만둔나에게의執行의中間에서더욱새로운것을알지아니하면아니되었다.[59]

---

52) 이 작품의 제목인 "출판법"은 '출판 인쇄의 방식'과 '출판 인쇄에 관한 사회적 규정'이라는 이중적 의미를 지닌다.

53) 활자가 채자(採字)되어 판에 식자(植字)된 오식을 말한다.

54) 잘못 인쇄되어 있는 글자나 문장 부호를 빼내고 다른 글자나 부호로 고치도록 교정지 위에 표시한 것을 말한다.

55) "자취를은닉한증기"는 '교정쇄를 인쇄하는 과정에서 나오는 뿌연 증기'를 지적한 것이다. 이 대목에서 일본어 '身を構へて'은 '몸을 흠칫하며 자세를 갖추다'라는 뜻으로 볼 수 있다.

56) "아스팔트가마"는 '인쇄기'를 뜻한다. 검정색 잉크를 '아스팔트'라고 비유적으로 표현한다. '비예하다'라는 말은 '눈을 흘겨보다'라는 뜻이다. 판에서 제거되어 인쇄기에 올려지지 못하는 것에 대한 반감을 표시하고 있다.

57) '직(直)'은 '곧다, 바르다'라는 뜻을 가진다. 이 구절 뒤에 바로 '곧음'에 대한 전고가 예시되고 있다.

58)『논어』「자로」편에 등장하는 구절을 패러디한 부분이다.

59) 이 대목은 원문의 번역이 매끄럽지 못하다. '나는 아는 것을 알고 있었

나는雪白으로曝露된骨片을줏어모으기始作하였다.[60]

'筋肉은이따가라도附着할것이니라'[61]

剝落된膏血에對하여나는斷念하지아니하면아니되었다.[62]


Ⅱ 어느警察探偵의秘密訊問室에있어서[63]


　嫌疑者로서檢擧된사나이는[64]地圖의印刷된糞尿를排泄하고다시
그것을嚥下[65]한것에對하여警察探偵은아아는바의하나를아니가진
다. 發覺當하는일은없는級數性消化作用.[66] 사람들은이것이야말로
卽妖術이라말할것이다。

---

던 까닭에, 도저히 알 수 없었던 내게 집행되는 과정에서 나는 새로운 것을
알지 않으면 안 되었다.' 정도로 고쳐 봄직하다. '아는 것을 알고 있다.'는 것
은 원고에 쓰인 대로만 알고 있다는 뜻이다. 뒷부분은 '원고와 관련이 없는
것은 전혀 알 수 없는데, 교정의 과정(내게 사형이 집행되는 과정)에서 여러
가지 사실을 알게 되었다.'라고 이해할 수 있다.

60) '설백으로 폭로된 골편'이란 납으로 만들어진 하얀 활자를 말한다. 활자
를 골라내 채자하는 과정을 보고 있다.

61) 원문의 '기육(肌肉, 살갗과 살)'이 '근육(筋肉)'으로 번역되었다. 조판 과
정에서 간격을 맞춰 활자를 배열하는 작업을 언급한 것으로 보인다.

62) '박락(쇠·돌 같은 물건이 오래 묵어 긁히고 깎여 떨어지다)된 고혈'은
활자에 묻었다가 말라 떨어진 '인쇄 잉크'를 비유적으로 말한 것이다.

63) 인쇄 공장의 구석에 자리해 있는 교정실을 비유적으로 지시한다.

64) 교정을 보면서 틀린 글자로 지적된 활자를 비유적으로 지시한다.

65) 연하하다. 꿀꺽 삼켜 넘기다. '분뇨'는 인쇄용 잉크를 말한다. 활자가 뒤
집혀 식자되는 바람에 인쇄 용지에 분뇨를 배설하듯 글자가 제대로 찍히지
않고 그것을 삼켜 버린 것처럼 시커멓게 찍힌 경우를 말한다.

66) 조판 과정에서는 활자가 뒤집혀 식자된 것은 쉽게 찾아내기 어렵다.

'물론너는鑛夫이니라'

參考男子의筋肉의斷面은黑曜石과같이光彩가나고있었다고한다.[67]


Ⅲ 號外[68]


## 磁石収縮을開始[69]

原因極히不明하나對內經濟破綻에因한脫獄事件[70]에關聯되는바
濃厚하다고보임.斯界의要人鳩首를모아秘密裡에研究調査中.[71]

開放된試驗管의열쇠는나의손바닥에全等形의運河를掘鑿하고있
다.[72]未久에濾過된膏血과같은河水가汪洋하게흘러들어왔다.[73]


Ⅳ


落葉[74]이窓戶[75]를滲透하여나의正裝의자개단추[76]를掩護한다。

---

67) 활자의 앞면은 글자 모양이 오돌토돌하게 나와 있지만 뒷면은 마치 깎
아 낸 듯하여 흑요석처럼 반질반질하게 빛나는 것을 말한다.
68) 여기에서 말하는 '호외'는 최종 오케이 단계에서 내는 마지막 교정지를
뜻하는 것으로 볼 수 있지만, 정규 지면 이외에 긴급한 특별 기사가 있을 때
발행하는 별면의 신문이나 잡지를 뜻하기도 한다.
69) 교정쇄를 내기 위해 임시로 실로 묶었던 활자들을 인쇄를 위해 판에 앉
히는 과정을 암시한다.
70) 조판 과정에서 활자가 빠져나갔기 때문에 일어난 오식임을 암시한다.
71) 문선 식자공들이 어디에서 문제가 생겼는지를 검토하는 광경이다.
72) 일정한 간격과 높이로 정판되어 가지런히 인쇄기에 얹혀져 있다.
73) 잉크통에서 잉크가 흘러나오는 모습을 말한다.
74) 인쇄용 종이를 말한다.

地形明細作業의只今도完了가되지아니한이窮僻의地[78)]에不可思
議한郵遞交通은벌써施行되었다.[79)]나는不安을絶望하였다。

日曆의反逆的[80)]으로나는方向을紛失하였다.나의眼睛[81)]은冷却된
液體를散散으로切斷하고[82)]落葉의奔忙을熱心으로幫助하고있지아
니하면아니되었다.[83)]

(나의猿猴類에의進化)[84)]

— 『이상 전집: 제2권 시집』, 1956, 184~187쪽.

---

75) 인쇄기에서 종이가 기계 속으로 들어가는 입구.
76) 활자 머리쪽의 글자가 새겨져 있는 부분을 문양이 새겨진 자개단추에
비유한다. 인쇄용 종이가 판 위에 덮이는 과정을 보여 준다.
77) "암 살"이라는 글자는 종이에 인쇄된 모양을 기호로 표시한 것이다.
78) 아무 표시가 없는 하얀 '백지'를 의미한다.
79) 종이 위에 글자가 인쇄되는 것을 묘사한다.
80) 인쇄된 종이가 마치 달력(일력) 장을 넘기듯(반역적) 넘겨지는 모습이다.
81) 안정. 눈동자를 말한다.
82) 활자에 묻어 있던 인쇄 잉크가 종이 위에 찍히면서 말라 가는 모습이다.
83) 인쇄된 종이가 기계 위에서 넘겨져 쌓이는 모습을 지켜보게 된다.
84) 인간이 언어와 문자를 가지게 된 것이 동물과 다르다는 사실을 암시한다.

## 建築無限六面角體

### 出版法

I

虚偽告發と云ふ罪目が僕に死刑を言渡した。様姿を隱匿した蒸氣の中に身を構へて僕はアスフアルト釜を睥睨した。

**──直に關する典古一則──**

其父攘羊　其子直之

僕は知ることを知りつつあつた故に知り得なかつた僕への執行の最中に僕は更に新しいものを知らなければならなかつた。

僕は雪白に曝露された骨片を掻き拾ひ始めた。

「肌肉は以後からでも着くことであらう」

剝落された膏血に對して僕は斷念しなければならなかつた。


II 或る警察探偵の秘密訊問室に於ける

嫌疑者として擧げられた男子は地圖の印刷された糞尿を排泄して更にそれを嚥下したことに就いて警察探偵は知る所の一つを有たない。發覺されることはない級數性消化作用。人々はこれをこそ正に妖術と呼ぶであらう。

「お前は鑛夫に違ひない」

因に男子の筋肉の斷面は黑曜石の樣に光つてゐたと云ふ。

Ⅲ 號外


**磁石收縮し始む**

原因頗る不明なけれども對内經濟破綻に依る脱獄事件に關聯する所多々有りと見ゆ。斯道の要人鳩首秘かに研究調査中なり。

開放された試驗管の鍵は僕の掌皮に全等形の運河を掘鑿してゐる。艪で濾過された膏血の様な河水が汪洋として流れ込んで來た。


Ⅳ


落葉が窓戸を滲透して僕の正装の貝釦を掩護する。

暗　殺

地形明細作業の未だに完了していないこの窮僻の地に不可思議な郵遞交通が既に施行されてゐる。僕は不安を絶望した。

日暦の反逆的に僕は方向を失つた。僕の眼睛は冷却された液體を幾切にも斷ち剪つて落葉の奔忙を懸命に幇助していなければならなかつた。

（僕は猿猴類への進化）

—《조선과 건축》, 1932. 7, 26쪽.

이 작품은 인쇄 출판의 방법을 의미하는 타이포그래피의
문제를 서술하고 있지만, 출판과 인쇄에 대한 사회적 규제를
의미하는 각종 규범들, 특히 일제 강점기 일본의 조선총독부
가 강행했던 언론 출판에 관한 검열 제도의 문제를 우회적으
로 비판한 것으로 볼 수 있다. 이 시의 텍스트를 시인 이상이
여러 작품에서 즐겨 활용한 타이포그래피적 상상력에 근거해
먼저 읽어 보기로 한다. 이 작품의 텍스트는 네 부분(I~IV)으
로 구분되며, 신문의 인쇄 과정에서 특히 중시되는 교정과 인
쇄 과정을 순서대로 서술하고 있다. 그런데 이 과정은 모두 일
인칭 화자 '나'가 전면에 등장해 그 내적 정황을 진술하는 방
식으로 전개된다.

I, III, IV는 '나'라는 화자가 모든 진술의 주체로 등장하여
텍스트의 내용을 구성하고 있으며, II는 '나'라는 화자가 주체
로서 표면에 등장하지 않는다. 관찰자의 입장에 서 있는 화자
가 객관적으로 작품 내적 정황을 서술한다. 텍스트에 등장하
는 '나'는 실제적 인물이 아니다. 인쇄에 필수적인 '활자'를 의
인화하여 가상적 인물로 등장시켜 놓았기 때문이다. 이 작품
이 그려 내고 있는 것은 제목 그대로 '출판법'에 관련되어 있
다. 이 작품의 텍스트를 '나'의 진술을 따라가며 읽는 경우 작
품의 텍스트 구성은 신문 인쇄 과정에서 중시되는 몇 가지 단

계를 구체적으로 보여 준다. I, II는 문선 과정과 교정, 그리고 조판과 정판의 단계를 보여 준다. 그리고 III, IV에서는 판을 인쇄기에 걸고 기계를 작동시켜 종이 위에 인쇄를 하는 과정을 보여 준다.

첫째 단락인 'I' 부분에서는 인쇄 과정에서의 교정 작업이 먼저 그려진다. 오식된 글자를 원고대로 바로잡는 교정 작업을 놓고 『논어』의 한 대목을 패러디해 "기부양양(其父攘羊) 기자직지(其子直之)"라고 한 것이 흥미롭다. 텍스트에서는 '직(直)에 관(關)한 전고일칙(典古一則)'이라고 하여 '곧고 바르다는 것에 대한 전고(典古) 한 가지'를 제시한다는 점을 밝히고 있다. 『논어』 「자로」 편에 다음과 같은 이야기가 나온다. 섭공이 공자에게 말한다. "우리들 중에 정직한 사람이 있는데, 그 아버지가 남의 양을 훔친 것을 아들이 증언했습니다." 이에 공자께서 말씀하시길, "우리들 중의 정직한 사람은 그와 다릅니다. 아버지가 아들을 위해 숨겨 주고 아들이 아버지를 위해 숨겨 주는데, 정직한 것은 그 속에 있습니다." 『논어』의 이 이야기에 등장하는 "其父攘羊 其子證之(기부양양 기자증지)"라는 대목이 이 작품 텍스트에는 "其父攘羊 而子直之(기부양양 이자직지)"라고 고쳐져 있다. 이렇게 고침으로써 '아버지가 양을 훔쳤는데 그 아들이 그것을 증언하였다.'라는 뜻에서 '아버지가 양을 훔쳤는데(잘못을 저지르다) 그 아들이 그것을 바로잡았다.'라는 뜻으로 바뀌고 있다.

둘째 단락인 "II 어느경찰탐정의비밀신문실에서"는 교정지의 지시대로 오식된 활자를 판에서 찾아내는 정판 과정을 보여 준다. 활자가 거꾸로 뒤집혀 식자된 것을 놓고 "발각당하는 일은없는급수성소화작용"이라고 비유적으로 진술하고 있다. 식자공의 작업을 '광부'에 비유한 대목도 흥미롭다. 셋째 단락 "Ⅲ 호외" 부분은 정판 작업이 끝난 후 인쇄기에 판을 걸어 인쇄 작업을 개시하는 과정을 보여 준다. 활판 인쇄의 일반적 절차에서는 지형을 뜨고 연판을 만들어 그것을 인쇄기에 걸지만 여기에서는 원판을 직접 인쇄하고 있다. 신문사에서 긴급 뉴스나 사건 상황을 빠르게 보도하기 위해 '호외'를 발행할 경우 절차를 줄여 시간을 절약하기 위해 행하는 방식이다.

넷째 단락인 "Ⅳ" 부분에서는 종이에 인쇄가 시작되는 광경을 서술한다. 네모 속에 "암 살"이라는 활자가 찍힌 것을 보면 "호외"로 내보내는 뉴스가 매우 절박한 사건임을 암시한다. 이처럼 이 작품 텍스트를 통해 우의적으로 묘사하고 있는 신문 인쇄의 과정은 실제의 '타이포그래피'를 염두에 두고 있는 것으로 읽을 수 있다. 작품의 마지막 문장 "나는원후류에의진화"는 인간이 언어와 문자를 가지고 문명을 발전시켜 온 과정을 암시한다고 할 수 있다. 그런데 이 작품의 텍스트는 일본 총독부에서 강제 시행하던 출판 인쇄물에 대한 사전 검열 제도의 문제점을 우회적으로 비판한 것으로 읽을 수 있다. 이 텍스트에는 신문의 인쇄 과정에서 시행하던 강제 검열 과정이 교묘하게 숨겨져 있다. 실제 작품 텍스트를 보면 Ⅰ, Ⅱ는 기사 원고 내용에 대한 검열 과정을 마치 오식을 바로잡는 교정의 단계처럼 위장하여 진술하고 있으며, Ⅲ, Ⅳ는 검열 통과 뒤 기사의 인쇄 작업과 신문의 호외 발행을 우회적으로 그려 내고 있다. 일본 총독부의 언론 출판에 대한 검열은 조선인에게 언론의 자유를 허용하지 않는다는 식민지 지배 정책의 기조에서 진행되었다.

이 작품의 텍스트에서 신문에 대한 검열 과정을 우회적으로 비판하기 위해 제시한 기사 내용도 관심을 두고 살펴볼 필요가 있다. 텍스트에서 확인되는 어구들 가운데, '대외경제파탄', '탈옥사건', '암살', '호외' 등과 관련되는 정치적 사건은 '5·15 사건'으로 알려진 '견양의(犬養毅) 수상 암살 사건'으로 추측된다. 1932년 5월 15일에 일어난 이 사건은 헌정주의자로 신망이 높았던 일본의 이누카이 수상이 일본 해군 장교들에 의해 관저에서 암살된 정치적 테러 사건이다. 당시 모든 언론이 앞다투어 이 사건을 보도하면서 호외를 발간했다. 시인 이상은 이 작품을 발표하기 직전에 일어난 엄청난 정치적 사건을 놓고 사건의 보도와 관련해 이루어진 신문의 검열과 언론 통제 방식을 하나의 사례로 삼아 그 내용을 작품 속에 그려 놓았다. 이 작품에서 볼 수 있는 타이포그래피적 상상력은 작품 「파첩」을 통해 더욱 폭넓게 펼쳐진다.

# 건축무한육면각체
## 차8씨의출발

균열이생긴장가이녕의땅에한대의곤봉을꽂음.

한대는한대대로커짐.

수목이성함.

　　　이상 꽂는것과성하는것과의원만한융합을가르침.

사막에성한한대의산호나무곁에서돼지같은사람이생매장
당하는일을당하는일은없고외로이생매장하는것에의하여자
살한다.

만월은비행기보다신선하게공기속을추진하는것의신선이
란산호나무의음울한성질을더이상으로증대하는것의이전의것
이다.

**윤부전지**　전개된지구의를앞에두고서의설문일제.

곤봉은사람에게지면을떠나는아크로바티를가르치는데
사람은해득하는것은불가능인가.

## 지구를굴착하라

동시에

## 생리작용이가져오는상식을포기하라

열심으로질주하고또열심으로질주하고또열심으로질주하
고또열심으로질주하는사람은열심으로질주하는일들을정지
한다.

사막보다도정밀한절망은사람을불러세우는무표정한표정의

무지한한대의산호나무의사람의발경의배방인전방에상대하는
자발적인공구로부터이지만사람의절망은정밀한것을유지하는
성격이다.

## 지구를굴착하라

동시에

## 사람의숙명적발광은곤봉을내어미는것이어라*

> *사실차8씨는자발적으로발광하였다. 그리하여어느듯
> 차8씨의온실에는은화식물이꽃을피워가지고있었다.
> 눈물에젖은감광지가태양에마주쳐서는히스프레하게
> 광을내었다.

建築無限六面角體

且8氏의出發[85]


龜裂이生긴莊稼泥濘의地[86]에한대의棍棒을꽂음.[87]

한대는한대대로커짐.[88]

樹木이盛함.[89]

以上 꽂는것과盛하는것과의圓滿한融合을가르침.[90]

沙漠에盛한한대의珊瑚나무곁에서돝[91]과같은사람이산葬을當하는일을當하는일은없고심심하게산葬하는것에依하여自殺한다.[92]

滿月은飛行機보다新鮮하게空氣속을推進하는것의新鮮이란珊瑚나무의陰鬱한性質을더以上으로增大하는것의以前의것이다.[93]

---

85) "且8氏"는 구본웅의 성씨인 '구(具)' 자를 '차(且)'와 '팔(八)'로 파자해 놓은 것이다. 구본웅이 늘 쓰고 다녔던 높은 중산모의 모양인 '且'와 곱추였던 구본웅의 외양을 본뜬 '8'을 합쳐 놓은 것으로도 볼 수 있다.

86) 균열이 생긴 농가의 진흙탕의 땅. 당시 미술계가 제대로 된 기반을 갖추지 못하고 있음을 우회적으로 지적한 것으로 보인다.

87) '곤봉'은 구본웅을 말한다. 미술계에 구본웅이 등장한다.

88) 홀로 잘 성장한다.

89) 재능을 발휘하여 작품 활동을 활발하게 한다.

90) 자신의 의욕과 자기 재능을 발휘할 수 있는 외부 조건이 잘 부합되다.

91) 돼지를 말한다.

92) 미술 공부에 대한 사람들의 인식이 부족하고 예술가로서의 화가 존재를 제대로 이해해 주지 않아 자살하는 경우도 많음을 암시한다.

93) 구본웅의 우울한 성격을 말한다. 달을 쳐다보며 자신의 음울을 벗어나고 있음을 암시한다.

**輪不輾地**[94]　展開된地球儀를앞에두고서의設問一題.

棍棒은사람에게地面을떠나는아크로바티[95]를가르치는데사람은
解得하는것은不可能인가.

**地球를掘鑿하라**[96]

同時에

**生理作用이가져오는常識을抛棄하라**[97]

熱心으로疾走하고또熱心으로疾走하고또熱心으로疾走하고또熱
心으로疾走하는사람은熱心으로疾走하는일들을停止한다.[98]

沙漠보다도静謐한絶望은사람을불러세우는無表情한表情[99]의
無智한한대의珊瑚나무의사람의胕頸[100]의背方인前方에相對하는自
發的인恐懼[101]로부터이지만사람의絶望은静謐한것을維持하는性格
이다.

---

94) 『장자』 「천하」 편에서 인유한 말이다. 원문 '윤부전지(輪不蹍地)'의 '전
(蹍)'을 '전(輾)'으로 바꾸어 구본웅의 걸음을 묘사했다. 이 구절의 패러디는
바로 뒤 "곤봉은사람에게지면을떠나는아크로바티를가르치는데사람은해득
하는것은불가능인가."로 이어진다. 구본웅이 걸어가는 모습이 마치 커다란
모자[且] 아래 '8' 자가 서 있는 모습으로 보인다는 점을 말한다.

95) 곡예. 재주넘기를 말한다.

96) '지구의 굴착'은 속담의 '한 우물만 판다.'는 뜻을 표현한 것으로 보인다.

97) 구본웅이 일상적인 규범을 전혀 지키지 않는 것을 말한 것으로 보인다.

98) 구본웅 앞에서는 사람들이 그대로 지나치지 않고 그 기이한 형상을 보
기 위해 멈칫대는 것을 말한다.

99) 구본웅은 자신의 육체적 결함에 대한 천시를 그대로 받아들인다.

100) 발경. 배꼽과 목. '胕頸의背方인前方'은 안팎으로 곱사등이가 되어 있
는 구본웅의 상체의 모습을 형용한 것이다.

101) 공구. 두려움. 사람들이 자신의 흉물스러운 모습에 두려움을 갖고 멈칫
하지만 그런 것에 전혀 개의치 않고 차분하다.

地球를掘鑿하라

同時에

**사람의宿命的發狂은棍棒을내어미는것이어라**＊102)

＊事實且8氏는自發的으로發狂하였다.그리하여어느듯
且8氏의温室103)에는隱花植物이꽃을피워가지고있었
다.104)눈물에젖은感光紙105)가太陽에마주쳐서는히스
므레하게光을내었다.106)

　　　　　　—『이상 전집: 제2권 시집』, 1956, 188〜190쪽.

〔일본어 원문〕

建築無限六面角體

且8氏の出發

龜裂の入った莊稼泥地に一本の棍棒を挿す。

一本のまま大きくなる。

樹木が生える。

　　　以上　挿すことと生えることとの圓滿な融合を示す。

---

102) 자신의 예술적 광기를 발휘하다.

103) 미술 작업을 하는 화실을 말한다.

104) 은화식물. 꽃이 피지 않는 식물. 여기에서는 구본웅이 그린 여러 그림
들을 말한다.

105) 구본웅의 캔버스. 자기 육체에 대한 열등의식을 극복하기 위한 눈물겨
운 노력이 투영되어 있음을 말한다.

106) 예술적 재능이 점차 빛을 발하기 시작한다.

沙漠に生えた一本の珊瑚の木の傍で豕の様なヒトが生理されることをされることはなく 淋しく生理することに依つて自殺する。

満月は飛行機より新鮮に空氣を推進することの新鮮とは珊瑚の木の陰鬱さをより以上に増すことの前のことである。

**輪不輾地** 展開された地球儀を前にしての設問一題。

棍棒はヒトに地を離れるアクロバテイを教へるがヒトは了解することは不可能であるか。

**地球**を**掘鑿**せよ

同時に

**生理作用の齎らす常識を抛棄**せよ

一散に走り 又 一散に走り 又 一散に走り 又 一散に走る ヒト は 一散に走る こと らを停止する。

沙漠よりも靜謐である絶望はヒトを呼び止める無表情である表情の無智である一本の珊瑚の木のヒトの脖頸の背方である前方に相對する自發的の恐懼からであるがヒトの絶望は静謐であることを保つ性格である。

**地球**を**掘鑿**せよ。

同時に

**ヒトの宿命的發狂は棍棒を推すことであれ**[*]

> [*]事實且8氏は自發的に發狂した。そしていつの間にか且8氏の温室には隱花物が花 を咲かしていた。涙に濡れた感光紙が太陽に出會つては白々と光つた。

——《조선과 건축》, 1932. 7, 26〜27쪽.

　이 작품은 제목에 드러나 있는 "且8氏"에 대한 수많은 해석과 함께 이상 작품 가운데 대표적인 난해시의 하나로 지목되어 왔다. 특히 이 작품을 성적 이미지로 확대 해석한 경우가 많다. 그러나 이 작품은 이상이 그와 가장 절친하게 지냈던 화가 구본웅을 모델로 하여 그의 미술 활동을 친구의 입장에서 재미있게 그려 낸 것이다. 제목에 등장하는 "且8氏"는 구본웅의 성씨인 '구(具)씨'를 의미한다. 아라비아 숫자로 표시된 '8'을 한자로 고치면 '팔(八)' 자가 된다. 그러므로 '구(具)' 자를 '차(且)'와 '팔(八)'로 파자(破字)하여 놓은 것이라는 점을 알 수 있다. 더구나 '차(且)' 자와 '8' 자를 글자 그대로 아래위로 붙여 놓을 경우 그 모양이 구본웅의 외양을 형상적으로 암시한다. 이것은 구본웅이 늘 쓰고 다녔던 높은 중산모 모양인 '且'와 꼽추의 기형적 모양을 본뜬 '8'을 합쳐 놓은 것으로 보이기 때문이다.

　이 작품에서 구본웅을 지시하는 말은 또 있다. '곤봉'과 '산호나무'가 그것이다. '곤봉'은 그 형태 때문에 남성 상징으로 풀이된 경우가 많지만, 가슴과 등이 함께 불룩 나온 구본웅의 외양을 보고 이를 비유적으로 표현한 것으로 볼 수 있다. 특히 이 말은 '구본웅'이라는 이름을 두 음절로 줄여 부른 것이므로 '말놀이'의 귀재였던 이상의 언어적 기법을 확인할 수 있는 사례가 되기도 한다. '산호나무'라는 말도 역시 구본웅의 마른 체구와 기형적인 곱사등이 형상을 '산호나무'의 모양에 빗대어 지칭한 것으로 볼 수 있다.

이 작품의 전반부는 구본웅이 당시로서는 사회적으로 인정받기 어려운 낯선 영역인 미술 공부에 뜻을 두고 노력하게 되는 과정을 압축적으로 제시한다. 구본웅은 자신이 택한 미술 영역에서 재능을 발휘하고 재력가인 그의 부친도 불구의 아들이 집념을 보이는 미술 공부를 지원한다. 중반부에서는 구본웅의 외양과 성격을 묘사한다. 구본웅의 외양과 걸음걸이 모습을 묘사하기 위해 『장자』「천하」편에서 인유하고 있는 '윤부전지(輪不輾地)'라는 구절의 패러디 수법이 놀랍다. 원문은 '윤부전지(輪不蹍地)'이다. 수레바퀴는 땅위를 굴러가는 것이지만 실상은 그 바퀴가 땅에 닿는 부분은 한 점에 지나지 않는다. 기하학에서는 원둘레의 한 점과 직선이 만나는 지점을 '접점'이라고 한다. 이 논리에 근거하면 땅 위를 굴러가는 수레바퀴는 땅을 딛지 않는 셈이 된다. 이 구절의 의미가 이러한 특징을 말해 준다. 그런데 텍스트에서는 '윤부전지(輪不蹍地)'의 '전(蹍)'이라는 글자('디디다')를 '전(輾)'이라는 다른 글자('구르다')로 바꾸어 놓았다. 이러한 글자의 교체로 인해 이 구절의 의미도 '수레바퀴는 땅에 구르지 않는다.'로 바뀐다.

이러한 '말놀이'에서 노리는 것이 무엇일까. 작품 제목에서 '구(具)씨'를 "且8씨"로 파자하여 놓은 점으로부터 유추하지 않고는 설명하기 어렵다. 이 대목은 기형적인 꼽추였던 구본웅의 걸음걸이를 보면서, 커다란 중산모를 쓰고 걸어가는 구본웅의 모습을 그의 성씨인 '구(具)'를 다시 파자하여 기호적으로 표시하고 있다. '차(且)'와 '8'이라는 글자를 그대로 결합시켜 놓을 경우에는 '차(且)'라는 한자 아래 '8' 자가 바로 세워져 붙게 된다. 이때 '차(且)' 자는 수레의 위 부분의 형상을 드러내고 '8' 자는 바퀴 모양에 해당한다. 그런데 '차(且)' 자아래 '8' 자가 바로 서 있게 되면 수레바퀴가 땅 위로 굴러가는 모양을 이룰 수 없다. '8' 자가 옆으로 누워 있는 모양('∞')이 되어야만 두 바퀴가 땅 위로 굴러가는 형태를 이루기 때문이다. 결국 구본웅의 경우는 '차(且)' 자 아래 '8' 자가 서 있는 모양이 되므로 '수레바퀴는 땅에 구르지 않는다.'라는 구절이이에 부합한다. 참으로 재미있게 '말놀이'를 하고 있는 셈이다. 이 구절에서 드러나는 패러디 방식은 바로 뒤에 오는 "곤봉은사람에게지면을떠나는아크로바티를가르치는데사람은해득하는것은불가능인가."로 이어진다. 구본웅이 걸어가는 모습이마치 '차(且)' 자 아래 '8' 자가 서 있는 모습이기 때문에 "지면을떠나는아크로바티를가르치는" 것으로 묘사되고 있다.

텍스트 후반부는 구본웅의 외양 묘사에 이어 그림 그리기에 집중하며 자기 예술에 정진하는 그의 노력이 서술된다. 구본웅은 그의 기형적인 외모에 대한 사람들의 경계심에도 절망하지 않고 자기 본연의 예술적 기질을 마치 '숙명적 발광'이라도 하듯 드러낸다. 그리고 그의 작업실에는 그가 그린 아름다운 그림들이 쌓이게 된다. 이 시는 이상의 친구 구본웅을 대상으로 삼고 있다. 텍스트에 드러난 '말놀이'의 회화적 속성에도불구하고, 이 작품에서 이상은 화가인 구본웅의 예술적 감각에 대한 상찬과 함께 그 불구의 모습에 대한 연민의 정을 깊이 있게 표현하고 있다. 두 사람 사이의 두터운 우정이 아니고서는 이 같은 기술 방식이 용납될 수 없음을 짐작할 수 있다.

구본웅은 서울의 부유한 가정에서 태어났지만 어릴 때 척추를 다쳐 불구의 꼽추가 되었다. 이상과는 어릴 때부터 경복궁 서쪽 동네에 이웃해 살면서 신명학교 동기생으로 자란다. 구본웅은 경신고보 재학 중 고려화회의 고희동에게서 서양화를 배웠고, 이후 김복진에게 사사한다. 1921년 조각 부문에서 조선미술전람회(선전)에 특선으로 입상했으나 일본에 유학해 유화를 공부한다. 이상이 배천 온천으로 요양을 떠났을 때 온천장에 맨 먼저 나타난 친구가 바로 구본웅이며, 미술에 대한 이상의 관심을 지속적으로 이끌어 낸 것도 구본웅이라고 할 수 있다. 구본웅은 이상이 건축 기사직을 중단한 후 창문사에서 편집과 교정 관련한 일을 할 수 있도록 주선한다. 특히 이상이 1936년에 정식으로 결혼한 변동림은 구본웅의 서모의 이복 여동생이다. 화가로서 구본웅의 화풍은 기본적으로 다양한 작품 세계를 보여 주고 있으나, 강렬한 색채와 힘찬 선으로 인하여 야수파로 분류되기도 한다. 그가 그린 작가 이상의 초상인 「친구의 초상」(1935)은 대표작으로 손꼽힌다. 1938년 종합 예술 잡지 《청색지》를 발행한 적도 있다.

# 건축무한육면각체
대낮 ── 어느 ESQUISSE ──


○


ELEVATER FOR AMERICA


○


세마리의닭은사문석의계단이다.룸펜과모포.


○


빌딩이토해내는신문배달부의무리.도시계획의암시.


○


둘째번의정오사이렌.


○


비누거품에씻기운닭.개아미집에모여서콘크리트를먹고있다.

○

남자를반나하는석두.
남자는석두를백정을싫어하듯싫어한다.


○

얼룩고양이와같은꼴을하고서태양군의틈사구니를쏘다니는
시인.
꼬끼오 ─ .
순간 자기와같은태양이다시또한개솟아올랐다.

## 建築無限六面角體

### 대낮 ― 어느ESQUISSE ―[107]


○


ELEVATER FOR AMERICA[108]


○


세마리의닭은蛇紋石의階段이다.[109] 룸펜과毛布.[110]


○


삘딩이吐해내는新聞配達夫의무리.[111] 都市計畫의暗示.[112]

---

107) 프랑스어로 'ESQUISSE'는 초벌 그림 또는 스케치를 의미한다.

108) 미국을 닮아 가는 도시의 높은 빌딩을 암시한다.

109) 시인 이상은 1910년생으로 개띠이다. 이상과 함께 어울렸던 친구들 가운데에는 안회남이 1910년 11월 15일생, 박태원이 1910년 1월 6일생(음력으로는 1909년생)이다. 그리고 친구 조용만이 1909년 3월 10일생, 정인택이 1909년 9월 12일생. 김환태가 1909년 11월 29일생이다. 이들은 모두 닭띠에 해당한다. 세 마리의 닭은 이상의 친구들 가운데 닭띠인 세 친구를 지시하는 것이 아닌가 생각된다. 이들의 키가 서로 다르기 때문에 서 있을 때 층계 모양을 이루는 것을 비유하는 것으로 볼 수 있다.

110) 실업자. '모포'는 '모던 보이'의 약칭 '모보'로 보는 것이 가능하다.

○

둘째번의正午싸이렌.[113]

○

비누거품에씻기워가지고있는닭.[114]개아미집[115]에서모여서콩크
리-트[116]를먹고있다.

○

男子를轢揶하는[117]石頭.[118]

---

111) 자정 무렵 신문사에서 다음 날 아침 조간을 발행하여 신문 배달원들
이 신문을 가지고 거리로 밀려 나오는 모습을 묘사한다. 1930년대에는 모든
중요 신문들이 조간판과 석간판을 동시에 발행했다.

112) 신문 배달원들이 신문 배달을 위해 사방으로 퍼져 가는 모습이다.

113) 이상이 작품 속에서 시간을 표시하는 방식은 특이하다. 자신의 일상적
인 생활 감각에 따르면 밤 12시가 가장 활발하게 일하는 시간이다. 그러므
로 이상에게는 밤 12시가 마치 한낮과 같다. 여기에서 두 번째의 정오는 밤
12시이다. 당시에는 정오와 자정에 시각을 알리는 사이렌이 울렸다.

114) 머리를 잘 감아 빗고 옷을 말쑥하게 차려 입은 모습을 말한다.

115) 빌딩 지하에 있는 레스토랑을 비유적으로 표시했다.

116) 콘크리트 벽돌 모양의 빵을 말한다.

117) '반나하다.' 휘잡아 끌다.

118) 석두. 돌머리. '여성'을 비유적으로 표시한 것인지도 모르겠다. 거리의
여자(술집 여자이거나 매춘부일 가능성도 있음)가 남자를 유혹하는 장면
을 암시하는 것으로 볼 수 있다.

男子는石頭를백정을싫여하드키싫여한다.[119]

○

얼룩고양이와같은꼴을하고서太陽群의틈사구니[120]를쏘다니는
詩人.
꼭끼요 ─ .[121]
순간 磁器와같은太陽[122]이다시또한個솟아올랐다.

　　　　　　　　─『이상 전집: 제2권 시집』, 1956, 191~192쪽.

---

119) 길거리에서 손님을 끌어가려는 술집 여자의 유혹을 피하거나 뿌리치
는 남자들의 모습을 암시한다.
120) 불을 환하게 밝힌 가로등 사이를 걷는 모습을 묘사한 것이다.
121) 닭울음소리의 의성어. 뒤에 이어지는 "태양이다시또한개솟아올랐다."
라는 시적 진술에 맞춰 놓은 것이다.
122) 밤하늘에 떠오른 달. 혹은 날이 새고 둥근 아침 해가 떠오르다의 뜻으
로도 읽을 수 있다. '자기'는 조선 시대의 백자 항아리인 '달항아리'를 말한다.

建築無限六面角體

眞晝 ― 或るESQUISSE ―

○

ELEVATER FOR AMERICA

○

三羽の鷄は蛇紋石の階段である。ルンペンと毛布。

○

ビルデイングの吐き出す新聞配達夫の群。都市計畫の暗示。

○

二度目の正午サイレン。

○

シヤボンの泡沫に洗はれてゐる鷄。蟻の巣に集つてコンクリヒトを
食べてゐる。

〇


男を轢 挪ぶ石頭。

男は石頭を屠獸人を嫌ふ樣に嫌ふ。


　　〇


三毛猫の樣な格好で太陽群の隙間を歩く詩人。

コケコツコホ。

途端　磁器の樣な太陽が更一つ昇つた。

―《조선과 건축》, 1932. 7, 27쪽.

　이 작품은 전체적으로 텍스트의 완결성을 보여 주지는 않지만 몇 가지 중요한 장면들을 몽타주 방법으로 연결해 놓았다. 부제로 하나의 스케치에 불과하다는 사실을 밝히고 있다. 이상 자신의 주변에 친하게 지내던 닭띠생(1909년생. 己酉생)의 하루 생활을 간단하게 그려 낸다. 이 텍스트에서 세 마리의 닭은 이상보다 나이가 한 살 위에 속하는 '닭띠생'의 세 친구를 비유적으로 지칭하는 것으로 본다. 조용만, 박태원, 정인택, 김환태가 모두 1909년생이다. 이들 이외에는 이상의 주변 친구 가운데 '닭띠생'이 눈에 띄지 않는다. 이들은 모두 룸펜이고 모던 보이들이다. 이들이 함께 만나 밤새도록 도시를 헤매고 돌아다니는 모습이 이 작품 속에 묘사된다. 지하층에 자리한 카페나 레스토랑("개아미집")에 가서 빵("콩크리트")을 먹는 모습도 보인다. 이들이 도심을 쏘다니는 동안 날이 새고 둥근 도자기와 같은 태양이 떠오른다. 이 작품의 제목인 '대낮'이라는 말도 한밤중에도 대낮처럼 쏘다니는 군상들을 그려 내기 위해 붙인 것으로 보인다.

# 청령

건드리면손끝에묻을듯이빨간봉선화
너울너울하마날아오를듯하얀봉선화
그리고어느틈엔가남으로고개를돌리는듯한일편단심의해바
라기 ——
이런꽃으로꾸며졌다는고흐의무덤은참얼마나미로우리까.

산은맑은날바라보아도
늦은봄비에젖은듯보얗습니다.

포플러는마을의지표와도같이
실바람에도그뽑은듯헌칠한키를
포물선으로굽혀가면서진공과같이마알간대기속에서
원경을축소하고있습니다.

몸과나래도가벼운듯이잠자리가활동입니다.
헌데그것은과연날고있는걸까요.
흡사진공속에서라도날을법한데
혹누가눈에보이지않는줄을이리저리당기는것이나아니겠
나요.

## 蜻蛉[1]

건드리면손끝에묻을듯이빨간鳳仙花

너울너울하마날아오를듯하얀鳳仙花

그리고어느틈엔가南으로고개를돌리는듯한一片丹心의 해바라
기 —

이런꽃으로꾸며졌다는고흐[2]의무덤은참얼마나美로우리까.


山은맑은날바라보아도

늦은봄비에젖은듯보얗습니다.[3]


포푸라는마을의指標와도같이

실바람에도그뽑은듯헌출한키를

抛物線으로굽혀가면서[4]眞空과같이마알간大氣속에서

遠景을縮小하고있읍니다.

---

1) 잠자리를 말한다.
2) 빈센트 반 고흐를 말한다.
3) 일본어 원문에서 '時雨'는 '때에 맞춰 내리는 비' 정도의 의미가 있다. 이
것을 '늦은 봄비'라고 번역했는데, 봉선화와 해바라기가 피고 잠자리가 날아
다니는 계절임을 생각한다면 '봄비'라는 번역이 적절치 못하다.
4) 포플러나무가 바람으로 인해 둥긋하게 기울어져 있는 모습을 시각적으
로 묘사한 대목이다.

몸과나래도가벼운듯이잠자리가活動입니다.

헌데그것은果然날고있는걸까요.

恰似眞空속에서라도날을법한데

或누가 눈에보이지않는줄을이리저리당기는것이나아니겠나요.

———『이상 전집』, 1966.


〔일본어 원문〕

### 蜻蛉


觸れば手の先につきさうな紅い鳳仙花

ひらひらと今にも舞ひ出さうな白い鳳仙花

もう心持ち南を向いてゐる忠義一遍の向日葵 ——

この花で飾られてゐるといふゴツホの墓はどんなに美しいでせう
か。


山は晝日中眺めても

時雨れて 濡れて見えます。


ポプラは村の指標のやうに

少しの風にもあのすつきりした長身を

抛物線に曲げながら 眞空のやうに澄んだ空氣の中で

遠景を縮小してゐます。

身も羽も輕々と蜻蛉が飛んでゐます

あれはほんたうに飛んでゐるのでせうか

あれは眞空の中でも飛べさうです

誰かゐて 眼に見えない糸で操つてゐるのではないでせうか。

———『젖빛 구름』, 김소운 편, 1940.

〔해설〕

이 작품은 김소운(金素雲)이 일본에서 펴낸 『젖빛 구름』에 처음 소개한 작품이다. 이 작품과 함께 「한개의밤」이 함께 수록되어 있다. 한낮의 풍경 속에서 공중을 날고 있는 잠자리의 모습을 시각적 이미지를 중심으로 묘사하고 있는 작품이다. 이상이 쓴 시 가운데 거의 유일하게 자연의 풍경이 시적 대상으로 등장하고 있는 점이 특기할 만하다.

# 한개의밤


여울에서는도도한소리를치며
비류강이흐르고있다.
그수면에아른아른한자색층이어린다.


십이봉봉우리로차단되어
내가서성거리는훨씬후방까지도이미황혼이깃들어있다.
으스름한대기를누벼가듯이
지하로지하로숨어버리는하류는검으틱틱한게퍽은싸늘하
구나.


십이봉사이로는
빨갛게물든노을이바라보이고


종이울린다.


불행이여
지금강변에황혼의그늘
땅을길게뒤덮고도오히려남을손불행이여
소리날세라신방에창장을치듯
눈을감은자나는보잘것없이낙백한사람.

이젠아주어두워들어왔구나
십이봉사이사이로
하마별이하나둘모여들기시작아닐까
나는그것을보려고하지않았을뿐
차라리초원의어느일점을응시한다.

문을닫은것처럼캄캄한색을띠운채
이제비류강은무겁게도도사려앉는것같고
내육신도천근
주체할도리가없다.

## 한個의밤


여울에서는滔滔한[1]소리를치며
沸流江[2]이흐르고있다.
그水面에아른아른한紫色層이어린다.


十二峰봉우리로遮斷되어
내가서성거리는훨씬後方까지도이미黃昏이깃들어있다.
으스름한大氣를누벼가듯이
地下로地下로숨어버리는河流는검으틱틱한게퍽은싸늘하구나.


十二峰사이로는
빨갛게물든노을이바라보이고


鐘이울린다.


不幸이여
지금江邊에黃昏의그늘
땅을길게뒤덮고도오히려남을손不幸이여

---

1) 도도하다. 물이 그들먹하게 퍼져 흐르는 모양이 힘차다.
2) 비류강은 대동강의 지류로 평안남도 신양군과 은산군을 흐르는 강으로
알려져 있다.

소리날세라新房에窓帳을치듯

눈을감은者나는보잘것없이落魄한사람.


이젠아주어두워들어왔구나

十二峰사이사이로

하마별이하나둘모여들기始作아닐까

나는그것을보려고하지않았을뿐

차라리草原의어느一點을凝視한다.


門을닫은것처럼캄캄한色을띠운채

이제沸流江은무겁게도도사려앉는것같고

내肉身도千斤

주체할道理가없다.

—『이상 전집』, 1966.


〔일본어 원문〕

一つの夜


淺瀬は滔々と波の音さへ立てゝ

沸流江は流れてゐる。

その江面にかげらふのやうな紫色の層が出來る。

十二峰の高さに遮られて

私の佇んでゐるところから遙か後方までも既に黄昏れてゐる。

薄暮を縫ふ如く

地下へ地下へと沈む河流は黒く冷たい。


十二峰のあひ間から

赭く染まつた夕燒雲が覗かれる。


鐘が鳴る。


不幸よ

いま江邊に黄昏の影

地に長く曳いて　さらに長い不幸よ

しめたかに若妻の窓帷を閉づる如く

私は眼をつぶる　都落ちの一人の落魄者。


あたりはすつかり暮れた

十二峰のあひ間あひ間に

今にも星が見え出すのではないか

私はそれを見ようとはしない

そして草の上の一點をみつめる。


底ひない色を湛へて

沸流江は重だるく居坐るかのやうに見える。

わが身も千斤

動くよすがもない。

——『젖빛 구름』, 김소운 편, 1940.

　이 작품은 김소운이 일본에서 펴낸 『젖빛 구름』에 일본어
로 실려 있다. 저물녘 강가에서 어둠이 깃들기 시작하는 강물
을 보며 사념에 잠겨 있는 '나'의 심경을 그린다. 황혼이 깃들
고 사방에 어둠이 깔리는 과정을 감각적으로 묘사함으로써
강물의 흐름과 시간의 흐름이 함께 드러나 있다. 작품 속에 등
장하는 '비류강'이라는 명칭으로 보아 '배천' 온천에서의 휴양
시절 또는 '성천' 기행 시절의 감상에 기초한 것으로 보인다.

# 척각

　목발의길이도세월과더불어점점길어져갔다.

　신어보지도못한채산적해가는외짝구두의수효를보면슬프게 걸어온거리가짐작되었다.

　종시제자신은지상의수목의다음가는것이라고생각하였다.

隻脚

목발의길이도歲月과더불어漸漸길어져갔다.<sup>1)</sup>

신어보지도못한채山積해가는외짝구두의數爻<sup>2)</sup>를보면슬프게걸어
온距離가짐작되었다.

終始제自身은地上의樹木의다음가는것이라고생각하였다.<sup>3)</sup>

2. 15.

— 『이상 전집: 제2권 시집』, 1956, 7쪽.

隻脚

松葉杖の長さも歳と共に長くなつていつた。

新らしい儘溜る片方の靴の數で悲しく歩いた距離が測られた。

何時も自分は地上の樹木の次のものであると思つた。

---

1) 키가 자라기 때문에 그에 맞춰 목발의 크기도 조정하게 됨을 의미한다.

2) 구두는 두 짝인데 한쪽 다리가 없으므로 언제나 한 짝만 신게 되고 나머지 한 짝은 그대로 남아 쌓인다.

3) 이 대목에서 주체는 '목발'이다. '목발'이 저 스스로 '지상의 수목들이 자라나는 것과 같이 자신도 그렇게 세월이 지나면서 커 나가는 수목 다음의 것'이라고 생각한다.

척각

〔해설〕


　이 작품은 이상의 미발표 일본어 시 아홉 편(「척각」, 「거리」,
「수인이만든소정원」, 「육친의장」, 「내과」, 「골편에관한무제」, 「가구의
추위」, 「아침」, 「최후」) 중 하나이다. 임종국이 『이상 전집』(1956)
을 펴내면서 고인의 사진첩 속에 담겨 있던 원고를 찾아내 이
를 번역하고 일본어 원문과 함께 수록했다. '척각(隻脚)'이라는
제목은 '외짝다리'를 뜻한다. 이 '외짝다리'의 이미지는 이상의
소설 「십이월 십이 일」에서부터 여러 곳에 등장한다. 한쪽 다
리를 쓰지 못하는 불구의 상태가 이상 자신의 삶의 문제임을
짐작하게 한다. 이 작품에서는 한쪽 다리를 쓰지 못해 짚게
된 목발이 나이가 들면서 그 길이가 길어지는 과정과 구두 가
운데 한 짝만 신게 되니 나머지 한 짝은 신어 보지도 못한 채
그냥 쌓여 가는 것을 교묘하게 대비해 불구의 삶의 고달픈 과
정을 그려 낸다.

# 거리
— 여인이출분한경우 —


백지위에한줄기철로가깔려있다. 이것은식어들어가는마음의
도해다. 나는매일허위를담은전보를발신한다. 명조도착이라고.
또나는나의일용품을매일소포로발송하였다. 나의생활은이런
재해지를닮은거리에점점낯익어갔다.

〔원문〕

## 距離

### ── 女人이出奔한境遇 ──

白紙위에한줄기鐵路¹⁾가깔려있다. 이것은식어들어가는마음의圖解
다.²⁾ 나는每日虛僞를담은電報를發信한다. 명조도착³⁾이라고. 또나는
나의日用品을每日小包로發送하였다.⁴⁾ 나의生活은이런災害地를닮은
距離⁵⁾에漸漸낯익어갔다.⁶⁾

2. 15.

──『이상 전집: 제2권 시집』, 1956, 8쪽.

---

1) 이 대목에서 '철로'는 여러 의미를 지니는 하나의 상징적 기표에 해당한
다. 이것은 여인이 떠나간 길이며, '나'와 여인의 심정의 거리를 암시한다. 그
러나 이 철로는 백지 위에 그려 놓은 선(線)에 불과하다. 이 철로를 따라 여
인의 곁으로 간다는 것은 불가능하다.
2) 백지 위에 그려 놓은 철로는 여인으로부터 점차 멀어지고 있는 '나'의 마
음을 그대로 그려 놓은 것이다.
3) 명조 도착. 내일 아침 도착한다는 전보의 내용이다.
4) 철로를 보면서 '나'는 여인의 곁으로 기차를 타고 떠나고 싶다. 그래서
'명조 도착'이라는 전보를 마음속으로 보내 보기도 한다. 그리고 '나의 일용
품'을 소포로 발송했다는 것은 여인에 대한 생각 때문에 모든 일상적인 것
들이 허물어져 버렸음(일상으로부터 일탈한 나의 생활)을 말한다.
5) 아무것도 남은 것이 없는 생활을 암시한다.
6) '나'의 생활이 점차 허탈과 괴로움 속에 익숙해진다.

## 距離

### (女去りし場合)

白紙の上に一條の鐵道が敷かれている。此は冷へ行く心の圖解であ
る。私は毎日虛僞な電報を發信する。アスアサツクと又私は私の日用
品を毎日小包で發送した。私の生活はこの災地の樣な距離に馴れて
來た。

이 작품은 부제에서 암시하고 있는 것처럼 떠나 버린 여인에 대한 그리움과 안타까움을 그린다. 제목인 '거리'는 '두 곳 사이의 떨어진 정도', '두 점을 연결하는 직선의 길이', '사람과 사귀는 데 있어서의 간격', '어떤 기준으로 보아 드러나는 둘 사이의 차이' 등을 의미한다. 여인과의 거리를 드러내는 '철로'가 홀로 남은 '나'의 심정을 암시한다.

# 수인이만든소정원

이슬을아알지못하는다리아하고바다를아알지못하는금붕어하
고가수놓여져있다. 수인이만들은소정원이다. 구름은어이하여
방속으로야들어오지아니하는가. 이슬은들창유리에닿아벌써
울고있을뿐.
계절의순서도끝남이로다. 산반알의고저는여비와일치하지아니
한다. 죄를내어버리고싶다. 죄를내어던지고싶다.

〔원문〕

## 囚人이만들은小庭園

이슬을아알지못하는다—리야하고바다를아알지못하는金붕어하고가
繡놓여져있다. 囚人이만들은小庭園이다. 구름은어이하여房속으로야
들어오지아니하는가.[1] 이슬은들窓琉璃에닿아벌써울고있을뿐.[2]
季節의順序도끝남이로다.[3] 算盤알의高低[4]는旅費[5]와一致하지아니
한다. 罪를내어버리고싶다. 罪를내어던지고싶다.[6]

— 『이상 전집: 제2권 시집』, 1956, 9쪽.

---

1) 유리로 만든 상자가 외부와 차단되어 있으므로 구름이 들어올 수 없다.
이 대목은 바깥세상과 차단되어 있는 죄수들 생활의 일단을 암시한다.
2) 유리에 이슬이 맺혀 있는 모습. 이 대목에서도 역시 바깥세상과 차단된
공간임을 암시하고 있다.
3) 계절의 순환이 없는 세계. 수인들이 만들어 낸 소정원의 모형을 의미하
면서 동시에 수인들이 갇혀 있는 형무소 내부를 암시한다.
4) 모든 일을 미리 이리저리 계산하고 따지는 일을 말한다.
5) 실제로 여행하면서 쓰는 돈을 말한다. 이 대목은 아무리 계산을 잘한다
하더라도 여행에 쓰는 돈은 꼭 처음 예상했던 것과 들어맞지 않음을 의미한
다. 여행 도중 어쩌다 더 많은 돈이 필요하게 되는 경우도 있는 것처럼 세상
을 살면서 처음 계획과는 달리 엉뚱한 죄를 짓고 수인이 되기도 한다.
6) 죄를 벗어나고 싶어 하는 수인의 심정을 표현한 대목이다.

## 囚人の作つた箱庭

　露を知らないダーリヤと海を知らない金魚とが飾られている。囚人の作つた箱庭だ。雲は何うして室内に迄這入つて來ないのか。露は窓硝子に觸れて早や泣く許り。

　季節の順序も終る。算盤の高低は旅費と一致しない。罪を捨て樣。罪を棄て樣。

〔해설〕


　이 작품의 제목에서 '수인(囚人)'은 '죄수'이며 '소정원(小庭園)'은 죄수들이 만들어 놓은 정원(유리 상자 안에 모형으로 만들어 놓은 정원)을 의미한다. 유폐된 공간에 자신의 육신을 영어(囹圄)한 채 자유로운 바깥세상을 꿈꾸는 수인의 심정을 그리고 있다. 이 작품은 이상 자신이 건축 관계로 형무소 견학을 간 이야기를 쓴 「구경」(《매일신보》, 1936. 10. 14~28)이라는 수필의 내용과 관련되어 있다. 「추등잡필(秋燈雜筆)」이라는 표제 아래 연재했던 다섯 편의 수필 중 한 작품인 「구경」에서 이상은 죄수들의 모습을 제대로 쳐다보기 어려웠음을 토로한다.

# 육친의장

나는24세, 어머니는바로이낫새에나를낳은것이다. 성세바티아
누스와같이아름다운동생 · 로자룩셈부르크의목상을닮은막
내누이 · 어머니는우리들3인에게잉태분만의고락을말해주었다.
나는3인을대표하여 ── 드디어 ──

**어머니 우린 좀더 형제가 있었음 싶었답니다.**

── 드디어어머니는동생버금으로잉태하자6개월로서유산한전
말을고했다.

**그녀석은 사내댔는데 올에는** 19 (어머니의한숨)

3인은서로들아알지못하는형제의환영을그려보았다. ── 이만
큼이나컸지 ── 하고형용하는어머니의팔목과주먹은수척하여
있다. 두번씩이나객혈을한내가냉청을극하고있는가족을위하
여빨리안해를맞아야겠다고초조하는마음이었다. 나는24세,
나도어머니가나를낳듯이무엇인가를낳아야겠다고생각하는것
이었다.

### 肉親의章


나는24歲, 어머니는바로이낫새[1]에나를낳은것이다. 聖쎄바스티앙[2]
과같이아름다운동생·로오자룩셈불크[3]의木像을닮은막내누이·어
머니는우리들三人[4]에게孕胎分娩의苦樂을말해주었다. 나는三人을
代表하여 ── 드디어 ──

## 어머니 우린 좀더 형제가 있었음 싶었답니다

── 드디어어머니는동생버금[5]으로孕胎하자六個月로서流産한顚末
을告했다.

## 그녀석은 사내댔는데 올에는 19[6] (어머니의한숨)

三人은서로들아알지못하는兄弟의幻影을그려보았다. ── 이만큼이나
컸지 ── 하고形容하는어머니의팔목과주먹은瘦瘠하여있다. 두번씩
이나喀血을한내가冷淸[7]을極하고있는家族[8]을爲하여빨리안해를맞

---

1) 나이를 말한다.
2) 세바스티아누스는 3세기경 로마의 근위 장교이자 그리스도교 순교자이다.
3) 로자 룩셈부르크(Rosa Luxemburg, 1871~1919). 폴란드 태생의 독일 여
성 혁명가, 공산주의 운동가이다.
4) 이 시의 시적 화자를 시인 이상 자신으로 본다면 이상의 친가(親家)의 남
동생인 운경, 여동생 옥희를 말한 것으로 볼 수 있다.
5) 으뜸의 뒤에 오는 둘째를 말한다.
6) 살아 있었다면 올해 19세가 되었을 것이라는 뜻이다.
7) 냉청. 차갑고 맑다. 겉으로 드러내지 않고 맑다.
8) 가족이 시적 화자의 병환(결핵)에 대해 본인 앞에서는 걱정하는 표시를
드러내지 않고 속으로만 안타까워함을 암시한다.

아야겠다고焦燥하는마음이었다. 나는24歲, 나도어머니가나를낳으
드키무엇인가를낳아야겠다고생각하는것이었다.

—『이상 전집: 제2권 시집』, 1956, 10～11쪽.


〔일본어 원문〕

## 肉親の章


私は24歳、丁度母が私を産んだ齢である。聖セバスチアンの様に美
しい弟・ローザルクサムブルグの木像の様な妹・母は吾等三人に孕胎
分娩の苦樂を話して聞かせた。私は三人を代表して ──遂に──

**オカアサマ ボクラモスコシキョウダイガホシカツタンデス。**

──遂に母は弟の次の孕胎に六個月で流産した顚末を告げた。

**アレハ オトコダツタンダ コトシデ19(母の溜息)**

三人は各々見識らぬ兄弟の幻の面貌を見た。 ──コノクライモ
大 ──と形容する母の腕と拳固は痩せている。二回もの略血をした私
が冷清を極めている家族のために早く娶らうと焦る氣持であつた。私
は24歳、私も母が私を産んだ様に ──何か産まねばと私は思ふのであ
つた。

이 작품은 부모와 자식 간의 뗄 수 없는 사랑과 형제 사이의 우애를 담고 있다. 시적 화자는 특히 자식을 낳아 기르는 어머니의 심정을 헤아리면서 자신도 이제는 자식의 도리로서 배우자를 얻어야겠다고 생각한다.

# 내과
—자가용 복음
—혹은 엘리엘리 라마사박다니

하이한천사 이수염난천사는큐피드의조부님이다
수염이전연(?)나지아니하는천사하고흔히결혼하기도한다.

나의늑골은2떠 —즈(ㄴ). 그하나하나에노크하여본다. 그
속에서는해면에젖은더운물이끓고있다. 하이한천사의펜네임은
성피터라고. 고무의전선<sup>똑똑똑똑</sup><sub>버글버글</sub> 열쇠구멍으로도청.

(발신) 유대사람의임금님주무시나요?

(반신) 찌 —따찌 —따따찌 —찌 —(1) 찌 —따찌 —따따찌 —찌 —(2) 찌 —따찌 —따따찌 —찌 —(3)

흰뺑끼로칠한십자가에서내가점점키가커진다. 성피터군이
나에게세번씩이나아알지못한다고그린다. 순간닭이활개를친
다……

어엿 크 더운물을 엎질러서야 큰일 날 노릇 —

內科

──自家用福音[1]

──或은 엘리엘리 라마싸박다니[2]

하이한天使[3] 이鬚髥난天使는큐피드의祖父[4]님이다
鬚髥이全然(?)나지아니하는天使하고흔히結婚하기도한다.

나의肋骨은2떠 ──즈(ㄴ).[5] 그하나하나에노크하여본다.[6] 그속에

서는海綿에젖은더운물이끓고있다.[7] 하이한天使의펜네임은聖피 ──

타 ──[8]라고. 고무의電線[9] 똑똑똑똑 열쇠구멍으로[10]盜聽.
버글버글

(發信) 유다야사람의임금님[11]주므시나요?

(返信) 쩌 ──따쩌 ──따따쩌 ──쩌 ──(1) 쩌 ──따쩌 ──따따쩌 ──쩌 ──(2) 쩌 ──따쩌 ──따따쩌 ──쩌 ──(3)[12]

---

1) '내과병원'을 '자가용 복음'이라고 말한다. 개인적 구제의 의미를 강조한다.
2) 'Eli Eli Lama Sabachtani'. 예수가 십자가에 못 박혀 죽으며 마지막으로 외친 말로 '주여 왜 나를 버리시나이까.'라는 뜻이다. 예수의 외침을 시인이 자신의 말로 바꿔 병마와 싸우는 절박한 심경을 드러내고 있다.
3) 하얀 가운을 입은 의사의 모습. 바로 뒤 구절에서는 의사를 '수염난 천사'라고 부연한다. 반면 간호사는 '수염 나지 않은 천사'로 명명한다.
4) 큐피드. 사랑의 신. 여기에서는 의사를 '큐피드의 조부'로 지칭함으로써 인간에 대한 사랑을 실천하는 모습을 강조한다.
5) 갈비뼈가 2다스, 즉 스물네 개임을 말한다.
6) 의사가 흉부를 촉진하는 것을 '노크'라고 표현한다.
7) '해면'은 '허파'를, '더운 물'은 '피'를 암시한다.
8) 성 피터(Petrus)는 예수의 제자 베드로를 말한다.
9) '청진기'를 비유적으로 표현한다.
10) 청진기를 귀에 꽂고 있는 모습이다.
11) 유다야(Judea). 유대. 기원전 10~6세기경 현재 팔레스타인 지역에 세워졌던 유대 민족의 왕국을 말한다. '유다야 사람의 임금님'은 '예수'를 암시한다.
12) 청진기를 통해 들려오는 흉부의 여러 가지 소리를 표현한다.

흰뺑끼로칠한十字架[13]에서내가漸漸키가커진다. 聖피 ─타 ─
君이나에게세번式이나아알지못한다고그린다.[14] 瞬間닭이활개를친
다……[15]

어억 크 더운물을 엎질러서야 큰일 날 노릇 ─

─『이상 전집: 제2권 시집』, 1956.

---

13) 이 대목은 여러 의미로 읽힐 수 있다. 시적 화자의 자의식의 암시적 표
현으로 읽을 수도 있고, 자기 구제의 불가능을 알고 난 뒤 기독교의 정신(부
활과 영생)을 거부하는 심정을 그린 것으로 볼 수도 있다. 실제로 이 장면은
X선 촬영 사진과 연관된다. 흉부의 골격과 장기의 상태를 음영으로 드러내
는 X선 촬영 사진에서 하얀 부분(등뼈와 늑골의 연결 부위가 십자가 모양
으로 하얗게 보인다.)과 검은 부분(폐부의 병환)이 대조된다.
14) 예수가 체포되어 심문당할 때 베드로가 세 번이나 예수를 부인했던 사
실을 인유한 부분이다. 바로 앞에서 그 의미를 알 수 없는 '반신'인 '찌 ─따
찌 ─따따찌 ─찌 ─'를 세 차례 받은 것으로 표시한 부분과 연결된다.
15) 예수가 최후의 만찬에서 제자들에게 '닭이 울기 전 나를 배반할 자가
있다.'라고 말한 것과 연관된다. 시간의 절박성을 드러내는 부분이지만 여
기에서는 바로 뒤에 나오는 "어억 크 더운물을 엎질러서야 큰일 날 노릇"이
라는 진술과 관련되는 것으로 풀이할 수 있다. '더운 물'은 가슴에서 나오는
'객혈'을 암시한다. '닭이 활개를 친다'는 것은 객혈의 징후를 시늉한 부분으
로, 객혈 직전 어깨가 올라가고 목을 빼고 구역질하는 모습을 연상케 한다.

内科

— 自家用福音 —

— 或ハエリエリラマサバクタニ —

白イ天使 <sup>コノ鬲ノ生ヘタ天使ハキユビツトノ祖父様デアル。</sup><br><sup>鬲ノ全然(?)生ヘナイ天使ト ヨク結婚シタリスル。</sup>

私ノ肋骨ハ2ダ—ズ(ン)・一ツ一ツニノツクヲシテ見ル。ソノ中デハ

海面ニ濡レタお湯が沸イテイル。白イ天使ノペンネームハ聖ピーターダ

ト。ゴムノ電線 <sup>チンチン</sup><sub>ゴロゴロ</sub>。鍵孔カラ偸聽。

(發信)ユダヤ人の王さまおやすみ?

(送信)ツートツート トツーツー(1)・ツートツート トツーツー(2)ツートツート トツーツー(3)

白ペンキ塗リノ磔架デ私ガグン＼／丈延ビヲスル。聖ピ—タ—君

ガ私ニ三

度モ知ラナイト云フ ヤ否ヤ　鶏ガ羽搏ク……

オツト　お湯ヲ コボシチヤ タイヘン—

〔해설〕


　임종국이 펴낸 『이상 전집』에 번역 수록된 작품이다. 이 작품은 시적 화자가 내과 병원에서 진찰받던 장면을 희화적으로 그려 내고 있다. 이 같은 시적 소재는 「이십이년」, 「오감도 시제5호」, 「객혈의아침」 등에서도 반복적으로 다루어진 것으로 시인 자신의 병원 체험과 투병 생활에서 자연스럽게 얻어진 것이라고 할 수 있다. 이 작품의 전반부는 청진기로 진찰하는 장면을 그린다. 후반부는 객혈의 장면을 암시한다. 시적 화자인 ‘나’는 예수의 최후의 만찬과 죽음의 과정을 패러디하여 자신의 병에 대한 절박한 심경을 그려 낸다. 예수는 제자들과 함께 성만찬 자리에서 “오늘 밤 너희들이 다 나를 버리고 도망할 것이다.”라고 말한다. 그때 베드로는 “다른 사람들은 다 주님을 버릴지라도 나는 주님을 버리지 않겠나이다.”라고 했다. 예수는 “새벽닭이 울기 전에 나를 세 번 부인할 것이다.”라고 다시 말한다. 베드로는 “죽는 한이 있어도 주님을 버리지 않겠나이다.”라고 다짐한다. 그러나 그날 밤 예수가 붙잡혀 심문당할 때 베드로는 세 번이나 예수를 모른다고 부인했다.

# 골편에관한무제

신통하게도혈홍으로염색되지아니하고하이한대로
뼁끼를칠한사과를톱으로쪼갠즉속살은하이한대로
하느님도역시뼁끼칠한세공품을좋아하시지 —— 사과가아무리
빨갛더라도속살은역시하이한대로. 하나님은이걸가지고인간
을살짝속이겠다고.
묵죽을사진촬영해서원판을햇볕에비쳐보구료 —— 골격과
같다.
두개골은석류같고 아니 석류의음화가두개골같다(?)
여보오 산사람골편을보신일있수? 수술실에서 —— 그건죽은거
야요 살아있는골편을보신일있수? 이빨! 어머나 —— 이빨두그래
골편일까요. 그렇담손톱도골편이게요?
난인간만은식물이라고생각됩니다.

## 骨片에關한無題

신통하게도 血紅으로 染色되지아니하고하이한대로
뻥끼를칠한사과를톱으로쪼갠즉속살은하이한대로
하느님도亦是뻥끼칠한細工品을좋아하시지 ─사과가아무리빨갛더
라도속살은亦是하이한대로. 하느님은이걸가지고人間을살작속이겠
다고.
墨竹[1]을 寫眞撮影해서原板을햇볕에비쳐보구료 ─ 骨骼과 같다(?)
頭蓋骨은柘榴같고 아니 柘榴의陰畵[2]가頭蓋骨같다(?)
여보오 산사람骨片을보신일있우? 手術室에서 ─ 그건죽은거야요
살아있는骨片을보신일있우? 이빨! 어머나 ─ 이빨두그래骨片일까
요. 그렇담손톱도骨片이게요?
난人間만은植物이라고생각됩니다.

─『이상 전집: 제2권 시집』, 1956, 14〜15쪽.

---

1) 묵죽. 먹으로 그린 대나무 그림을 말한다.
2) 음화. 사진 필름을 현상할 때 드러나는 사물의 영상을 말한다.

骨片ニ關スル無題

ヨクモ血ニ染マラナイデ白イマヽ

ペンキ塗リノ林檎ヲ鋸デ割ツタラ中味ハ白(木)イマヽ

神様タツテペンキヲ塗リ細工ガお好キ ──林檎ガイクラ紅クテモ中味

ハ白 イマヽ。神様ハコレデ人間ヲゴマカサウト。

墨竹ヲ寫眞ニ撮ツテ種板ヲスカシテゴラン ──骨骼 様ダ。

頭蓋骨ハ柘榴ノ様デ イヤ柘榴ノ陰画ガ頭蓋骨 様ダ(?)

アナタ 生キタ人ノ骨片見タコトアル?手術室デ ──ソレハ死ンデイルワ

生キタ骨見タコトアル? 歯ダ ──アラマア歯モ骨片カシラ。 ジヤ爪モ

骨片?

アタシ人間ダケハ植物ダト思フワ。

이 작품은 인간의 골격(뼈)을 대상으로 하여 그 '하얀 것'의
속성을 인간적인 것으로 인식하고 있음을 보여 준다. 인간의 뼈
가 붉은 피에도 불구하고 하얀 것을 놓고, 붉은 사과의 속살,
석류 알의 속 등이 겉은 붉으면서도 하얀색으로 이루어진 것과
대비한다. 그리고 살아 있는 인간의 경우는 사과나 석류나 다
마찬가지로 절대 하얀 뼈를 보이지 않음을 설명한다. 인간의 존
재가 겉으로 보이는 피와 살에 의해서가 아니라 그 근간을 이
루는 하얀 뼈에 의해 규정될 수밖에 없다는 인식에 이르면서
결국 인간은 자라나는 '식물'이라는 결론을 이끌어 낸다.

# 가구의추위
## ── 1933, 2월17일의실내의건

네온사인은색소폰과같이수척하여있다.

파릿한정맥을절단하니새빨간동맥이었다.
> ── 그것은파릿한동맥이었기때문이다 ──
> ── 아니! 새빨간동맥이라도저렇게피부에매몰되어있는
> 한…….

보라! 네온사인인들저렇게가만 ──히있는것같아보여도기실
은부단히네온가스가흐르고있는게란다.
> ── 폐병쟁이가색소폰을불었더니위험한혈액이검온계와같이
> ── 기실은부단히수명이흐르고있는게란다.

## 街衢의추위

### ── 一九三三, 二月十七日의室內의件

네온사인은쌕스폰[1]과같이瘦瘠하여있다.

파릿한靜脈을切斷하니샛빨간動脈이었다.[2]
　　　── 그것은파릿한動脈이었기때문이다 ──
　　　── 아니! 샛빨간動脈이라도저렇게皮膚에埋沒되어있는限…….
보라! 네온사인인들저렇게가만 ──히있는것같어보여도其實은不
斷히네온가스가흐르고있는게란다.
　　　── 肺病쟁이가쌕스폰을불었드니危險한血液이檢溫計와같이[3]
　　　── 其實은不斷히壽命이흐르고있는게란다.

　　　　　　　── 『이상 전집: 제2권 시집』, 1956, 16쪽.

---

1) 색소폰의 나팔관 모양이 네온사인의 구부러진 유리관 모습과 흡사하다.
이 대목에서 네온사인을 색소폰에 비유한 것은 외관에서 유추된 것이다.
2) 네온사인의 불빛이 파랗게 켜졌다가 꺼지고 다시 붉게 빛나는 모습이다.
3) 네온의 불빛에서 색소폰을 연상하고, 다시 색스폰을 불 때 힘을 들여 숨
을 내쉬어야 하므로 핏줄이 드러나는 모양을 연상한다.

街衢ノ寒サ

――一九三三年　二月十七日ノ室内ノコト

ねおんさいんハさつくすふおおんノ様ニ痩セテイル。

青イ静脈ヲ剪ツタラ紅イ動脈デアツタ。

――ソレハ青イ動脈デアツタカラデアル――

――否！紅イ動脈ダツテアンナニ皮膚ニ埋レテイルト…….

見ヨ！　ネオンサインダツテアンナニジーットシテイル様ニ見ヘテモ

實ハ不斷ニネオンガスガ流レテイルンダヨ。

――肺病ミガサツクスフオーンヲ　吹イタラ危イ血ガ檢溫計ノ様ニ

――實ハ不斷ニ壽命ガ流レテイルンダヨ。

이 작품은 거리의 네온사인을 보면서 갖게 된 상념들을 간결하면서도 감각적인 방식으로 기술하고 있다. 이 시를 발표할 무렵에는 아마도 네온사인이 흔한 거리의 장식은 아니었을 것으로 생각된다.

# 아침

안해는낙타를닮아서편지를삼킨채로죽어가나보다. 벌써나는
그것을읽어버리고있다. 안해는그것을아알지못하는것인가. 오
전열시전등을끄려고한다. 안해가만류한다. 꿈이부상되어있는
것이다. 석달동안안해는회답을쓰고자하여상금써놓지는못하
고있다. 한장얇은접시를닮아안해의표정은창백하게수척하여
있다. 나는외출하지아니하면아니된다. 나에게부탁하면된다.
자네애인을불러줌세어드레스도알고있다네.

# 아침

안해는駱駝를닮아서편지를삼킨채로죽어가나보다.¹⁾ 벌써나는그것
을읽어버리고있다.²⁾ 안해는그것을아알지못하는것인가. 午前十時電
燈을끄려고한다. 안해가挽留한다. 꿈이浮上되어있는것이다. 석달동
안안해는回答을쓰고자하여尙今³⁾써놓지는못하고있다. 한장얇은접
시를닮아안해의表情은蒼白하게瘦瘠하여있다. 나는外出하지아니하
면아니된다. 나에게付託하면된다. 차네愛人을불러줌세 아드레스⁴⁾
도알고있다네.

——『이상 전집: 제2권 시집』, 1956.

---

1) 이 대목에 등장하는 '낙타'의 이미지는 이상의 소설 「지도의 암실」에 다
음과 같이 서술된 적이 있다. 여기에서 주목되는 것이 편지를 먹는 행위이
다. 비밀스러운 사연이 적힌 편지를 삼키고(아무말도 하지 못한 채) 아내가
죽어 갈지 모른다는 생각을 하고 있다.
"그는트렁크와갓흔락타를조와하얏다 백지를먹는다 지페를먹는다 무엇이라
고적어서무엇을 주문하는지 엇던녀자에게의답장이녀자의손이포스트압헤
서한듯이 봉투째먹힌다 락타는그런음란한편지를먹지말앗스면 먹으면괴로
움이몸의살을말르게하리라는것을 락타는모르니하는수업다는것을 생각한
그는연필로백지에 그것을얼는배앗허노흐라는 편지를써서먹이고십헛스나락
타는 괴로움을모른다."
2) 안해가 속에 감추고 내비치지 않는 편지의 사연을 이미 짐작하고 있다.
3) 상금. 이제껏. 아직이란 의미이다.
4) '아내'가 써서 보내야 할 편지 상대자의 주소이다.

# 朝

妻は駱駝の様に手紙を呑んだまゝ死んで行くらしい。疾くに私はそれを讀んでしまつている。妻はそれを知らないのか。午後十時電灯を消さうとする。妻が止める。夢が浮出されているのだ。三月の間妻は返事を書かうとして未だに書けていない。一枚の皿の様に妻の表情は蒼く痩せている。私は外出せねばならない。私に頼めばよい。オマヘノコヒトヲヨンデヤラウ　アドレスモシツテイル。

〔해설〕

　이 작품은 이상의 작품에 자주 등장하는 시적 화자인 '나'
와 '아내'의 불화 관계를 소재로 하고 있다. '아내'는 '나'에게
무언가를 숨긴 채 말을 못하고 속으로 혼자 앓고 있다. '아내'
의 고민을 눈치채고 있으면서도 이를 묵인하고 있는 '나'의 고
통스러운 내면 풍경이 암시된다.

아침

# 최후

사과한알이떨어졌다. 지구는부서질그런정도로아팠다. 최후.
이미여하한정신도발아하지아니한다.

〔원문〕

最後

사과한알이떨어졌다.[1]  地球는부서질그런정도로아팠다.[2]  最後.
이미如何한精神도發芽하지아니한다.[3]

— 12월 15일 개작 —

——『이상 전집: 제2권 시집』, 1956.


〔일본어 원문〕

最後

林檎 一個が墜ちた。地球は壞れる程迄痛んだ。最後。
最早如何なる精神も發芽しない。

2. 15 カキナホス

---

1) 이 대목은 뉴턴이 발견한 '만유인력의 법칙'에 관련된 일화를 패러디한다.
2) 뉴턴의 만유인력의 법칙이 나온 후 그 충격이 대단했음을 암시한다.
3) 근대적 과학이나 거기에 근거한 경험적 합리주의가 인간의 사고와 행동
에 엄청난 억압으로 작용하고 있음을 암시하는 대목이다.

　이 작품은 근대적 과학의 등장을 배경으로 하는 인간 문명
이 오히려 인간의 정신을 억압할 수 있다는 점을 간명하게 드
러내고 있는 작품이다. 이상 문학의 중심 주제와 맞닿아 있는
문제가 무엇인가를 확인할 수 있다.

# 이단의 매혹

### —— 이상의 시를 어떻게 이해할 것인가?

## 이상의 문학 활동

이상의 본명은 김해경(金海卿)이다. 1910년 서울에서 태어났으며, 신명학교를 졸업하고 동광학교에 입학했으나 1922년 동광학교가 해체되면서 보성고보에 편입했다. 고유섭, 유진산, 이헌구, 임화 등과 동기였으며, 김기림, 김환태 등은 1년 후배였다. 1926년 경성고등공업학교 건축과에 입학했다. 1929년 경성고등공업학교 건축과를 수석 졸업한 후 학교 추천으로 조선총독부 내무국 건축과에 취직했다. 이해에 일본인 건축 전문가를 중심으로 구성된 조선건축회 정회원이 되었다. 1930년 장편 소설 「십이월 십이 일」을 연재했으며, 1931년 일본어 시 「이상한가역반응」, 「조감도」, 「삼차각설계도」 등을 발표했다. 1932년 소설 「지도의 암실」, 일본어 시 「건축무한육면각체」 등을 발표했다. 1933년 폐결핵으로 조선총독부 기수직을 사직했고 서울 종로에서 다방 '제비'를 운영했다. 1934년 이태준, 정지용, 박태원 등의 도움으로 「오감도」를 연재했으나 독자들의 비난으로 중단하고 '구인회'에 입회하면서 본격적인 문단 활동을 시작했다. 1936년 창문사에서 구인회 동인지《시와 소설》을 편집했고, 소설 「지주회시」, 「날개」, 「봉별기」, 「동해」 등을 발표했다. 1936년 10월 하순 일본으로 건너가 동경에서 사후 발표작인 소설 「종생기」, 수필 「권태」 등을 썼다. 1937년 일경에 의해 불령선인(不逞鮮人)으로 검거되어 구금되었다가 병세 악화로 풀려나 동경대학 부속병원에 입원했으나 4월 17일 사망했다.

이상의 짧은 생애는 삶의 모든 가능성을 보여 주는 극적인 요소가 강하다. 그의 개인적인 행적과 문단 활동은 객관적으로 서술되기보다는 오히려 과장되거나 신비화되고 있는 경우가 많다. 특히 그의 문단 진출 과정, 특이한 행적과 여성 편력, 결핵과 동경에서의 죽음 등은 모두 일종의 풍문처럼 이야기되고 있다. 더구나 이상의 문학 텍스트 자체도 이러한 삶의 특징과 결부되어 잘못 해석되거나 왜곡된 경우가 허다하다. 이상의 삶은 명확한 사실의 규명 없이 어물쩍 넘어가면서 생겨난 모호성으로 인해 베일에 싸이게 된다. 기왕의 연구자들이 그런 식으로 설명하지 않았다면 그대로 자명해졌을 문학 텍스트마저도 엉뚱한 설명이 더해지고 자의적 해석이 반복되면서 애매모호한 상태로 빠져든 것이다. 실제로 이상 문학은 그 텍스트에 대한 깊이 있는 독해 작업도 없이 연구자나 평자의 독단적 해석에 이끌려 엉뚱한 의미로 포장되거나 확장된 경우가 많다. 그리고 모든 평가의 기준은 특이하게도 그의 천재성에 맞춰진다. 객관적으로 해석되지 않은 이 천재성(?)으로 인해 이상 문학은 더욱 난해의 미궁으로 빠져들게 된다.

이상의 대표작 「오감도」를 보고 당대 지식층 독자들이 보여 준 경악의 표정과 거기에서 비롯된 파문은 적지 않다. 그러나 이것은 문학적 경향의 변화에 직접적인 반향을 불러일으키지는 못했다. 그의 시는 비록 그것이 갖는 전위적 속성을 인정한다 해도 아이러니컬하게도 자족적인 것으로 만족해야만 했다. 그의 예술적 재능과 시적 상상력은 그 진취적 태도를 이해하려고 한 몇몇 지인들에게만 개방적이었다. 실제로 당대 문단에서는 그의 시에 드러나 있는 통사적 규범을 넘어서는 언어의 비문법적 표현과 그 의미의 해체 방법을 제대로 알아차린 경우를 거의 찾아볼 수가 없다. 특히 시적 진술의 단순화를 통한 추상적 관념의 제시라든지 대상을 보는 관점의 변화를 통해 새로운 인식과 현실 감각의 포착에 이르는 기법 등은 지금까지도 여전히 많은 논란을 불러일으키고 있다.

이상의 시와 소설에는 그가 남긴 작품의 양보다 훨씬 많은 여러 가지 주석이 붙어 있다. 그는 희대의 천재가 되기도 하고, 전위적인 실험주의자가 되기도 한다. 그가 철저하게 19세기를 거부한 반전통주의자였다고 지목하는 사람도 있고, 그의 문학이 1920년대 이후 일본에서 일어났던 신감각파 시 운동의 영향권에 있었다고 평가 절하한 사람도 있다. 물론 어떤 경우에도 이상의 시는 하나의 테두리 안에서 그 성격을 규정할 수 없음을 누구도 부인하지 못한다. 한국 현대문학 연구가 학

문적인 성격을 갖춘 이후 많은 연구자가 그의 곁에 붙어 서서 해마다 수많은 평문과 연구 논문을 잇달아 발표하고 있는 이유가 바로 여기 있다. 그러나 더 문제가 되는 것은 이러한 관심과 새로운 접근에도 불구하고 이상 시의 실체가 여전히 오리무중이라는 사실이다.

이상의 문학은 지금도 다양한 비평적 담론을 동원하면서 그 해석을 둘러싼 논쟁을 가열시켜 놓고 있다. 하지만 그의 문학이 보여 주는 방법과 정신이 어떤 목표를 둔 사회적 실천으로 이어지지 못한 것이 사실이다. 기왕의 비평이 대부분 이상 문학의 실험성이나 그 난해성을 지적하는 것으로 만족하고 더 이상 새로운 해석의 지평을 열어 보이지 못했던 것은 바로 이 같은 문제성과 직결되어 있다. 이상 문학은 지금도 개인적으로 고립된 창조 활동의 영역에 갇혀 있을 뿐이다.


## 이상의 일본어 시


이상의 시는 일본어 글쓰기의 영역에서부터 출발한다. 그의 시 창작이 일본어 글쓰기로부터 시작되고 있다는 것은 여러 가지 논란의 대상이 될 만하다. 이것은 언어 중심적 관점에서 볼 때 한국 문학이라는 범주 속에 포함되기 어려운 이단적 속성을 지니고 있기 때문이다. 일제 강점기의 문단에서 '조선 문학'이라는 것의 범주를 '조선인에 의해 조선어로 창작된 조선인의 생활 감정을 담은 문학'이라고 규정하는 것이 자연스러운 추세였음은 시사하는 바가 크다. 여기에서 한국어라는 매체가 한국 문학의 범주를 언어 중심적 원칙에 의해 강제하는 절대적 기준이 되고 있음을 확인할 수 있기 때문이다. 물론 이상 문학의 출발점에서 확인할 수 있는 일본어 글쓰기가 이상의 경우에만 해당하는 문제가 아니라는 점에 주목할 필요가 있다. 신문학 초창기의 소설가 이광수도 한국어와 일본어의 이중 언어적 글쓰기를 선택했으며, 시인 가운데 주요한과 정지용도 비슷한 글쓰기 양상을 보여 준다. 이것은 일제 강점기에 정규 학교 교육 과정에서 습득한 일본어 글쓰기의 결과이기도 하고 식민지 지배 제국의 언어를 통해 전유하게 되는 새로운 문학적 상상력의 도전이기도 하다. 이들은 문단 진출이 이루어진 뒤 본격적인 문필 활동을 시작하면서 자연스럽게 모국어 글쓰기로 회귀했다.

이상은 조선건축회 기관지 《조선과 건축》을 통해 일본어로 쓴 스물여덟 편의 시 작품을 발표했다. 이 작품들은 일본어로 간행된 건축 전문 잡지에 수록되었기 때문에 문단으로부터는 아무런 반응도 얻어 내지 못했다. 이 작품들은 1931년 7월《조선과 건축》에 처음 발표된 「이상한가역반응」을 비롯한 여섯 편의 작품을 제외하고는 각각 「조감도」, 「삼차각설계도」, 「건축무한육면각체」라는 세 편의 연작시 형태로 이루어져 있다. 이러한 연작 방법은 1934년 「오감도」로 이어졌기 때문에 이상 시의 형식적 특징으로 자리 잡고 있다.

이상의 일본어 시는 그 소재 영역과 기법에서 시인 자신이 지니고 있던 근대 과학에 대한 특별한 관심을 표현한 것이 많다.「삼차각설계도」라는 제목 속에 연작의 형태로 이어진「선에관한각서 1~7」을 비롯하여,「이상한가역반응」,「운동」등이 이에 해당한다. 이들 작품에는 수학이나 물리학 등에서 사용하는 일본어로 번역된 용어들이 그대로 활용되고 있으며, 근대 과학으로서의 기하학의 발전이라든지 상대성 이론과 같은 새로운 이론의 등장에 관한 특이한 상념을 '기하학적 상상력'에 기초하여 새로이 형상화하고 있다. 그러므로 이 작품의 의미를 이해하기 위해서는 기하학의 발전, 원자론, 상대성 이론 등에서 끌어오고 있는 다양한 시적 모티프에 대한 정확한 해석이 필수적이다. 특히 '삼차각'에 관한 설계를 통해 구현하려 한 시적 창조의 세계에 주목할 필요가 있다. 여기에서 가장 빛나는 부분은 사물에 대한 새로운 시각의 발견이다. 그는 끊임없이 발전하는 기술 문명의 세계를 놓고, 그것의 정체를 포착하는 동시에 주체의 변화까지 드러낼 수 있는 '삼차각'을 상상한다. 이것은 세계에 대한 인식뿐 아니라 사물을 대하는 주체의 시각을 새롭게 변형시킬 수 있다는 점에서 획기적이다.

일본어 시「수염」,「LE URINE」,「얼굴」,「광녀의고백」,「홍행물천사」등은 인간의 육체가 드러내는 물질성에 대한 인식과 발견을 특이한 비유와 상징을 통해 시적으로 형상화하고 있다. 육체의 물질성에 대한 인식을 흥미롭게 보여 주는「수염」에서 시적 진술의 대상이 되고 있는 것은 머리에서부터 턱에 이르기까지 사람의 얼굴에서 볼 수 있는 여러 가지 형태의 '털'이다. 특히 귀밑과 입언저리에 돋아나는 수염이 관심의 초점을 이룬다. 머리카락이나 수염은 인간 육체의 표피에 돋아나는 것이지만 피부가 지닌 감각적 기능이 소멸된 죽어 버린 조직이다. 살아 있는 것처럼 생장을 하면서도 죽은 것처럼 아무 감각이 없는 이 조직은 인간 육체의 물질성을 그대로 보여 준다. 시인 이상은 바로 이러한 육체의 물질성을 수염을 통해 주목한다. 병에 의해 훼손된 자신의 폐부는 재생이 불가능하다. 그러나 머리털과 수염은 깎아 내도 귀찮게 다시 자라난다. 몸에 돋아나지만 별 소용이 없어 다시 깎아야 하는 수염, 깎아도 아무 느낌이 없이 다시 자라나는 머리털. 삶과 죽음의 의미를 동시에 담고 있는 이 수염 기르기와 깎기를 놓고 이상은 한가로운 '산보(散步)'를 떠올린다.

「광녀의고백」과 「흥행물천사」는 연구자들에게 거의 주목된 적이 없다. 이 작품들은 인간의 육체에서 감각의 중심을 이루고 있는 '눈'을 시적 대상으로 삼고 있는데, 사물에 대한 인식에서 '눈'이라는 감각의 중추가 그 자체의 존재를 소외시키고 있는 현상을 시적으로 형상화하고 있다. 인간의 눈은 어떤 특수한 형태의 시선이 출발하는 장소이다. 이 시선 속에는 타자를 향한 주체의 욕망이 담긴다. 「광녀의고백」이나 「흥행물천사」에서 눈은 육체와 정신의 접점으로 그려진다. 눈으로 보는 대상으로서의 세계, 말하자면 욕망의 대상은 본질적으로 상상적인 것이지만 육체의 물질성을 떠나서는 인식이 불가능하다. 이상은 이 작품들에서 여성적인 것으로 묘사한 눈의 내부에 남성적인 것을 소유하고 있는 것으로 그려 낸다.

이상의 일본어 시에는 식민지 사회 현실이나 현대 문명의 속성 등에 대한 비판적 인식을 표현하고 있는 것들도 많이 있다. 「AU MAGASIN DE NOUVEAUTES」는 일본 자본주의 세력이 식민지 조선에 등장하는 과정을 상징적으로 보여 주는 경성 미쓰코시 백화점 개관(1930. 10.)을 보면서 쓴 시이다. 만주 사변 이후 일본 군국주의가 확대되면서 언론 출판에 대한 검열이 강화되자 이를 우회적으로 비판한 「출판법」을 쓴다. 만주 사변 자체를 영화관의 뉴스를 통해 구경하게 되는 암울한 심경은 「열하약도 No. 2」를 통해 엿볼 수 있다. 인간의 폭력성과 종교의 타락을 꼬집고 있는 「이인」이라는 시도 있고, 도시의 룸펜으로 태양을 등지고 살아가는 지식인의 어두운 뒷모습을 스케치한 「대낮」이라는 작품도 있다. 이 작품들에서 이상은 현대 도시 문명의 비판적 인식과 함께 인간의 삶의 방식과 그 가치를 새로이 질문하고 있다.

「출판법」은 표면적으로 타이포그래피의 기술적 메커니즘을 통해 하나의 텍스트가 구축되는 과정을 보여 주고 있지만, 식민지 시대 정치 현실과 함께 신문 기사를 통제하는 일본 경찰의 검열 과정을 교묘하게 텍스트 안에 감추어 놓는다. 검열이란 하나의 텍스트가 구축되는 과정에 대한 강제적인 외부 간섭을 의미한다. 이것은 자기 규율을 통해 하나의 완성을 지향하고자 하는 텍스트의 자율적 속성을 무력하게 만들어 버리는 폭력적인 파괴 행위에 해당한다. 검열은 권력의 힘으로 타이포그래피의 공간을 강제적으로 점령하여 활자라는 문자 기호의 지시 기능을 마비시키고 텍스트 안에 담긴 메시지를 왜곡한다. 그러므로 「출판법」의 텍스트 구조는 그 의미의 중첩성을 전제하지 않고서는 이해하기 어렵다.

# 「오감도」의 탄생

이상 문학을 대표하는 「오감도」는 '연작시'라는 형태적 특성을 보여 준다. 1934년 《조선중앙일보》에 연재했던 「오감도 시제1호」부터 「오감도 시제15호」까지 각 작품은 그 형식과 주제가 독자성을 지니고 있음에도 '오감도'라는 커다란 제목 아래 함께 묶여 있다. 연작 방식은 작은 것과 큰 것, 부분과 전체의 긴장 속에서 연작으로 확장된 시적 형식을 기반으로 하여 주제의 다양성과 전체성을 동시에 표출한다. 전체 작품은 일단 연작으로 묶이는 순간부터 각각 독립된 성격보다 연작이 추구하는 더 큰 덩어리의 작품 형식에 종속된다. 다시 말하면 각각의 작품들이 지켜 나가려는 분절적 특성과 함께 더 큰 작품으로 묶이려는 연작의 요건을 공유하는 것이다.

「오감도」에 포함된 열다섯 편의 작품들은 다양한 시적 구성을 보여 준다. 시적 진술 자체는 고백적인 정조를 형성하고 있는데 그러한 시적 무드와 호흡을 지켜 나아갈 수 있는 형태의 특성을 유지하고 있다. 시적 심상의 구조와 그 짜임새 역시 매우 복합적이다. 시적 진술의 주체와 대상의 거리 역시 상당한 변주가 드러난다. 시적 진술 방식도 고정되어 있지 않다. 물론 모든 시적 진술은 서정적 자아인 '나'와 시적 대상 사이에서 이루어지는 정서적 교감을 기반으로 하고 있다. 시적 대상에 대한 인식은 함께 묶인 다른 작품을 통해 다시 유사한 주제가 덧붙여짐으로써 더욱 강렬해지며 그 정서는 그것이 다시 반복되면서 더욱 깊어지기도 한다. 각각의 작품들은 시적 지향 자체가 두 가지 계열로 크게 구분된다. 하나는 외적 세계를 시의 대상으로 삼고 있는 「오감도 시제1호」, 「오감도 시제2호」, 「오감도 시제3호」, 「오감도 시제11호」, 「오감도 시제12호」 등을 들 수 있다. 이 작품들은 사물을 보는 새로운 시각을 통해 인간의 삶과 현대 문명에 대한 불안 의식을 표현한다. 다른 하나는 자기 내적 세계를 시의 대상으로 삼고 있는 「오감도 시제4호」, 「오감도 시제5호」, 「오감도 시제6호」, 「오감도 시제7호」 등이 있다. 이 작품들은 자의식의 탐구에서부터 병에 대한 고뇌와 육체의 물질성에 대한 발견 등을 암시한다. 그리고 시적 자아의 범위를 넘어서서 가족과의 불화와 갈등에 이르기까지 그 인식의 방향을 확대하고 있다.

「오감도」는 연작의 기법을 통해 새로운 주제의 중첩과 병렬이라는 특이한 구조를 드러낸다. 모든 작품은 '시제1호'에서부터 순번을 달고 이어진다. 그리고 새로운 작품이 추가되는 순간마다 새로운 정신과 기법과 무드가 전체 시적 정황을 조절한다. 물론 「오감도」에서 소제목처럼 달고 있는 순번이 작품의 연재 방식이나 연작으로서의 결합에서 필연적으로 요구하는 순서 개념을 말해 주는 것은 아니다. 이 연속적인 순번은 각 작품의 제목을 대신하면서 시적 주제의 병렬과 반복과 중첩을 말해 준다. 모든 작품은 시적 주제를 놓고 어떤 순서 개념에 따라 계기적으로 배열된 것이 아니라 테마의 반복을 실험한다. 그러므로 「오감도」의 연작 형식은 이질적인 정서적 충동을 직접 드러낼 수 있도록 고안된 '병렬'의 수사와 그 미학을 추구하는 것이라고 할 수 있다.

이상의 「오감도」에는 한국의 대표적인 난해시라는 표지가 붙어 있다. 「오감도」가 난해시로 지목된 이유는 시적 진술 내용의 단순화 또는 추상화 기법에서 기인한다. 이상은 시적 대상을 그려 내면서 그 대상의 복잡한 형상과 구체적인 디테일을 과감하게 생략하거나 제거한다. 그리고 새로운 시각과 관점을 통해 착안해 낸 한두 가지 특징만을 중심으로 하는 단순화한 시적 진술을 이어 간다. 그는 대상에 대한 감각적 인식이나 정서적 반응을 철저하게 배제하고 시적 진술 내용에서 구체적 설명이나 감각적 묘사 대신 한두 가지의 중심 명제를 관념화하여 이를 진술한다. 이 같은 특징 때문에 독자들이 작품에서 그려 내는 시적 정황에 쉽게 접근할 수가 없다.

「오감도 시제1호」의 경우 시적 화자가 까마귀처럼 공중에서 내려다본 그림치고는 의외로 그 내용이 단순하다. 지상의 여러 사물과 물리적 요소들을 대부분 제거해 버리고 시의 텍스트는 '도로'에서 '13인의 아해'가 서로 무서워하며 '질주'하고 있는 상황을 제시하고 있다. 이 단순화된 그림은 무한 경쟁 속에서 서로 갈등하면서 두려움과 무서움에 떨고 있는 인간의 모습을 추상화한 것이다. 이처럼 시의 텍스트가 믿기 어려울 정도로 대상을 단순화하고 있기 때문에 오히려 그 의미 구조를 파악하기 어려웠던 것이 아닌가 생각된다. 「오감도 시제2호」에서도 단순화 기법을 통해 시적 의미를 추상화하여 하나의 관념을 제시하고 있다. 이 작품은 '나'와 '아버지'의 관계를 중심으로 하는 시적 진술 내용을 한 개의 문장으로 구성하고 주체로서의 '나'의 존재와 그 역할과 위상에 대한 질문을 단순화하여 표현한다. 시적 주체인 '나'는 '주격의 나/목적격의 나'라는 정체성의 논리 구조의 문제성을 시적 진술 내용을 통해 되묻고 있다. '나'는 '나'이며, '나' 이외의 다른 어느 것도 아니다. 하지만 이 시에서 '나'는 '목적격인 나'를 '아버지'와 '아버지의 아버지'와 '아버지의 아버지의 아버지'로 대체한다. 여기에서 '나'의 존재가 '나'가 아닌 다른 어떤 존재로 대체됨으로써 자기 정체성의 혼란이 야기된다. 현재의 '나'에 대응하는 '아버지, 아버지의 아버지, 아버지의 아버지의 아버지……'는 가족 또는 가문 차원에서는 '조상(祖上)', '선조(先祖)'에 해당하며, 세대 차원에서는 '기성세대'를 말한다. 시간상으로는 '과거'이다. 그러므로 이 작품에서 '나'는 가문의 전통이나 기성세대의 권위나 과거의 역사에 대한 자신의 역할에 대해 의문을 표시하면서 이들로부터 벗어나려 한다. 하지만 이 시에서 '나'라는 개인은 과거로부터 유래되는 제도와 관습과 전통의 무게를 결코 쉽게 벗어날 수 없다. 오히려 그 모든 역사적 책무를 감당하면서 살아가야 한다.

「오감도」는 시적 텍스트 자체의 물질성에 주목하여 그것을 시각화함으로써 '보는 시' 또는 '시각시'라는 새로운 시적 양식 개념에 도전한다. '보는 시'는 시적 텍스트 자체를 시각적 형태로 구현하려는 시도의 산물이다. 이상은 '보는 시'라는 새로운 형태를 실험하기 위해 언어 문자의 모든 가능성을 동원하고 있다. 「오감도 시제1호」에서는 일반적인 신문 인쇄에서 볼 수 있는 일관된 활자의 크기와 그 규칙적 배열의 틀을 지키지 않고 있다. 그는 시적 텍스트에 동원되는 활자의 크기와 모양을 자기 방식대로 바꾸고 그 배열에 띄어쓰기를 무시함으로써 특유의 시각성을 부여한다. 언어의 시각적 형식으로서의 타이포그래피가 추구하는 명료성은 텍스트에 내재하는 논리를 외형적인 논리로 변형하는 데에 있다. 그러므로 시적 텍스트에서 타이포그래피의 공간은 단순한 인쇄 기술의 영역에 국한되는 것이 아니라 기호적 의미의 생산이라는 새로운 창조력의 공간을 제공한다. '보는 시'는 텍스트 자체를 시각적 공간의 세계로 바꾸어 놓음으로써 그 의미 영역을 내적으로 확대하고 시적 형식을 미학적으로 공간화하게 되는 것이다.

「오감도 시제4호」의 시적 진술 내용을 보면, 텍스트 첫머리에 띄어쓰기를 무시한 "환자의용태에관한문제"라는 짤막한 어구가 배치되어 있다. 이 진술은 환자의 병환이 어떤 상태인지에 대한 의문을 내포하고 있는데 바로 뒤에 병환의 상태를 암시하는 숫자판이 뒤집힌 채 삽입되어 있다. 텍스트 말미에서는 환자의 용태에 대한 진단 결과를 "0:1"이라는 숫자로 다시 표시해 놓고 있다. 이 진단 결과는 1931년 10월 26일에 나왔으며, 이 결과를 진단한 의사는 '이상' 자신이다. 이러한 내용으로 본다면 이 작품은 시인이 자신에게 의사 자격을 부여하여 진술의 주체로 내세우면서 자기 병의 상태를 스스로 진단하여 그 결과를 시각적으로 제시한 것이라고 설명할 수 있다.

「오감도 시제5호」에는 독특한 기하학적 도형이 문자 텍스트 중간에 삽입되어 있다. 말하자면 언어적 진술과 기하학적 도형이라는 이질적 요소가 서로 결합되어 하나의 시적 텍스트를 시각적으로 구성하고 있는 셈이다. 이 같은 시적 텍스트의 구성은 현대 미술의 새로운 기법으로 각광받았던 콜라주 방법을 원용하고 있는 것이라고 할 수 있다. 이 도형이 상징하는 의미는 시의 텍스트 내에서 재문맥화의 과정을 거쳐야만 분명하게 이해할 수 있다. 시적 화자는 병으로 인한 육체의 훼손을 보여 주는 X선 사진을 해체하여 기하학적 도형으로 추상화하고 있다. 이 추상화된 도형을 통해 묵언으로 드러내려는 고통의 감각은 언어적 등가물이 없다. 가슴 터지는 고통, 다시 일어서지 못할 것 같은 절망감, 죽음에 대한 엄청난 고통을 아무리 소리치고 목청껏 외친다 해도 그 아픔의 크기를 표현할 수 있는 말은 없는 셈이다. 시적 화자는 바로 이 장면에서 언어를 포기하고 도형으로 대체함으로써 모든 것을 한꺼번에 보여 줄 수 있도록 고안하고 있다. 이상이 타이포그래피의 방법을 활용해 시각적으로 텍스트를 구성하고 있는 것은 소리의 세계를 시각적 공간의 세계로 바꾸어 놓기 위한 하나의 실험이다. 타이포그래피는 글쓰기에 동원된 문자들을 금속성 활자로 변환시켜 특정한 형태로 특정 위치에 배치하는 물질적 공간 창출의 기술이다. 이상은 기호 체계의 물질적 전환을 의미하는 타이포그래피의 세계를 그의 시적 상상력에 접합시킨다. 그러므로 그가 지향하려 한 '보는 시'는 그 실험성만이 아니라 실제로 그 자신이 언어와 문자 행위를 통해 얻어 낸 어떤 관념과 의미의 공유 의식에 근거한다는 점을 더욱 주목할 필요가 있다.

이상의 「오감도」에는 폐결핵의 고통 속에서 자기 몰입의 성향을 강하게 드러내고 있는 작품이 많다. 이상이 자신의 폐결핵이 중증 상태임을 확인한 것은 조선총독부 건축기사로 일하던 1931년 가을이다. 그는 자신의 병이 심각한 상태임을 확인한 후부터 병의 고통과 그 감각을 내면화하면서 이를 추상적으로 표현하려 한다. 「오감도 시제4호」, 「오감도 시제5호」, 「오감도 시제8호」, 「오감도 시제9호」, 「오감도 시제15호」 등에서 이를 확인할 수 있다. 이들 작품에 공통적으로 드러나는 병적 나르시시즘을 어떻게 이해할 것인가 하는 것은 「오감도」의 성격을 규정하는 데 중요한 의미를 지닌다. 「오감도」는 이상이 폐결핵으로 인해 조선총독부 건축기사를 퇴직한 후 병의 고통 속에서 만들어 낸 작품이기 때문이다.

프로이트는 나르시시즘이라는 말을 일종의 정신병리학적인 개념으로 사용하면서, 인간이 자신의 육체에 가해지는 어떤 고통의 실체를 발견하게 되었을 때 자기 자신에 대해 관심을 집중한다고 말한다. 육체의 상처나 병으로부터 고통받는 사람은 누구나 그 고통에서 벗어나고 싶어 한다. 그러므로 거의 강박 관념처럼 자기 육체에 몰입하고 그 고통에 대해 좌절하고 더 큰 정신적 고통을 겪으면서 괴로워한다. 이러한 행태는 누구에게나 마찬가지로 드러난다. 프로이트는 병에 의한 육체의 훼손과 그 고통이 곧바로 정신적으로 투여된 고통으로 바뀐다는 점을 지적한다. 말하자면 육체적인 고통을 통해 정신적 고통이 함께 복합적으로 작용한다는 것이다. 그러므로 육체적 고통은 언제나 육체적인 자기 발견의 전제 조건이 될 수밖에 없다. 프로이트의 논리를 전제할 경우, 이상의 시에서 발견하게 되는 병의 고통과 그 기호적 표상은 이상 문학의 본질적

작품 해설

영역에 속하는 문제임을 알 수 있다.


## 연작시 「오감도」의 완성


「오감도」는 「오감도 시제15호」를 끝으로 연재가 중단되면서 그 새로운 시적 실험의 완결을 보여 주지 못한다. 이상은 자신이 쓴 2000여 편의 작품 가운데 「오감도」를 위해 30여 편을 골랐다고 밝힌 적이 있다. 이 진술 내용을 그대로 받아들인다면 「오감도」는 신문에 연재된 열다섯 편 외에도 상당수의 작품이 미발표 상태였음을 알 수 있다.

이상은 「오감도」의 연재 중단 후 1936년 연작시 「역단」과 「위독」을 잇달아 발표했다. 연작시 「오감도」에 「역단」과 「위독」을 모두 합하면 당초에 계획했던 서른 편 정도의 전체적인 규모를 드러낸다. 연작시 「역단」(1936)을 보면 '역단'이라는 표제 아래 「화로」, 「아침」, 「가정」, 「역단」, 「행로」 등이 연작의 형식으로 이어져 있다. 비록 작품의 제목은 다르지만 그 형식과 주제, 언어 표현과 기법 등이 모두 「오감도」의 경우와 그대로 일치한다. 이러한 특징은 연작시 「역단」이 미완의 「오감도」를 완결짓기 위한 후속 작업일 가능성이 크다는 것을 암시한다. 연작시 「역단」의 발표가 예사롭지 않게 느껴지는 이유가 여기 있다. 연작시 「역단」의 작품들은 「오감도」의 경우와 마찬가지로 그 시적 주제 내용과 텍스트 자체의 구성법을 통해 연작으로서의 공통적인 특징을 지니고 있다. 각각의 작품들은 시적 텍스트가 어구의 띄어쓰기를 전혀 하지 않은 채 행의 구분 없이 단연(單聯) 형식의 산문체로 구성되어 있는데, 이러한 형식적 특징은 「오감도」의 작품들과도 흡사하다. 특히 모든 작품이 공통적으로 '나'라는 주체를 시적 대상으로 삼고 있는 점도 「오감도」의 경우와 일맥상통한다. 「화로」, 「아침」, 「행로」 등은 이상 자신의 투병 과정과 그 좌절 의식을 짙게 드러내고 있으며, 「가정」에서는 가족과의 불화 혹은 단절을, 「역단」에서는 병으로 인해 나락에 빠진 자신의 운명에 대한 깊은 고뇌를 보여 준다. 이러한 형식상의 특징과 주제 내용의 상관성은 연작시 「역단」이 「오감도」와 시적 맥락을 같이하고 있다.

이상이 동경행 직전에 발표한 연작시 「위독」은 「오감도」의 3부에 해당한다고 할 수 있다. 이 작품에는 「금제」, 「추구」, 「침몰」, 「절벽」, 「백화」, 「문벌」, 「위치」, 「매춘」, 「생애」, 「내부」, 「육친」, 「자상」 등 열두 편의 시가 이어져 있다. 이 작품들은 자아의 형상 자체를 시적 대상으로 삼아 다양한 시각을 통해 이를 해체하는 경우가 많으며, 자신을 둘러싸고 있는 아내와 가족에 대한 자기 생각과 내면 의식의 반응을 그린 경우도 있다. 연작시 「위독」에서 볼 수 있는 시인의 사물을 보는 시각과 판단은 「오감도」의 특이한 자기 투사 방식과 상호 연관성을 통해 그 의미가 더욱 분명하게 드러난다. 자신의 병과 죽음에 대한 절박한 인식, 가족에 대한 책임 의식과 갈등, 좌절의 삶을 살아가는 자신에 대한 혐오 등을 말하고 있는 시적 진술 방법이 「오감도」의 연장선상에 놓여 있기 때문이다. 이상은 연작시 「위독」의 연재를 마친 후 동경행을 택함으로써 국내에서 이루어진 시적 글쓰기 작업을 마감한다. 결국 1934년에 발표한 미완의 연작시 「오감도」는 「역단」과 「위독」을 통해 그 연작 자체의 완성에 도달한 셈이다.


## 이상 시의 문학적 도전

이상의 시는 대상으로서의 사물을 보는 시각의 문제에 대한 새로운 도전을 보여 준다. 대상을 본다는 것은 단순히 눈앞에 존재하는 사물의 외적 형상을 인지하는 것만은 아니다. 그것은 사물을 관찰하는 과정과 함께 주체를 둘러싸고 있는 환경 속에서 관찰자로서의 주체까지 포함하는 여러 개의 장(場)을 함께 파악하는 일이다. 이상은 사물에 대한 물질적 감각을 정확하게 파악하기 위해 사물의 전체적인 형태나 중량감, 색채와 그 속성까지 설명할 수 있는 특이한 시선과 각도를 찾아낸다. 그는 20세기 초반 기계 문명 시대를 결정한 여러 가지 기초적인 이론에 대한 이해를 통해 광선, 사물의 역동성, 구조 역학, 기하학 등의 원리를 자신의 시적 텍스트의 구성에 동원했고, 서양 모더니즘 예술에서 특징적으로 드러났던 초현실주의적 기법, 다다 운동과 입체파의 기법 등을 활용한 새로운 이미지들을 그의 시를 통해 형상화하려 했다. 그가 끊임없이 발전해 가는 기술 문명의 세계를 놓고 그것의 정체를 포착하면서 동시에 주체의 의식의 변화까지 드러내기 위해 상상해 낸 새로운 그림이 바로 화제작 「오감도」라고 할 수 있다.

이상은 사물에 대한 감각적 인식을 둘러싼 문화적 조건의 변화에 일찍 눈뜬 예술가이다. 어린 시절부터 미술에 관심을 두며 근대 회화의 기본 원리를 터득했고, 경성고등공업학교에서 건축학을 공부하는 동안 근대적 기술 문명을 주도해 온 물리학과 기하학 등에 관한 깊은 이해를 얻는다. 그리고 새로운 예술 형태로 주목되기 시작한 영화에 유별난 취미를 키워 간다. 이상이 지니고 있었던 예술의 모든 영역에 대한 폭넓은 관심과 지식은 그가 남긴 문학의 구석구석에 잘 드러나 있다.

여기에서 주목해야 할 것은 현대 과학 기술과 문명이 주로 19세기 말부터 20세기 초에 이르는 동안 획기적인 발달과 변화를 겪었다는 사실이다. 예컨대 미국의 에디슨이 '실용 탄소 전기'를 발명했다든지, 독일의 뢴트겐이 1895년에 음극선 연구를 하다 우연하게도 투과력이 강한 방사선이 있음을 확인하게 되어 X선이라고 부르게 된 것은 모두 19세기 말의 일이다. 활동사진이라는 이름으로 처음 영화가 만들어진 것도 19세기 말의 일이며, 가솔린 자동차가 처음 등장한 것도 비슷한 시기의 일이다. 1903년 라이트 형제의 비행기가 등장하여 새처럼 하늘을 날아가고 싶어 했던 인간의 오랜 꿈이 실현되었다. 이 모든 새로운 발명과 창조가 한꺼번에 이루어지면서 이것들이 새로운 인간 삶의 물질적 기반을 형성하게 된 것이다. 더구나 세기말을 거치면서 프로이트의 정신 분석 이론이 등장하여 심리학의 획기적인 발전이 이루어졌으며, 아인슈타인의 상대성 이론으로 시간과 공간에 대한 인식의 대전환이 이루어졌다. 예술 분야에서도 표현주의 이후 입체파가 등장하고, 문학의 경우 '의식의 흐름'이라는 새로운 기법을 활용하는 심리주의적 경향이 강하게 나타나게 된다. 이상은 바로 이러한 과학 문명과 예술의 전환기적 상황을 깊이 있게 관찰하면서 그 자신의 문학 세계를 새롭게 구축했던 것이다.

이상은 초기 일본어 시에서부터 현대 과학의 중요 명제와 기하학의 개념들을 다양한 수식과 기호를 활용하여 시적 텍스트의 구성에 동원한다. 과학의 발달이나 그것이 인간의 삶에 미치는 영향 등에 대한 언급 자체가 그대로 텍스트의 표층을 형성하기도 한다. 이러한 시적 기표들은 모두 추상적인 속성을 지니고 있는 것들이기 때문에 설명적 진술을 거부하기도 하고 시적 텍스트에서 환기하는 '낯설게 하기'의 효과를 통해 텍스트의 내적 공간으로부터 독자들을 소외시키기도 한다. 그러므로 이상의 시에서 그 텍스트의 기호적 속성을 제대로 이해하지 못하면 그 진정한 의미와 가치에 도달할 수 없다. 이상은 기존의 시작법을 거부하고 파격적인 기법과 진술 방식을 통해 새로운 시의 세계를 열어 놓고 있다. 그는 사물에 대한 보다 직접적인 접근법을 채택함으로써 대상에 대한 인식뿐 아니라 사물을 대하는 주체의 시각을 새롭게 변형시킬 수 있게 된다. 실제로 이상은 시의 양식에서 가능한 모든 언어적 진술과 기호의 공간적 배치를 통해 사물을 보는 새로운 시각의 가능성을 보여 주고 있다.

이상의 시는 한국적 모더니즘 운동의 중심축에 자리 잡고 있다. 그의 시에서 확인할 수 있는 가장 중요한 특징은 모더니티의 시적 추구 작업이다. 언어적 감각과 기법의 파격성을 바탕으로 자의식의 시적 탐구, 이미지의 공간적 구성에 의한 일상적 경험의 동시적 구현, 도시 문명에 대한 비판적 인식 등을 드러내는 시의 경향이 바로 그것이다. 하지만 이상은 여기에 머무르지 않고 자신의 시적 창작을 통해 그가 추구했던 모더니티의 초극을 지향하게 된다.

이상의 시는 텍스트의 표층에 그려진 경험적 자아의 병과 고통, 가족과의 갈등 문제를 그려 내면서도 인간의 존재 의미, 생명과 죽음의 문제, 현대 문명과 기술 문제와 같은 본질적인 관념적 주제로 심화시켜 시적 형상성을 획득하고 있다. 이상의 시는 시적 정서를 희생시킨 대신 예술에 있어서 관념의 문제를 새롭게 제안한다. 이 특이한 시 형식을 반(反)예술적 충동으로 규정하는 경우도 있지만, 이것이 낡은 예술에 저항하는 무기였다는 사실을 제대로 알아차린 사람이 별로 없다. 이상의 시는 기성적인 모든 것에 대한 거부이며, 인습처럼 굳어진 제도와 가치에 대한 저항이다. 새로운 예술적 실험과 창조적 도전을 말하고자 할 경우 이상의 「오감도」를 먼저 펼치게 되는 이유가 여기 있다.

2022년 8월
권영민

1910년    9월 23일(음 8월 20일) 경성부 북부 순화방 반정동 4통 6호에서 부 김영창(金永昌)과 모 박세창(朴世昌)의 2남 1녀 중 장남으로 출생했다. 본명은 김해경(金海卿)이며 본관은 강릉(江陵)이다.

이상의 제적부에 기재된 본적은 경성부 통동(뒤에 통인동으로 개칭) 154번지이다. 이곳은 이상의 선대에서부터 줄곧 지내 온 거처로서 이상이 태어날 당시에는 조부 김병복(金炳福)이 가장으로 살림을 이끌었다. 부친 김영창은 일본 강점 이전 구한말 궁내부 활판소에서 일하다 사고로 손가락이 절단된 뒤 일을 중단하고 집 근처에 이발관을 개업하여 가계를 꾸렸다. 이상의 형제로는 누이동생 김옥희(金玉姬)와 남동생 김운경

(金雲卿)이 있다.

1913년　백부 김연필(金演弼)의 집으로 옮겨 그곳에서 성장했
다. 김연필은 본처와의 사이에 소생이 없어서 조카인
이상을 데려가 친자식처럼 키우고 학업을 도왔다. 그런
데 소실로 들어온 김영숙(金英淑)에게 딸린 사내아이
를 자신의 호적에 입적시켰다. 그가 바로 백부 김연필
과 백모 김영숙 사이에서 태어난 것처럼 호적에 등재된
김문경(金汶卿)이다. 김연필은 구한말 융희 3년(1909년
5월)에 관립 공업전습소 금공과 제1회 졸업생으로 한일
합방 직후에는 총독부 상공과의 하급직 관리로 일했던
것으로 알려져 있다.

1917년　여덟 살 되던 해 누상동에 있던 신명학교에 입학했다.
신명학교 재학 중 구본웅과 동기생이 되어 오랜 친구로
지냈다.

1921년　신명학교를 졸업한 후 조선불교중앙교무원에서 경영하
는 동광학교에 입학했다.

1922년　동광학교가 보성고등보통학교와 합병되자 보성고보에
편입했다. 보성고보 재학 중 미술에 관심을 가지고 화가
지망생이 되었으며 학업 성적도 상급 수준에 올랐다.

1926년　3월, 보성고보 제4회 졸업생이 되었다. 경성 동숭동에
소재한 경성고등공업학교 건축과에 입학했다.

1928년　1929년도 경성고등공업학교 조선인 학생 17인의 졸업
기념 사진첩을 제작하면서 사진첩의 제자(題字)와 졸
업생 명단을 이상이 직접 도안했다. 이 사진첩의 부록

인 학생 자필 사인지에 본명인 김해경 대신 이상(李箱)이란 필명을 적어 넣었다.

1929년    경성고등공업학교 건축과를 수석으로 졸업한 후 학교의 추천으로 조선총독부 내무국 건축과 기수(技手)로 발령을 받았다. 이해 11월에는 조선총독부 관방회계과 영선계로 자리를 옮겼다. 12월 조선에 진출해 있던 일본인 건축 기술자들을 중심으로 결성한 조선건축회(1922년 3월 결성)에 정회원으로 가입했고, 이 학회의 일본어 학회지《조선과 건축》의 표지 도안 현상모집에 1등과 3등으로 당선되었다.

1930년    《조선과 건축》의 1930년도 1월호부터 12월호까지 표지는 현상공모에서 1등을 차지한 이상의 도안으로 꾸며졌다. 조선총독부에서 일본의 식민지 정책을 일반에게 홍보하기 위해 발간하던 잡지《조선》국문판에 1930년 2월호부터 12월호까지 9회에 걸쳐 처녀작이며 유일한 장편 소설「십이월 십이 일」을 '이상(李箱)'이라는 필명으로 연재했다.

1931년    6월 제10회 조선미술전람회에 서양화「자상(自像)」이 입선했다.《조선과 건축》에 일본어로 쓴 시「이상한가역반응」등 20여 편을 세 차례에 걸쳐 발표했다. 폐결핵 감염 사실을 진단받았고 병의 증세가 점차 악화되었다. 일본어 시「이상한가역반응」,「파편의경치」,「▽의유희」「수염」,「BOITEUX·BOITEUSE」,「공복」등과 일본어 연작시「조감도」(「2인……1……」,「2인……2……」,「신경질

적으로비만한삼각형」, 「LE URINE」, 「얼굴」, 「운동」, 「광
녀의고백」, 「흥행물천사」), 일본어 연작시 「삼차각설계
도」(「선에관한각서 1」, 「선에관한각서 2」, 「선에관한각서
3」, 「선에관한각서 4」, 「선에관한각서 5」, 「선에관한각서
6」, 「선에관한각서 7」)을 발표했다.

1932년    이상의 성장 과정을 돌봐 준 백부 김연필이 5월 7일 뇌
일혈로 사망했다. 《조선과 건축》에 「건축무한육면각체」
라는 제목으로 일본어 연작시를 발표했다. 《조선》에 단
편 소설 「지도의 암실」을 '비구(比久)'라는 필명으로 발
표하고, 단편 소설 「휴업과 사정」을 '보산(甫山)'이라는
필명으로 잇달아 발표했다. 《조선과 건축》의 표지 도안
현상 공모에서 가작 4석(席)으로 입상했다.

일본어 연작시 「건축무한육면각체」(「AU MAGASIN
DE NOUVEAUTES」, 「열하약도 No. 2」, 「진단 0 : 1」, 「이
십이년」, 「출판법」, 「차8씨의 출발」, 「대낮」)와 단편 소설
「지도의 암실」, 「휴업과 사정」을 발표했다.

1933년    폐결핵으로 직무를 수행하기 어렵게 되자 조선총독부
기수직을 사직하고 봄에 황해도 배천 온천에서 요양했
다. 배천 온천에서 알게 된 기생 금홍을 서울로 데려와
6월 종로1가에 다방 '제비'를 개업하면서 동거했다. 8월
에 결성된 문학 단체 '구인회'의 핵심 동인인 이태준, 정
지용, 김기림, 박태원 등과 교유가 시작되었고 정지용
의 주선으로 잡지 《가톨릭청년》에 「꽃나무」, 「이런시」,
「1933, 6, 1」, 「거울」, 「운동」 등을 국문으로 발표했다.

| 1934년 | 7~8월 이태준의 도움으로 시 「오감도」를 《조선중앙일 |
| | 보》에 연재하지만 열다섯 편을 발표한 후 독자들의 항 |
| | 의와 비난으로 연재를 중단했다. 박태원의 소설 「소설가 |
| | 구보씨의 일일」이 《조선중앙일보》에 연재(1934. 8. 1.~9. |
| | 19.)되는 동안 '하융(河戎)'이라는 필명으로 작품 속의 |
| | 삽화를 그렸다. '구인회'의 동인으로 김유정, 김환태 등 |
| | 과 함께 가담했다. |

1934년    7~8월 이태준의 도움으로 시 「오감도」를 《조선중앙일
보》에 연재하지만 열다섯 편을 발표한 후 독자들의 항
의와 비난으로 연재를 중단했다. 박태원의 소설 「소설가
구보씨의 일일」이 《조선중앙일보》에 연재(1934. 8. 1.~9.
19.)되는 동안 '하융(河戎)'이라는 필명으로 작품 속의
삽화를 그렸다. '구인회'의 동인으로 김유정, 김환태 등
과 함께 가담했다.

시 「보통기념(普通記念)」(《월간매신》, 1934. 6), 「운동」(《조
선일보》, 1934. 7), 「・소・영・위・제・(・素・榮・爲・題・)」
(《중앙》, 1934. 9), 연작시 「오감도」(「시제1호」, 「시제2호」,
「시제3호」, 「시제4호」, 「시제5호」, 「시제6호」, 「시제7호」, 「시
제8호」, 「시제9호」, 「시제10호」, 「시제11호」, 「시제12호」, 「시
제13호」, 「시제14호」, 「시제15호」)와 단편 소설 「지팽이 역
사(轢死)」(《월간매신》, 1934. 8), 수필 「혈서삼태(血書三
態)」(《신여성》, 1934. 6), 「산책(散策)의 가을」(《신동아》,
1934. 10)을 발표했다.

1935년    다방 '제비'를 경영난으로 폐업한 후 금홍이와 결별했
다. 인사동의 카페 '쓰루(鶴)'를 인수해 운영하다 실패
했다. 다방 '69'를 개업 양도하고 명동에서 다방 '무기
(麥)'를 경영하다 문을 닫은 후 성천, 인천 등지를 유
랑했다. 구본웅이 이상을 모델로 한 초상화 「친구의 초
상」을 그렸다. 그 후 구본웅은 그의 부친이 운영하던
인쇄소 창문사에 이상의 일자리를 주선했다.

시 「정식(正式)」(《가톨릭청년》, 1935. 9), 「지비(紙碑)」

《조선중앙일보》, 1935. 9. 15), 수필「문학을 버리고 문화를 상상할 수 없다」(《조선중앙일보》, 1935. 1. 6), 「산촌여정(山村餘情)」(《매일신보》, 1935. 9. 27~10. 11)을 발표했다.

1936년   창문사에 근무하면서 구인회 동인지 《시와 소설》의 창간호를 편집, 발간했다. 단편 소설 「지주회시」, 「날개」를 발표하면서 평단의 관심을 받자 자기 문학에 새로운 자신감을 얻게 되었다. 이해에 연작시 「역단」을 발표했으며 「위독」을 《조선일보》에 연재하는 등 가장 많은 시와 수필을 발표했다. 6월 변동림(구본웅의 계모의 이복동생)과 결혼하여 경성 황금정에서 신혼 살림을 차렸다. 10월 하순에 새로운 문학 세계를 향하여 일본 동경으로 떠났다. 동경에서 《삼사문학》의 동인 신백수, 이시우, 정현웅, 조풍연 등을 자주 만나 문학을 토론했다. 시 「지비(紙碑) ― 어디로갔는지모르는안해」(《중앙》, 1936. 1), 연작시 「역단」(《가톨릭청년》, 1936. 2)(「화로」, 「아침」, 「가정」, 「역단」, 「행로」), 「가외가전(街外街傳)」(《시와 소설》, 1936. 3), 「명경(明鏡)」(《여성》, 1936. 5), 「목장(《가톨릭소년》 1936. 5. 동시), 연작시 「위독」(《조선일보》, 1936. 10. 4~10. 9 연재)(「금제」, 「추구」, 「침몰」, 「절벽」, 「백화」, 「문벌」, 「위치」, 「매춘」, 「생애」, 「내부」, 「육친」, 「자상」), 「I WED A TOY BRIDE」(《삼사문학》, 1936. 10)와, 단편 소설 「지주회시(蜘蛛會豕)」(《중앙》, 1936. 6), 「날개」(《조광》, 1936. 9), 「봉별기(逢別記)」(《여성》, 1936. 12), 수필 「조춘점묘(早春點描)」(《매일신보》, 1936. 3. 3~3. 26 연재)(「보험 없는 화재」, 「단지(斷指)한 처녀」, 「차생윤회(此生輪廻)」, 「공지(空地)에서」, 「도회의 인심」, 「골동벽(骨董癖)」, 「동심행렬(童心行列)」), 「서망 율도(西望栗島)」(《조광》, 1936. 3), 「여상(女像)」(《여성》, 1936. 4), 「약수(藥水)」(《중앙》, 1936. 7), 「EPIGRAM」 (《여성》, 1936. 8), 「동생 옥희(玉姬) 보아라」(《중앙》, 1936. 9), 「추등잡필(秋燈雜筆)」(《매일신보》, 1936. 10. 14~10. 28 연재)(「추석 삽화」, 「구경(求景)」, 「예의」, 「기 여(寄與)」, 「실수」), 「행복」(《여성》, 1936. 10), 「가을의 탐 승처(探勝處)」(《조광》, 1936. 10)를 발표했다.

《가톨릭소년》(창문사, 1936. 5) 표지와 김기림 시집 『기 상도』(창문사, 1936)의 표지 장정을 맡았다.

1937년    이해 2월 사상 혐의로 동경 니시간다 경찰서에 피검되 어 한 달 정도 조사를 받다가 폐결핵이 악화되어 동경 제국대학 부속 병원으로 옮겨졌다. 단편 소설 「동해」, 「종생기」를 발표했다. 4월 16일 서울에서 부친 김영창 과 조모가 함께 세상을 떠났다. 4월 17일 동경제국대학 부속 병원에서 스물여덟 살을 일기로 요절했다. 위독하 다는 급보를 듣고 일본으로 건너온 부인 변동림에 의해 유해가 화장된 후 미아리 공동묘지에 안장되었다. 5월 15일 경성 부민관에서 이상과 고 김유정(3월 29일 작 고)을 위한 합동 추도식이 열렸다.

시 「파첩(破帖)」(《자오선》, 1937. 11. 유고), 단편 소설

「동해(童骸)」(《조광》, 1937. 2), 「종생기(終生記)」(《조광》, 1937. 5), 수필 「19세기식」(《삼사문학》, 1937. 4), 「공포의 기록」(《매일신보》, 1937. 4. 25~5. 15 연재), 「권태」(《조선일보》, 1937. 5. 4~5. 11 연재), 「슬픈 이야기」(《조광》, 1937. 6. 유고)가 있다.

1938년    시 유고로 「무제(無題)」(《맥》, 1938. 10), 단편 소설 유고로 「환시기(幻視記)」(《청색지》, 1938. 6), 수필 유고로 「문학과 정치」(《사해공론》, 1938. 7)가 있다.

1939년    시 유고로 「무제(無題)」(《맥》, 1939. 2), 단편 소설 유고로 「실화(失花)」(《문장》, 1939. 3), 「단발(斷髮)」(《조선문학》, 1939. 4), 「김유정(金裕貞)」(《청색지》, 1939. 5), 수필 유고로 「실낙원(失樂園)」(《조광》, 1939. 2)(「소녀」, 「육친(肉親)의 장(章)」, 「실낙원」, 「면경(面鏡)」, 「자화상」, 「월상(月傷)」), 「병상 이후」(《청색지》, 1939. 5), 「최저낙원(最低樂園)」(《조선문학》, 1939. 5), 「동경(東京)」(《문장》, 1939. 5)이 있다.

1940년    김소운의 『젖빛 구름』에 이상의 시 「청력」, 「한개의밤」이 일본어로 소개되었다.

# 참고 문헌

〔중요 단행본〕

고은, 『이상 평전』(민음사, 1974).

권영민 편, 『이상 문학 연구 60년』(문학사상사, 1998).

권영민, 『이상 텍스트 연구 — 이상을 다시 묻다』(웅진문학에디션 뿔, 2009).

권영민, 『이상 문학의 비밀 13』(민음사, 2012).

권영민, 『오감도의 탄생』(태학사, 2014).

권영민, 『이상 연구』(민음사, 2019).

김승구, 『이상, 욕망의 기호』(월인, 2004).

김승희, 『이상 시 연구』(보고사, 1998).

김승희, 『이상 평전 — 제13의 아해도 위독하오』(문학세계사, 1982).

김윤식, 『이상 연구』(문학과지성사, 1987).

난명(蘭明) 외, 『이상(李箱)적 월경(越境)과 시의 생성: 《詩と詩論》 수용 및 그 주변』(역락, 2010).

박현수, 『모더니즘과 포스트모더니즘의 수사학: 이상 문학 연구』(소명, 2003).

신범순 외, 『이상 문학 연구의 새로운 지평』(역락, 2006).

신범순 외, 『이상의 사상과 예술: 이상 문학 연구의 새로운 지평 2』(신구문화사, 2006).

신범순, 『이상의 무한정원 삼차각나비: 역사 시대의 종말과 제4세대 문명의 꿈』(현암사, 2007).

안미영, 『이상과 그의 시대』(소명출판, 2003).

오규원, 『날자, 한 번만 더 날자꾸나』(문장사, 1980).

이상문학회, 『이상 리뷰 제1호』(역락, 2001).

이상문학회, 『이상 리뷰 제2호』(역락, 2003).

이상문학회, 『이상 리뷰 제3호』(역락, 2004).

이상문학회, 『이상 리뷰 제4호』(역락, 2005).

이상문학회, 『이상 리뷰 제5호』(역락, 2006).

이상문학회, 『이상 시 작품론』(역락, 2009).

이승훈, 『이상 시 연구』(고려원, 1987).

이승훈, 『이상 — 식민지 시대의 모더니스트』(건국대학교 출판부, 1997).

이태동 편, 『이상』(서강대학교 출판부, 1997).

조해옥, 『이상 시의 근대성 연구 — 육체 의식을 중심으로』(소명출판, 2001).

〔단편 및 회고〕

고석규, 「시인의 역설」, 《문학예술》, 1957년 4월~7월.

김기림, 「현대시의 발전 ─ 난해에 대하야」, 《조선일보》, 1934년 7월 12일 자 22면.

김기림, 「고 이상의 추억」, 《조광》, 1937년 6월.

김소운, 「李箱異常」, 『하늘 끝에 살아도』(동아출판공사, 1968).

김옥희, 「오빠 이상」, 《현대문학》, 1964년 6월.

김옥희, 「오빠 이상」, 《신동아》, 1964년 12월.

김향안, 「이젠 이상의 진실을 알리고 싶다」, 《문학사상》, 1986년 5월.

김향안, 「이상과의 결혼」, 《문학사상》, 1986년 8월.

김향안, 「理想에서 창조된 이상」, 《문학사상》, 1986년 9월.

김향안, 「헤프지도 인색하지도 않았던 이상」, 《문학사상》, 1986년 12월.

김향안, 「이상이 남긴 유산들」, 《문학사상》, 1987년 1월.

문종혁, 「심심산천에 묻어 주오」, 《여원》, 1969년 4월.

서정주, 「이상의 일」, 《월간중앙》, 1971년 10월.

원용석, 「이상의 회고」, 《대한일보》, 1966년 8월 25일 자.

원용석, 「내가 마지막 본 이상」, 《문학사상》, 1980년 11월.

유정, 「이상의 학창 시절 ─ 大愚彌次郎과의 대담」, 《문학사상》, 1981년 6월.

임종국, 「이상론(1)── 근대적 자아의 절망과 항거」, 《고대문화》 1(고대문학회, 1955), 12월.

이어령, 「나르시스의 학살 — 이상의 시와 그 난해성」, 《신세계》, 1956년 10월~1957년 1월.

이어령, 「속 나르시스의 학살 — 이상의 시와 그 난해성」, 《자유문학》, 1957년 7월.

이진순, 「동경 시절의 이상」, 《신동아》, 1963년 1월.

조연현, 「이상의 미발표 유고의 발견」, 《현대문학》, 1960년 11월 ~1961년 2월.

조용만, 「이상 시대, 젊은 예술가의 초상」, 《문학사상》, 1987년 4월 ~6월.

세계문학전집 **411**

# 이상 시 전집

1판 1쇄 펴냄  2022년 8월 19일
1판 7쇄 펴냄  2024년 10월 2일

지은이  이상
책임 편집  권영민
발행인  박근섭, 박상준
펴낸곳  ㈜민음사

출판등록  1966. 5. 19. (제 16-490호)
서울특별시 강남구 도산대로1길 62(신사동) 강남출판문화센터 5층 (우편번호 06027)
대표전화 02-515-2000  팩시밀리 02-515-2007
www.minumsa.com

ISBN 978-89-374-6411-9 04800
ISBN 978-89-374-6000-5 (세트)

* 잘못 만들어진 책은 구입처에서 교환해 드립니다.

# 세계문학전집 목록

세계문학전집은 계속 간행됩니다.